LA
TÉLÉGRAPHIE
SANS FIL

PAR

Le professeur Domenico MAZOTTO

Traduit de l'italien

PAR

J.-A. MONTPELLIER

RÉDACTEUR EN CHEF DE L'« ÉLECTRICIEN »

PARIS (VI)

Vve CH. DUNOD, ÉDITEUR

49, QUAI DES GRANDS-AUGUSTINS, 49

1906

LA

TÉLÉGRAPHIE SANS FIL

LA

TÉLÉGRAPHIE

SANS FIL

PAR

Le professeur Domenico MAZOTTO

Traduit de l'italien

PAR

J.-A. MONTPELLIER

RÉDACTEUR EN CHEF DE L' « ÉLECTRICIEN »

PARIS (VIᵉ)

Vᵛᵉ CH. DUNOD, ÉDITEUR

49, QUAI DES GRANDS-AUGUSTINS, 49

1905

PRÉFACE

Au nombre des brillantes découvertes qui se succèdent si rapidement dans le domaine de la physique, augmentant la somme de nos connaissances et ouvrant de nouveaux horizons aux études théoriques sur lesquelles reposent ces découvertes, celle des ondes électriques présente une importance capitale.

La découverte des ondes électriques a été non seulement hautement appréciée par tous ceux qui s'intéressent aux progrès de la science, mais elle a aussi vivement intéressé le public à cause des utiles applications dont ces ondes ont été l'objet.

La découverte du professeur Hertz, si importante au point de vue théorique, paraissait ne pas devoir sortir du domaine de la science abstraite, et l'on n'aurait pu prévoir à ce moment la merveilleuse application à laquelle elle allait donner lieu, si M. Marconi n'avait pas imaginé et réalisé le système de communication télégraphique, même à grande distance, qui ne nécessitait l'emploi d'aucun conducteur.

Le présent ouvrage a pour objet d'exposer les patientes et ingénieuses recherches effectuées par M. Marconi pour perfectionner son système de communication et en étendre les applications, d'indiquer les merveilleux résultats obtenus et aussi de décrire les appareils dont il est l'inventeur ainsi que ceux réalisés concuremment par d'autres chercheurs.

A l'importance du sujet traité dans cet ouvrage et à l'intérêt qu'il présente, s'ajoute une très grande clarté d'exposition qui en facilite l'intelligence sans aucune difficulté à tous ceux qui possèdent simplement quelques notions élémentaires de physique.

R. FERRINI.

INTRODUCTION

Vers la fin de 1896, les journaux politiques répandirent la nouvelle qu'un jeune Italien venait d'inventer un système de télégraphie qui ne nécessitait plus l'emploi de fils conducteurs reliant la station de départ à la station d'arrivée.

L'annonce de cette nouvelle découverte eut beaucoup de retentissement dans le public; mais les techniciens et les savants y attachèrent beaucoup moins d'importance.

Le gros public est toujours très crédule, car il ne se tient qu'imparfaitement au courant du mouvement scientifique et ne sait pas toujours apprécier si la découverte qu'on lui présente est chose réalisable dans l'état actuel des progrès de la science; d'autre part, il est toujours hanté par l'idée de phénomènes qu'il qualifie de *merveilleux*, phénomènes que la science et ses applications ont permis de réaliser sous ses yeux. Dans ces conditions, il n'est pas surprenant que le public, à l'annonce de cette découverte, ait cru qu'il s'agissait de résultats indiscutablement acquis et qu'il ait immédiatement considéré comme encombrant et inutile l'immense réseau de fils télégraphiques qui rayonne sur toute la surface du globe, longeant les routes, grimpant sur les montagnes et reposant dans les profondeurs des Océans.

Les savants ainsi que les techniciens accueillirent l'annonce de cette nouvelle découverte avec beaucoup moins d'enthousiasme, car ils sont habitués à trouver dans les

journaux, pour ainsi dire tous les jours, des articles rela-
tant des inventions merveilleuses, rédigés par de *soi-disant*
vulgarisateurs, qui n'ont d'autre objectif que de remplir
quelques colonnes de leur prose, afin de flatter la curio-
sité publique en lui présentant des découvertes sensation-
nelles, ayant en général comme point de départ un
fait scientifique, mais dont les applications sont très exagé-
rées et souvent invraisemblables. Les techniciens et les
savants sont naturellement sceptiques; aussi n'acceptè-
rent-ils l'annonce de la découverte du jeune Italien que
sous toutes réserves et avec une certaine défiance, d'autant
plus que les principes sur lesquels elle s'appuyait étaient
tenus rigoureusement secrets.

Pourtant, en présence des résultats obtenus lors d'expériences effectuées à Londres par ce jeune Italien, qui n'est
autre que M. G. Marconi, on ne pouvait plus ranger sa
découverte parmi les nombreuses fantaisies technico-scien-
tifiques qui encombrent les journaux, et on dut reconnaître
qu'il s'agissait d'une invention sérieuse, malgré le mystère
dont on l'entourait et le soin que l'on prenait de cacher
soigneusement les moyens employés par M. Marconi pour
obtenir les résultats annoncés.

Des spécialistes, bien au courant des questions de ce
genre, eurent aussitôt l'intuition qu'il s'agissait d'une application des ondes électriques qui, depuis quelques années à
peine, venaient d'être découvertes et étudiées par Hertz. On
sait que les ondes électriques ont été reconnues de nature
identique aux ondes lumineuses et, dans ces conditions,
elles pouvaient parfaitement se prêter à l'établissement de
communications à distance. Cette considération suffit à
quelques savants, tels que M. Lodge en Angleterre, M. Tissot
en France, M. Ascoli en Italie, etc., pour leur donner l'idée
de construire aussitôt des appareils permettant de reproduire les expériences de M. Marconi, appareils que l'on re-

connut plus tard fondés sur le même principe que celui
qu'avait imaginé cet inventeur.

Si, à ce moment, la solution scientifique du problème
de la télégraphie sans fil par ondes électriques était suffisamment mûre pour que l'annonce seule de la découverte de M. Marconi ait permis à d'autres personnes de la
réaliser de leur côté, sans avoir connaissance des moyens
qu'il employait, il n'en était pas de même de la solution
au point de vue de l'application pratique. La solution pratique consistait à établir des communications à grande distance et, chose plus difficile et de première importance, à
rendre les stations indépendantes entre elles, pour que
l'une quelconque de ces stations ait la possibilité d'entrer
seule en communication avec une autre parfaitement déterminée, sans apporter aucun trouble dans les transmissions
échangées simultanément entre deux autres postes. On
conçoit en effet que cette dernière condition est indispensable, sans quoi la télégraphie sans fil ne peut avoir que
des applications très limitées.

On décrira dans cet ouvrage les perfectionnements apportés successivement par M. Marconi et par d'autres inventeurs
à l'appareil primitif, dans le but de réaliser la transmission
à grande distance, ainsi que l'indépendance des stations.
On verra que, s'il a été relativement facile d'arriver à la
solution du problème de la distance, par suite de perfectionnements aux appareils et de l'emploi de sources d'énergie électrique très puissantes qui ont permis de traverser
l'Atlantique, il n'en a pas été de même en ce qui concerne l'indépendance des stations. En effet, on n'a obtenu
jusqu'ici que des résultats imparfaits pour réaliser des
communications multiples, quoique tout ait été mis en
œuvre, aussi bien l'habileté et la persévérance des opérateurs que les ressources inépuisables des progrès de la
science, ainsi que les puissants moyens d'action mis à la

disposition des inventeurs par les gouvernements et les capitalistes, qui tous ont réuni leurs efforts pour arriver à la solution complète de ce problème, si important pour l'avenir de la télégraphie sans fil.

L'état actuel de nos connaissances en radiotélégraphie a été arrêté au mois d'août 1904, c'est-à-dire à l'époque où a été inaugurée la ligne de Bari à Antivari.

Les renseignements donnés dans ce volume ont été puisés principalement dans les ouvrages publiés aussi bien en Italie qu'à l'étranger sur la télégraphie sans fil, parmi lesquels il convient surtout de citer la première édition du livre de M. Righi et les traités de MM. Leone, Murano, Zammarchi, Prasch, Arldt, Boullanger et Ferrié, Ducretet, etc.

Nous avons également consulté la plupart des revues scientifiques.

Le but de cet ouvrage est d'exposer aussi simplement et aussi clairement que possible les principes sur lesquels est fondé le nouveau système de communication, de décrire les appareils utilisés à cet effet, ainsi que leur installation dans les stations, de suivre pas à pas les progrès réalisés par les divers inventeurs qui ont imaginé des systèmes de radiotélégraphie et, finalement. d'exposer, dans l'ordre chronologique, les progrès réalisés depuis les premières expériences de M. Marconi à Bologne jusqu'à la transmission radiotélégraphique transatlantique.

Comme conclusion de ce travail, on exposera l'état actuel de la radiotélégraphie en signalant les services qu'elle rend actuellement et les applications plus nombreuses qu'elle est susceptible de recevoir dans l'avenir.

Un dernier chapitre fait connaître l'état actuel de la Téléphonie sans fil, encore à l'état d'études, mais qui paraît susceptible de donner lieu ultérieurement à certaines applications.

LA TÉLÉGRAPHIE SANS FIL

CHAPITRE PREMIER

NOTIONS GÉNÉRALES
SUR LES TÉLÉCOMMUNICATIONS SANS FIL

Organes principaux. — Tout système de télécommunication comporte trois organes distincts :

1° L'organe qui produit le signal ;

2° L'organe qui sert de liaison entre le poste de départ et le poste d'arrivée ;

3° L'organe qui reçoit le signal.

Ces trois organes peuvent respectivement recevoir les noms de *transmetteur*, *ligne* et *récepteur*.

Ainsi, par exemple, lorsqu'on parle, ces trois organes sont respectivement représentés par la voix de la personne qui parle, par l'air qui transmet les vibrations sonores et par l'oreille de la personne qui écoute. Voilà donc un exemple dans lequel la ligne n'est pas constituée par un dispositif spécial ; mais, dans le cas où l'on fait sonner une cloche, la corde qui relie la main de l'opérateur au battant de cette cloche représente exactement une ligne spéciale.

Il est évident que la suppression de toute ligne spéciale simplifie le système de transmission ; en effet, de tout temps, on a utilisé des moyens plus ou moins efficaces pour transmettre à distance des signaux ou des ordres sans avoir recours à un organe de liaison. Les phénomènes auxquels on a eu recours depuis plusieurs siècles pour effectuer des transmissions à distance sont les phénomènes optiques et acous-

1

tiques ; ce sont ces phénomènes qui ont été utilisés et que
l'on utilise spécialement quand on veut obtenir une grande
rapidité de transmission.

Les feux qui servirent à Alexandre le Grand pour annoncer
la victoire des Macédoniens sur les Perses, les cloches des
donjons qui, par leurs sons puissants, signalaient l'approche
de l'ennemi, un violent incendie ou une inondation ; le bruit
du canon jetant l'alarme dans le campement d'une armée sont
autant de systèmes de télécommunication sans fil que l'on a
utilisés depuis longtemps.

Télégraphie optique. — Les phénomènes optiques présentent sur les phénomènes acoustiques le grand avantage
d'avoir une plus grande portée à cause de la grande sensibilité
de l'œil qui, comme appareil récepteur, est incomparablement
supérieur à l'oreille. De plus, grâce aux lunettes et aux autres
appareils d'optique, la portée des signaux lumineux est largement augmentée, ce que l'oreille ne permet pas d'obtenir,
même en utilisant des appareils renforçant le son.

La télégraphie optique a trouvé de très importantes applications, notamment au xviii⁰ siècle, grâce aux frères Chappe
qui appliquèrent à leur invention toutes les ressources que
leur offrait la science de l'optique. Malgré les progrès considérables de la télégraphie électrique, la télégraphie optique a
toujours été l'objet d'applications très importantes ; la meilleure preuve en est qu'elle est toujours utilisée, à l'aide de
pavillons, par les navires en mer, pour l'échange de correspondances et aussi par les navires passant au large pour communiquer avec les sémaphores ; enfin, dans les opérations
militaires, la télégraphie optique rend actuellement des services incontestables.

Toutefois les communications optiques présentent de nombreux inconvénients, parmi lesquels il convient d'abord de
citer l'absorption des rayons lumineux par l'atmosphère
lorsque le temps est nuageux ou que l'atmosphère est chargée
de poussières ; dans ces conditions, la portée des signaux lumi-

neux est considérablement réduite et est sujette à des variations considérables dépendant des conditions atmosphériques.
Les mouvements de l'air, dus à la chaleur ou au vent, diminuent aussi à une certaine distance la netteté des signaux qui,
parfois, deviennent inintelligibles bien avant de devenir invisibles. Les signaux optiques ne permettent pas, comme les
signaux acoustiques, d'avertir la personne qui doit les recevoir
lorsque son attention est attirée d'un autre côté et ils exigent
une surveillance active de tous les instants qui rend ce service
très pénible. Un autre inconvénient, et non des moins graves,
provient de ce fait que les signaux optiques, même convenablement dirigés, sont visibles dans un assez grand périmètre
autour du poste de réception et, par suite, n'assurent qu'imparfaitement le secret des correspondances.

A cause des nombreux inconvénients qu'elle présente, la
télégraphie optique a été presque complètement abandonnée
pour la télégraphie électrique, sauf dans quelques cas particuliers où cette dernière ne pouvait être utilisée, comme, par
exemple, pour l'échange de communications entre navires en
mer ou entre un navire et la côte. C'est pourquoi, malgré les
dépenses considérables de premier établissement et les difficultés de pose, sans compter les difficultés techniques les plus
ardues, on n'a pas hésité à relier les stations télégraphiques
par des câbles sous-marins à travers les Océans.

Télégraphie électrique sans fil. — La découverte de phénomènes magnétiques, électriques et électromagnétiques a
ouvert une nouvelle voie aux chercheurs qui ont essayé d'établir
des communications à distance en utilisant, au lieu d'une
ligne de transmission spéciale, les moyens naturels tels que
l'air, l'eau, la terre et même l'hypothétique éther cosmique, et
cela sans avoir recours aux phénomènes optiques ou acoustiques.

Il y a de nombreux exemples d'action à distance à travers
l'espace, même dans le vide ; l'on peut citer entre autres l'action d'un aimant sur un autre aimant (action magnétique) ;
celle d'un corps possédant une charge électrique sur un autre

corps à l'état neutre (induction électrostatique); la production
d'un courant électrique dans un circuit lorsqu'on fait varier
l'intensité du courant dans un autre circuit distant du premier
(induction électrodynamique) ; etc. La transmission de courants électriques à travers l'eau ou à travers la terre constitue
aussi un système de transmission de signaux, sans qu'il soit
nécessaire d'avoir recours à une ligne spéciale reliant les stations; c'est pourquoi on peut le ranger dans la catégorie des
systèmes de télégraphie sans fil.

On peut dire que toutes les fois que l'on a trouvé un nouveau moyen d'effectuer une action à distance, on a cherché à
l'appliquer, quelquefois avec un certain succès, à l'établissement de télécommunications sans fil, parce que ce genre de
communications répond à un des besoins les plus urgents de
la vie sociale et entraîne l'esprit humain à chercher toutes les
solutions possibles pour les appliquer, suivant leur valeur, aux
divers cas qui se présentent dans la pratique.

Il y a deux siècles, semble-t-il, il aurait été fait des tentatives
pour transmettre des signaux à distance en utilisant des actions
magnétiques ; mais, par suite des connaissances restreintes que
l'on possédait alors en physique et aussi du peu de moyens
d'action dont on disposait à cette époque, les essais qui furent
faits n'aboutirent à aucun résultat concluant.

Le premier essai de télégraphie sans fil ayant donné quelques
résultats doit être attribué, paraît-il, à l'écossais James Bowmann Lindsay qui, en 1831, aurait réussi à télégraphier à une
distance dépassant un mille anglais en se servant comme conducteur de l'eau de la Tay. Comme d'autres personnes reportent
à l'année 1854 l'époque où cette expérience fut effectuée, on
hésite à savoir si l'on doit attribuer à Lindsay la priorité
de cette découverte ou bien s'il ne serait pas plus exact d'en
accorder la paternité à Samuel Finsley Morse, l'inventeur du
système télégraphique qui porte son nom. En effet, en 1842,
Samuel Morse, lors des essais qu'il effectuait avec son appareil
télégraphique, se trouva en présence d'un dérangement causé
par la rupture d'un fil isolé qu'il avait tendu au travers d'un

canal, rupture causée par un bateau qui levait l'ancre; il ne put terminer l'expérience qu'il avait entreprise qu'en disposant des fils le long de la rive et en se servant de l'eau comme conducteur pour relier les deux berges.

Mais le problème de la télégraphie électrique sans fil avait été déjà énoncé clairement par C.-A. Steinheil en 1838, c'est-à-dire bien avant les expériences de S. Morse.

Tout d'abord Steinheil avait essayé, comme système intermédiaire entre la transmission télégraphique, à l'aide d'une ligne artificielle spéciale et celle que l'on cherchait à obtenir en se servant d'un conducteur naturel, d'utiliser comme conducteurs les rails des chemins de fer qui, à cette époque, s'étaient suffisamment développés en Angleterre. Les essais ne donnèrent pas de résultats, par suite de la difficulté d'isoler une file de rails de l'autre à travers le sol, fait qui conduisit à la découverte de la possibilité d'établir des communications télégraphiques avec un seul conducteur en se servant de la terre comme conducteur de retour. Steinheil effectua alors des expériences pour déterminer les lois suivant lesquelles le courant de retour se distribuait dans le sol ; il reconnut qu'un galvanomètre indiquait le passage d'un courant lorsque les conducteurs qui le reliaient au sol étaient placés à une distance pas trop considérable de ceux qui faisaient communiquer les pôles de la pile avec la terre. Il ajoute : « L'avenir montrera « si l'on parviendra à télégraphier à grande distance sans « employer des conducteurs métalliques. Pour de faibles dis- « tances, jusqu'à 50 pieds, j'en ai constaté la possibilité par des « expériences; mais, pour de grandes distances, la réussite est « seulement supposable, soit en augmentant la force induc- « trice galvanique, soit en construisant des multiplicateurs « spécialement appropriés à ce but, soit enfin en augmen- « tant les surfaces de contact des extrémités du multipli- « cateur. »

Après que Morse eut publié les résultats des expériences précitées, effectuées en 1842, et qui lui avaient permis de télégraphier d'une rive à l'autre d'un fleuve en se servant de l'eau comme conducteur, l'ingénieur des télégraphes J.-H. Wilkings proposa, en 1849, un dispositif qui aurait permis, paraît-il, de télégraphier d'Angleterre en France, à travers l'air, sans employer des fils conducteurs.

Bonelli en Italie, Gintl en Autriche, Bouchot et Donat en France s'occupèrent à la même époque de trouver la solution du même problème; mais l'on ne connaît pas les détails des expériences qu'ils firent.

Les essais effectués par H. Highton, commencés en 1852 et qui se continuèrent pendant une vingtaine d'années, donnèrent des résultats pratiques assez intéressants. Plus tard de nombreux brevets d'invention furent pris pour des systèmes de télégraphie sans fil, parmi lesquels on peut citer les suivants : Smith en 1881 et 1887, Phelps en 1885 et 1886, Dolbear en 1886, Woods en 1887, Ader en 1888, Somzée en 1888, Edison en 1891 et 1892, Stevenson en 1892, Sennet en 1892, Evershed en 1892 et 1896, Preece en 1893, Rathenau en 1893, Blake en 1894 et Kitsee en 1895.

Tous ces brevets se rapportent à des procédés de transmission par simple conduction ou par induction, procédés qui ne permettaient d'échanger des transmissions qu'à une distance toujours limitée. Plusieurs de ces brevets ne contiennent que des projets d'appareils, tandis que d'autres décrivent des appareils ayant été construits et qui ont été soumis à des essais pratiques. Parmi ces derniers, il convient de signaler celui qui fut imaginé par M. Preece, directeur des télégraphes anglais : son dispositif servit à effectuer des expériences qui furent très concluantes, même au point de vue pratique.

Les célèbres expériences sur les oscillations électriques, effectuées par Hertz en 1887 et 1888, ouvrirent un vaste et nouveau champ de recherches à la télégraphie sans fil. Ces oscillations, extrêmement rapides, se comptent par une dizaine de millions par seconde, se transmettent avec la vitesse de propagation de la lumière, c'est-à-dire à raison de 300 000 kilomètres par seconde; elles produisent, comme on le verra par la suite, des actions à distance sur certains appareils spéciaux appelés

résonateurs et, par conséquent, se prêtent à la transmission
de signaux. Très heureusement, un appareil, appelé cohéreur,
doué d'une très grande sensibilité pour la réception de ces
signaux à l'arrivée, fut imaginé à cette époque ; on l'utilisa
aussitôt pour réaliser le premier appareil de télégraphie sans fil
fondé sur les actions des ondes électriques. Ce premier appareil
a été l'objet de perfectionnements successifs qui ont permis
aujourd'hui de transmettre des signaux à la distance considérable de 5000 km, distance qui sera probablement dépassée
plus tard, lorsque de nouveaux perfectionnements auront été
apportés aux appareils actuels.

En présence des résultats obtenus par l'utilisation des ondes
électriques, les autres systèmes de télégraphie sans fil ont
perdu une grande partie de leur importance et ne doivent
être considérés actuellement que comme des tentatives hardies
pour atteindre le but vers lequel la *radiotélégraphie* a marché
à pas de géant, tentatives qui néanmoins font le plus grand
honneur à leurs inventeurs.

Il serait injuste de passer sous silence ces intéressantes
tentatives. En effet, si l'on avait à raconter la prise d'une
forteresse, on ne manquerait pas de tenir compte non seulement des combattants vivants qui ont pu y pénétrer, mais
aussi de ceux qui ont succombé pour assurer la victoire.

Toute conquête scientifique peut être comparée à la prise
d'une forteresse. Des vies entières de savants ont été consacrées
aux recherches abstraites du domaine scientifique et n'ont eu
d'autre objectif que la recherche de la vérité avant que la découverte d'une de ces vérités ait pu recevoir de grandes applications au point de vue pratique.

En présence des résultats déjà acquis en radiotélégraphie, les
autres systèmes de télégraphie sans fil ont perdu toute importance pratique ; mais il convient de mentionner ici les autres
tentatives moins heureuses faites pour arriver à la solution
de la transmission des signaux à distance.

Parmi ces tentatives et indépendamment de celles qui ont
été déjà mentionnées, il y a deux systèmes de télégraphie sans

fil qu'il faut rappeler, l'un qui a précédé et l'autre qui a suivi l'invention de la radiotélégraphie.

Le premier de ces systèmes est fondé sur l'emploi du radio-phone, instrument imaginé en 1878 par Graham Bell, l'inventeur bien connu du téléphone. Ce système de télégraphie sans fil sera décrit plus longuement, en même temps que d'autres, dans une autre partie de cet ouvrage; pour le moment, il suffit de rappeler qu'il est fondé sur la propriété que possède le sélénium de présenter une résistance assez faible au passage du courant électrique lorsqu'il est soumis à l'action des rayons lumineux, tandis qu'il présente une très grande résistance, lorsqu'il est placé dans l'obscurité. Dans ces conditions, si l'on envoie à distance et par intermittences un faisceau de rayons lumineux sur une plaque de sélénium intercalée dans un circuit électrique, il se produit dans ce circuit des courants intermittents que l'on perçoit à l'oreille dans un téléphone et qui peuvent constituer un système de signaux télégraphiques.

L'autre système est celui de la télégraphie à l'aide des radiations ultra-violettes, imaginé par Zickler en 1898, et fondé sur la découverte faite par Hertz que la lumière qui contient des radiations ultraviolettes, c'est-à-dire des vibrations plus rapides que celles que produisent les rayons violets, facilite la production d'étincelles entre deux conducteurs possédant des charges de signes contraires. Le dispositif imaginé pour utiliser ces phénomènes consiste à maintenir les conducteurs chargés à l'aide d'un générateur d'électricité et à éloigner alors ces conducteurs l'un de l'autre jusqu'à ce que les étincelles cessent d'éclater, et cela sans faire intervenir les rayons ultra-violets ; si, alors, on soumet les conducteurs à l'action des rayons ultra-violets, il se produit une série d'étincelles de durée courte ou longue suivant le temps plus ou moins long qu'agissent les radiations ultra-violettes. On a ainsi la possibilité de transmettre à distance des signaux, analogues aux signaux télégraphiques. Il convient de remarquer que les rayons ultra-violets ne sont pas perçus par l'œil.

c'est pour cette raison que le système de télégraphie fondé sur leur emploi ne présente pas, comme la télégraphie optique ordinaire, l'inconvénient de permettre que les signaux soient surpris par d'autres que ceux auxquels ils sont destinés.

Laissant de côté les systèmes de télégraphie sans fil purement optiques ou acoustiques qui, du reste, ne rentrent pas dans le cadre de cette étude, on décrira les autres systèmes que l'on peut désigner sous le qualificatif d'*électrotélégraphiques*, c'est-à-dire dans lesquels sont utilisés des phénomènes électriques divers. On y ajoutera quelques indications sur un système, non encore appliqué paraît-il, qui utilise les radiations thermiques infra-rouges.

On peut classer les différents systèmes de la manière suivante :

I. Systèmes par conduction ;

II. Systèmes par induction ;

III. Système radiophonique ;

IV. Système fondé sur l'emploi des radiations ultra-violettes et infra-rouges ;

V. Système utilisant les ondes électriques.

Naturellement ce dernier système sera plus largement développé à cause de la grande importance qu'il a acquise.

CHAPTIRE II

TÉLÉGRAPHIE SANS FIL PAR CONDUCTION

Principe théorique. — On sait que les corps, au point de vue électrique, peuvent être rangés en deux classes : les *corps conducteurs* et les *corps isolants*. Les corps conducteurs sont ceux qui laissent passer facilement le courant électrique et les corps isolants sont ceux qui s'opposent à sa propagation.

En réalité, les corps ne sont ni parfaitement conducteurs, ni parfaitement isolants ; cette propriété des corps affecte des degrés très divers ; il y en a qui sont plus ou moins bons conducteurs ou plus ou moins isolants. Les corps les plus conducteurs sont les métaux ; les dissolutions salines sont assez bonnes conductrices et, par conséquent, on peut ranger dans cette catégorie l'eau de mer et l'eau douce qui, comme on le sait, contiennent toujours des sels en dissolution.

On sait également que le sol est bon conducteur de l'électricité ; cette propriété de la terre fut découverte par C.-A. Steinheil en 1838, lorsqu'il essaya d'utiliser les rails de chemin de fer comme conducteurs télégraphiques et qu'il reconnut qu'il était impossible d'empêcher le passage du courant d'une file de rails à l'autre à travers le sol.

A cette époque, les transmissions télégraphiques s'effectuaient par des lignes à double fil, un fil d'aller et un fil de retour. Dès qu'il eut découvert la conductance du sol, Steinheil songea à utiliser la terre comme conducteur de retour et

réalisa ainsi un perfectionnement des plus importants, c'est-
à-dire la transmission télégraphique à l'aide d'un seul fil
de ligne dont les deux extrémités se terminaient par une
grande plaque métallique enfouie dans le sol qui servait ainsi
à compléter le circuit dans lequel étaient intercalés les divers
appareils de transmission et de réception.

Comme on l'a déjà dit, Steinheil fit des tentatives pour
transmettre des signaux télégraphiques en utilisant seulement
le sol comme conducteur ; il parvint à effectuer ainsi des
transmissions à petite distance (50 pieds), posant alors pour
la première fois le problème de la télégraphie sans fil.

Le sol pourtant, à cause de son manque d'homogénéité et
de sa faible conductance, ne se prête pas aussi bien que l'eau
de la mer, des fleuves et des lacs à la transmission des
signaux télégraphiques sans fil ; aussi les essais effectués en
se servant de l'eau comme conducteur ont-ils donné de
meilleurs résultats que ceux qui avaient été faits en se servant
du sol.

En dehors de l'eau et du sol, il n'y a pas d'autres moyens
naturels suffisamment étendus pouvant remplacer le conducteur
télégraphique.

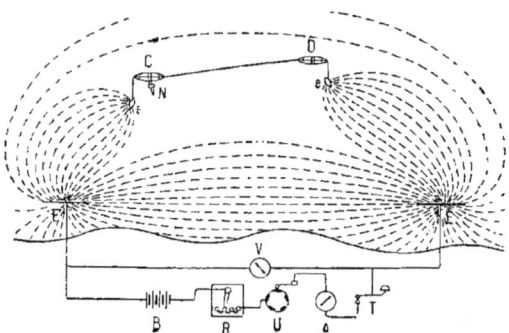

Fig. 1. — Transmission électrique à travers l'eau.

Voyons maintenant comment l'on peut concevoir la transmission du courant électrique à travers un milieu s'étendant
dans toutes les directions. Si on a deux lames conductrices

EE (*fig.* 1) immergées dans un milieu conducteur indéfini,
l'eau par exemple, et qu'on les relie respectivement à chacun
des pôles d'une pile électrique, le courant passe d'une lame à
l'autre en suivant des directions déterminées auxquelles on a
donné le nom de *lignes de force électriques*, affectant une
forme curviligne ; ces lignes sont très rapprochées dans le
voisinage des lames et s'écartent ensuite peu à peu les unes
des autres à mesure qu'elles s'en éloignent.

La distribution de ces lignes de force est tout à fait
analogue à celle des lignes de force magnétiques que l'on
constate dans l'expérience bien connue du fantôme magnétique (*fig.* 2). Pour obtenir un spectre magnétique, on prend
un aimant en fer à cheval sur lequel on place une feuille de
verre ou une feuille de carton sur laquelle on fait tomber de
la limaille de fer très fine ; on voit alors les brins de limaille
se disposer les uns à la suite des autres pour former des
lignes courbes qui partent d'un des pôles pour rejoindre

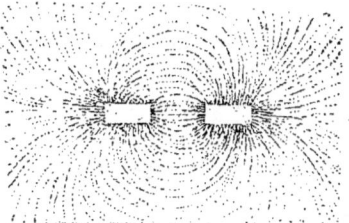

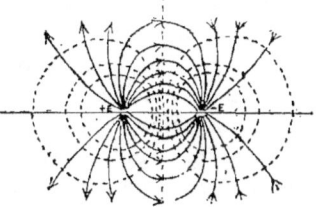

Fig. 2. — Fantôme magnétique.   Fig. 3. — Lignes de force et lignes
                                        équipotentielles.

l'autre. Ces lignes sont appelées lignes de force magnétiques,
c'est-à-dire indiquent la direction dans laquelle se déplacerait
un pôle magnétique placé dans les diverses parties du champ
magnétique ainsi produit.

Comme les lignes de force indiquent la direction du flux de
force magnétique, l'action magnétique est nulle dans la direction perpendiculaire à ces lignes de force. Sur la figure 3, les
lignes de force sont représentées par des traits continus reliant

les pôles magnétiques + et —; si sur cette figure on trace des lignes pointillées qui viennent toujours couper perpendiculairement les lignes de force, ces nouvelles lignes indiquent les divers points où un pôle magnétique ne sera pas influencé, puisque, le long de ces lignes, l'action magnétique est nulle ; les lignes sont appelées *lignes équipotentielles.*

Si les points + et —, au lieu d'être constitués par des pôles magnétiques, étaient des points électrisés positivement et négativement, le champ électrique développé autour de ces points pourrait être représenté d'une manière identique. Les lignes de force (traits pleins) indiqueraient la direction dans laquelle se déplacerait un corps électrisé libre de se mouvoir dans le champ ; les lignes équipotentielles, perpendiculaires aux lignes de force, donneraient les points où le mouvement de ce corps serait nul.

En reprenant le cas indiqué sur la figure 1 et représentant les lignes de force électrique produites par les deux lames EE, plongées dans l'eau et ayant l'une une charge positive et l'autre une charge négative, on voit que, si la conductance du milieu dans lequel elles se trouvent est constante, la distribution des lignes de force est régulière ; mais si, en certains points, cette conductance devient plus grande, comme en *ee*, parce qu'en ce point on a immergé deux grandes plaques de métal reliées entre elles, les lignes de force se concentrent vers ces plaques et le courant passe de l'une à l'autre par l'intermédiaire du fil qui les relie. Il est évident que la totalité du courant qui traverse les lames EE ne passera pas par ces plaques, mais seulement une partie, constituant un courant dérivé qui est plus intense que celui qui traverserait le fil de jonction, si ce dernier était simplement plongé dans l'eau sans être muni de ses deux plaques.

Il convient de noter que l'intensité du courant qui passe par le fil *ee* dépend de la position qu'occupent les plaques dans l'eau ainsi que de la distance qui les sépare.

Si les deux plaques se trouvent placées sur une même ligne équipotentielle, c'est-à-dire en un point où l'action électrique est nulle, le courant ne passera pas d'une plaque à l'autre, et par conséquent le fil qui les relie ne sera le siège d'aucun phénomène électrique. Mais si, au contraire, les deux plaques se trouvent disposées de manière à se trouver en deux points entre lesquels existe une différence de potentiel, le fil *cc* sera parcouru par un courant dont l'intensité sera d'autant plus élevée que la différence de potentiel entre les deux points considérés, où les plaques sont respectivement immergées, sera plus grande.

Comme le potentiel varie d'une quantité constante lorsqu'on passe d'une ligne équipotentielle à la suivante, de même la différence de potentiel entre les plaques *cc* et, par suite, l'intensité du courant qui les traverse, prennent une valeur d'autant plus grande que plus nombreuses sont les lignes équipotentielles coupées par les plaques. En d'autres termes, l'intensité du courant sera d'autant plus grande que les plaques auront une plus grande surface et se rapprocheront davantage de la position dans laquelle elles sont placées transversalement par rapport aux lignes équipotentielles ou, ce qui revient au même, qu'elles sont plus près du parallélisme par rapport aux lignes de force qui sont perpendiculaires aux lignes équipotentielles.

Dans la figure 1, qui se rapporte à des expériences dont il sera parlé ultérieurement, le fil *cc* est disposé de manière à couper le plus grand nombre possible de lignes équipotentielles afin d'être presque parallèle aux lignes de force.

Une disposition analogue, mais plus irrégulière, des lignes de force serait obtenue dans le cas où les lames EE*cc* seraient placées dans le sol, comme dans l'expérience déjà citée de Steinheil. Si sur le parcours du fil *cc* on intercale un appareil récepteur galvanomètre, récepteur Morse, téléphone) et que l'on relie les lames EE respectivement aux bornes d'un générateur d'électricité en ayant le soin, à l'aide d'un interrupteur approprié, d'interrompre le courant à des intervalles de temps plus ou moins longs, le récepteur sera actionné à des intervalles de temps égaux et l'on pourra ainsi transmettre des signaux télégraphiques entre le poste transmetteur où se trouve

la source de courant et les lames EE et le poste où est placé
le récepteur.

Expériences de Lindsay et de Morse. — Le premier brevet d'invention pour un système de télégraphie sans fil utilisant
l'eau comme conducteur fut accordé en 1854 à l'Écossais James
Bowmann Lindsay. La spécification de ce brevet contenait la
description des conditions essentielles à réaliser pour la transmission des télégrammes. Il paraît que, vers la fin de 1831, cet
inventeur avait déjà fait une application pratique de son système à travers l'eau de la Tay et qu'il avait obtenu des transmissions de signaux à une distance d'un mille (1 609 m). Son
système ne doit pas sans doute différer de celui qui fut appliqué, en 1832, par Samuel Finsley Morse, l'inventeur bien connu
de l'appareil télégraphique qui porte son nom.

Comme on l'a déjà dit, c'est à la suite de la rupture d'un fil
qui traversait un fleuve, lors d'une expérience faite sur l'appareil Morse, que cet inventeur eut l'idée, pour remplacer le
fil interrompu, de télégraphier à travers l'eau, en utilisant
la conductance de ce liquide.

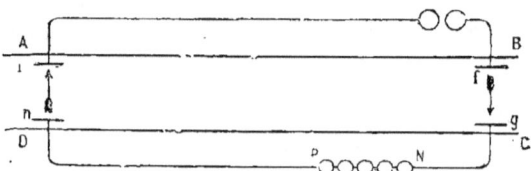

Fig. 4. — Transmission à travers l'eau. Dispositif de S. Morse.

La figure 4 représente le dispositif qu'employa Morse :
ABCD sont les rives du fleuve ; NP, la batterie de piles :
E, l'électro-aimant récepteur qui pouvait être également constitué par un galvanomètre ; WW ; les fils conducteurs placés le
long de la rive et reliés à des plaques *ifgn* immergées dans l'eau.

Morse admettait que le courant fourni par la pile passait du fil positif P à la plaque n et de là se rendait, à travers l'eau du canal qui avait 80 pieds de largeur (24,5 m environ), à la plaque i et à l'électro-aimant, le conducteur de retour étant constitué par la plaque f, l'eau, la plaque g et le fil N de la pile.

Les quelques principes théoriques qui ont été déjà exposés montrent comment il faut aujourd'hui se faire une idée de ce genre de transmission, en s'appuyant sur les connaissances actuelles. Les expériences furent effectuées avec des fils de longueurs différentes et un nombre variable d'éléments de pile. Ces expériences démontrèrent que le courant électrique traversait l'eau du fleuve et que l'intensité de ce courant était proportionnelle à la dimension des plaques; toutefois, cette intensité variait aussi avec la distance qui séparait les deux plaques immergées près de la même rive. D'après Morse, cette distance devait être égale à trois fois la largeur du cours d'eau à traverser, et il ne trouva aucun avantage à augmenter la distance au-delà de cette limite.

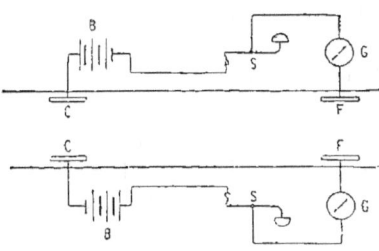

Fig. 5. — Transmission à travers l'eau. Dispositif de Lindsay.

Le dispositif breveté par Lindsay est représenté sur la figure 5 et, comme on le voit, il est presque identique à celui de Morse. Sur les deux rives étaient installés des appareils semblables; chacun de ces appareils se terminait par deux plaques immergées dans l'eau. Le fil reliant les deux plaques était posé à terre et, dans ce circuit, étaient intercalés une pile, une clé de contact et un galvanomètre.

Les deux batteries de piles B, B étaient montées en tension.

Les longueurs des deux conducteurs installés parallèlement

aux rives du cours d'eau furent calculées de manière que la résistance totale des conducteurs servant à relier la pile et la résistance des appareils fût inférieure à celle de l'eau comprise entre les deux plaques immergées d'un même côté, afin que, conformément à la loi des courants dérivés, la majeure partie du courant passât par la portion du circuit installée à terre. Dans ces conditions, toutes les fois que l'on appuyait sur une des clés SS, par suite de l'interruption du courant dans la ligne où elle était intercalée, il se produisait un affaiblissement du courant dans le circuit installé sur la rive opposée, affaiblissement que l'on constatait par une déviation plus faible de l'aiguille du galvanomètre. Pour obtenir ce résultat, il fallait donner aux deux circuits posés à terre une longueur beaucoup plus considérable que la largeur du cours d'eau.

Lindsay avait imaginé ce dispositif pour éviter les frais considérables qu'auraient entraînés l'achat et la pose d'un câble sous-fluvial; en effet, indépendamment du prix même du câble, il fallait tenir compte des frais d'entretien dus aux avaries produites par les violents courants du cours d'eau et le fond très accidenté de ce dernier. Mais, comme on le voit, il fut forcé de poser un circuit beaucoup plus long pour établir sa ligne sur terre.

La méthode de Lindsay n'est utilisable qu'à la condition qu'il n'y ait pas à craindre la production de courants telluriques, et encore n'est-elle applicable que sur de courtes distances.

Système Smith. — Dans le but d'établir une communication télégraphique entre le phare de Fastnet et la localité située sur la côte voisine, où le fort ressac de la marée rendait impossible la pose d'un câble, Willoughby Smith utilisa le dispositif suivant :

Il installa, à partir du phare, deux fils nus tendus sur les rochers et allant dans des directions opposées; ces fils se terminaient à leurs extrémités par deux plaques métalliques immergées dans l'eau. Sur la côte, il posa un câble d'envi-

ron 15 km de longueur qui était également placé sur les
rochers. En utilisant des courants très intenses, il put recevoir,
par induction et par l'intermédiaire des plaques qui terminaient le câble, des courants d'intensité suffisante pour actionner les appareils récepteurs. Lorsque les mouvements de la
mer, lors des tempêtes, produisaient la rupture des connexions
reliant les conducteurs aux plaques, il suffisait d'immerger
dans l'eau les extrémités de ces conducteurs pour que les
communications télégraphiques fussent immédiatement ré-
tablies.

Système Highton. — Depuis l'année 1852, H. Highton
chercha pendant vingt ans la solution du problème de la
transmission télégraphique par l'intermédiaire de l'eau et il
proposa à cet effet trois méthodes différentes.

La première, qui ne différait pas de celle de Morse, consistait à utiliser quatre plaques métalliques immergées dans
l'eau et couplées deux à deux; les fils conducteurs, tendus
sur chaque rive du cours d'eau, étaient respectivement reliés à
ces plaques.

La deuxième méthode comportait également des fils tendus
sur chaque rive; ils se terminaient à chacune de leurs extrémités par des fils non isolés qui plongeaient dans l'eau.

Enfin le troisième dispositif n'était qu'une modification du
deuxième dans lequel un des fils imparfaitement isolé était
supprimé et l'eau était utilisée comme conducteur de retour.

Highton, dans la plupart des cas, trouva plus avantageux
d'utiliser le deuxième dispositif qui fut appliqué, principalement dans les Indes, où les ingénieurs télégraphistes anglais
s'en servirent avec succès pour la traversée de très larges
fleuves, mais à la condition toutefois que les deux fils non
isolés immergés dans l'eau fussent placés à une distance convenable l'un de l'autre.

Système Bourbouze. — Pendant le siège de Paris, en 1870,
on essaya d'utiliser l'eau comme conducteur pour mettre la

ville assiégée en communication avec le territoire en dehors des lignes de l'armée d'investissement.

On avait immergé dans la Seine, en dehors des lignes de l'armée assiégeante, deux plaques métalliques reliées respectivement à deux conducteurs et une pile était intercalée dans ce circuit ; à Paris, on avait installé dans la Seine un dispositif semblable, mais avec un galvanomètre dans le circuit. Les premières expériences avaient donné de bons résultats, mais le siège se termina avant que les appareils fussent complètement installés.

Système Rathenau et Rubens.— La figure 1, page 11, représente schématiquement le dispositif utilisé en 1894, lors des expériences effectuées en Allemagne sur l'initiative des autorités maritimes de l'empire, dans le but pratique de vérifier la possibilité de télégraphier par conduction à travers l'eau et aussi dans le but scientifique de s'assurer quelle influence pouvait avoir la conductance de l'eau dans les expériences analogues, faites à la même époque par Preece. On donnera ultérieurement quelques détails sur les essais effectués par Preece qui utilisa des effets d'induction.

Rathenau et Rubens ne se servaient que de courants continus.

Dans la figure 1, B est le générateur d'électricité, R un rhéostat réglable, U un interrupteur de courant actionné par un moteur, A un ampèremètre, T un manipulateur télégraphique, et EE des plaques de 15 m² de surface, immergées dans l'eau à une distance de 500 mètres l'une de l'autre et formant les deux extrémités du circuit primaire.

V est un voltmètre mis en dérivation sur ce circuit et CD sont deux embarcations mises en communication par un câble dont les extrémités se terminaient par deux plaques conductrices ee plongeant dans l'eau. La distance qui séparait les deux embarcations varia de 50 à 300 mètres. Sur l'une d'elles était un téléphone N intercalé dans le circuit secondaire et servant de récepteur.

Par suite de la présence de l'interrupteur, on entendait dans le téléphone un son continu et permanent, lorsqu'on ne transmettait pas de signaux. Lorsqu'on effectuait une transmission en manœuvrant le manipulateur qui interrompait le courant pendant des périodes longues et courtes, suivant l'alphabet Morse, on percevait ces signaux dans le téléphone, grâce aux interruptions plus ou moins longues du son continu permanent.

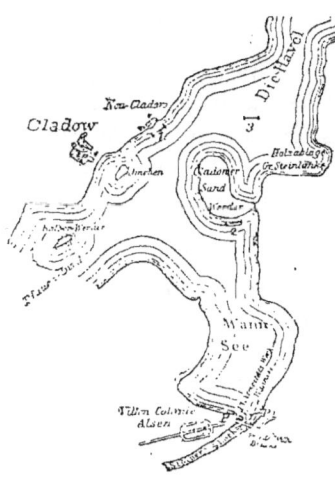

Fig. 6. — Carte du lac Wansee.

Ces expériences furent faites sur le lac Wansee, formé par le fleuve Havel près de Postdam. La station de transmission se trouvait au point marqué P sur la figure 6 et la station réceptrice fut successivement placée aux points marqués 1, 2 et 3. L'intensité du courant dans le circuit primaire ne dépassait pas 3 ampères et le nombre d'interruptions était de 150 par seconde. Bien que le téléphone atteignit son maximum de sensibilité avec 600 interruptions, les signaux furent nettement reçus jusqu'à la distance de 4,5 km. qui était la distance la plus grande que l'on pouvait obtenir lorsque la station réceptrice était au point 1 près Neu-Cladow.

Les expériences comparatives faites avec la station réceptrice installée aux points 2 ou 3, c'est-à-dire en avant ou en arrière d'une petite île séparée de la rive par un canal étroit et peu profond, permirent de reconnaître que la présence de l'île interposée ne présentait aucun inconvénient au point de vue de la transmission.

M. Rathenau était d'avis, comme du reste on l'a fait prévoir dans les principes théoriques exposés dans le chapitre précédent, que la distance à laquelle une communication était possible pouvait être augmentée en utilisant des courants plus intenses, à la condition de laisser une distance plus grande entre les plaques primaires et secondaires et enfin en réglant l'interrupteur pour le téléphone employé comme récepteur.

TRANSMISSIONS A TRAVERS LA TERRE

Systèmes Steinheil et Michel. — On a déjà parlé des expériences effectuées par Steinheil vers 1838, expériences qui lui permirent de constater que le sol pouvait être utilisé comme conducteur du courant qui actionnait un galvanomètre jusqu'à la distance de 50 pieds (15 mètres). Depuis les essais de Steinheil, les divers expérimentateurs qui ont étudié la transmission sans fil ont dirigé leurs recherches spécialement sur l'utilisation de l'eau comme conducteur, pensant que sa plus grande homogénéité et sa meilleure conductance se prêtaient beaucoup mieux à la solution de cet intéressant problème.

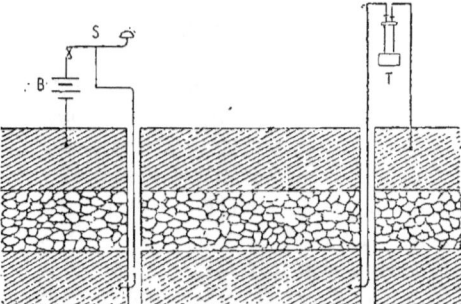

Fig. 7. — Transmission à travers le sol. Dispositif de l'abbé Michel.

Ce n'est qu'à partir du moment où les récepteurs eurent reçu de notables perfectionnements, par suite de la découverte du téléphone, que l'on fit de nouvelles tentatives de transmission à travers le sol.

En 1894, l'abbé L. Michel put télégraphier, par l'intermé-

diaire du sol, à une distance d'environ 1 km, en se servant
du dispositif représenté figure 7. Une batterie d'accumulateurs
B avait un de ses pôles en communication avec les couches
supérieures du sol, tandis que l'autre pôle était relié, par l'intermédiaire d'un manipulateur Morse S, à un fil placé dans
un puits creusé dans une couche de terrain très peu conducteur ; l'extrémité de ce fil pénétrait ensuite dans une couche
de terrain plus conductrice. A la station réceptrice, les
deux conducteurs d'un téléphone étaient mis en communication avec la terre, l'un avec les couches superficielles, tandis
que l'autre, séparé du premier par une bande de terrain
presque isolante, était enfoui profondément dans le sol. Par suite
de cette disposition, le circuit comprenant le téléphone et la
batterie était constitué par deux couches de terrain conducteur et les fils métalliques correspondants et il n'y avait relativement que peu de pertes de courant dans le sol.

Expériences de Strecker, Orling et Armstrong. — Peu
de temps après les expériences de Rathenau et de Rubens sur
l'utilisation de l'eau comme conducteur, Strecker effectua des
expériences analogues en se servant du sol. Il put transmettre
des signaux à 17 km de distance en utilisant une ligne primaire de 3 km de longueur et une ligne secondaire de 1 km
avec un courant ayant une intensité de 14 à 19 ampères.

Il constata que la distance à laquelle les signaux télégraphiques étaient perceptibles augmentait proportionnellement
avec l'intensité du courant primaire et avec la distance qui
séparait les plaques terminant les extrémités aussi bien de la
ligne primaire que de la ligne secondaire ; il reconnut aussi que
les meilleurs résultats étaient obtenus lorsque les deux lignes
étaient perpendiculaires à la droite passant par leurs centres.

Ces résultats, qui s'expliquent immédiatement par la théorie
développée au commencement de ce chapitre, montrent, qu'en
voulant dépasser les limites de la distance à laquelle Strecker
avait pu transmettre, et cela en utilisant des courants moins
intenses que ceux qu'il avait employés, car cette intensité est

trop forte pour une application pratique, il suffit de donner aux lignes un développement beaucoup plus grand, ce qui a pour conséquence, dans la plupart des cas de la pratique, de diminuer la valeur du système.

Les expériences plus récentes d'Orling et d'Armstrong furent faites en utilisant un dispositif analogue à celui de Rathenau et Rubens et à celui de Strecker, c'est-à-dire avec une ligne primaire pour la transmission et une ligne secondaire pour la réception, toutes deux se terminant par des plaques placées dans le sol.

Ce qui distinguait ce dispositif des autres était l'emploi comme récepteur d'un relai excessivement sensible qui sera décrit ultérieurement (chap. viii) en même temps que d'autres appareils du même genre. Ce relai, actionné par le courant d'arrivée, courant par conséquent de très faible intensité, avait pour rôle de fermer le circuit d'une pile locale produisant un courant d'intensité suffisante pour actionner un récepteur télégraphique ordinaire.

Ce dispositif, auquel les inventeurs ont donné le nom de « Armorl », présentait l'avantage de permettre la réception des télégrammes écrits et de pouvoir télégraphier à des distances aussi grandes qu'avec les autres systèmes analogues, tout en utilisant des courants de moindre intensité et aussi de pouvoir, avec des courants d'intensité égale, atteindre des distances plus grandes, étant admis que le relai était beaucoup plus sensible que les récepteurs téléphoniques utilisés dans les autres systèmes.

D'après Orling et Armstrong, la distance maximum à laquelle on pouvait transmettre était de 35 km, distance qui pouvait être dépassée en utilisant leur dispositif comme relai, c'est-à-dire en installant à la distance maximum qu'il était possible d'atteindre un dispositif qui, au lieu d'actionner un récepteur télégraphique, fermait le circuit d'une pile convenable sur un autre fil destiné à transmettre à une distance plus grande les signaux par l'intermédiaire d'un autre « Armorl » installé en ce point.

Système L. Maiche. — M. Maiche a récemment fait breveter un système de télégraphie et de téléphonie à travers le sol qui est fondé sur les principes des méthodes précédentes.

Dans le poste transmetteur, sont installés une pile et un manipulateur. De cette pile partent, dans des directions opposées, deux fils posés sur le sol; ces directions sont perpendiculaires à la direction occupée par la station réceptrice. Les deux fils se terminent par deux plaques métalliques immergées soit dans des vases poreux remplis d'eau, soit dans la terre humide. L'installation du poste récepteur est analogue à celle du poste de transmission avec cette différence que la pile et le manipulateur sont remplacés par un récepteur convenable, un téléphone par exemple.

D'après l'inventeur, lorsqu'on vient à fermer le circuit dans le poste transmetteur, on détermine, aux deux points où les pôles sont reliés à la terre, deux champs magnétiques de signe contraire; l'action de ces champs magnétiques se produirait à distance sur la ligne parallèle du poste récepteur.

Pour éviter la dispersion, l'inventeur propose de placer derrière les fils du poste transmetteur, du côté opposé à celui du poste récepteur, un diaphragme en matière isolante ou bien encore de creuser un fossé profond.

On a également tenté d'utiliser la conductance du sol et de l'eau dans divers systèmes de téléphonie sans fil dont il sera question dans un autre chapitre.

CHAPITRE III

TÉLÉGRAPHIE SANS FIL PAR INDUCTION

Principes théoriques. — On donne le nom de phénomènes d'induction ou d'influence à certaines actions électriques qu'un corps exerce sur un autre corps placé à distance et sans qu'il existe entre eux une communication apparente.

Ainsi, par exemple, si l'on place un morceau de fer à une certaine distance d'un aimant, ce morceau de fer s'aimante par influence; de même, si l'on approche un corps électrisé d'un autre corps conducteur, ce dernier prend par induction une charge électrique ; enfin, si dans le voisinage d'un circuit parcouru par un courant, on place un autre circuit fermé, ce second circuit est alors parcouru par un courant appelé courant d'induction.

En réalité, dans l'état actuel de nos connaissances scientifiques, on n'admet plus les actions à distance, mais on suppose plutôt que le milieu interposé sert d'intermédiaire pour transmettre les actions qu'un corps exerce sur un autre. Comme un grand nombre de ces actions à distance se propagent également dans le vide, on a admis que, même dans le vide, existe un milieu appelé *éther* servant d'intermédiaire pour la transmission. Lorsqu'on frappe sur un corps sonore placé dans l'air, l'air subit des vibrations qui se propagent jusqu'à notre oreille; de même, si un corps a le pouvoir de mettre l'éther en mouvement, les vibrations se propagent et peuvent agir à distance sur un autre corps susceptible d'être actionné par elles.

On dispose donc ainsi d'un autre moyen naturel, l'*éther*, pour effectuer à distance des transmissions télégraphiques sans fil, moyen qui n'est pas de découverte récente, puisque c'est celui dont la nature nous offre continuellement un exemple en transmettant la lumière et la chaleur d'un astre à un autre et aussi celui que l'on a appliqué de tout temps, d'ailleurs sans le savoir, en télégraphie optique.

C'est donc par l'intermédiaire de l'éther que se transmettent les actions électriques qui agissent à distance et qui constituent les phénomènes d'induction dont il a été question précédemment.

Les phénomènes d'induction électrique peuvent se classer en deux catégories :

1° Les phénomènes d'induction électrostatique ;

2° Les phénomènes d'induction électrodynamique.

La production d'une charge électrique induite sur un corps conducteur par le voisinage d'un corps électrisé est un phénomène électrostatique, parce que cette charge est accumulée dans le corps induit; au contraire, le courant produit dans un circuit par le voisinage d'un autre circuit par un courant est un phénomène d'induction électrodynamique, puisque le courant induit peut être considéré comme une certaine quantité d'électricité en mouvement.

Pourtant cette distinction n'est pas absolue, car, même dans le cas de l'induction électrostatique, le mouvement du corps inducteur électrisé constitue un mouvement d'électricité et, pendant la charge, on a également un véritable courant électrique dans le corps induit.

Néanmoins, pour faciliter les explications qui suivent, on maintiendra la distinction établie entre l'induction électrostatique et l'induction électrodynamique.

Applications de l'induction électrostatique. — Les phénomènes d'induction électrostatique peuvent être appliqués à la télégraphie sans fil de deux manières différentes :

Première méthode. — Soient A et B (*fig.* 8) deux conducteurs mis en présence : le conducteur A peut être mis en communication avec un générateur d'électricité E par l'intermédiaire d'une clé T, tandis que le conducteur B est relié à un téléphone. Lorsqu'on abaisse le clé, A se charge et, en même temps, il se produit en B un courant de charge dont le téléphone décèle l'existence

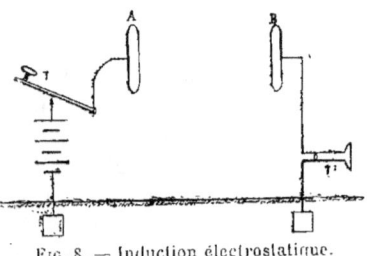

Fig. 8. — Induction électrostatique.
Première méthode.

en produisant un son. Si, ensuite, on met A en communication avec le sol, les deux conducteurs A et B se déchargent simultanément et le téléphone T′ produit un nouveau signal acoustique.

Seconde méthode. — Un conducteur C est relié à un téléphone T′ (*fig.* 9) et est placé dans le voisinage d'un fil AB dans

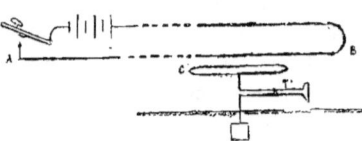

Fig. 9. — Induction électrostatique.
Seconde méthode.

lequel, à l'aide d'une clé, on peut faire circuler un courant ou l'interrompre. Dès que l'on fait passer le courant dans AB, C se charge comme s'il était placé dans le voisinage d'un corps électrisé et il se produit un courant qui actionne le téléphone ; dès que l'on vient à interrompre le courant en B, le conducteur C se décharge comme si on éloignait de lui un corps électrisé et le téléphone produit un nouveau signal.

Dans l'une et l'autre méthodes, en manœuvrant convenablement la clé, on peut, à l'aide de signaux acoustiques conventionnels, établir une correspondance télégraphique entre les deux postes.

Applications de l'induction électrodynamique. — Le phénomène fondamental appliqué dans la télégraphie sans fil par induction est celui qui fut découvert par Faraday en 1831; il est bien connu sous le nom d'*induction électrodynamique*.

Voici en quoi consiste ce phénomène :

Si l'on a deux circuits placés en face l'un de l'autre, l'un I (*fig.* 10), dans lequel sont intercalés une pile P et un interrupteur T, permettant de l'ouvrir ou de le fermer à volonté, et

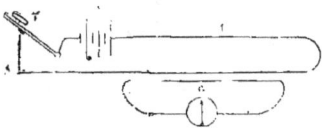

Fig. 10. — Induction électrodynamique.

l'autre I' fermé sur un galvanomètre, on constate que chaque fois que le premier circuit est fermé ou ouvert par la manœuvre de la clé T, le second circuit I' est parcouru par un courant instantané (courant induit) qui produit une déviation de l'aiguille du galvanomètre. Le courant induit, lors de la fermeture du premier circuit, est de sens opposé à celui qui se développe au moment de l'ouverture de ce même circuit : par suite, les déviations de l'aiguille du galvanomètre sont aussi de sens opposé.

Lorsqu'on augmente la distance qui sépare les deux circuits I et I', les courants induits par I ont une intensité plus faible, mais il est encore possible de déceler leur présence à des distances assez grandes, soit en augmentant la sensibilité du galvanomètre ou de tout autre appareil récepteur mis à sa place, soit en augmentant l'intensité du courant dans le circuit inducteur I, soit enfin par tout autre procédé que l'étude des lois régissant ce phénomène peut suggérer.

Pour expliquer le fonctionnement de ce système de transmission à distance, il suffit de rappeler qu'il se forme un champ magnétique autour d'un fil lorsque ce dernier est parcouru par un courant; les lignes de force de ce champ magnétique sont circulaires, leur plan est perpendiculaire au fil et leur centre se trouve sur le fil même. L'existence de ce champ ma-

gnétique est mis en évidence par ce fait que, si l'on place une
aiguille aimantée NS (*fig.* 11) mobile dans le voisinage d'un fil

conducteur parcouru
par un courant, l'ai-
guille prend aussitôt
une position perpendi-
culaire à la direction
de ce courant. On peut
également montrer
l'existence du champ
magnétique par l'ex-
périence du fantôme
(*fig.* 11) analogue à
celui que représente la
figure 2. Le fil AB tra-

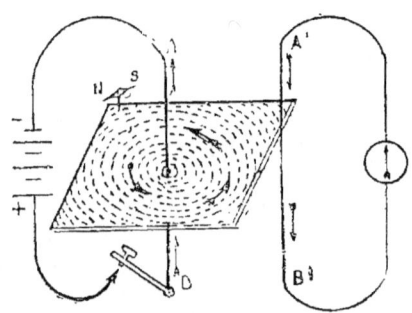

Fig. 11. — Déviation de l'aiguille aimantée placée
dans un champ magnétique.

verse perpendiculairement une feuille de carton sur laquelle
on a répandu de la limaille de fer; lorsqu'on fait passer le
courant dans le fil AB, les brins de limaille se disposent en
cercles concentriques, ainsi que le montre la figure.

De même, le phénomène réciproque se manifeste, c'est-à-dire
que la production ou la disparition d'un champ magnétique
donne naissance à un courant dans un fil placé perpendiculairement aux lignes de force de ce champ. C'est pourquoi, si
parallèlement à un fil AB on dispose à une certaine distance
un autre fil A'B' (*fig.* 11), lorsqu'on fait passer un courant dans
le premier de ces fils, le champ magnétique qu'il développe agit
sur le second qui est alors parcouru par un courant instantané,
appelé courant induit de fermeture. En interrompant le courant
dans le premier fil, le champ magnétique disparaît; cette
disposition produit dans le fil A'B' un courant instantané de
sens opposé au précédent qui est le courant induit de rupture.

La production d'un champ magnétique peut être obtenue
par d'autres moyens que celui qui consiste à faire passer un
courant dans un des fils. Ainsi, par exemple, si l'on approche du
fil A'B' un aimant, de manière que les lignes de force qu'il pro-

duit *fig.* 2 et 3. page 12) coupent perpendiculairement le fil, ce champ magnétique produit également des courants induits dans le fil soumis à son action. Ce fait présente, comme on le voit, une importance pratique considérable, car il permet d'obtenir des courants à l'aide de machines magnéto ou dynamo-électriques, en déplaçant simplement un circuit fermé dans le champ magnétique produit par un aimant ou par un électro-aimant.

Il est important, au point de vue des applications que l'on aura à étudier, de faire remarquer que, si le fil AB est soumis à l'action d'étincelles électriques interrompues ou alternées, chaque étincelle peut être considérée comme un passage d'électricité, autrement dit comme un courant électrique et, à chacune de ces étincelles correspondra la production et la disparition d'un champ magnétique et, par suite, la production de courants alternatifs dans le conducteur AB.

Si l'on se reporte au cas de la figure 10, on voit que, pour obtenir en F une succession rapide de courants induits, il suffit d'intercaler dans le circuit I, au lieu d'une simple clé, un interrupteur automatique tournant chap. VII); dans ce cas, il convient de remplacer le galvanomètre par un téléphone qui indique la présence de chaque courant induit par un petit bruit parfaitement perceptible à l'oreille, son qui peut être rendu presque continu et musical, si les interruptions sont produites avec une rapidité suffisante. Si, indépendamment de l'interrupteur, on place dans le circuit une clé T, il est possible, en la manœuvrant à des intervalles courts ou longs, de produire dans le téléphone des sons également brefs ou longs correspondant aux divers signaux de l'alphabet Morse. On a ainsi le moyen de transmettre des télégrammes sans disposer d'un fil conducteur reliant le circuit inducteur et le circuit induit.

Ce procédé de communication a trouvé, comme on le verra, des applications utiles lorsque, par exemple, il s'agit d'établir une communication télégraphique entre une ligne fixe parcourue par les courants inducteurs et un poste de réception mobile le long de cette ligne et muni d'un circuit induit, comme c'est

le cas, par exemple, de l'échange de communications télégraphiques avec les trains de chemins de fer en marche ou avec
les bateaux-phares qui, suivant la direction du vent, changent
de position et ne peuvent, par suite, être reliés à la côte par
un câble sous-marin qui empêcherait ces déplacements.

Dans ces cas spéciaux, il n'y a pas de fil conducteur reliant
le poste transmetteur au poste récepteur ; mais le fil inducteur
et le circuit induit se trouvent à petite distance l'un de l'autre.

Dans la pratique, il se présente souvent des cas où les deux
circuits ne peuvent être installés à une distance assez rapprochée
pour que la transmission des signaux puisse s'effectuer. Il faut
alors étudier la solution du problème en s'inspirant des données
théoriques et pratiques, afin de rendre les signaux perceptibles
à de plus grandes distances.

Les deux circuits I et I' de la figure 10 peuvent être installés
dans un même plan ou bien être placés en regard l'un de l'autre
dans des plans parallèles.

La théorie et l'expérience ont permis de constater que l'intensité des courants induits était plus grande dans le second
cas que dans le premier. Mais, comme on le verra, on a fait
aussi des expériences de télégraphie par induction, même en
plaçant les circuits inducteur et induit dans un même plan.

Lorsqu'il s'agit de communications à grande distance, si l'on
adopte la disposition dans laquelle les circuits sont installés
dans des plans parallèles, ces plans doivent évidemment être
verticaux et alors on peut effectuer l'installation suivant deux
méthodes différentes : employer deux circuits entièrement
fermés sur eux-mêmes ou bien utiliser l'eau ou le sol comme
conducteur de retour, ainsi que le montre la figure 12, c'est-
à-dire en plaçant un fil unique qui est suspendu au-dessus du
sol et dont les extrémités se terminent par deux plaques immergées dans l'eau ou enfouies dans le sol.

A première vue, les deux dispositifs paraissent différents,
mais en réalité ils sont équivalents. En effet, lorsqu'on examine
le dispositif que représente la figure 12, on voit, qu'entre les
deux plaques immergées, le courant se dérive en différents

points constituant ainsi un grand nombre de dérivations. L'ensemble de ces courants dérivés peut être considéré comme

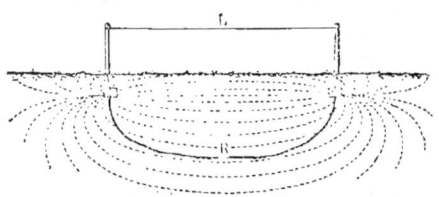

Fig. 12. — Utilisation de l'eau ou du sol comme conducteur de retour.

équivalent à un seul courant passant dans un conducteur unique R qui, relié au conducteur aérien L, constitue ainsi un circuit fermé comme dans le premier cas. La profondeur à laquelle ces dérivations peuvent se produire et, par conséquent, la profondeur à laquelle on peut supposer que le conducteur résultant R est placé, augmente en même temps que l'on accroît la distance qui sépare les deux plaques immergées.

Dans les expériences faites par Preece à Frodsham, dans lesquelles le fil aérien avait une longueur de 100 mètres, on trouva que le conducteur résultant constitué par le sol devait se trouver également à une profondeur de 100 mètres; dans les expériences de Conway, avec un fil primaire de 410 mètres, le calcul indiqua une profondeur de 116 mètres, tandis que, dans les expériences faites à Ness-See et à Kilbrannau-Sund, expériences dans lesquelles la distance qui séparait les plaques varia de 3,5 km à 6,5 km, la profondeur à laquelle les courants dérivés se manifestaient atteignit 300 mètres.

De ces résultats on peut déduire qu'en allongeant et en élevant le conducteur de terre L, la surface embrassée par le circuit inducteur est considérablement augmentée, non seulement à la surface du sol, mais aussi en ce qui concerne la profondeur à laquelle se trouve le conducteur résultant R, constitué par le sol même.

Les expériences de Preece ont démontré qu'en augmentant la surface du circuit inducteur on augmente également l'action inductrice exercée sur le circuit induit.

Pour ces expériences, on utilisa deux bobines de fil disposées l'une en face de l'autre, la première constituant le circuit primaire et l'autre le circuit secondaire; on examina, à l'aide du téléphone, si des courants induits se produisaient dans le circuit secondaire. Ces expériences permirent de reconnaître que l'action inductrice d'une bobine exerçait son action à des distances bien plus grandes lorsqu'on augmentait le diamètre des spires plutôt qu'en augmentant le nombre de ces dernières. Or, comme on l'a vu, un simple fil, tendu à la surface du sol et dont les extrémités sont mises en communication avec la terre, peut être considéré comme une bobine n'ayant qu'une seule spire, mais d'un diamètre bien plus grand que celui d'une spire fermée métalliquement sur elle-même, c'est-à-dire constituée par un même fil. Puisque, dans le premier cas, on ferme le circuit par l'intermédiaire du sol pris comme conducteur, il s'ensuit que le conducteur aérien est beaucoup plus efficace que celui de la spire métallique fermée sur elle-même.

Il fut reconnu ainsi que plus était grande la surface embrassée par le circuit inducteur, plus étaient intenses les effets d'induction produits ; on reconnut de même qu'une des conditions qui permettaient de transmettre des signaux à distance était de faire usage de conducteurs primaire et secondaire de grande longueur, élevés à une assez grande hauteur au-dessus du sol et se terminant à leurs extrémités par des plaques enterrées dans le sol ou mieux immergées dans l'eau.

Si les deux circuits représentés figure 10, page 28, au lieu d'être constitués par un conducteur formant une seule spire, étaient constitués par plusieurs spires, il est rationnel d'admettre que chaque spire du circuit 1, agissant par induction sur chaque spire du circuit 1', le courant induit dans ce dernier doit être plus intense; dans ces conditions, on peut supposer que, pour effectuer des transmissions à grandes distances, on pourrait utiliser des bobines comportant un grand nombre de spires à la place de conducteurs formant chacun une spire unique.

Les conditions de bon fonctionnement dont il y a lieu de tenir compte sont trop nombreuses pour qu'il soit possible de déterminer par un simple raisonnement si la disposition qui vient d'être indiquée convient ou non, d'autant plus qu'il y a lieu de tenir compte, dans le cas où les extrémités des spires sont mises à la terre, de la conductance du sol dont la valeur n'est jamais bien déterminée. Il est une chose évidente, c'est qu'en augmentant le nombre de spires on augmente en même temps la longueur du conducteur et, par suite, sa résistance, à moins que l'on n'augmente son diamètre proportionnellement à sa longueur, ce qui entraîne une dépense d'installation toujours plus considérable. En augmentant la résistance du conducteur, on diminue l'intensité du courant inducteur et, par suite, pour maintenir cette intensité constante, il faut augmenter proportionnellement la dépense d'énergie électrique dans le circuit primaire. Il faut également tenir compte de ce fait qu'en augmentant le nombre de spires les effets de self-induction dans le circuit primaire augmentent également et modifient l'intensité du courant, soit pour l'augmenter, soit pour la diminuer suivant les cas. Dans ces conditions, le mieux est d'avoir recours à l'expérience pour obtenir la solution de ce problème.

Les expériences effectuées par Preece furent faites de la manière suivante : deux fils ayant une longueur déterminée furent enroulés chacun sur une bobine et l'on détermina l'intensité des courants induits non seulement pour des distances données, mais jusqu'à ce que les effets d'induction ne fussent plus sensibles. On déroula ensuite les bobines et l'on tendit les fils pour constituer deux conducteurs rectilignes en utilisant la terre comme conducteur de retour. On constata, en employant la même puissance électrique que dans la première expérience, que les effets d'induction et, par conséquent, la distance à laquelle ils étaient perceptibles, étaient bien plus intenses qu'avec le premier dispositif.

Les expériences de Preece prouvent qu'il convient d'utiliser, pour les transmissions à grande distance, un conducteur aérien unique de grande longueur, tendu, à la plus grande hauteur possible, parallèlement au sol et dont les extrémités sont reliées respectivement à deux plaques enfouies dans le sol ou immergées dans l'eau.

SYSTÈMES ÉLECTROSTATIQUES

Systèmes de Smith et d'Edison. — Les premiers essais de télégraphie par induction électrostatique furent faits dans le but d'établir des communications entre les stations de chemin de fer et les trains en marche.

Smith, en 1881, pour réaliser ce genre de communication, installa une ligne télégraphique parallèlement à la voie ferrée ; cette ligne était disposée de manière à se trouver le plus près possible de la toiture des wagons. La toiture de ces wagons était recouverte d'une feuille métallique parfaitement isolée et reliée par un conducteur isolé à l'une des bornes d'un téléphone installé à l'intérieur de la voiture, la seconde borne étant reliée à la terre, par l'intermédiaire d'un fil communiquant avec les roues et les rails.

Le téléphone placé dans le wagon reproduisait les conversations transmises par le fil de ligne.

En 1885, Edison fit breveter un appareil destiné au même usage que le précédent, mais beaucoup plus compliqué. Il est fondé sur le même principe que celui de Smith, mais il n'y a pas lieu d'en donner la description, car ce dispositif ne constitue pas un système de télégraphie sans fil. En effet on ne saurait ranger dans la catégorie des dispositifs de télégraphie sans fil un système dans lequel, quoiqu'il existe une interruption du circuit entre la ligne et le récepteur, il est indispensable d'établir tout le long de la voie une ligne servant à échanger des transmissions.

Edison mit son appareil en service, en 1889, sur une ligne de 86 km de longueur du chemin de fer de la Compagnie Lehigh Valley Railroad. Les télégrammes étaient reçus par signaux télégraphiques acoustiques dans un téléphone ; les transmissions furent parfaitement effectuées tout le long de la ligne.

Système de Dolbear. — Un autre système, dû à Dolbear, est représenté schématiquement sur la figure 13; il permet d'établir des communications à des distances beaucoup plus considérables que celles auxquelles les effets d'induction électrodynamique sont perceptibles.

Au poste transmetteur est installée une pile B ayant une

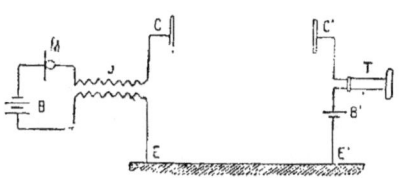

force électromotrice au moins égale à 100 volts et dont un des pôles est mis à la terre en E, à travers un des circuits d'une bobine d'induction J, tandis que l'autre pôle est relié à une plaque métallique

Fig. 13. — Système Dolbear de télégraphie sans fil par induction électrostatique.

C, par l'intermédiaire d'un contact microphonique M et de l'autre circuit de la bobine J. Au poste de réception, il y avait une batterie de piles moins puissante B', dont un des pôles était relié à la terre en E', tandis que l'autre était mis en communication avec une plaque métallique C', par l'intermédiaire d'un téléphone T.

Les deux lames CC' constituaient en quelque sorte les armatures d'un condensateur de faible capacité, à cause de la grande distance qui les séparait l'une de l'autre. Mais, comme ces lames se trouvaient rapprochées du sol, on pouvait considérer chacune d'elles comme formant avec le sol un véritable condensateur ayant une capacité bien plus grande que le condensateur CC'.

Lorsqu'on parlait devant le microphone M, les vibrations de ce dernier produisaient des variations de charge dans l'armature C et qui agissaient par induction en partie sur le sol en E et en partie sur l'armature C'; cette dernière, par suite, produisait des courants qui, traversant le téléphone, reproduisaient les sons émis devant le microphone M.

Autre système Edison. — Comme la distance qui sépa-

rait les armatures C et C' était beaucoup plus grande que celle
qui séparait l'armature C du sol, la dépense d'énergie électrique
en C et en E était beaucoup plus considérable que celle qui se
perdait entre C et C'.

Afin de diminuer la perte entre C et la terre, il faut diminuer la capacité du condensateur dont C et la terre constituent
les armatures ; il suffit, à cet effet, d'élever C au-dessus du
niveau du sol.

Edison fut un des premiers à signaler ce fait et, dans un brevet relatif à la télégraphie sans fil sur terre, il indique qu'il
est nécessaire de placer les armatures du condensateur suffisamment haut pour que l'action absorbante des constructions,
des arbres et du sol soit réduite au minimum possible.

Pour supporter les plaques constituant les armatures des
condensateurs, Edison indiquait, outre l'emploi de mâts
ou antennes, l'utilisation de cerfs-volants ou de petits ballons.

L'appareil employé par Edison est représenté figure 14.
Les deux armatures du condensateur CC' sont placées à une
assez grande hauteur
au-dessus du sol et sont
reliées, par l'intermé-
diaire d'un fil métal-
lique, avec un récep-
teur R appelé « Électro-
motographe » et avec
le circuit secondaire
d'une bobine d'induc-
tion J. L'électromoto-
graphe est formé d'un
cylindre animé d'un

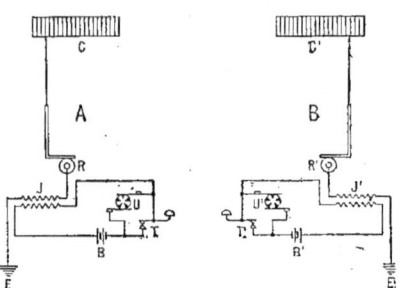

Fig. 14. — Dispositif Edison de télégraphie sans
fil par induction électrostatique.

mouvement de rotation et sur lequel appuie un balai métallique qui, par suite de son frottement sur le cylindre, produit
un son de hauteur déterminée. Lorsque le balai est traversé
par un courant, le frottement subit des variations et, par suite,
la hauteur du son émis varie également. Ces variations de la

hauteur des sons émis constituent des signaux servant à échanger des communications télégraphiques.

On peut remplacer le cylindre R par un appareil récepteur quelconque fonctionnant sous l'action de courants alternatifs.

Dans le circuit de la pile B sont intercalés le primaire de la bobine J ainsi qu'une clé T.

La clé T est normalement abaissée; lorsqu'on la soulève, le courant de la pile passe par l'interrupteur tournant U et produit dans le circuit primaire de la bobine J une série de courants intermittents qui induisent dans le secondaire des courants alternatifs qui, se propageant jusqu'à la surface du condensateur C, lui communiquent des charges alternativement positives et négatives.

Ces charges électrostatiques se transmettent par induction à la plaque C' de la station réceptrice, en produisant des courants dans le fil qui va au récepteur R' recevant les signaux comme on l'a indiqué précédemment.

Un autre dispositif plus simple, dû également à M. Edison, est représenté figure 15. Dans le poste transmetteur, une clé

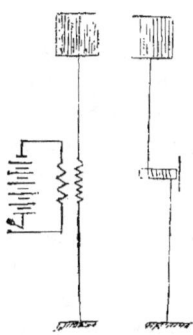

ouvre ou ferme le circuit primaire d'une bobine d'induction, dont le circuit secondaire communique, d'une part, avec une antenne élevée, munie à son sommet d'une lame métallique et, d'autre part, avec le sol. Dans le poste récepteur, une antenne identique est reliée à la terre par l'intermédiaire d'un téléphone. Suivant l'inventeur, son dispositif constituait un condensateur dans lequel les lames et les fils formaient les armatures, tandis que l'air servait de diélectrique. Dans ce cas également, lorsque la lame du poste récepteur se charge ou se décharge, par suite des

Fig. 15. — Autre dispositif du système Edison.

effets d'induction dus à l'autre lame, il se produit dans le fil des courants qui actionnent le téléphone et transmettent ainsi les signaux voulus.

Système Kitsee. — Le dispositif imaginé par Kitsee ne diffère pas sensiblement de celui d'Edison ; il est représenté schématiquement sur la figure 16.

Le récepteur utilisé avec ce système est un tube de Geissler G qui, en s'éclairant, reproduit les signaux transmis par la station de départ. Le primaire d'une bobine J est intercalé dans le circuit de la pile B, ainsi qu'un interrupteur non représenté sur la figure et une clé que l'on manœuvre à la manière ordinaire, c'est-à-dire en laissant le circuit ouvert lorsque l'appareil ne fonctionne pas.

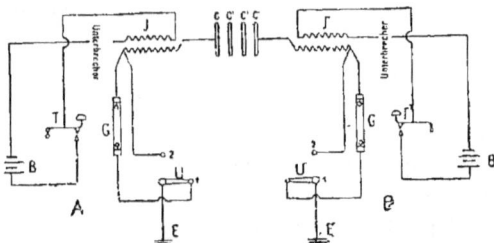

Fig. 16. — Dispositif Kitsee.

Le secondaire de la bobine J communique, d'une part, avec une armature du condensateur C et, d'autre part, avec la terre, soit directement lorsque le commutateur U est dans la position 2 (position de transmission), soit indirectement, par l'intermédiaire du tube de Geissler G, lorsque le commutateur occupe la position 1 (position de réception).

En manipulant convenablement la clé de transmission, on peut ainsi produire au poste de réception, dans le tube de Geissler, des éclairements ayant une durée courte ou longue, correspondant aux points et aux traits de l'alphabet Morse. Pour augmenter la distance à laquelle on peut échanger des signaux, on introduit entre les lames C et C_1 d'autres lames isolées, telles que C_2 et C_3, qui sont utilisées comme transmetteurs statiques. Cet artifice n'est efficace que jusqu'à une certaine limite, parce que chaque retransmission entraîne une perte d'énergie et, dans ces conditions, la distance que l'on peut atteindre reste toujours assez limitée.

Système Tesla. — M. Tesla, avant de songer à appliquer les ondes électriques à la transmission télégraphique sans fil, avait eu l'idée d'utiliser les actions électrostatiques pour arriver au même but. A cet effet, il employait un conducteur de grande surface relié à l'un des pôles d'un alternateur donnant 20000 alternances par seconde et dont l'autre pôle était mis en communication avec la terre. M. Tesla pensait qu'en plaçant à une certaine distance de ce conducteur un autre conducteur semblable, relié au sol et ayant une période d'oscillation égale à celle du premier, ce dernier, par suite des phénomènes de résonance qui seront étudiés ultérieurement, devait être actionné et pouvait ainsi être utilisé pour transmettre des signaux d'un poste à un autre.

Le système Tesla constituerait un système intermédiaire entre celui d'Edison (électrostatique) et ceux qui utilisent les ondes électriques pour lesquels la fréquence est de l'ordre de 10 millions par seconde.

Se fondant sur le principe qui vient d'être exposé, M. Tesla a fait breveter, en 1898, un dispositif permettant de diriger à distance la marche d'un petit bateau à hélice.

SYSTÈMES ÉLECTRODYNAMIQUES

Système Trowbridge. — Les premières applications notables des phénomènes d'induction électrodynamique à la transmission des signaux à distance furent effectuées en 1880 par le professeur Trowbridge de Cambridge (États-Unis).

Les deux fils entre lesquels on transmettait des signaux étaient placés à la distance d'un mille (1609 m) l'un de l'autre. L'inducteur était un fil télégraphique reliant l'Observatoire de Cambridge à la localité. Les signaux à transmettre étaient les battements d'une horloge qui, à des intervalles de temps égaux, interrompait le courant qui passait dans le fil inducteur.

Le circuit induit était constitué par un fil de 150 à 180 m de longueur dans lequel se produisaient à intervalles de temps égaux les courants induits qui étaient enregistrés par un appareil approprié.

Systèmes Phelps et Woods-Adler. — En 1884, M. Phelps utilisa le même phénomène pour échanger des communications télégraphiques entre les stations de chemin de fer et les trains en marche.

Le circuit inducteur était constitué par un fil isolé reliant les stations et élongé dans un caniveau placé entre les rails. Ce fil était mis en communication avec les appareils transmetteurs des stations.

Dans un des wagons du train était installé un circuit constitué par un fil de cuivre isolé d'environ 2500 m de longueur formant 90 spires autour d'un châssis rectangulaire placé verticalement; un des côtés de ce châssis traversait le plancher du wagon de manière à se trouver le plus près possible (environ 175 mm) du fil inducteur qui lui était parallèle.

Les extrémités du circuit induit étaient reliées aux bornes d'un relai très sensible qui, fonctionnant sous l'action des courants induits, fermait à chaque émission le circuit d'une pile locale actionnant un récepteur Morse ordinaire.

Toutes les fois qu'à la station de départ on fermait le circuit inducteur par la manœuvre de la clé, les courants émis passaient dans le fil de la ligne et les courants induits qu'ils produisaient dans le circuit disposé sur le wagon actionnaient le relai; les signaux étaient ainsi enregistrés.

Des expériences suivies sur une ligne de 20 kilomètres donnèrent des résultats tout à fait satisfaisants.

Lorsqu'on voulait télégraphier du train aux stations de la ligne, on utilisait le courant de la pile locale et, à l'aide d'une clé, on envoyait des émissions de courant dans le circuit du cadre porté par le wagon; ces courants, agissant par induction sur le fil de ligne, les signaux étaient reçus dans les stations à l'aide du téléphone.

Dans les années 1887 et 1888, MM. Woods et Adler réalisèrent d'autres appareils analogues pour l'échange de communications avec les trains en marche; ces appareils furent soumis à des essais qui donnèrent de bons résultats, mais ils ne paraissent pas avoir reçu de grandes applications.

Système Eversted-Lennet. — La figure 17 représente un dispositif, imaginé par MM. Eversted et Lennet, qui permettait de télégraphier de la côte à un bateau-phare à l'ancre ou à un autre navire passant dans le cercle d'action de l'appareil.

En B se trouvait un bateau-phare à l'ancre qui, suivant la direction du vent, pouvait prendre diverses positions autour de son ancre. Pour que ce bateau puisse, dans n'importe quelle position occupée, recevoir les communications transmises de la côte, on avait immergé au

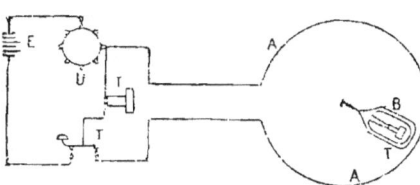

Fig. 17. — Dispositif Eversted-Lennet.

fond de l'eau un câble disposé circulairement et qui embrassait le champ que le bateau pouvait prendre dans ses diverses positions, câble qui était relié à l'appareil transmetteur installé à terre. Le bateau était entouré extérieurement d'une sorte de bobine en fil isolé, ayant au moins 50 spires; cette bobine constituait un circuit secondaire fermé dans lequel était intercalé un téléphone T.

A l'aide d'une clé T et de l'interrupteur automatique U, on envoyait des courants intermittents dans le câble; ces courants, agissant par induction sur les spires entourant le bateau, produisaient dans le téléphone des signaux acoustiques du système Morse.

Il est évident que ce dispositif pouvait également s'appliquer pour transmettre des signaux à un navire quelconque, à la

condition toutefois qu'il fût muni des appareils de réception
et qu'il se trouvât à l'intérieur du cercle formé par le câble.

Expériences de Preece. — Les systèmes décrits jusqu'à
présent ne permettaient l'échange de communications que
lorsque la distance qui séparait le circuit inducteur du circuit
induit était suffisamment petite; ces systèmes ont été rangés
dans la catégorie des télégraphes sans fil parce qu'il n'y a
point de communication métallique entre les deux circuits,
mais ils nécessitent l'emploi de fils conducteurs qui, partant
de la station de transmission, doivent arriver très près de la
station de réception. La nécessité de pouvoir échanger des
communications entre la côte et les phares fixes ou flottants,
aussi bien qu'avec les navires en marche, a entraîné à rechercher une solution de ce problème beaucoup plus générale et
plus efficace.

M. Preece, ingénieur en chef des télégraphes anglais, proposa, pour arriver au but désiré, trois méthodes différentes,
qui furent soumises pendant plusieurs mois à des essais pratiques.

La première méthode consistait à établir le long de la côte
un conducteur de plusieurs kilomètres de longueur et, sur le
navire, un autre conducteur ayant la plus grande longueur
possible. Lorsque le premier de ces circuits était parcouru par
des courants intermittents, des courants induits se produisaient dans le second et l'intensité de ces derniers dépendait
de la longueur des circuits, de la distance qui les séparait et
aussi de l'intensité du courant inducteur.

Le deuxième dispositif comportait un conducteur métallique
placé sur le flanc du navire et dont les extrémités plongeaient
dans l'eau de la mer; ce conducteur devait être placé parallèlement à un autre conducteur installé à terre, afin que le circuit dans lequel étaient intercalés les instruments de réception
se fermât à travers l'eau de la mer.

La troisième méthode utilisait un câble sous-marin léger,
dont une des extrémités était reliée à la station installée à

terre et dont l'extrémité opposée se trouvait à proximité du
bateau et se terminait par une bobine. A bord du bateau était
installée une bobine secondaire dans laquelle les courants induits
par le câble étaient utilisés pour la transmission des signaux.

Ces divers systèmes sont également applicables à l'établissement de communications entre deux côtes éloignées et, dans
ce cas, les difficultés de transmission à distance sont plus
facilement surmontées. parce qu'on peut alors donner à la
ligne de réception une plus grande longueur que sur un navire,
sur un rocher ou sur une petite île, cas qui se présente fréquemment pour les phares fixes.

Les expériences de M. Preece furent commencées en 1884 et
avaient seulement pour objet d'étudier les lois de la transmission par induction électrodynamique à travers l'espace, de
déterminer la méthode de transmission la plus convenable et
d'établir les conditions permettant d'obtenir les meilleurs
résultats. On a déjà exposé dans ce chapitre la partie purement
théorique de ces essais ; on va se borner maintenant à décrire
les dispositifs qui furent mis en pratique en indiquant les
résultats obtenus.

En 1886. le premier dispositif dont on a parlé ci-dessus fut
utilisé pour établir une communication entre Glocester et
Bristol. sur les rives de la Severn, à une distance d'environ
6,5 km.

Sur chacune des deux rives on avait construit une ligne
télégraphique constituée par un fil aérien supporté par des
poteaux et ayant une longueur d'environ 22 km. Le fil de
chaque ligne était relié à d'autres conducteurs établis à assez
grande distance du premier de manière à constituer sur chaque
rive un circuit fermé. L'un de ces circuits était parcouru par
un courant d'une intensité de 0,5 ampère, soumis à des interruptions très rapides, de manière à produire un son continu
dans un téléphone intercalé dans le circuit même. Un téléphone placé dans le circuit installé sur l'autre rive reproduisait les sons du premier.

En 1893, on entreprit des expériences beaucoup plus

importantes sur le canal de Bristol, entre un promontoire appelé Lavernock-Point et deux petites îles Flat-Holm et Steep-Holm (*fig.* 18), situées par le travers du canal et distantes de Lavernock Point la première de 5,3 km, la seconde de 8,5 km.

On réussit parfaitement à échanger des communications avec la première de ces îles, mais avec la seconde les signaux étaient perceptibles, mais peu sûrs.

L'installation comportait une ligne aérienne de 1 157 mètres de longueur, établie à Lavernock-Point. Cette ligne était parcourue

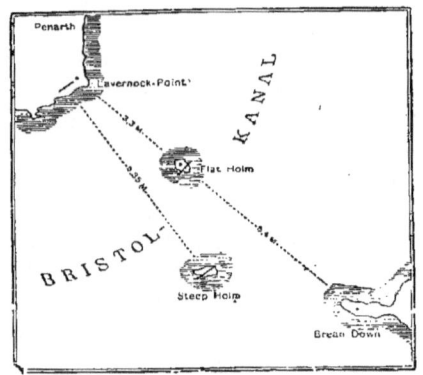

FIG. 18. — Carte du canal de Bristol.

par les courants produits par un alternateur à 192 périodes par seconde, et l'intensité maximum du courant était de 15 ampères. Sur chacune de ces deux îles était installée une ligne aérienne de 546 mètres de longueur. Les trois lignes étaient montées sur poteaux et les extrémités de chaque conducteur étaient reliées à la terre.

On effectua aussi des essais de transmission avec un bateau à vapeur à l'aide d'un fil recouvert de gutta-percha de 800 mètres de longueur, dont une des extrémités se trouvait à bord, tandis que l'autre était fixée sur une bouée.

Pour les distances inférieures à un mille (1 609 m), les signaux étaient correctement reçus, soit que le fil fût suspendu en l'air, soit qu'il fût immergé dans l'eau; pour des distances supérieures, les signaux n'étaient reçus que lorsque le fil était tendu dans l'air.

A la suite des bons résultats obtenus lors de ces expériences, on rendit définitive l'installation servant à correspondre entre Lavernock-Point et Flat-Holm afin de mettre constamment en relation la côte avec le phare édifié dans l'île. Depuis le mois de mars 1898, le service s'effectue très régulièrement entre ces deux stations.

Depuis, on a remplacé l'alternateur par une batterie de 50 éléments de piles Leclanché reliée à un interrupteur produisant 400 interruptions par seconde. A cette fréquence, le téléphone récepteur atteint son maximum de sensibilité, et l'on a amélioré l'installation en y adjoignant un relai très sensible construit par M. Evershed.

Les signaux sont parfaitement reçus et la vitesse de transmission a atteint dans certains cas jusqu'à 40 mots par minute.

Système syntonisé de Lodge. — Ce système peut être considéré comme un système intermédiaire entre ceux qui sont fondés sur l'induction électrodynamique et ceux qui utilisent les ondes électriques. En effet, ce dispositif comporte deux bobines entre lesquelles se produisent des phénomènes d'induction, mais ces bobines sont reliées à des condensateurs de manière à produire des ondes électriques qui ne diffèrent des ondes électriques ordinairement utilisées que par leur longueur beaucoup plus grande.

Pour comprendre le dispositif de Lodge, il est indispensable de connaître les principes sur lesquels sont fondés les systèmes utilisant les ondes électriques; aussi ce dispositif sera-t-il décrit ultérieurement en même temps que ces derniers.

CHAPITRE IV

SYSTÈMES RADIOPHONIQUES

Principes théoriques. — Les physiciens américains Graham Bell et Sumner Tainter, en effectuant des expériences sur la reproduction des sons au moyen de la lumière, firent, en 1878, la découverte qu'un faisceau lumineux intermittent frappant une plaque très mince, appliquée contre l'oreille, produit un son dont le nombre de vibrations, en un temps donné, est égal à celui des intermittences du rayon lumineux pendant le même temps.

L'appareil qui sert à reproduire ce phénomène fut appelé photophone par ses inventeurs. M. Mercadier, qui effectuait des recherches très intéressantes du même ordre, proposa de donner le nom de radiophone à cet appareil parce qu'il fonctionnait non seulement sous l'action des radiations lumineuses, mais aussi sous l'action des radiations calorifiques et actiniques. La figure 19 représente cet appareil.

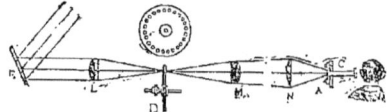

Fig. 19. — Thermophone Bell et Tainter.

Un faisceau de rayons solaires, réfléchi par un miroir E, est d'abord concentré au foyer d'une lentille L et puis, à l'aide de deux autres lentilles M, N, concentré de nouveau sur une lame excessivement mince A, enduite de noir de fumée et que l'on approche de l'oreille, soit directement, soit par l'intermédiaire d'un cornet acoustique C. Au point où viennent se concentrer les rayons provenant de la lentille L est disposé un disque portant près de sa périphérie une série de trous; ce disque est monté sur l'arbre d'un petit moteur électrique dont la vitesse angulaire peut être réglée à volonté. Lorsque le disque tourne, le passage des rayons lumineux à travers les trous pratiqués dans le disque est alternativement établi et interrompu et la lame A se met à vibrer en produisant un son d'autant plus aigu que le mouvement de rotation du disque est plus rapide. Ce son est produit, à ce que l'on croit, par des dilatations et des contractions successives de la couche d'air qui se trouve en contact avec la plaque vibrante; ces dilatations sont provoquées par l'échauffement que subit cette plaque, au moment où elle est frappée par les radiations; les contractions sont causées par le refroidissement dû à la cessation des radiations. Cet appareil a reçu aussi le nom de thermophone.

Il est facile d'utiliser ce dispositif pour reproduire des signaux conventionnels correspondant aux traits et aux points de l'alphabet Morse. Il suffit, par exemple, d'interposer devant la source lumineuse un écran dont les mouvements sont commandés par un levier et que l'on manœuvre de manière à laisser passer la lumière pendant un temps long ou bref correspondant respectivement au trait et au point de l'alphabet Morse.

En utilisant un récepteur thermophonique comme celui qui vient d'être décrit, la distance à laquelle peuvent s'effectuer les transmissions est relativement faible; cette distance peut être considérablement augmentée lorsqu'on emploie un récepteur comportant une plaque de sélénium intercalée dans un circuit qui comprend une pile et un téléphone.

Ce récepteur est fondé sur la propriété particulière et de nature inconnue que possède le sélénium métallique d'avoir une plus grande conductance au point de vue électrique lorsqu'il est frappé par la lumière que lorsqu'il est placé dans l'obscu-

rité. Par conséquent, en soumettant une plaque de sélénium
à l'action de radiations lumineuses d'intensité variable, ces
variations d'intensité lumineuse produisent des variations
correspondantes dans la résistance du sélénium. Donc, lorsqu'une résistance en sélénium est intercalée dans un circuit, il
se produit des variations de résistance électrique auxquelles
correspondent des variations d'intensité du courant qui traverse le téléphone ; ce dernier produit alors des sons dont la
hauteur varie à l'unisson des variations d'intensité de la
source lumineuse.

A l'aide d'un artifice analogue à celui que l'on a signalé à
propos du récepteur thermophonique, on peut obtenir également avec un récepteur au sé-
lénium des signaux acoustiques
conventionnels semblables à ceux
de l'alphabet Morse.

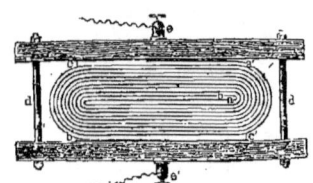

La figure 20 représente une
des formes données par M. Mercadier à la résistance en sélénium afin de satisfaire aux deux
conditions suivantes : présenter

Fig. 20. — Résistance en sélénium.

à l'action de la lumière une surface de sélénium aussi grande
que possible et donner à cette plaque, intercalée entre les électrodes, l'épaisseur minimum admissible.

Les électrodes sont constituées par de longs rubans de cuivre
isolés par une bande de papier d'égale largeur; ces rubans
sont enroulés en spirale et maintenus comprimés par une
petite ligature, ainsi qu'on le voit sur la figure. Les deux
rubans métalliques sont en communication l'un avec la borne *e*
et l'autre avec la borne *e'*.

Après avoir rendu bien plane une des faces du système, on
l'échauffe jusqu'à ce que, en faisant passer sur cette surface
un petit bâton de sélénium vitreux, celui-ci entre en fusion et
imprègne le papier. On porte ensuite l'appareil dans une étuve
afin de transformer le sélénium vitreux en sélénium métallique. Les deux serre-fils *e*, *e'* permettent d'intercaler la résis-

tance en sélénium dans le circuit de la pile et du téléphone.

Pour faire fonctionner un récepteur thermophonique ou un récepteur à sélénium, il n'est pas nécessaire que le faisceau lumineux qui le frappe soit intermittent, comme on l'obtient à l'aide du disque perforé tournant représenté figure 19; il suffit que la lumière subisse des variations d'intensité qui se traduisent par des variations analogues du son émis par le téléphone. Pour obtenir ce faisceau lumineux d'intensité variable, on peut soit agir sur le miroir B qui réfléchit la lumière, soit directement sur la source lumineuse en faisant varier son intensité.

Dans le premier cas, on imprime au miroir de très faibles oscillations pour que le faisceau lumineux change légèrement de direction et, dans ces conditions, la quantité de lumière concentrée sur le récepteur varie. Un procédé plus simple pour produire les mouvements du miroir consiste à le former d'une substance très mince, verre ou mica argenté, et à produire un son derrière ce miroir. La surface du miroir vibre alors et l'on constate que le récepteur émet des oscillations sonores analogues à celles qui sont produites derrière le miroir. La reproduction est tellement parfaite que l'on pourrait croire que c'est le miroir qui parle; on peut ainsi obtenir dans le récepteur la reproduction de la parole et on réalise alors un système de *téléphonie sans fil*.

Pour agir directement sur la source lumineuse afin de modifier son intensité, il suffit évidemment de recourir à une source de lumière artificielle comme le gaz d'éclairage, l'acétylène ou la lumière électrique.

La flamme du gaz ou de l'acétylène est rendue plus ou moins lumineuse lorsqu'on fait varier la pression du gaz, ce qu'il est facile de réaliser en employant comme source de lumière un brûleur à gaz ou à acétylène relié à une boîte manométrique *fig.* 22. p. 54, qui sera décrite ultérieurement lorsqu'on parlera des applications. Les variations de pression du gaz sont produites dans cette boîte manométrique par les oscillations d'une membrane élastique appliquée sur les parois d'un récipient que le gaz doit traverser pour arriver au brûleur.

La sensibilité de ce dispositif peut être suffisamment réduite pour que les oscillations de la membrane, provoquées par la parole, soient exactement reproduites par l'appareil récepteur ; on a ainsi réalisé un autre système de téléphonie sans fil.

Enfin, si pour transmettre à de plus grandes distances on emploie comme source lumineuse l'arc voltaïque, il est possible de produire dans l'arc les variations d'intensité lumineuse nécessaires et même de lui faire reproduire la parole. en utilisant quelques-uns des intéressants phénomènes découverts il y a quelques années et connus sous le nom d'*arc chantant* de M. Duddell, phénomènes qui sont fondés sur le fait suivant :

Si, au courant continu qui alimente un arc, on superpose, dans certaines conditions, un courant alternatif, même de faible intensité, l'arc émet un son qui reproduit les oscillations du courant alternatif et, en même temps, il se produit les mêmes oscillations dans l'intensité lumineuse de cet arc. Si le courant alternatif utilisé est celui que l'on produit dans le circuit d'un microphone en parlant devant ce dernier, l'arc peut reproduire les paroles prononcées. Si on reçoit ensuite sur un récepteur au sélénium, placé à distance, la lumière de l'arc, les oscillations lumineuses ont pour effet de reproduire les paroles dans un téléphone. Comme on le voit, on dispose ainsi d'un troisième système de téléphonie sans fil.

On peut faire agir le courant alternatif sur le circuit de la lampe, soit par induction en le faisant passer dans un conducteur voisin de celui qui alimente la lampe, soit directement en disposant un circuit dérivé relié en deux points du circuit d'alimentation. Ce second procédé est plus facile à réaliser et est plus efficace. Un dispositif de ce genre, dû à M. Ruhmer, est représenté figure 21. R est une bobine ayant un noyau de fer doux et dans l'enroulement de laquelle passe la totalité du courant qui alimente la lampe. Des deux extrémités de cet enroulement partent respectivement les fils du circuit dérivé

dans lequel est intercalé un microphone M. Lorsque la résistance de la bobine R a été convenablement choisie, on peut
se dispenser d'avoir une pile spéciale pour le microphone.

Quand on parle devant le microphone, les variations de
résistance qui se produisent dans cet appareil, par suite des
ondes sonores, modifient l'inten-
sité du courant qui passe dans
la bobine et alimente la lampe.
Dans ces conditions, la lumière
de l'arc subit des vibrations correspondant à celles de la plaque
microphonique et la parole est
reproduite dans un téléphone
actionné par un récepteur au

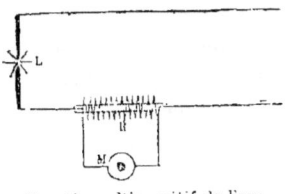

Fig. 21. — Dispositif de l'arc
chantant.

sélénium placé à une certaine distance de la lampe et sur
lequel agissent les rayons lumineux.

Il est probable que l'on pourrait obtenir dans l'arc des effets
de même nature, mais plus intenses, en plaçant la bobine et
le microphone en dérivation dans le circuit inducteur de la
dynamo qui fournit le courant alimentant la lampe, puisque
toutes les variations du courant d'excitation de la dynamo
ont pour effet de modifier l'intensité du champ magnétique et,
par suite, de modifier également l'intensité du courant produit par l'induit qui se meut dans ce champ magnétique,
courant qui alimente la lampe.

De toutes les explications qui ont été données relativement
à ces phénomènes particuliers de l'arc électrique, la plus vrai-
semblable, quoique incomplète, est celle qui a été donnée
par M. Simon et qui est fondée sur la loi de Joule.

D'après cette loi, la chaleur développée dans un circuit
est proportionnelle au carré de l'intensité du courant qui
passe dans ce circuit et, par suite, de petites variations de
cette intensité donnent lieu à des variations proportionnellement plus considérables de la quantité de chaleur
développée. Dans le phénomène de l'arc chantant, les
variations du courant alimentant l'arc, produites par la

superposition des courants microphoniques, donnent lieu, d'après la loi de Joule, à des variations correspondantes de la quantité de chaleur développée par l'arc et, conséquemment, à des variations analogues du volume des gaz incandescents qui forment l'arc et aussi à des variations de température des crayons de charbon. Les variations de volume des gaz incandescents produisent dans l'air des vibrations sonores qui reproduisent exactement les vibrations du microphone ; d'autre part, le phénomène de l'arc chantant et les variations de température des charbons sont accompagnées de variations analogues de l'intensité lumineuse qui, à leur tour, agissent sur le récepteur à sélénium.

Enfin l'arc parlant peut être transformé en arc écouteur. Il suffit pour cela de substituer au microphone un téléphone qui reproduit les paroles prononcées au voisinage de l'arc et dont les vibrations sont concentrées sur ce dernier au moyen d'un pavillon. On obtient ainsi le phénomène inverse du précédent : les variations de volume des gaz de l'arc, provoquées par les vibrations sonores, donnent lieu à des variations analogues dans la résistance de cet arc et, par conséquent, il se produit dans le circuit des variations d'intensité qui font que le téléphone reproduit les paroles prononcées devant l'arc.

Radiophone de Bell et Tainter. — Cet appareil est analogue à celui que représente la figure 19, page 47, mais il comporte un récepteur à sélénium.

Les inventeurs, en utilisant la lumière solaire, obtinrent des sons perceptibles au téléphone, quoique la distance qui séparait le miroir réflecteur du sélénium fût supérieure à 200 mètres. En utilisant une bougie comme source lumineuse, ils obtinrent des sons distincts, mais seulement à très petite distance.

Par la suite, les inventeurs transformèrent leur appareil en un véritable téléphone optique pouvant reproduire la parole. Au moment où cette découverte fut connue, elle fut accueillie avec enthousiasme à Paris et l'on disait à ce propos que Bell avait réussi à faire parler la lumière.

Un des procédés employés consistait à utiliser comme source lumineuse un bec de gaz mis en communication avec une boîte manométrique de Kœnig *fig.* 22). Cet appareil consiste en une petite boîte R divisée en deux compartiments par une plaque mince de caoutchouc; dans un de ces compartiments on

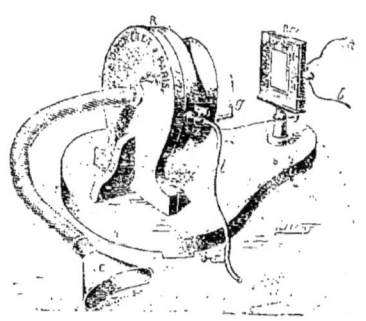

fait arriver du gaz d'éclairage ou, de préférence, du gaz acétylène pour alimenter la flamme; l'autre compartiment est en communication par l'intermédiaire d'un tube avec un porte-voix devant lequel on parle. Les vibrations sonores, produites par la voix, font vibrer la membrane en caoutchouc; ces vibrations sont trans-

Fig. 22. — Boîte manométrique de Kœnig.

mises au gaz qui alimente la flamme et cette dernière subit des variations d'intensité lumineuse correspondant exactement aux variations du son. La résistance en sélénium R*a*, éclairée par la flamme, subit également des variations. Cette résistance est reliée au téléphone par les fils *a* et *b*, et celui-ci reproduit les paroles prononcées dans le porte-voix.

Afin de pouvoir effectuer des transmissions à plus grande distance, les inventeurs employèrent de préférence une autre méthode qui consistait à diriger la lumière qui devait transmettre les sons sur une petite lame extrêmement mince de verre ou de mica argenté derrière laquelle on parlait. La lumière, dirigée sur la face argentée de cette lame, était réfléchie, comme dans le dispositif que montre la figure 19, et était ensuite projetée par des lentilles sur la station réceptrice, où le faisceau lumineux était concentré sur un récepteur à sélénium ordinaire.

Les ondes sonores faisaient vibrer la lame-miroir; par suite, sa surface subissait des déformations qui avaient pour effet de modifier la distribution des effets lumineux dans le faisceau réfléchi et, par suite, faisaient varier l'intensité lumineuse des rayons qui frappaient le récepteur à sélénium. Le téléphone intercalé dans le circuit de ce récepteur reproduisait alors les sons émis derrière le miroir.

Bell et Tainter effectuèrent des expériences à Washington dans lesquelles les paroles furent fidèlement transmises à une distance de 213 mètres ; en utilisant des moyens d'action plus puissants, comme on peut en avoir actuellement, on parviendrait certainement à effectuer des transmissions à des distances plus considérables.

Radiophone Mercadier. — Ce radiophone comporte un récepteur thermophonique. Le transmetteur est analogue à celui qui vient d'être décrit et est constitué par une mince lame argentée fermant le fond d'un porte-voix devant lequel on parle. La lumière solaire ou celle d'une lampe électrique, réfléchie par la surface postérieure de cette lame, est dirigée sur le récepteur placé à distance. Ce récepteur est formé d'un petit tube de verre à parois très minces, fermé à une de ses extrémités et dans lequel est placée une petite lame de mica enfumée. Sur l'extrémité ouverte de ce tube de verre est placé un tube de caoutchouc que l'on approche de l'oreille. Le faisceau de lumière d'intensité variable qui frappe le petit tube récepteur produit sur la lame de mica des vibrations correspondant à celles que subit la lame argentée du transmetteur, et l'oreille perçoit les paroles prononcées devant ce dernier.

Radiotéléphone de Simon et Reich. — Les organes essentiels de cet appareil sont représentés sur la figure 23 ; ce dispositif est fondé sur les propriétés de l'arc chantant déjà décrit dans la partie théorique de ce chapitre.

Le circuit du microphone M agit par induction sur le circuit de l'arc F. Celui-ci est disposé au foyer d'un miroir parabolique P_1 qui renvoie la lumière sur un autre miroir parabo-

lique récepteur P$_3$; le faisceau lumineux réfléchi par ce dernier est alors concentré sur l'appareil à sélénium Z. Un
téléphone T, intercalé dans le circuit de l'appareil à sélénium, permet d'écouter les sons transmis.

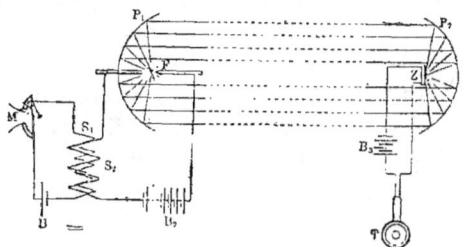

Fig. 23. — Radiotéléphone de Simon Reich.

En réalité, les circuits installés dans les deux stations sont
un peu plus compliqués que celui que représente la figure 23;
ils comportent en effet (*fig.* 24 et 25) des condensateurs C en
dérivation, des résistances R et des bobines de self-induction l
montées en série et qui servent à rendre la transmission plus
régulière.

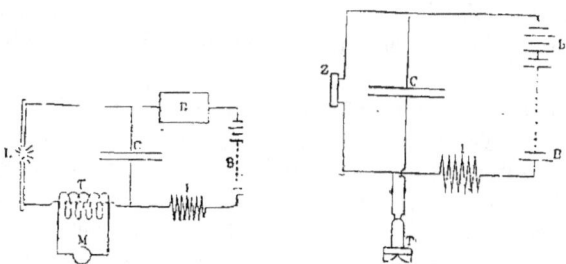

Fig. 24. — Schéma du poste transmet-   Fig. 25. — Schéma du poste récepteur
teur du radiotéléphone Simon et Reich.   du radiotéléphone Simon et Reich.

Les figures 24 et 25 représentent une installation complète
des plus efficaces; la figure 24 représente le poste transmetteur et la figure 25 le poste récepteur. Dans le poste transmetteur, on peut utiliser un appareil sans transformateur
(*fig.* 21, p. 52).

Les inventeurs, au cours de leurs expériences, trouvèrent
qu'il était préférable d'employer un arc court, alimenté par un
courant peu intense, parce que, dans ce cas, les variations
d'intensité lumineuse sont plus sensibles et agissent plus efficacement sur le récepteur à sélénium ; en outre, les rayons lumineux peuvent être concentrés avec une plus grande précision
sur les miroirs paraboliques.

A l'Exposition d'Électricité de New-York, en 1899, on employa
cet appareil en substituant au récepteur à sélénium un radiophone constitué par un petit ballon de verre rempli de filaments de carbone et mis en communication avec les oreilles
à l'aide de tubes de caoutchouc. La distance entre les deux
stations était d'environ 120 mètres, et l'on estima qu'à la station réceptrice les sons arrivaient avec une intensité qui était
environ le tiers de celle qu'ils avaient à la station de départ.

Radiophotophone Ruhmer. — Cet appareil présente une
disposition analogue à celle que montre la figure 23 ; l'arc
électrique parlant est remplacé par une lampe à lumière Drummond et au récepteur à sélénium est substitué un radiophone
composé d'un tube de verre contenant de la grenaille de charbon, intercalé dans un circuit comprenant une pile et un téléphone.

La lumière Drummond est obtenue, comme on le sait, par un
jet de gaz oxhydrique qui frappe un cylindre de chaux ou de
zircone ; Ruhmer avait placé derrière ce cylindre une plaque
de téléphone mise dans le circuit d'un microphone devant
lequel on parlait. Les vibrations du téléphone faisaient vibrer
le cylindre de chaux ou de zircone et l'intensité lumineuse de
la lampe subissait des variations analogues.

Ces radiations, arrivant au radiophone récepteur, l'échauf-
faient plus ou moins suivant l'intensité calorifique du faisceau incident ; la grenaille de charbon, par suite des oscillations subies, modifiait la résistance du circuit et le téléphone
récepteur reproduisait les sons émis devant le microphone transmetteur.

Radiophone Clausen et von Bronck. — Les physiciens allemands, MM. Clausen et von Bronck ont présenté dernièrement, à l'Académie des Sciences, un appareil spécial et perfectionné dont ils sont les inventeurs. Dans cet appareil, on utilise la lumière de l'acétylène pour actionner, à plusieurs kilomètres de distance, une plaque de sélénium disposée dans l'appareil récepteur; l'on a ainsi un dispositif permettant d'échanger des communications.

Dans le transmetteur, les vibrations produites dans le porte-voix sont amplifiées par un microphone et transmises à un appareil téléphonique qui produit des variations de l'intensité lumineuse du brûleur à acétylène. Les rayons lumineux sont dirigés sur l'appareil récepteur à l'aide d'une lentille ordinaire.

L'appareil récepteur est pourvu d'un grand réflecteur parabolique en métal, au foyer duquel est placée une petite plaque de sélénium. La conductance de cette plaque est proportionnelle à l'intensité lumineuse qu'elle reçoit, et ainsi toutes les variations d'intensité lumineuse sont décelées par le sélénium. Ce dernier, étant intercalé dans un circuit téléphonique, actionne la sonnerie d'appel et l'appareil récepteur est alors prêt à recevoir les signaux du poste transmetteur.

CHAPITRE V

SYSTÈMES FONDÉS SUR L'EMPLOI DES RADIATIONS ULTRA-VIOLETTES ET INFRA-ROUGES

Principes théoriques. — Les physiciens admettent que, le son étant produit par les vibrations de l'air ou d'autres corps élastiques, de même la lumière est due aux vibrations de l'éther. Comme la hauteur du son varie avec le nombre de vibrations, de même la lumière change de couleur suivant le nombre de vibrations qui la produisent. Les vibrations lumineuses étant beaucoup plus rapides que les vibrations sonores, les sons perceptibles sont compris entre un minimum de 16 et un maximum de 27 000 vibrations par seconde, tandis que les rayons lumineux visibles ont au minimum environ 400 billions (rayons rouges) et au maximum 800 billions (rayons violets) de vibrations par seconde.

En dehors de ces limites, il se produit encore des vibrations sonores et lumineuses dans l'air et dans l'éther; mais ces vibrations ne sont ni perceptibles à notre oreille, ni visibles par notre œil.

Les vibrations lumineuses de l'éther, inférieures à 400 billions par seconde, produisent les radiations infra-rouges, et celles qui dépassent 800 billions par seconde donnent naissance aux radiations ultra-violettes. Les unes comme les autres sont susceptibles de produire certains phénomènes par lesquels elles manifestent leur présence.

Les radiations infra-rouges, par exemple, échauffent les corps soumis à leur action, ce qui est mis en évidence par des thermomètres spéciaux (bolomètre, piles thermo-électriques, etc.); quant aux radiations ultra-violettes, elles produisent des phénomènes photo-chimiques susceptibles d'impressionner les plaques sensibles photographiques.

Comme on le voit, les radiations invisibles conservent quelques-unes des propriétés des radiations visibles, mais en possèdent aussi de particulières. C'est précisément une de ces propriétés spéciales des rayons ultra-violets qui a permis de les utiliser pour établir un système de télégraphie sans fil.

Cette propriété spéciale des rayons ultra-violets fut découverte par Hertz en 1887 et utilisée pour la télégraphie sans fil par le professeur Zickler, en 1898. Elle consiste essentiellement en ce fait que les radiations ultra-violettes facilitent la production des étincelles entre deux corps possédant des charges électriques de signes contraires. Si, par exemple, on éloigne l'une de l'autre les boules entre lesquelles éclatent les étincelles produites par une petite bobine de Ruhmkorff (Voir chap. vii) jusqu'à ce que les étincelles cessent, c'est-à-dire jusqu'à ce que la différence de potentiel existant entre les boules devienne insuffisante pour vaincre la résistance de la couche d'air interposée et si alors on soumet les boules à l'action des rayons ultra-violets, les étincelles se produisent de nouveau et cessent aussitôt que cette action ne se produit plus.

Les rayons ultra-violets peuvent être projetés à distance comme les rayons lumineux, et il est facile de comprendre qu'en rendant intermittentes les émissions d'un faisceau de rayons ultra-violets frappant à distance l'appareil, on puisse à volonté produire des séries d'étincelles ayant une durée longue ou courte, de manière à correspondre aux traits et aux points de l'alphabet Morse. Il s'ensuit qu'un pareil système permet d'établir une communication télégraphique entre deux stations.

Pour comprendre le fonctionnement de l'appareil qui permit à Zickler de réaliser pratiquement une communication télégraphique fondée sur les phénomènes qui viennent d'être exposés, il est nécessaire de donner quelques indications sur les moyens de produire et d'intercepter les radiations ultra-violettes, ainsi que sur les dispositifs que l'étude du phénomène de Hertz a suggérés pour rendre plus efficace l'action des rayons ultra-violets sur la production des étincelles.

Pour obtenir des radiations ultra-violettes, il suffit d'utiliser des sources lumineuses à température très élevée ; ces sources lumineuses n'émettent pas seulement des radiations ultra-violettes, mais aussi des radiations lumineuses et des radiations infra-rouges. La lumière solaire contient des radiations ultra-violettes, mais peu efficaces pour produire le phénomène voulu, probablement parce que leurs vibrations sont encore trop lentes ; il est à supposer que le soleil émet des radiations ultra-violettes dont les vibrations sont plus rapides, mais qu'elles sont absorbées par les couches inférieures de l'atmosphère.

La lampe à magnésium permet d'obtenir des rayons ultra-violets plus efficaces ; toutefois, on obtient de meilleurs résultats avec les étincelles électriques lorsqu'elles éclatent entre des électrodes de cadmium, de zinc ou d'aluminium. D'après M. Righi, les radiations ultra-violettes les plus efficaces sont celles que produit une lampe à arc, surtout si l'on remplace le crayon de charbon positif par un crayon de zinc.

Dans ces conditions, on utilise d'ordinaire comme source lumineuse, la lumière électrique produite par une lampe à arc, plus pratique et plus constante que celle que l'on obtient avec les étincelles électriques et aussi parce qu'elle produit en plus grande abondance des radiations ultra-violettes.

Les radiations ultra-violettes ont, comme les radiations lumineuses, la propriété de traverser les divers corps avec plus ou moins de facilité ; au point de vue de la lumière, les corps sont divisés en transparents et opaques ; de même en ce qui concerne les radiations ultra-violettes, il y a également des corps transparents qui se laissent traverser presque complètement par ces rayons et d'autres corps qui les interceptent ou les absorbent complètement ou presque complètement. Quoique les vibrations lumineuses soient analogues, sauf leur plus grande longueur d'onde, aux vibrations ultra-violettes, tous les corps qui laissent passer la lumière ne laissent pas passer les rayons ultra-violets et réciproquement.

Ainsi, par exemple, une mince lame de verre ou de mica, transparente à la lumière, arrête presque complètement les radiations ultra-violettes, tandis qu'une lame épaisse de sélénite, qui laisse à peine passer la lumière, se laisse parfaitement traverser par les radiations ultra-violettes.

Pour répéter l'expérience de Hertz, il suffit d'interposer entre la source de rayons ultra-violets et l'excitateur de la bobine d'induction une lame de verre, pour que la production d'étincelles électriques déterminée par ces rayons cesse aussitôt.

Il existe des corps, tels que le quartz, qui laissent passer également bien les deux sortes de radiations; c'est pourquoi on utilise des lentilles et des lames de quartz lorsqu'on veut laisser passer aussi bien les radiations lumineuses que les radiations ultra-violettes, car, si l'on se servait de lentilles ou de lames de verre, ces dernières ne laisseraient passer que les rayons lumineux.

Une des conditions qui facilitent la production du phénomène de Hertz est la raréfaction des gaz dans lesquels doivent éclater les étincelles provoquées par les rayons ultra-violets.

C'est pour cette raison que, dans les applications pratiques, il est préférable de placer les électrodes, entre lesquelles doivent éclater les étincelles, dans un récipient où il est possible de faire le vide.

Il ne faut pas oublier que la raréfaction ne doit pas être poussée trop loin, afin d'éviter que l'étincelle de décharge ne soit remplacée par une autre forme d'étincelle, telle que celles qui se manifestent dans les tubes à gaz raréfiés.

Il est naturellement essentiel qu'une des parois de ce récipient, paroi qui doit donner passage aux radiations ultra-violettes, soit formée d'une lame de quartz ou de tout autre corps non susceptible de les absorber.

Enfin, dans ces applications, il ne faut pas perdre de vue un fait découvert par MM. E. Wiedemann et Ebert et qui ont reconnu que, pour produire le phénomène de Hertz, il n'était pas nécessaire que les rayons ultra-violets viennent frapper à la fois les deux électrodes entre lesquelles doivent éclater les étincelles, mais qu'il suffisait que l'électrode négative fût soumise à leur action ; ils ont reconnu aussi que, si ces rayons frappaient ou, non l'électrode positive et traversaient ou non la couche de gaz interposée entre les deux électrodes, cela n'avait aucune influence.

SYSTÈMES UTILISANT LES RADIATIONS ULTRA-VIOLETTES

Appareil de Zickler. — La figure 26 représente schématiquement l'appareil transmetteur employé par M. Zickler dans son système de télégraphie. Dans une lanterne G est disposée une lampe à arc voltaïque L qui produit des rayons lumineux et des rayons ultra-violets.

L'arc se trouve placé au foyer d'un miroir sphérique S en même temps qu'au foyer d'une lentille de quartz I. Cette dernière reçoit non seulement les rayons émis directement, mais encore ceux qui sont réfléchis par la surface du miroir ; les rayons lumineux à leur sortie de la lentille forment un faisceau parallèle. Ce faisceau lumineux peut être transmis à

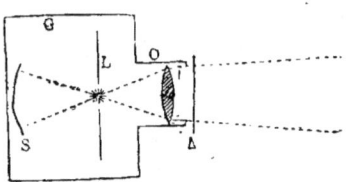

FIG. 26. — Appareil transmetteur de Zickler.

distance dans des conditions telles qu'il conserve le maximum d'intensité qu'il est possible d'obtenir. Sur le trajet de ce faisceau lumineux on peut interposer un écran en verre A que l'on manœuvre à volonté pour intercepter ou non les rayons ultra-violets.

A la station d'arrivée, les rayons sont reçus dans l'appareil récepteur représenté schématiquement figure 27.

Les deux électrodes entre lesquelles éclatent les étincelles, sous l'action des radiations ultra-violettes reçues, sont consti-

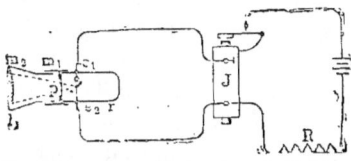

FIG. 27. — Appareil récepteur de Zickler.

tuées, l'une par un petit disque de platine et l'autre par une petite boule métallique; ces électrodes, placées en face l'une de l'autre et à très faible distance, sont enfermées dans un récipient en verre r, fermé hermétiquement en p par une lame de quartz. Deux fils $e_1 e_2$, soudés dans le verre, mettent respectivement les électrodes en communication l'une avec la borne positive et l'autre avec la borne négative d'une petite bobine de Ruhmkorff J. L'air est convenablement raréfié à l'intérieur du récipient r.

La lentille en quartz l^1 concentre sur la lame p, convenablement inclinée vers elle, les rayons parallèles arrivant de la station de départ.

On peut également employer dans les deux stations, au lieu de la lentille de quartz, un miroir concave; dans ce cas, à la station de départ, l'arc est placé au foyer du miroir et, à la station d'arrivée, c'est l'électrode constituée par la petite lame de platine qui se trouve au foyer du miroir. Naturellement les miroirs doivent être métalliques et disposés comme l'indique la figure 23, page 56; s'ils étaient en verre, ils absorberaient les rayons efficaces.

Avant de laisser arriver les radiations ultra-violettes sur l'appareil récepteur, il faut régler la résistance intercalée dans le circuit qui alimente la petite bobine d'induction, de manière que les étincelles ne puissent pas éclater entre les électrodes contenues dans le récipient r; cette résistance doit être réglée à un point tel qu'il suffise d'une légère diminution de résistance, c'est-à-dire d'une faible augmentation de l'intensité du courant, pour que les étincelles se produisent de nouveau.

L'appareil est alors prêt pour la réception.

Les principes théoriques précédemment exposés suffisent pour faire comprendre, sans explications complémentaires, le fonctionnement de ce système d'appareils.

A la station de départ, les radiations ultra-violettes émises par la lampe à arc passent. presque en totalité, à travers la lentille de quartz j et, lorsqu'elles ne sont pas interceptées par la lame de verre, elles sont projetées en faisceaux parallèles, en même temps que les rayons lumineux, sur la station réceptrice.

A la station d'arrivée, les rayons ultra-violets sont concentrés par la lentille de quartz sur la petite lame de platine constituant la cathode, condition nécessaire, comme on le sait, pour que le phénomène de Hertz se produise, et cela dans des conditions d'autant plus favorables que les deux électrodes se trouvent dans une atmosphère raréfiée. La production du phénomène de Hertz, sous l'action des rayons ultra-violets, s'obtient en diminuant la différence de potentiel existant entre les deux électrodes jusqu'au point où la décharge cesse, c'est-à-dire en établissant entre ces électrodes une différence de potentiel très légèrement inférieure à celle qui est nécessaire pour que les étincelles éclatent. Dans ces conditions, sous l'action des rayons ultra-violets, le récepteur est actionné, c'est-à-dire qu'il se produit une succession continue d'étincelles, visibles à l'œil et dont le bruit est perçu par l'oreille, jusqu'à ce que, à la station de départ, on interpose sur le trajet des rayons une lame de verre qui absorbe les rayons efficaces pour, après, les laisser passer de nouveau, et ainsi de suite.

En manœuvrant la lame de verre de manière à laisser passer les rayons ultra-violets pendant une durée longue ou brève, on peut produire à la station réceptrice des séries d'étincelles de longue ou de courte durée et établir ainsi une sorte d'alphabet conventionnel en traits et en points, comme celui de Morse.

M. Zickler a complété son appareil de réception par l'adjonction d'un récepteur télégraphique Morse ordinaire actionné par un relai approprié et relié au circuit secondaire de la bobine d'induction qui ferme le circuit d'une pile locale au moment

5

voulu, c'est-à-dire lorsque le flux d'étincelles de durée longue
ou brève commence à se produire sous l'action des rayons
ultra-violets ; le relai ouvre ce circuit dès que le flux d'étincelles cesse de se produire. Dans ces conditions, le récepteur
enregistre des traits et des points correspondants à la durée
longue ou brève des séries d'étincelles.

Comme les étincelles de la bobine d'induction sont toujours
accompagnées d'émissions d'ondes électriques, M. Zickler
obtient l'enregistrement des signaux en actionnant un récepteur
Morse par l'intermédiaire d'un des types de détecteur employés
en télégraphie sans fil par ondes électriques.

Après des essais de laboratoire, M. Zickler effectua des essais
de son système en rase campagne : le 25 avril 1898, il obtint
de bons résultats à la distance de 50 mètres séparant les deux
stations; le 6 mai, cette distance fut portée à 200 mètres et
enfin, le 6 octobre, il put échanger parfaitement des communications entre deux stations placées à 1 300 mètres l'une de
l'autre.

Lors de cette dernière expérience, il employa un arc électrique très puissant de 60 ampères, dont la lumière était projetée sur la station réceptrice à l'aide d'un miroir concave de
80 cm de diamètre. La pression de l'air dans le récipient contenant les électrodes était d'abord de 340 mm, puis de 200 mm.

Bien que les résultats obtenus eussent été très encourageants,
il ne paraît pas que ce système soit susceptible d'être appliqué
pour établir des communications importantes, surtout en présence des résultats bien plus satisfaisants et plus pratiques
donnés par les systèmes de télégraphie sans fil par ondes
électromagnétiques.

Comparé à la télégraphie optique, le système Zickler présente
l'avantage de permettre l'établissement de communications
secrètes. En effet, les signaux optiques sont visibles dans un
rayon assez étendu autour du poste de réception, tandis que
les signaux émis par le dispositif de M. Zickler ne peuvent être
reçus qu'à l'aide d'un appareil spécial à étincelles, puisque
l'œil ne peut percevoir aucune différence dans les rayons lumi-

neux émis, que ceux-ci passent ou non à travers la lame de verre.

Ce grand avantage du système Zickler sur la télégraphie optique de pouvoir échanger des communications secrètes existe également si on le compare aux systèmes utilisant les ondes électriques, puisque les rayons efficaces, c'est-à-dire les rayons ultra-violets peuvent facilement être envoyés dans une direction déterminée, ce que l'on ne peut réaliser aussi facilement avec les ondes électriques utilisées dans les divers systèmes de télégraphie sans fil.

Système Sella. — Dans ce système, le faisceau de rayons ultra-violets, produit par un arc voltaïque placé dans une lanterne et traversant une lentille de quartz analogue à celle de la figure 26, sont émis d'une façon intermittente ; à cet effet on interpose sur le trajet du faisceau un disque tournant portant une série de trous équidistants disposés circulairement autour de l'axe de rotation. La vitesse angulaire du disque peut être réglée à volonté en faisant varier la valeur de la résistance intercalée dans le circuit du moteur électrique qui l'actionne.

Au poste de réception, qui peut être placé à une distance considérable du poste transmetteur, les rayons ultra-violets, comme dans le dispositif de M. Zickler (*fig.* 27), sont concentrés par une lentille de quartz sur une lame de laiton platinée, inclinée de 45° par rapport à la direction du faisceau lumineux ; cette lame constitue la cathode d'un récepteur à étincelles dont l'anode est une petite sphère de platine. Les deux électrodes, au lieu d'être reliées aux bornes d'une bobine d'induction, sont mises en communication, par l'intermédiaire d'un téléphone, avec les conducteurs de charge d'une puissante machine électrostatique en marche, mais dépourvue de condensateurs.

Lorsque le disque est au repos et placé de manière à arrêter le passage des rayons, le téléphone, actionné par les courants qui accompagnent chaque décharge de la machine, produit un son dont la hauteur correspond au nombre d'étincelles. Lorsqu'on fait tourner le disque lentement, toutes les fois qu'un des

trous laisse passer les rayons ultra-violets, ceux-ci, frappant la
cathode du récepteur, produisent une forte modification du
son émis par le téléphone, c'est-à-dire que, dans un laps de
temps donné, on perçoit des variations dans la hauteur du son,
variations dont le nombre est égal à celui des trous ayant passé
devant la lanterne pendant ce même temps.

Si l'on vient à augmenter la vitesse de rotation du disque,
on obtient un son unique, dont les vibrations correspondent
au nombre des interruptions du faisceau lumineux. On peut
donc rendre le son plus ou moins aigu en augmentant ou en
diminuant la vitesse angulaire du disque.

Pour transmettre des signaux acoustiques de l'alphabet Morse
à l'aide de ce dispositif, il suffit de manœuvrer une lame de
verre de manière à laisser passer les rayons pendant une durée
longue ou brève, suivant que l'on veut transmettre un trait
ou un point.

Lorsqu'on désire que les sons émis par le téléphone soient
entendus de tous les points d'une vaste salle, il suffit d'intercaler
dans le circuit de décharge de la machine électrostatique le
secondaire d'une bobine de Ruhmkorff à la place du téléphone
et d'intercaler ce dernier dans le circuit primaire de la même
bobine. Dans ces conditions, la bobine fonctionne comme transformateur ; l'intensité du courant actionnant le téléphone étant
augmentée, les sons émis sont plus intenses et sont encore
plus facilement perçus si l'on dispose un grand pavillon conique
sur l'ouverture du téléphone.

On peut aussi disposer l'expérience de manière à réaliser
une véritable transmission du son à distance. A cet effet, au
lieu de produire les émissions périodiques de rayons ultra-
violets au moyen du disque tournant, on les produit à l'aide
d'un petit miroir fixé à une membrane disposée au fond d'un
portevoix devant l'ouverture duquel on parle. Le petit miroir
est placé de manière à projeter les rayons venant de la lanterne sur la station réceptrice.

Lorsqu'on émet un son devant la membrane, celle-ci vibre
ainsi que le miroir qu'elle porte ; le faisceau de rayons

réfléchis subit, par suite, des déplacements angulaires qui frappent périodiquement la cathode du récepteur. et le téléphone du poste de réception émet alors un son ayant même période que celui qui a fait vibrer la membrane au poste de départ.

Système Dussaud. — M. Dussaud fait arriver le faisceau intermittent de rayons ultra-violets sur une substance fluorescente, dans le voisinage de laquelle est disposé un récepteur à sélénium analogue à ceux qui sont utilisés dans les systèmes radiophoniques (*fig.* 20, page 49). Sous l'action des rayons lumineux et principalement des rayons ultra-violets qui les accompagnent, la substance fluorescente devient lumineuse et actionne, par suite, le récepteur au sélénium. Ce dernier, par l'intermédiaire d'un téléphone, transforme, d'après le mode déjà décrit, les variations d'intensité lumineuse en variations d'intensité sonore.

On peut ainsi transmettre des signaux Morse (points et traits) ou bien transmettre la parole, lorsque les variations d'intensité lumineuse sont dues aux vibrations sonores produites par la personne qui parle.

SYSTÈME UTILISANT LES RADIATIONS INFRA-ROUGES

Généralités. — M. Albert Nodon a émis l'avis que le système de télégraphie sans fil de M. Zickler ne présentait aucune valeur pratique, parce que les rayons violets et ultraviolets sont facilement absorbés par les poussières, la vapeur d'eau et les gaz de l'atmosphère. Le brouillard absorbe, comme on l'a démontré expérimentalement, les rayons ultra-violets efficaces et interrompt les communications qui, par un temps clair. sont possibles, mais à une distance toujours très limitée. Ce phénomène est dû à la faible longueur d'onde des rayons ultra-violets, car on sait que l'absorption des radiations, de quelque nature qu'elles soient, par les gaz ou les vapeurs de l'atmosphère. est d'autant plus grande que plus petite est leur longueur d'onde et, par conséquent, que leurs vibrations sont

plus rapides. A l'appui de ce fait, on peut citer les rayons de
Röntgen qui ont une très faible longueur d'onde et qu'une
très faible couche d'air suffit pour absorber, tandis que les
ondes hertziennes, comme on le verra par la suite, ayant une
grande longueur d'onde et des vibrations très lentes, traversent
avec la plus grande facilité l'air, la vapeur d'eau, la neige, la
pluie, etc., et la majeure partie des corps solides et liquides.
C'est précisément à cause de ces propriétés que les ondes
hertziennes se prêtent si avantageusement à la télégraphie
sans fil.

Indépendamment des ondes hertziennes, il y a également
les rayons calorifiques obscurs infra-rouges, dont il a été question au commencement de ce chapitre, dont la longueur d'onde
est encore plus courte que celle des ondes hertziennes. Ces
radiations infra-rouges possèdent la propriété de traverser l'air
chargé de poussières ou de vapeur d'eau sans être sensiblement absorbées. C'est pourquoi les rayons calorifiques
obscurs pourraient être utilisés en télégraphie sans fil,
d'autant plus que les sources de chaleur pouvant produire ces
rayons sont très nombreuses. Pour cette application spéciale,
on pourrait utiliser comme appareil récepteur un bolomètre
ou une pile thermo-électrique qui sont des appareils très
sensibles aux rayons calorifiques et qui peuvent facilement
actionner un relai, analogue à ceux utilisés dans la télégraphie sans fil, pour enregistrer les signaux à l'aide d'un récepteur approprié.

Le transmetteur pourrait être constitué par une source
de chaleur produisant le plus possible de rayons calorifiques
obscurs, d'un miroir parabolique placé derrière la source afin
de rendre parallèles les rayons émis par elle et enfin d'un
écran qui, interceptant ou non la transmission des rayons,
remplirait le rôle du manipulateur télégraphique Morse.

Il n'a pas encore été fait d'essais d'un système de télégraphie
sans fil fondé sur l'utilisation des radiations infra-rouges.

CHAPITRE VI

TÉLÉGRAPHIE SANS FIL PAR ONDES ÉLECTRIQUES

PRODUCTION DES ONDES ÉLECTRIQUES

Oscillateur de Hertz. — Pour ne pas dépasser les limites qu'indique le titre de cet ouvrage, l'on ne saurait ici développer d'une manière complète l'explication des phénomènes produits par les ondes électriques ; il suffira de renvoyer le lecteur qui désirerait faire de ces phénomènes une étude plus approfondie, à certains ouvrages spéciaux, tels que celui du professeur Garbasso[1], qui traite la théorie des ondes électriques d'une manière élémentaire, accessible à tous et montre claire-ment l'analogie que présentent les effets produits par les ondes électriques avec les phénomènes lumineux.

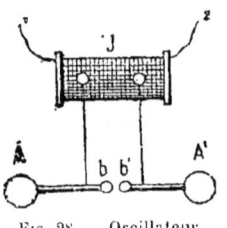

Fig. 28. — Oscillateur de Hertz.

Dans ces conditions, il suffira d'exposer ici les notions théoriques indispensables pour que le lecteur puisse facilement comprendre le principe sur lequel reposent les applications des ondes électriques à la télégraphie sans fil.

L'appareil primitif utilisé par Hertz pour obtenir les oscillations électriques est représenté schématiquement figure 28.

---

1. *15 lezioni sperimentali sulla luce considerata come fenomeno elettromagnetico.*

Les petites sphères massives de laiton *bb'*, placées en regard et à une petite distance l'une de l'autre, sont mises respectivement en communication par l'intermédiaire d'une tige métallique avec deux sphères creuses de même métal et de plus grand diamètre AA'. L'ensemble, constitué par les quatre sphères A*bb'*A' et les deux tiges métalliques, a reçu le nom d'*oscillateur hertzien*; c'est cet appareil qui est utilisé pour produire des ondes électriques.

Pour faire fonctionner cet oscillateur, il faut donner aux deux parties qui le constituent A*b* et A'*b'* des charges électriques à haute tension et de signes contraires. A cet effet, on relie les deux parties de cet appareil, l'une au pôle positif, l'autre au pôle négatif d'une machine électrostatique; mais il est préférable et plus facile de les relier respectivement, comme l'indique la figure, aux deux extrémités du circuit secondaire d'une bobine d'induction qui prend, à chaque interruption, une charge de signe opposé.

A mesure que les sphères A et A' se chargent, ces charges de signes contraires tendent à se neutraliser en produisant une étincelle entre les boules *bb'*; mais, pour que l'étincelle puisse franchir la couche isolante d'air interposée, il faut, pour que l'étincelle puisse se produire, que la différence de potentiel entre *b* et *b'* atteigne une valeur suffisamment élevée. Lorsque l'intervalle qui sépare *b* de *b'* n'est pas trop grand par rapport au potentiel de la bobine, la différence de potentiel nécessaire pour la production de l'étincelle est rapidement atteinte et l'étincelle éclate très nourrie entre *b* et *b'*.

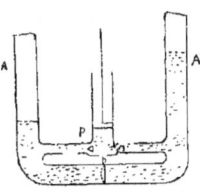

Fig. 29. — Appareil hydraulique.

Ce phénomène présente une certaine analogie avec celui que l'on observe dans l'appareil hydraulique (*fig.* 29) dans lequel deux vases A et A' sont mis en communication par un tube dans lequel est disposée une mince membrane élastique *bb'*; une pompe P aspire l'eau contenue dans le vase A pour la refouler dans le vase A'. A mesure qu'augmente la différence des niveaux du liquide dans les vases A et A', la membrane bb' se gonfle graduellement dans le sens indiqué par la ligne pointillée jusqu'au moment où, la différence des niveaux ayant atteint une certaine valeur, la membrane se rompt ; l'eau se déverse alors du vase A' dans le vase A.

Dans le phénomène électrique considéré, la distance explosive qui sépare les sphères b et b' est analogue à la membrane bb' et les sphères AA' aux vases AA' ; la différence de potentiel entre les sphères AA' peut être comparée à la différence de niveau du liquide dans les vases AA' et enfin la bobine d'induction servant à charger le système peut aussi être représentée par la pompe P.

L'analogie entre les deux catégories de phénomènes, électrique et hydraulique, se continue même après la décharge. En effet, dans l'exemple emprunté à l'hydraulique, une fois la membrane rompue, il s'établit une large communication entre les vases A' et A ; l'eau contenue dans le vase A' se précipite dans le vase A et le niveau du liquide s'élève ; mais, le liquide étant arrivé au même niveau dans les deux vases, le mouvement de l'eau ne cesse pas immédiatement, par suite de la vitesse acquise, et le niveau continue à s'élever dans le vase A en dépassant le niveau du vase A' ; puis l'eau se déplace en sens inverse, et le niveau en A' est plus élevé qu'en A. Ces mouvements alternatifs et successifs du liquide se continuent encore pendant un certain temps et ce n'est qu'après un certain nombre d'oscillations, d'amplitude toujours décroissante, que l'eau reste en repos et atteint le même niveau dans les deux vases.

Par analogie, on peut dire que, lors de la décharge de l'oscillateur électrique AA' (fig. 28), le potentiel ne s'égalise pas immédiatement en A et en A' ; si, au début, le potentiel était plus élevé en A', il devient ensuite plus grand en A, puis de nouveau en A' et ainsi de suite alternativement, de sorte que les conducteurs A et A' sont parcourus successivement par des courants très rapides alternativement de signes contraires qui constituent ce que l'on a appelé les oscillations électriques.

Pour faciliter la comparaison des deux phénomènes, électrique et hydraulique, il suffit de supposer, ce qui dans la
pratique serait assez difficile à réaliser, qu'à chaque oscillation la membrane élastique qui est interposée entre les deux
vases et dont la rupture correspond à la production de l'étincelle électrique, reprend son état primitif. Ainsi, après la
décharge qui suit la première étincelle, la couche d'air qui
sépare les deux sphères b, b' reste un instant conductrice, puis
redevient isolante comme elle l'était au début ; c'est pourquoi,
chaque oscillation est accompagnée d'une nouvelle étincelle.
Les oscillations, de plus en plus affaiblies, se succèdent jusqu'à
ce que l'énergie communiquée au système par la première
étincelle de la bobine d'induction soit tellement faible que
l'étincelle ne puisse plus franchir la distance explosive. A ce
moment, la bobine d'induction produit une nouvelle étincelle
qui fournit au système une nouvelle quantité d'énergie et il
s'ensuit la production d'une nouvelle série d'ondes électriques,
et ainsi de suite.

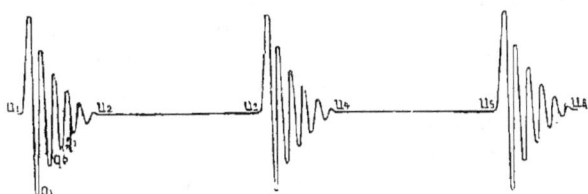

Fig. 30. — Ondes dont les amplitudes vont en décroissant.

La figure 30 représente graphiquement une série d'ondes
dont les amplitudes vont en décroissant et qui sont produites
par trois étincelles successives de la bobine d'induction.

L'analogie entre les phénomènes hydraulique et électrique
se poursuit également en considérant d'autres particularités.
Ainsi, dans l'exemple hydraulique précité, si le tube mettant
en communication le vase A avec le vase A' ($fig.$ 29) avait un
diamètre plus petit, l'eau passerait d'un vase à l'autre avec

une vitesse plus faible, les niveaux correspondant à l'équilibre
seraient peu dépassés et l'équilibre définitif serait atteint après
un bien plus petit nombre d'oscillations ; en d'autres termes,
on peut dire que les oscillations seraient plus amorties. Enfin,
si le tube de communication était capillaire, l'eau passerait
d'un vase à l'autre avec la vitesse minimum, le liquide dans
ses mouvements ne dépasserait pas le niveau d'équilibre et il
ne se produirait pas d'oscillations hydrauliques. De même, en
augmentant la résistance du conducteur AA′ (*fig.* 28), et prin-

cipalement la distance explosive *bb′*, l'obstacle opposé au passage de la charge électrique aurait pour effet d'amortir très fortement les oscillations électriques, c'est-à-
dire qu'il se produirait un bien moins grand
nombre d'oscillations dans l'intervalle de
temps compris entre deux étincelles consécutives de la bobine d'induction et, finalement, lorsque la résistance totale viendrait
à dépasser une certaine limite, les vibrations électriques ne se manifesteraient plus.

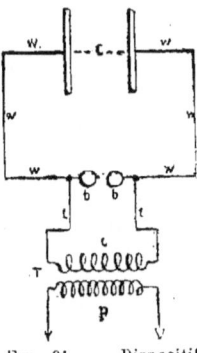

Fig. 31. — Dispositif
permettant de rendre
l'amortissement très
faible.

Réciproquement, si l'on diminue la résistance et si l'on oppose l'une à l'autre
les capacités disposées à chaque extrémité,
de manière à se rapprocher du cas d'un
conducteur fermé sur lui-même, c'est-à-dire du cas de la
figure 31, dans laquelle *p* et *t* représentent respectivement le
primaire et le secondaire de la bobine d'induction, l'amortissement sera très faible.

Dans la figure 32, on trouve en présence l'une de l'autre
l'oscillation amortie d'un oscillateur Hertz et celle peu amortie
d'un résonateur Hertz à circuit presque fermé.

On comprend maintenant que la production des ondes électriques et leur affaiblissement plus ou moins rapide (amortissement) dépendent des dimensions et des autres conditions
des conducteurs dans lesquels elles se manifestent, conditions
que la théorie a prévues et que l'expérience a confirmées.

Les ondes électriques, comme tous les autres mouvements ondulatoires, sont caractérisées par certaines propriétés dont les unes dépendent de la nature du corps vibrant, de la période et de la durée des oscillations, ainsi que de leur amplitude et de leur amortissement, les autres du milieu dans lequel les vibrations se propagent et d'où dépendent la vitesse de propagation et la longueur de l'onde.

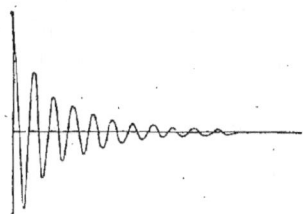

Oscillation amortie.   Oscillation peu amortie.

Fig. 32.

La période des vibrations électriques hertziennes est, comme on l'a déjà dit, extrêmement courte. Le nombre de vibrations par seconde, c'est-à-dire la fréquence, se compte par millions et, par suite, la période se mesure en millionièmes de seconde. La longueur de la période et la fréquence sont fonction des dimensions et de la forme de l'oscillateur et on peut leur donner une plus grande valeur :

1° En augmentant la capacité électrique du système, c'est-à-dire en augmentant la longueur et la grosseur des fils mettant en communication les sphères b, b' et les sphères A, A' (*fig*. 28);

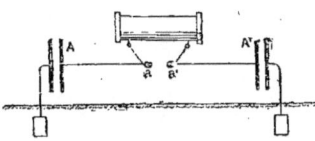

Fig. 33. — Oscillateur de Hertz muni de condensateurs.

en donnant de plus grandes dimensions aux conducteurs A et A', ou bien en leur substituant des conducteurs ayant une grande capacité, tels que des condensateurs électriques, comme le montre la figure 33, laquelle représente un oscillateur de Hertz semblable à celui de la figure 28, mais dont les capacités A et A' sont constituées par deux condensateurs ayant leurs armatures extérieures reliées au sol ;

2° En augmentant la self-induction du système, soit en augmentant la longueur des fils en A. A′, soit, ce qui est préférable, en les enroulant en forme de bobines ou, mieux encore, en introduisant dans cette bobine un faisceau de fils de fer doux.

Réciproquement, on peut diminuer la longueur de la période ainsi que la fréquence en procédant d'une manière inverse, c'est-à-dire en diminuant les dimensions de l'oscillateur jusqu'au point de supprimer les sphères A et A′, ainsi que le fil de liaison, de manière à réduire l'appareil aux seules sphères b et b'.

Les oscillateurs employés par Hertz produisaient des ondes ayant une période de $\frac{1}{50}$ à $\frac{1}{500}$ de millionième de seconde, soit une fréquence de 50 000 000 à 500 000 000 d'oscillations par seconde. Ces fréquences sont intermédiaires entre celles des vibrations acoustiques, qui sont de quelques centaines par seconde, et celles des vibrations lumineuses qui se comptent par centaines de billions par seconde.

La longueur des ondes dans un milieu de propagation donné est la distance constante qui existe entre le point où commence cette onde et celui où commence l'onde suivante, c'est-à-dire la distance parcourue par l'onde pendant une vibration. Cette distance est donnée par le produit obtenu en multipliant la durée de la période par la vitesse de propagation ; comme les ondes électromagnétiques se propagent dans l'air et dans les métaux avec la même vitesse que les rayons lumineux, c'est-à-dire avec une vitesse de 300 000 000 de mètres par seconde, les ondes électriques obtenues par Hertz dans ses expériences avaient une longueur variant de $\frac{1}{50\,000\,000} \times 300\,000\,000$ à $\frac{1}{500\,000\,000} \times 300\,000\,000$, soit une longueur variant de 6 mètres à 0,60 m.

Même réduites à ces limites, les ondes électriques hertziennes étaient des centaines de mille fois plus longues que les ondes optiques dont Hertz et les autres savants, qui ont continué ses recherches, voulaient démontrer l'identité. Les recherches des savants eurent alors principalement pour but de diminuer la période et, par suite, la longueur d'onde, afin de pouvoir reproduire avec les ondes électriques et aussi exactement que possible des phénomènes analogues à ceux des phénomènes optiques.

En apportant des modifications convenables à l'oscillateur, on réussit à obtenir des ondes qui n'avaient que quelques centimètres et même quelques millimètres.

Oscillateur Marconi. — Dans les applications des oscillations électriques à la télégraphie sans fil, on utilisa d'abord des oscillateurs donnant de petites longueurs d'ondes qui ne comportaient que les seules sphères excitatrices ; mais on reconnut bien vite qu'en revenant à l'oscillateur primitif de Hertz muni de condensateurs à ses extrémités, la distance de transmission était augmentée, distance qui était rendue encore plus grande lorsqu'on donnait au fil qui reliait les sphères de l'excitateur aux condensateurs une position verticale et des longueurs toujours plus grandes. En utilisant un fil de grande longueur, qui possède par lui-même une capacité et une self-induction suffisantes, on trouva inutile l'emploi des condensateurs et on reconnut qu'il suffisait d'utiliser un simple fil, c'est-à-dire de relier une des sphères de l'excitateur avec un fil très long constituant une antenne verticale.

Il est évident qu'en augmentant la longueur du fil vertical on augmente la capacité et la self-induction du système et, par suite, on augmente également la période de vibrations et la longueur de l'onde.

Pour conserver au système la symétrie de l'oscillateur hertzien, il aurait fallu relier l'autre sphère excitatrice à une antenne semblable à celle qui était placée sur la première et disposée dans une direction opposée.

On reconnut que l'on pouvait supprimer cette seconde

antenne et la remplacer en mettant la sphère correspondante de l'excitateur en communication avec le sol ; cette communication avec le sol, qui doit être parfaitement établie, constitue un dispositif des plus convenables pour augmenter la distance de transmission.

L'oscillateur ainsi modifié présente la disposition indiquée schématiquement sur la figure 34, dans laquelle b, b' représentent les petites sphères de l'excitateur, T la plaque qui met b en communication avec le sol, A l'antenne reliée à b' et R la bobine d'induction.

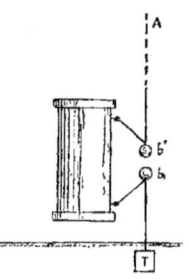
Fig. 34.
Oscillateur Marconi.

Cet excitateur porte le nom de son inventeur, Marconi, et c'est celui qu'il a employé dans son premier système de télégraphie sans fil.

La longueur des ondes émises par cet oscillateur peut être considérée très approximativement comme égale à celle d'un fil rectiligne de longueur égale à l'antenne et par conséquent égale à quatre fois sa longueur. En effet la longueur de l'onde est, par suite de la définition déjà donnée, l'espace que parcourt l'impulsion électrique pendant une vibration complète ; comme une oscillation complète comporte l'impulsion électrique qui part de b pour arriver en A et revenir en b, et que cette impulsion est suivie d'une autre de signe contraire qui suit le même parcours, il en résulte que, pendant une vibration complète, l'impulsion électrique parcourt quatre fois la longueur de l'antenne. Donc la longueur d'onde le long de l'antenne est égale à quatre fois la longueur de cette dernière et a aussi la même valeur pour les ondes qui sont transmises dans l'espace, puisque, comme on l'a déjà dit, la vitesse de propagation des ondes électriques dans l'air et dans les métaux est égale à celle de la lumière.

Ce phénomène est analogue à celui que présente un tube sonore fermé, puisque, pendant la durée d'une vibration complète, ce tube doit être parcouru deux fois, à l'aller et au

retour, par l'onde condensée et deux fois par l'onde raréfiée ;
c'est pourquoi le tube émet un son fondamental dont la longueur d'onde est égale à quatre fois la longueur du tube.

En outre de l'onde fondamentale, les antennes, de même
que les tubes acoustiques, peuvent donner d'autres vibrations
de longueur d'onde 3, 5, 7, etc., fois moindre ; mais la vibration fondamentale est toujours la plus efficace.

L'expérience confirme que les ondes directes émises par
l'antenne sont très longues ; en effet le lieutenant de vaisseau
Tissot, à qui l'on doit d'intéressantes études systématiques
sur la télégraphie sans fil, a pu, à l'aide de miroirs tournants,
décomposer en plusieurs étincelles celles qui étaient émises
par l'oscillateur-antenne. Cela suffit pour démontrer que les
oscillations sont beaucoup moins rapides que celles qui
étaient obtenues par Hertz, car ces dernières ne pouvaient
être décomposées avec le miroir tournant. En outre, la distance qui sépare l'image des étincelles composantes sur le
miroir permet de calculer la période qui a été trouvée égale
depuis 0,06 jusqu'à 1,8 millionième de seconde, soit plusieurs centaines de fois plus longues que la période obtenue
avec l'oscillateur hertzien ordinaire.

Oscillateur Lecher. — M. Lecher a donné à l'oscillateur
de Hertz une forme particulière, grâce à laquelle les ondes
produites se propagent le long de
deux fils métalliques parallèles au
lieu de se produire dans l'air.

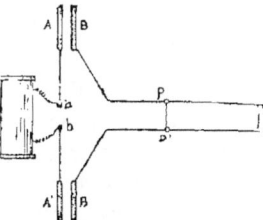

Dans ce modèle d'oscillateur
fig. 35, les deux condensateurs
AA' de l'oscillateur de Hertz (*fig. 28,
p. 71*) sont remplacés par deux
lames métalliques AA', dites *lames
primaires*, en regard desquelles sont
disposées parallèlement et à petite

Fig. 35. — Oscillateur Lecher.

distance deux autres lames BB', dites *lames secondaires*. De ces
dernières partent deux fils qui vont en se rapprochant pour

devenir ensuite parallèles l'un à l'autre. Le long de ces deux fils peut glisser un fil transversal pp', replié de manière à former un double cadre et appelé *pont*.

Lorsque l'étincelle de la bobine d'induction éclate entre a et b, le dispositif, presque fermé, compris entre l'étincelle et le pont est le siège d'oscillations électriques ayant une période parfaitement déterminée. Ces oscillations se transmettent aux fils qui se trouvent au-delà du pont avec une intensité d'autant plus grande que le fil constituant ce dernier a une plus grande longueur.

Ces oscillations peuvent être décelées avec un détecteur d'onde quelconque ; mais M. Lecher utilise un fil placé dans un tube de Geissler g, qui devient d'autant plus lumineux que les oscillations électriques sont plus intenses dans la partie comprise entre les deux points où se trouve placé le tube de Geissler.

En déplaçant le pont le long des fils parallèles, on peut faire varier dans des limites suffisamment étendues la période de vibration du système.

Bien que l'oscillateur Lecher n'ait pas été directement appliqué à la télégraphie sans fil, on peut néanmoins l'assimiler aux appareils transmetteurs de certains systèmes de radiotélégraphie.

PROPAGATION DES ONDES ÉLECTRIQUES

Considérations générales. — Il y a lieu maintenant d'examiner comment les oscillateurs qui sont le siège d'oscillations électriques peuvent exercer leur action à distance. A cet effet, il convient d'abord d'étudier le fonctionnement de l'oscillateur de Hertz pour examiner ensuite celui de l'oscillateur Marconi.

Si au moment où, dans l'appareil que représente la figure 28 (voir p. 71), la sphère A de l'oscillateur possède une charge positive et la sphère A', une charge négative, on place, en un point quelconque P (*fig.* 36) du milieu environnant, un petit corps électrisé positivement, il est repoussé par A et attiré par A',

6

et il se dirige de A vers A' en suivant une certaine direction
APA', appelée *ligne de force* ou *ligne de tension*, analogue aux
lignes de force magnétiques représentées figure 3 (voir p. 12).

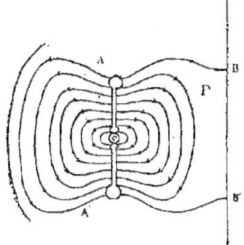

Si la charge en A et en A' reste constante, la quantité d'énergie électrique
reste également constante en P; mais,
si la charge vient à augmenter ou à
diminuer en A et A', la quantité
d'énergie électrique augmente ou diminue également en P.

On admet que la plus grande ou
la plus faible quantité d'énergie électrique est due à un état de plus grande
ou de plus faible tension (polarisation)
de l'éther se trouvant dans le champ

Fig. 36. — Déviation des lignes de force par un con-
ducteur voisin.

électrique, c'est-à-dire dans l'espace où se manifestent des
actions électriques.

Si, à une certaine distance de l'excitateur se trouve un conducteur MM', les lignes de force sont déviées vers ce conducteur, se divisent en deux parties AB, A'B', et le conducteur
se charge par induction : on comprend parfaitement que
l'action des lignes de force A'B' sur AB doit diminuer en
raison du cube de la distance, parce que toutes les lignes
de force comprises entre A et A' constituent un champ électrique unique et, pour produire une action à la distance *l*,
tout l'éther contenu dans le volume de la sphère ayant *l* pour
rayon doit se trouver sous tension. On s'explique ainsi que
les actions purement électrostatiques ou électrodynamiques
ne puissent agir qu'à des distances relativement faibles.

Lorsque les décharges entre A et A' se produisent avec l'extraordinaire rapidité qui caractérise les oscillations électriques
hertziennes, le phénomène n'est plus le même : les lignes de
force qui, dans le cas d'une charge fixe ou de charges et de
décharges se succédant avec une certaine lenteur, restent
toujours comprises entre les extrémités des conducteurs A et A',
se détachent alors par suite de la violence de la décharge, se

ferment sur elles-mêmes comme le montre la figure 37 et se propagent dans l'espace avec la vitesse de la lumière, transportant avec elles l'énergie provenant de la tension de l'éther qu'elles contiennent; ces lignes de force deviennent alors indépendantes de ce qui se produit à la naissance des vibrations, exactement comme cela arrive pour les ondes sonores qui se propagent dans l'espace indépendamment du son primitif qui les a produites et qui persistent, même quand le son primitif a cessé.

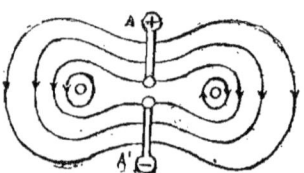

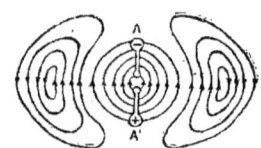

Fig. 37. — Lignes de force produites par les oscillations hertziennes.

Fig. 38. — État des lignes de force après la première demi-vibration.

La figure 38 montre l'état des lignes de force après que s'est produite la première demi-vibration, c'est-à-dire après la première étincelle qui a déchargé les deux sphères et pendant que ces sphères se rechargent en sens contraire, autrementdit pendant qu'un second groupe de lignes de force, ayant une direction opposée à celle des premières, tend à se produire.

Ces systèmes d'ondes indépendantes ne se produisent pas dans l'intervalle de temps qui sépare deux étincelles successives de la bobine d'induction, tandis que les ondes électriques prennent naissance dans l'intervalle de temps qui sépare deux étincelles successives de l'oscillateur; mais la série recommence après une autre étincelle de la bobine.

Si les vibrations de l'oscillateur sont très amorties, comme c'est le cas avec l'oscillateur hertzien, le seul considéré jusqu'à présent et qui produit un très grand amortissement, les vibrations sont peu nombreuses dans chaque série, comme on le voit sur la figure 30 (voir p. 74) et, entre deux étincelles successives de la bobine, il y a un intervalle de repos. Avec d'autres oscillateurs, analogues à celui de la figure 31, on peut rendre cet amortissement encore plus faible et alors les oscillations électriques se produisent d'une manière continue entre deux étincelles successives ; l'on obtient ainsi dans l'espace des émissions d'ondes électriques sans aucune interruption.

L'émission, par ces oscillateurs, de ces séries de lignes de force fermées sur elles-mêmes et transportant à distance l'énergie que la bobine d'induction fournit à l'oscillateur est le phénomène constituant les radiations de l'énergie sous forme d'ondes électriques ; c'est sur ce phénomène qu'est fondé le nouveau système de télégraphie sans fil auquel on a donné, par suite, le nom de radiotélégraphie.

Si les ondes électriques ainsi rayonnées sont désormais indépendantes de l'oscillateur qui les a produites, elles exerceront une action qui ne dépend plus de l'état de tension de l'éther interposé entre elles et l'oscillateur : par suite, bien que, se propageant dans tous les sens, elles s'étendent indéfiniment, se rapprochant toujours de la forme sphérique ; l'intensité de leur action sera en raison inverse de la surface qu'elles occupent et non du volume qu'elles limitent et, par conséquent, à peu près en raison inverse du carré et non du cube de la distance du centre de vibration.

Les modifications apportées par M. Marconi à son oscillateur ont rendu cette diminution de l'intensité encore moins rapide.

Pour se rendre compte du fonctionnement de l'oscillateur Marconi, il faut rappeler les deux principales dispositions qui le distinguent de l'oscillateur hertzien et que l'on a reconnu être d'une importance capitale en ce qui concerne la transmission des signaux à grande distance. Ces deux dispositions sont les suivantes :

1° Faire communiquer une des deux sphères de l'excitateur avec un mât vertical très élevé (antenne) ;

2° Faire communiquer l'autre sphère avec le sol.

Le dispositif de l'oscillateur hertzien devient alors celui que représente la figure 34 (voir p. 79).

Le système de lignes de force qui partent d'un oscillateur ainsi constitué peut être représenté graphiquement comme le montre la figure 39 ; dans ce cas, la terre étant conductrice constitue une sorte de prolongement du conducteur de terre bT (*fig.* 34) et les lignes de force, pour passer d'un conducteur à l'autre, partent du conducteur isolé pour se rendre à la terre en suivant un trajet en forme de demi-cercle ; les ondes correspondantes dans l'espace ont la forme d'une demi-sphère ayant l'antenne pour axe polaire. Lorsque l'étincelle éclate, si celle-ci possède les qualités voulues, il arrive, comme dans le cas des figures 37 et 38, que les extrémités des lignes de

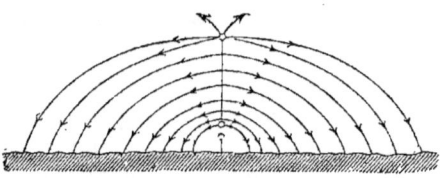

FIG. 39. — Système de lignes de force émises par un oscillateur.

force qui se trouvent sur le conducteur métallique isolé se détachent de ce dernier par suite de la violence de la décharge ; elles se ferment ensuite à travers le sol. Les lignes de force que, pendant les oscillations successives, l'oscillateur a émises par l'intermédiaire de l'antenne sont représentées figure 40,

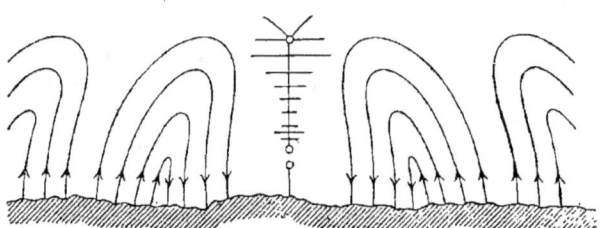

FIG. 40. — Systèmes de lignes de force émises au moyen d'une antenne par un oscillateur.

sur laquelle on voit les deux systèmes de lignes de force de directions opposées émises pendant deux demi-oscillations successives, ainsi que les lignes de force qui partent de l'antenne au commencement de l'oscillation suivante.

La transmission s'effectue ainsi presque entièrement à travers l'atmosphère, mais elle est complétée par la surface du sol, sur laquelle on peut admettre que circulent les courants complétant le circuit des lignes de force, et cela d'autant plus facilement que cette surface est plus conductrice ; cela explique pourquoi les transmissions sont beaucoup plus faciles à effectuer sur mer que sur terre.

Les ondes qui sont en contact continuel avec le sol ne se propagent pas dans l'espace, mais se déplacent sur sa surface et ne peuvent être réfléchies dans l'espace, comme le sont les ondes complètement fermées sur elles-mêmes, telles que celles que montre la figure 38. Par suite, en évitant la dispersion de l'énergie dans une direction inutile, on facilite sa transmission dans la direction utile qui est la direction horizontale. On a reconnu enfin que, dans la pratique, l'intensité des ondes ainsi émises ne diminue pas beaucoup plus rapidement que le simple rapport inverse de la distance depuis le centre d'émission.

En outre, cette constitution des ondes leur permet de suivre la courbure de la surface de la terre, même dans les endroits où existent des protubérances dues à des obstacles naturels, pourvu que ces derniers n'aient pas des dimensions trop grandes comparées à celles des ondes électriques. On voit donc qu'il y a intérêt à utiliser des antennes de grande hauteur qui émettent des ondes de grande amplitude et, par conséquent, capables de surmonter les obstacles et entre autres la courbure de la terre qui s'interpose dans le cas de transmissions à très longues distances. À mesure que les ondes s'éloignent de l'antenne, leurs dimensions augmentent; c'est pour cela qu'un obstacle éloigné est plus facilement franchi qu'un obstacle trop rapproché.

Ce phénomène est celui qu'en physique on désigne sous le nom de *diffraction* des ondes ; il se manifeste d'autant mieux que les ondes ont une plus grande longueur ; par suite, les ondes rencontrant un obstacle ne sont pas arrêtées, mais le tournent de telle sorte que derrière lui l'oscillation est encore sensible.

Les flots de la mer, par exemple, contournent facilement les écueils, et les ondes sonores sont perçues en partie derrière un obstacle pourvu qu'il ne soit pas trop grand, tandis que les ondes lumineuses, qui sont très courtes, laissent derrière les corps opaques une obscurité absolue, à moins que ces corps ne soient de petites dimensions et, dans ce cas, le phénomène de la diffraction se produit.

Pour simplifier l'explication qui précède, on s'est borné à ne parler que des lignes de force électriques émises par l'oscillateur ; mais il y a lieu de faire remarquer maintenant que l'oscillateur doit être considéré comme un conducteur parcouru par des courants se succédant très rapidement et alternativement de sens opposé et que tout conducteur, parcouru par un courant, produit un champ magnétique perpendiculaire à ce conducteur ; ce champ magnétique tend à dévier une aiguille aimantée pour la placer perpendiculairement à ce même conducteur. Donc l'émission des lignes de force électriques dont il a été déjà parlé est accompagnée de celle de lignes de force magnétiques qui leur sont perpendiculaires et qui, dans le cas de l'oscillateur à antenne, forment des cercles horizontaux ayant leur centre sur cette antenne.

L'intensité du champ magnétique en divers points de l'antenne est d'autant plus grande que l'intensité des courants est elle-même plus considérable aux points considérés. Comme l'intensité du courant est nulle à l'extrémité de l'antenne (nœud) qui est le point d'inversion du mouvement électrique et que cette intensité atteint son maximum au point où éclatent les étincelles, l'intensité maximum du champ magnétique correspond aux lignes qui se trouvent dans le plan horizontal de l'étincelle, c'est-à-dire plus près du sol. Par conséquent, l'énergie transmise par les lignes de force magnétiques atteint son maximum dans la direction la plus favorable, c'est-à-dire dans la direction horizontale.

Cette double émission de lignes de force électriques et magnétiques a fait donner au champ, produit par l'oscillateur, le nom de *champ électromagnétique* et les ondes correspondantes sont appelées *ondes électromagnétiques*.

Après avoir parlé de la production et de la propagation des ondes électromagnétiques utilisées en télégraphie sans fil, il reste à examiner les procédés employés pour leur réception.

On a déjà vu que, lorsque les lignes de force électriques rencontraient un conducteur, elles se repliaient et se brisaient à son contact en déterminant un mouvement d'électricité le long de ce conducteur. Pour déceler la production de ce mouvement électrique, on utilise des appareils spéciaux appelés *indicateurs* ou *détecteurs* d'onde qui affectent des formes très diverses.

Hertz employait des détecteurs à étincelle qu'il appela, pour les motifs qui seront exposés par la suite, *résonateurs*. Le plus simple de ces résonateurs est un simple fil rectiligne de longueur appropriée et interrompu en son milieu. Si ce fil est placé dans la position de la ligne MN (*fig.* 36. p. 82). lorsqu'il est frappé par les lignes de force qui lui sont parallèles, le mouvement électrique dont il est le siège fait éclater une étincelle au point d'interruption. étincelle qui indique l'arrivée d'ondes électriques.

Dans les expériences effectuées par Hertz pour des transmissions à petite distance, la quantité d'énergie qui arrivait dans le résonateur convenablement disposé suffisait pour le faire fonctionner ; mais la sensibilité de cet appareil était absolument insuffisante pour l'échange de signaux à grande distance, vu la faible quantité d'énergie qui, dans ces conditions. parvenait au poste récepteur. Heureusement, on trouva, par la suite, un révélateur d'ondes électriques appelé *cohéreur* qui possède une si grande sensibilité qu'on a pu le comparer à la sensibilité de l'œil humain et qu'on l'a désigné aussi sous le nom *d'œil électrique*. Les divers systèmes de cohéreurs seront décrits ultérieurement, chapitre VII.

Il suffit pour le moment de constater que le cohéreur le plus simple est un tube rempli de limaille métallique sur lequel frappe un petit marteau. Ce tube, presque isolant dans les conditions ordinaires, devient conducteur sous l'action des ondes électriques et redevient isolant, par suite des secousses que lui imprime le petit marteau, lorsque les ondes électriques cessent de l'actionner. En plaçant le cohéreur dans un circuit avec une pile et un indicateur de courant quelconque, par exemple, une sonnerie électrique, l'arrivée des ondes est immédiatement signalée par le fonctionnement de la sonnerie qui s'arrête dès que les ondes n'actionnent plus le cohéreur et fonctionne de nouveau à l'arrivée de nouvelles ondes, et ainsi de suite. Il est facile de comprendre qu'en émettant des séries longues ou brèves d'ondes électriques, il soit possible d'établir une communication à l'aide de l'alphabet Morse.

La figure 41 représente un récepteur à cohéreur. Le cohéreur est en T et le frappeur en F. Lorsque le cohéreur subit l'action des ondes électriques, il laisse passer le courant de la pile P qui vient actionner l'électro-aimant R. L'armature de cet électro-aimant est attirée et ferme en C le circuit d'un autre électro-aimant F ; ce dernier, fonctionnant comme une sonnerie électrique, amène son armature au contact du cohéreur et d'une sonnerie voisine qui donne le signal de l'arrivée des ondes. Ce dispo-

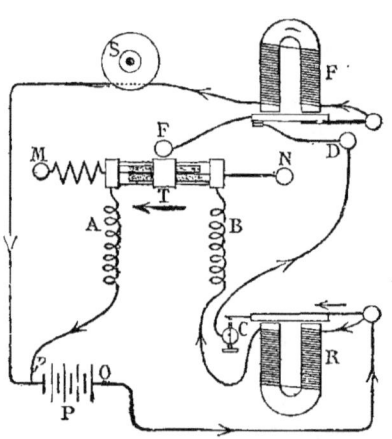

Fig. 41. — Récepteur à cohéreur.

sitif a été imaginé par M. Popoff (1895) pour la réception des ondes électriques dues aux orages ; il faisait arriver ces ondes à l'appareil en reliant une des extrémités du cohéreur avec la tige d'un paratonnerre. Il a ainsi trouvé le principe des systèmes actuels de réception.

Toutefois, M. Marconi, indépendamment du cohéreur,

emploie pour la réception un autre appareil absolument différent qu'il appelle *détecteur magnétique* et qui sera décrit
ultérieurement.

Mais le récepteur, pour si sensible qu'il soit, doit être muni
d'un dispositif destiné à concentrer sur le cohéreur la plus
grande partie possible de l'énergie que les ondes électriques
transportent avec elles. M. Popoff, comme on vient de le voir,
utilisait à cet effet un paratonnerre. Plus tard, lors de ses
premières expériences, M. Marconi se servit de grands miroirs
paraboliques ou cylindriques qui concentraient sur le cohéreur,
placé à leur foyer, les ondes électriques qui frappaient leur
surface, comme le font du reste les miroirs courbes qui servent
à concentrer à leur foyer les rayons lumineux ou calorifiques
qui les frappent. Ce miroir devait avoir une surface proportionnelle à celle des ondes qu'il devait réfléchir ; mais ce
miroir devint inutile par suite de l'emploi d'ondes toujours
de plus en plus longues ; il fut avantageusement remplacé
par une antenne identique à celle qui avait donné d'excellents
résultats pour l'émission des ondes. Dans ces conditions, le

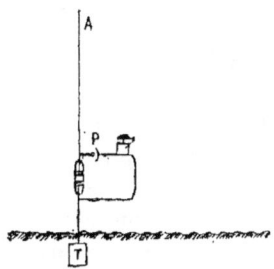

Fig. 42. — Dispositif de réception.

poste récepteur comporte le dispositif représenté schématiquement
par la figure 42, analogue à celui
que montre la figure 34 ; il représente le radiateur dans lequel
l'intervalle où se produisent les
étincelles est constitué par un cohéreur mis en communication d'un
côté avec l'antenne A et de l'autre
avec la terre, en T ; à la bobine
d'induction, on a substitué un cir-
cuit comprenant la pile P et une sonnerie indicatrice. On
donnera plus loin les détails concernant les divers systèmes
employés pour rendre de plus en plus sensible l'appareil
récepteur et pour enregistrer les signaux reçus.

Actuellement il suffit de chercher à se rendre compte de
l'efficacité d'un récepteur ainsi constitué pour recueillir les

ondes électromagnétiques émises par le radiateur que montre la figure 34 (voir p. 79).

Si on suppose qu'une série d'ondes électriques, affectant la forme indiquée sur la figure 40, arrive sur l'antenne A (*fig.* 43), les lignes de force se dirigeront, comme dans le cas de la figure 36, vers le corps conducteur pour se rendre à la terre en le traversant. Plus grande sera la hauteur de l'antenne, plus nombreuses seront les lignes de force se trouvant au-dessus du sol qui seront

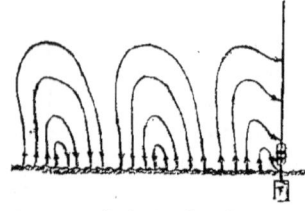

Fig. 43. — Série d'ondes électriques à la réception.

recueillies par elle et, par conséquent, le potentiel de l'antenne en sera d'autant plus élevé.

Par suite des interruptions successives de l'émission des lignes de force, l'antenne sera portée à des potentiels successivement croissants et décroissants; dans ces conditions, elle sera le siège d'oscillations électriques qui, agissant sur le cohéreur, actionneront par son intermédiaire les appareils enregistreurs ou signaleurs.

Les lignes de force magnétiques disposées comme on l'a dit, sous forme de cercles horizontaux perpendiculaires aux lignes de force électriques, coupent l'antenne réceptrice A dans une direction perpendiculaire à cette dernière ; l'antenne se trouve donc placée dans des conditions analogues à celles du conducteur A'B' de la figure 11 (voir p. 29). Par conséquent, l'action exercée par le passage des lignes de force successives aura pour effet de produire une série de courants induits ondulatoires qui se transmettent le long de l'antenne en contribuant à l'excitation du récepteur.

Plus l'antenne sera longue et plus nombreuses seront les lignes de force magnétiques qui la couperont; ces effets concordants s'ajoutent pour produire une action d'autant plus énergique que l'antenne est plus longue.

En effet, les lignes de force électromagnétiques qui arrivent sur l'antenne réceptrice produisent dans celle-ci d'autres vibrations électromagnétiques qui peuvent exciter l'appareil récepteur. On sait que ces vibrations peuvent exciter l'appareil récepteur ; quoique le cohéreur soit un appareil, comme on l'a déjà dit, excessivement sensible, sa sensibilité est néanmoins limitée et il est nécessaire, pour qu'il fonctionne, que l'intensité des vibrations dont l'antenne réceptrice est le siège ait une valeur qui ne doit jamais être inférieure à une certaine valeur critique qui marque la limite de cette sensibilité. Or, dans les transmissions à grande distance, les vibrations émises, même par les appareils les plus puissants, arrivent atténuées et il est indispensable de prendre des précautions spéciales pour atteindre la valeur de l'intensité critique.

Syntonisation et amortissement. — Les deux conditions indispensables pour obtenir la syntonisation et l'amortissement sont les suivantes :

1° Les appareils de transmission et de réception doivent être syntonisés, c'est-à-dire que les vibrations doivent avoir des périodes égales dans les deux appareils ;

2° Les vibrations émises par l'appareil transmetteur doivent être amorties le moins possible.

Comme ces deux conditions sont le principe même des perfectionnements importants apportés récemment aux appareils de télégraphie sans fil, il est nécessaire d'examiner les raisons pour lesquelles ces conditions doivent être réalisées.

En ce qui concerne la première, il y a lieu de faire remarquer que l'appareil récepteur est un oscillateur analogue à l'appareil transmetteur.

Par suite, dès l'arrivée d'une première impulsion électrique, il se produit à la station réceptrice des oscillations électriques ayant une période identique à celle du récepteur ; le même phénomène se reproduit chaque fois que de nouvelles ondes arrivent et, pour que les divers systèmes d'ondes émis par les appareils puissent s'ajouter, il est nécessaire que les ondes qui parviennent au poste récepteur aient la même période que celles qui sont produites dans l'antenne réceptrice ; s'il n'en était pas ainsi, les vibrations produites successivement se superposeraient d'une manière irrégulière en s'affaiblissant et s'annulant mutuellement, phénomène désigné sous le nom d'*interférence* des ondes.

Comme les ondes qui arrivent ont une période propre dépendant de l'appareil transmetteur et que ce sont ces ondes qui actionnent l'appareil récepteur, on comprend que, pour obtenir le maximum d'effet, il faut que les deux périodes soient égales.

C'est le cas qui se présente lorsqu'on veut sonner une très grosse cloche. Au moment où l'on tire pour la première fois la corde qui l'actionne, la cloche se déplace à peine, mais se met aussitôt à osciller avec sa période propre ; si l'on tire de nouveau sur la corde au moment précis où cette cloche commence sa seconde oscillation, l'effet produit s'ajoute au premier et l'amplitude de l'oscillation augmente, et ainsi de suite progressivement si l'on actionne chaque fois la corde au moment où la cloche commence une nouvelle oscillation. Dans ces conditions, les effets s'ajoutent et l'amplitude des oscillations va toujours en augmentant jusqu'à ce que la cloche sonne. On voit donc que, pour obtenir l'effet désiré, le sonneur de cloche devra effectuer un nombre de tractions successives sur la corde à des moments précis correspondant au nombre d'oscillations que fait la cloche pendant le même temps. Les deux mouvements doivent, par suite, être syntoniques.

C'est pour la même raison que les résonateurs de Hertz sont plus efficaces lorsque leur longueur est telle que leur période de vibration est égale à celle de l'excitateur. Aux vibrations de ce dernier correspondent les vibrations du résonateur par suite d'un phénomène de résonance électrique analogue à celui de la résonance acoustique ; de là le nom de résonateur donné à cet appareil.

Une expérience très probante, dite des bouteilles de Leyde accordées, a été imaginée par M. Lodge en 1894, dans le but de montrer les phénomènes de résonance électrique.

Les armatures de deux bouteilles de Leyde Co, Co' (*fig.* 44)

sont mises en communication au moyen de deux circuits métalliques ; celui de la bouteille Co a des dimensions fixes et celui
de Co' des dimensions que l'on peut faire varier en déplaçant
un fil transversal T le long des fils parallèles 2 et 3. L'éclateur
de la première bouteille est en E, et celui de la seconde en e.

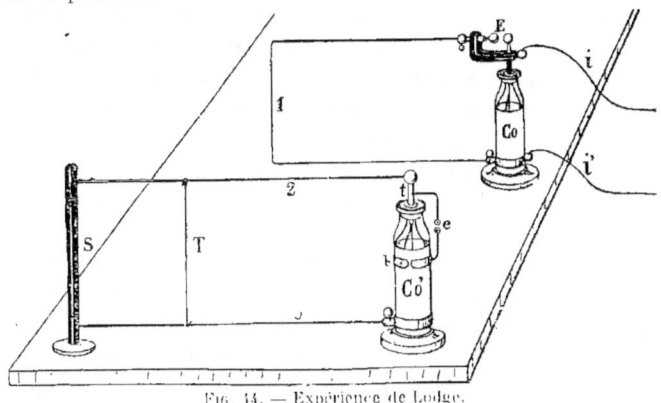

Fig. 34. — Expérience de Lodge.

Si, au moyen de deux fils i. i', on met les armatures de la
première bouteille en communication avec les conducteurs d'une
machine électrique en fonctionnement, il se produit en E
et e de fortes étincelles, lorsque le fil transversal T est amené dans
une position telle que les deux circuits soient identiques ; mais,
pour peu que le fil T soit déplacé dans un sens ou dans un
autre, les étincelles qui se produisent en e diminuent d'intensité
et même disparaissent complètement si le déplacement du fil
transversal est assez considérable.

Dans cette expérience, les oscillations électriques qui sont
produites dans le circuit de la bouteille Co provoquent la production d'oscillations dans le circuit Co'; mais la résonance
parfaite n'est établie que lorsque les deux circuits ont des
périodes de vibrations égales, c'est-à-dire lorsqu'ils sont syntonisés.

L'appareil Lecher (fig. 35, p. 80) se prête très bien, lui aussi,
à la démonstration du principe de la résonance.

En plaçant un tube de Geissler à proximité de l'extrémité libre des fils parallèles, on observe que son intensité lumineuse devient maximum lorsque le pont occupe une position déterminée; dans cette position, le système compris entre l'éclateur et le pont se trouve en résonance parfaite avec celui qui est compris entre le pont et l'extrémité libre des fils.

En amenant le pont en dehors de cette position, soit dans un sens, soit dans l'autre, l'intensité lumineuse du tube s'affaiblit sensiblement, montrant ainsi que la résonance parfaite n'est pas obtenue; en réalité, la période des vibrations croît dans le système qui, par suite du déplacement du pont, a la longueur des fils augmentée, tandis qu'elle décroît dans celui dont la longueur des fils devient plus petite et, dans ces conditions, les deux périodes cessent d'être égales.

L'exemple de la cloche, emprunté à l'acoustique, permet d'expliquer également l'effet de l'amortissement; on voit que, si l'on veut mettre la cloche en branle en ne disposant que d'une faible force, il faut accumuler les effets de plusieurs tractions successives. De même, en ce qui concerne les ondes électriques, si l'énergie des ondes qui frappent l'antenne réceptrice est faible, il faudra accumuler les effets produits par des émissions successives et semblables, pour que les oscillations de l'antenne atteignent l'intensité nécessaire pour actionner l'appareil récepteur.

Si l'excitateur placé à la station qui transmet produit des oscillations très amorties, comme celles, par exemple, que représente la figure 30 (voir p. 74), les effets successifs ne pourront s'ajouter et l'antenne réceptrice ne sera alors actionnée que par la première ou par les deux premières impulsions; dans ces conditions, il est inutile que les appareils soient syntonisés, et le cohéreur ne sera seulement excité que dans le cas où la quantité d'énergie arrivant sur l'antenne réceptrice avec la première impulsion sera assez grande; il en résulte que la distance à laquelle on peut établir une communication ne peut pas être très considérable.

L'oscillateur-antenne se trouve précisément dans ce cas. Il

résulte d'expériences directes, effectuées par le lieutenant de vaisseau Tissot, que, dans l'intervalle de deux étincelles successives de la bobine d'induction, il ne se produit pas plus de trois oscillations décroissant très rapidement et après lesquelles la vibration devient insensible.

Pour obtenir une série d'ondes de grande amplitude, nombreuses et semblables, comme celles que représente la figure 32 (voir p. 76), il suffit donc d'employer un vibrateur peu amorti. La réalisation des deux conditions déjà indiquées, syntonisation et très faible amortissement, permet d'obtenir, théoriquement, un résultat très important au point de vue de la télégraphie sans fil, celui de rendre les stations indépendantes, c'est-à-dire qu'une station A peut échanger des communications avec une station quelconque B, sans actionner les récepteurs des autres stations avec lesquelles on peut néanmoins communiquer à volonté, tout en conservant le grand avantage du secret des communications. A cet effet, il suffirait que chaque station fût caractérisée par une période de vibration spéciale, mais que l'on puisse à volonté la modifier pour l'accorder avec celle d'une quelconque des autres stations lorsqu'on veut entrer en communication avec elle.

C'est précisément le phénomène qui se présente dans le cas bien connu des expériences de résonance acoustique.

Lorsqu'on dispose de plusieurs diapasons ayant des notes différentes et placés sur une table, on peut à distance faire vibrer à volonté l'un quelconque de ces diapasons, en excitant un autre diapason donnant une note identique que celui que l'on veut exciter.

Malheureusement, le phénomène de la résonance acoustique paraît différer beaucoup de celui de la résonance électrique. Dans le phénomène acoustique, il y a un maximum très bien marqué de résonance ; un diapason répond aux vibrations d'un autre diapason, à la condition que la syntonisation soit parfaite et, pour peu qu'il y ait désaccord, le phénomène ne se produit plus. Au contraire, le vibrateur électrique répond aux vibrations d'un autre vibrateur avec un maximum d'étincelles lorsque les périodes des deux appareils sont identiques ; mais le second entre en vibration néanmoins, quoique avec moins d'intensité, lorsque les deux périodes sont légèrement différentes ; donc, comme on l'a déjà dit, s'il arrive à l'antenne réceptrice une quantité suffisante d'énergie, cette antenne est le siège de vibrations, quelle que soit la période des vibrations émises à la station de départ, par suite des vibrations qui sont ainsi excitées et qui ont la période propre de cette antenne.

Il suffirait donc, par conséquent, de pouvoir régler la quantité d'énergie qui parvient à la station réceptrice de manière qu'elle soit le siège de vibrations, si elle est accordée avec la station qui transmet et, qu'il ne se produise pas de vibrations dans le cas contraire. Dans ces conditions, les stations les plus éloignées ne recevraient pas les communications qui leur sont destinées, tandis que les stations les plus rapprochées, recevant la majeure partie de l'énergie transmise, pourraient, non seulement recevoir ces communications, mais encore être troublées dans leurs communications propres. On verra ultérieurement à quel point on est arrivé aujourd'hui en ce qui concerne la solution du problème ainsi que les dispositifs imaginés par divers inventeurs pour satisfaire aux deux conditions énoncées précédemment.

Toutefois, on peut dès à présent exposer quelques considérations à ce sujet.

En ce qui concerne la syntonisation, si l'on utilise des oscillateurs-antennes dont la longueur d'onde peut être considérée comme égale à quatre fois leur longueur, il suffira que les deux antennes soient égales pour qu'elles aient même période de vibration. En effet la plus grande partie des expériences ont été faites, toutes les fois que cela a été possible, avec des antennes égales ; mais, avec de pareils oscillateurs, à cause de l'amortissement considérable produit, la syntonisation est peu efficace.

On voit que l'on doit chercher surtout à rendre l'amortissement le plus faible possible. On obtient en partie ce résultat en

7

donnant une plus grande longueur à l'antenne. De plus, l'emploi de longues antennes présente un autre avantage, car on
augmente ainsi la longueur d'onde, et la théorie démontre que
l'amortissement diminue à mesure que la longueur d'onde augmente. En acoustique, également, on constate que les sons aigus
s'amortissent beaucoup plus rapidement que les sons graves;
mais ce problème ne laisse pas que de présenter des difficultés
assez importantes. En effet, la cause principale de l'amortissement dans les oscillateurs-antennes provient de la grande
quantité d'énergie émise par ces appareils : or, cette énergie ne
devrait point diminuer, car c'est justement la radiation qui
transporte à distance l'énergie nécessaire pour actionner l'antenne réceptrice.

On connaît pourtant des oscillateurs qui présentent un faible
amortissement. Tels sont, par exemple, tous les oscillateurs
fermés sur eux-mêmes, comme celui que représente la figure 31

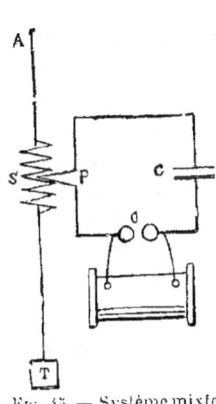

(voir p. 75. Mais ces oscillateurs sont
formés de deux parties voisines vibrant
en sens opposé : leurs actions se détruisent donc à distance. De plus, comme
la surface de ces oscillateurs est faible,
la quantité d'énergie dépensée pour produire les vibrations est faible également.
Par suite, ces oscillateurs spéciaux donnent des vibrations très persistantes,
mais leur puissance rayonnante est minime. Les deux conditions nécessaires
pour obtenir un faible amortissement et
un grand rayonnement présentent une
certaine incompatibilité; pour obtenir
une solution convenable de ces deux

Fig. 45. — Système mixte
d'oscillateur.

conditions, on a dû recourir à un système mixte semblable à
celui que représente la figure 45.

La bobine d'induction est reliée à un oscillateur fermé sur
lui-même et ayant un condensateur C intercalé dans le circuit.
Cet oscillateur agit sur l'antenne A par induction électro-

dynamique. Pour que l'induction soit plus efficace, on enroule en spires les deux circuits opposés, comme on le fait pour le primaire et le secondaire d'une bobine d'induction, et l'on a ainsi réalisé un transformateur.

L'antenne émet librement dans l'espace l'énergie qu'elle reçoit du transformateur ; ces oscillations tendent à s'amortir ; mais les vibrations persistantes du circuit primaire PC les maintiennent et l'on obtient ainsi le même résultat que si les oscillations de l'antenne étaient .peu amorties.

L'oscillateur PC perd, à chaque oscillation, l'énergie qu'il communique à l'antenne, mais il possède une réserve suffisante pour plusieurs oscillations, lorsque le condensateur C, généralement constitué par une batterie de bouteilles de Leyde, a une capacité suffisante.

Il y a pourtant une condition indispensable à remplir pour que tout fonctionne de la manière la plus efficace: c'est que, d'après le principe déjà développé, les deux oscillateurs AS et HC soient en résonance, ce qu'il est relativement facile d'obtenir en faisant varier la self-induction de S et la capacité de C.

Une disposition semblable a été adoptée pour l'antenne réceptrice qui agit aussi elle-même par induction sur le circuit presque fermé du cohéreur, par l'intermédiaire d'un transformateur, ce dernier augmentant la différence de potentiel aux bornes de ce cohéreur ; mais, conformément au principe de la résonance, pour que les impulsions que reçoit l'antenne s'ajoutent dans l'antenne même et s'ajoutent aussi à celles qu'elle transmet au circuit du cohéreur, il est nécessaire que l'antenne du poste de transmission ait la même période de vibration que celle de l'antenne réceptrice et que cette dernière, à son tour, ait également la même période que le circuit du cohéreur. Or, comme l'antenne de transmission doit être accordée avec l'oscillateur, il en résulte que, pour obtenir la résonance générale et, par conséquent, le maximum d'effet, il est nécessaire que les deux antennes, le vibrateur et le circuit du cohéreur aient tous exactement la même période.

En faisant varier, dans la station de transmission. le nombre de spires de S qui participent aux vibrations, on peut mettre l'antenne à l'unisson de celle qui est installée dans la station avec laquelle on veut communiquer et modifier ensuite la capacité C pour conserver l'accord entre les deux circuits de la station.

Tous les systèmes de radiotélégraphie sont fondés exclusivement sur les principes qui viennent d'être énoncés, mais ils ne sont pas appliqués dans tous ces systèmes de la même manière. Ainsi, par exemple, dans un des systèmes les plus employés, celui de MM. Slaby et Arco, on n'utilise pas les phénomènes d'induction pour exciter l'antenne, tandis que, dans le système Braun, également très employé, l'antenne n'est pas reliée au sol, mais avec un condensateur. Les différences qui caractérisent chacun des systèmes de radiotélégraphie seront examinées au moment où ils seront décrits.

Influence de la lumière du jour. — Une difficulté assez grave que présente l'échange de communications radiotélégraphiques à de grandes distances est due à l'action nuisible exercée par la lumière solaire : M. Marconi a constaté cette influence nuisible lorsque les distances dépassent 800 kilomètres. Lorsqu'il se rendait en Amérique, à bord du *Philadelphia*, tant que le navire se trouva à une distance inférieure à 800 kilomètres de la station de transmission établie à Poldhu, on ne constata aucune différence dans les signaux, qu'ils fussent reçus pendant le jour ou pendant la nuit ; mais, dès que l'on eut dépassé cette distance, les signaux transmis par le poste de Poldhu, après le lever du soleil, arrivaient déjà plus affaiblis et, dès que l'on eut atteint une distance de 1 100 kilomètres, ils n'étaient plus perceptibles, tandis que, pendant la nuit, les signaux étaient perceptibles jusqu'à 3 300 kilomètres.

On pourra peut-être éviter cet inconvénient en utilisant à la station de départ une source d'énergie électrique plus puissante ; mais jusqu'à présent il ne paraît pas que l'on ait pu transmettre des télégrammes transatlantiques pendant le jour.

M. Marconi attribue cette influence fâcheuse de la lumière

solaire à ce fait, constaté par beaucoup d'expérimentateurs, que cette lumière tend à décharger les corps électrisés négaivement, ce qui a pour effet de décharger partiellement l'antenne pendant la moitié de sa période d'oscillation alors qu'elle est électrisée négativement.

M. Lodge croit plutôt que la majeure partie de la perte d'énergie des ondes électriques, pendant le jour, se produit tout le long de leur parcours. D'après les idées les plus récentes et les expériences qui montrent la liaison existant entre les phénomènes électriques et les phénomènes optiques, on admet que, sous l'action des radiations ultra-violettes du soleil, il se détache des molécules matérielles disséminées dans l'atmosphère, appelées *électrons* ou atomes d'électricité, dont la présence rend l'atmosphère faiblement conductrice.

Les ondes électriques qui, dans le cas où l'atmosphère serait parfaitement isolante, se dirigeraient parallèlement à la surface conductrice de la mer, trouvent un milieu partiellement conducteur et s'affaiblissent plus rapidement.

CHAPITRE VII

APPAREILS DE RADIOTÉLÉGRAPHIE

Dans ce chapitre, on ne donnera pas une description minutieuse de tous les appareils qui peuvent servir à la radiotélégraphie, d'autant plus que la plupart de ces appareils sont identiques à ceux utilisés dans d'autres applications électriques. Pour l'étude théorique de ces appareils, on renverra le lecteur à l'excellent ouvrage de M. G. Finzi : *Traité d'électricité et de magnétisme* et, pour leur utilisation pratique au livre de M. Barni : *le Monteur électricien*[1]. Au sujet de ces appareils, on exposera seulement ce qui est strictement nécessaire pour faire comprendre les modifications que ceux d'un usage courant ont dû subir afin de s'adapter aux exigences de la radiotélégraphie.

Par contre, on décrira d'une manière plus complète les appareils qui, comme les oscillateurs, les radiateurs, les syntonisateurs, les détecteurs, etc., s'emploient exclusivement ou presque, dans la production des ondes électriques et en radiotélégraphie.

Afin de procéder avec une certaine méthode, on va décrire ces divers appareils d'après l'ordre suivant lequel ils fonctionnent lors d'une transmission. On examinera donc d'abord ceux spéciaux au poste de départ (sources d'énergie, bobines d'induction, oscillateurs, etc.), puis ceux communs aux deux

[1] Édition française, par J.-A. Montpellier.

postes (antennes, prises de terre, syntonisateurs, etc.), ou qui peuvent se rencontrer entre le poste transmetteur et le poste récepteur (répétiteurs) et enfin ceux qui font exclusivement partie de l'installation de réception (détecteurs, relais, enregistreurs, etc.).

En procédant à cette étude, on s'en tiendra, autant que possible, à la description des divers appareils considérés isolément, en se réservant d'indiquer leur groupement et leur installation, lorsque les divers systèmes de radiotélégraphie seront décrits.

SOURCES D'ÉNERGIE.

Le courant nécessaire pour actionner la bobine d'induction peut s'emprunter à une usine électrique centrale ; il peut également être fourni sur place par des piles ou des accumulateurs. Dans certains cas, on a recours directement à l'énergie produite par une dynamo, soit à courant continu, soit à courant alternatif.

La liaison directe de la dynamo à courant continu avec le circuit primaire de la bobine peut offrir des inconvénients, car il peut arriver que le circuit primaire se trouve parcouru par des courants à haute tension qui risquent de détériorer l'induit de la dynamo.

De plus, la transmission des signaux qui exige la fermeture du circuit primaire à des intervalles plus ou moins rapprochés, peut occasionner des variations de charge brusques, nuisibles au bon fonctionnement de la dynamo.

Mais à bord des navires, sur lesquels on dispose d'une canalisation électrique étendue, on a la possibilité, sans graves inconvénients, de placer le circuit primaire de la bobine en dérivation sur cette canalisation, en ayant le soin d'intercaler un rhéostat.

Dans la plupart des cas, on aura tout avantage à employer des accumulateurs de 50 à 100 ampères-heure de capacité que l'on peut charger avec des piles, s'il s'agit d'une installation

provisoire, ou mieux encore au moyen d'un petit groupe électrogène constitué par un moteur à gaz ou à pétrole et une
petite dynamo de 500 watts.

L'usage des systèmes syntonisés a permis d'abaisser dans
une large mesure la quantité d'énergie nécessaire pour les
communications radiotélégraphiques; en effet, avec les appareils portatifs, on peut correspondre à une distance de 30 km
en utilisant les courants faibles que donnent des batteries de
piles à liquide immobilisé.

Quand il s'agit de correspondre à de très grandes distances,
étant donné l'énorme disproportion entre la quantité d'énergie
employée par la station expéditrice et celle mise à profit au
poste d'arrivée, il faut, afin que ce dernier en reçoive une
quantité suffisante pour actionner les appareils récepteurs, que
la station de départ dispose de sources d'énergie relativement
très puissantes. C'est ainsi que, dans la station de Poldhu, destinée aux communications transatlantiques, l'énergie est
fournie par un moteur de 31 chevaux qui actionne une dynamo
à courant alternatif d'une puissance correspondante. On rencontre des génératrices plus puissantes encore dans les stations
transatlantiques du cap Breton et du cap Cod, où fonctionnent
des alternateurs de 40 à 50 kw (55 à 65 chevaux-vapeur).

Si, en outre, on tient compte du temps très court, environ
un millionième de seconde par ondes de 300 m, pendant
lequel est émise l'énergie à chaque oscillation, on constate
que la puissance rayonnante instantanée de l'appareil de
transmission s'élève à plusieurs dizaines de milliers de kilowatts.

Parlant des appareils Marconi installés au cap Breton, pour
donner une idée de l'extraordinaire puissance des décharges
qui se produisent lors de chaque émission lorsqu'on actionne
le manipulateur, M. le Dr Parkin les compare à un oura-
gan en miniature dont les éclairs ont une épaisseur apparente de plus de 1 centimètre et dont le bruit est si fort que
l'opérateur se trouve dans la nécessité de protéger ses oreilles
avec du coton.

Voici quelques données relatives à l'énergie employée avec le système Slaby-Arco pour les transmissions à de moyennes distances.

Jusqu'à 40 km, on utilise une bobine d'induction donnant une étincelle de 15 cm, avec un interrupteur à marteau. Le courant d'excitation, emprunté à une batterie de piles, doit avoir une tension de 16 volts, et l'énergie consommée varie entre 500 et 1 000 watts. Pour des distances allant jusqu'à 80 km, on emploie une bobine d'induction donnant une étincelle de 30 cm, avec un interrupteur rapide à mercure ; cette bobine est directement alimentée par du courant alternatif et consomme environ 1 kilowatt. Pour des distances supérieures, la dépense d'énergie atteint jusqu'à 3 kilowatts et même plus; dans ces derniers cas, lorsqu'on n'emploie pas directement un courant alternatif, on se trouve dans la nécessité de transformer le courant continu utilisé en courant alternatif, et cela au moyen d'un transformateur spécial.

MANIPULATEURS

Manipulateurs ordinaires. — On emploie comme manipulateur la clé télégraphique ordinaire qui sert à rendre intermittent le courant alimentant la bobine, afin que les étincelles de cette dernière ne se succèdent pas sans interruption, mais bien sous forme d'émissions longues et brèves, correspondant respectivement aux traits et aux points de l'alphabet Morse que nous reproduisons ci-dessous :

a .—	i ..	q —.—	1 .————	9 ———.
b —...	j .———	r .—.	2 ..———	0 —————
c —.—.	k —.—	s ...	3 ...——	
d —..	l .—..	t —	4 ....—	
e .	m ——	u ..—	5	
f ..—.	n —.	v ...—	6 —....	
g ——.	o ———	x —..—	7 ——...	
h	p .——.	y —.——	8 ———..	
		z ——..		

Différant en cela du manipulateur télégraphique qui ne doit

interrompre et rétablir que des courants de faible intensité, le manipulateur employé en télégraphie sans fil doit fonctionner avec des courants très intenses; il faut donc lui donner

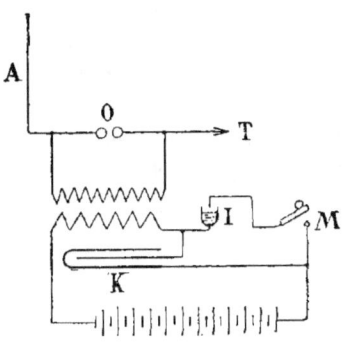

des contacts ayant une surface plus grande que celle des contacts ordinaires et présentant, en outre, une meilleure conductance.

Au moment de la rupture du circuit, il se produit de fortes étincelles de self-induction qu'il est utile et parfois nécessaire d'éviter. Aussi l'on place parfois un condensateur K en dérivation sur le manipulateur, comme l'indique la figure 46.

Fig. 46. — Manipulateur avec condensateur en dérivation.

La figure 47 représente le modèle de manipulateur utilisé dans le système Marconi.

Le contact se produit à sec entre deux tiges de platine, et le condensateur K de la figure 46 se trouve renfermé dans le socle.

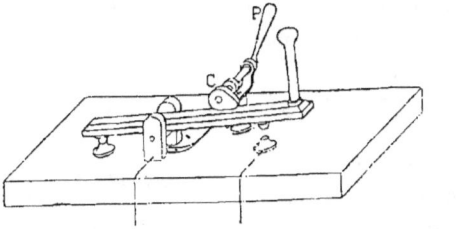

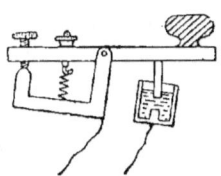

Fig. 47. — Manipulateur système Marconi.

Fig. 48. — Manipulateur système Ferrié.

M. le capitaine Ferrié a employé avec succès le manipulateur que représente la figure 48, dans lequel l'interruption se produit entre deux petites pointes de cuivre disposées à l'intérieur d'un récipient rempli de pétrole.

Un autre manipulateur employé par M. Marconi est représenté sur la figure 49. Ce dernier joue en même temps le rôle de commutateur, c'est-à-dire qu'il met l'antenne en communication avec le récepteur, lorsqu'il n'est pas utilisé comme transmetteur : par suite l'appareil est toujours prêt pour la réception. A cet effet la partie T de cette clé est en ébonite. Dans la position montrée par la figure, l'antenne communique avec *a* et, à travers la clé, avec *f* qui la relie au cohéreur. Quand on abaisse la clé, le contact entre *a* et *f* se trouve interrompu et le courant de la source électrique S passe par le circuit primaire *p* de la bobine.

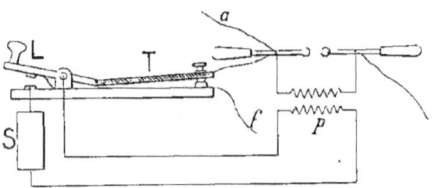

Fig. 49. — Autre système de manipulateur Marconi.

Dans les installations dites extra-puissantes, comme par exemple celle de Poldhu, où il s'agit d'interrompre un courant de 20 à 25 ampères sous 2 000 volts, on ne parviendrait pas à manipuler directement avec une clé Morse ; d'ailleurs l'alternateur ne pourrait supporter un pareil régime. Aussi on a disposé le manipulateur (*fig. 50*) de manière à mettre en court-circuit la bobine de self-induction R dont la réactance, quand son noyau N se trouve complètement à l'intérieur de la bobine, suffit pour arrêter

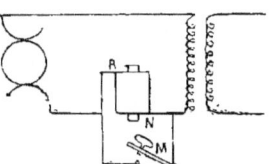

Fig. 50. — Manipulateur pour installations extra-puissantes.

complètement le courant alimentant le primaire. On enfonce donc d'une façon complète le noyau N et on manipule avec la clé M. Chaque fois que la clé se trouve abaissée, le courant alimente le circuit primaire du transformateur et les décharges se produisent; quand, par contre, la clé est soulevée, le courant s'annule sous l'action de la réactance et les décharges s'arrêtent sans qu'il soit nécessaire de modifier le régime de l'alternateur.

Dans le système de M. Jules Cervera Baviera, commandant du génie, — système qu'essaye et utilise l'armée espagnole — on emploie deux manipulateurs spéciaux qui constituent un des caractères originaux de ce dispositif. Un de ces manipulateurs comporte une série de touches semblables à celles des machines à écrire. En pressant avec le doigt le bouton d'ébonite qui porte la lettre ou le signe à transmettre, on produit automatiquement les contacts qui donnent les points ou les traits caractéristiques de cette lettre ou de ce signe d'après l'alphabet Morse.

Sur l'autre manipulateur, M. Cervera supprime absolument les étincelles de rupture du courant. Il obtient ce résultat en mettant directement à la terre des deux côtés, et cela à travers un condensateur, les deux pointes entre lesquelles se produit l'interruption du courant.

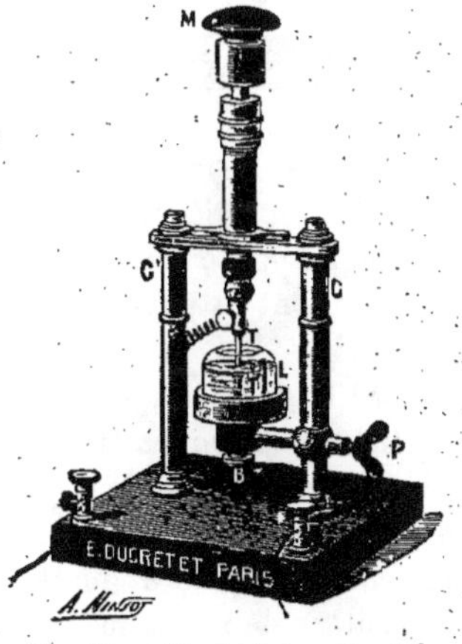

Fig. 51. — Manipulateur Popoff-Ducretet.

La figure 51 représente un autre modèle de manipulateur spécial pour télégraphie sans fil employé dans le système Popoff-Ducretet. Le contact s'établit entre deux tiges de cuivre immergées dans un bain de pétrole ou d'huile de vaseline contenu dans un vase L. Les deux colonnes C et C' sont isolées l'une dans l'autre; la colonne C' est reliée à la tige supérieure par l'intermédiaire d'un fil souple, tandis que l'autre colonne C est en communication avec la tige inférieure. En pressant sur le bouton M, on établit un contact entre les deux tiges, contact

qui cesse sous l'action d'un ressort, dès que l'on n'appuie plus
sur le bouton d'ébonite M.

M. Fessenden, dans son système de radiotélégraphie, utilise
une clé spéciale qui, au lieu de fermer et d'ouvrir le circuit,
établit ou détruit la résonance entre l'appareil transmetteur et
l'appareil récepteur. Il est évident que, si l'on manœuvre la
clé de manière à établir l'accord entre les deux stations, le
poste récepteur pourra recevoir des signaux longs ou brefs
suivant que la clé restera un temps plus ou moins long dans
cette position. D'autre part, si on supprime l'accord, les appareils récepteurs ne seront plus
actionnés, quoique l'appareil
transmetteur continue à émettre
des ondes.

La clé employée par M. Fessenden (*fig.* 52) a la forme habi-
tuelle, mais elle est disposée sur
une boîte rectangulaire à l'intérieur de laquelle sont tendus des
fils métalliques parallèles immergés dans l'huile. Ces fils
sont mis en communication deux

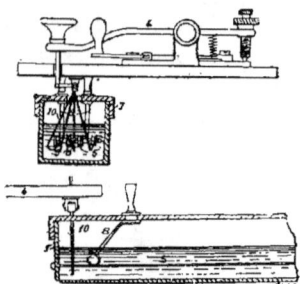

Fig. 52. — Manipulateur Fessenden.

à deux par un contact mobile 8, muni à sa partie inférieure
d'une petite poulie dans la gorge de laquelle s'engagent les
fils placés au dessous, de manière que ce contact puisse glisser le long de ces fils.

L'abaissement de la clé détermine, par l'intermédiaire d'un
levier coudé, le déplacement latéral de tiges métalliques 10 qui,
venant successivement en contact avec les fils parallèles, ont
pour effet d'intercaler dans le circuit de l'oscillateur les condensateurs et les bobines de réactance correspondant à chaque
paire de fils, faisant ainsi varier la capacité et la réactance suivant la position qu'occupent les contacts mobiles sur les différentes paires de fil.

Grâce à ce dispositif, un seul abaissement de la clé permet
d'obtenir autant d'accords différents qu'il y a de tiges métal-

liques actionnées par la clé ; si l'un des accords correspond à celui qui permet de communiquer avec la station de réception voulue, celle-ci seule recevra les signaux. Il est alors facile de modifier l'accord lorsque l'on suppose que la transmission peut être reçue par une autre station ayant intérêt à surprendre les communications. Il est évident que ce manipulateur permet de transmettre des signaux soit en établissant l'accord au moment voulu, soit en modifiant l'accord existant.

Manipulateurs automatiques. — On a appliqué à la télégraphie sans fil, en remplacement des manipulateurs ordinaires, des manipulateurs automatiques à perforation, analogues à ceux qui sont utilisés en télégraphie. Un de ces transmetteurs est représenté à droite et au bas de la figure 178 (chap. vIII), qui montre l'ensemble de l'appareil du système Lodge-Muirhead. Ce transmetteur comporte deux appareils distincts : l'un, celui qui est le plus à droite, sert à perforer dans une bande de papier des trous correspondant aux signaux de l'alphabet Morse ; l'autre, qui constitue le véritable transmetteur, reçoit la bande perforée et laisse passer le courant alimentant le primaire de la bobine chaque fois qu'il y a trou. On obtient ainsi une émission d'étincelles plus régulières qu'avec les manipulateurs ordinaires.

BOBINES D'INDUCTION ET INTERRUPTEURS

Bobines d'induction. — Les bobines d'induction sont destinées à transformer les courants de basse tension fournis par la source d'énergie en courants à haute tension, susceptibles de donner lieu, entre les sphères de l'oscillateur, à de puissantes étincelles qui déterminent la production des ondes électriques. En réalité, les étincelles d'une machine électrostatique (Holtz, Whimshurst, etc.) pourraient exciter l'oscillateur et nombre des études effectuées sur les oscillations électriques ont eu lieu en utilisant des machines électrostatiques comme source d'énergie. Toutefois, dans la pratique de la télégraphie sans fil, on a exclusivement recours aux bobines d'induction, car ces dernières présentent un fonctionnement plus sûr et peuvent être plus facilement réglées.

Dans les appareils radiotélégraphiques à étincelles directement appliquées à l'antenne, la capacité de cette dernière est relativement faible : l'on ne peut donc augmenter l'énergie des décharges qu'en élevant leur potentiel et, par suite, en augmentant les dimensions de la bobine : on est alors arrêté par la difficulté d'obtenir des courants à un très haut potentiel.

Par contre, dans les appareils où l'excitation de l'antenne s'opère par induction, la capacité du circuit oscillateur peut être augmentée à volonté, pourvu que l'on accroisse la capacité du condensateur intercalé dans ce circuit. Lorsqu'il est nécessaire d'utiliser de grandes quantités d'énergie, comme c'est le cas dans les stations destinées à communiquer à de grandes distances, on a recours non pas à une bobine d'induction, mais à des transformateurs industriels à haute tension alimentés par des courants alternatifs (*fig.* 50).

Toutefois, dans la plupart des installations, l'on a recours aux bobines d'induction.

Bobines de Ruhmkorff. — Le type classique des bobines d'induction est la bobine de Ruhmkorff (*fig.* 53), qui se compose essentiellement de deux enroulements disposés concentriquement. L'enroulement intérieur, constitué par un fil de faible longueur et de diamètre assez fort, forme le circuit primaire ou inducteur ; il est traversé par le courant que produit la source d'énergie. L'enroulement extérieur, formé d'un fil très long et très fin, constitue le circuit secondaire ou induit ; ce sont les extrémités de cet enroulement extérieur que l'on met en communication avec les sphères de l'oscillateur entre lesquelles doivent jaillir les étincelles. A l'intérieur du circuit inducteur se trouve disposé un faisceau de fils en fer doux formant le noyau de la bobine.

Dans les bobines très puissantes, beaucoup de constructeurs établissent le circuit induit au moyen de plusieurs enroulements distincts placés l'un à côté de l'autre; par suite, en cas d'accident, il suffit de remplacer la section détériorée.

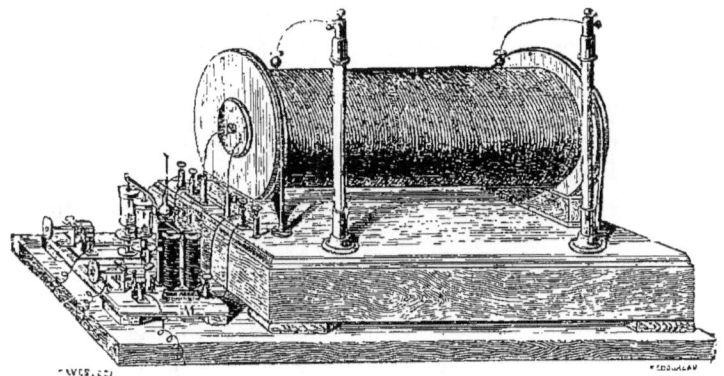

Fig. 53. — Bobine de Ruhmkorff.

Les courants, dans le circuit induit, ne prennent naissance qu'au moment de la fermeture ou de l'ouverture du circuit inducteur; pour interrompre ou fermer ce circuit, on emploie les *interrupteurs* dont nous allons parler plus loin. Mais, par suite des effets d'induction qui s'exercent entre les spires du circuit inducteur, il se produit encore, dans ce dernier, des courants induits (extra-courants) qui, au moment de l'ouverture du circuit, donnent lieu à de vives étincelles au point d'interruption. Ces étincelles occasionnent des perturbations dans la pratique et on cherche à les éviter en employant différents moyens, dont l'un, déjà décrit, consiste dans l'emploi d'un condensateur (*fig.* 46, p. 106). Comme les effets d'induction se produisent dans chacune des spires du circuit induit, il arrive que, pour augmenter la différence du potentiel aux extrémités de ce circuit induit, on doit accroître le nombre des spires et, conséquemment, donner aux bobines des dimensions toujours plus grandes.

Ordinairement, ou indique la puissance d'une bobine par la longueur maximum d'étincelle qu'elle est capable de donner;

.il y a des bobines qui donnent des étincelles de 40 et 50 centimètres.

Lorsqu'une bobine ne suffit pas pour fournir l'effet désiré,
on peut constituer une batterie de deux ou de plus de deux de
ces bobines, en reliant leurs circuits primaires en série et leurs
circuits secondaires en parallèle.

En ce qui concerne la relation qui existe entre la puissance
des bobines et la distance à laquelle il s'agit de télégraphier,
il en a été déjà question.

Les bobines de tous modèles peuvent s'employer en radiotélégraphie, pourvu qu'elles soient capables de supporter la
mise à la terre de l'un des pôles du circuit secondaire, quand
on fait usage du dispositif à étincelle directe.

La longueur des étincelles que les bobines fournissent dans
les conditions ordinaires ne suffit point pour permettre de
juger de leur plus ou moins grande aptitude à être utilisées en
radiotélégraphie. Certains modèles qui,
sans antenne ni terre, développent une
étincelle atteignant jusqu'à 40 cm de longueur, ne donnent plus qu'une étincelle de
2 ou 3 cm avec une antenne de 30 m mise
à la terre et même une étincelle encore
moindre sur des condensateurs ; d'autres
modèles, qui ne donnent qu'une étincelle
de 30 cm dans le premier cas, donnent encore une étincelle de 5 ou 6 cm dans le
second cas, et cela à égalité de consommation de courant dans le circuit primaire.
Ces derniers modèles doivent être recher-
chés de préférence, car ils mettent en jeu
plus d'énergie, en chargeant l'antenne et
le condensateur à une tension plus élevée.

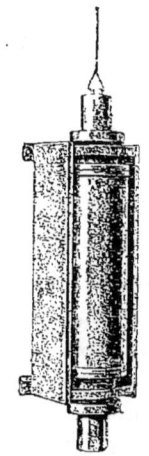

Fig. 54. — Bobine de
Ruhmkorff à axe
vertical.

Ordinairement l'axe des bobines est hori-
zontal, mais on construit aussi des bobines à axe vertical
(*fig.* 54), qui peuvent être fixées sur un mur, comme c'est

8

souvent le cas dans les stations radiotélégraphiques alle-
mandes.

Il est à espérer que l'on apportera de nombreux perfectionnements aux modèles actuels de bobines qui, jusqu'ici, ont été
exclusivement établis pour des applications scientifiques, mais
qui, maintenant, reçoivent des applications industrielles. En
effet leur rendement, c'est-à-dire le rapport entre l'énergie
qui est fournie au circuit primaire et celle utilisée dans le circuit secondaire dépasse difficilement 20 0/0.

Transformateur unipolaire. — Une bobine d'induction très
employée, surtout dans les stations radiotélégraphiques fran-
çaises, est le transformateur unipolaire de Wydts et Rochefort

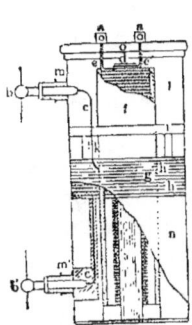

FIG. 55. — Transforma-
teur Wydts-Roche-
fort.

(*fig.* 55). Il consiste en un primaire formé
de deux couches de fil enroulé sur un noyau
de fils de fer et enfermé dans un tube isolant; le circuit secondaire est constitué
par un fil court et gros en une ou deux
sections; il n'occupe qu'une faible longueur au centre du noyau.

Le fil est enroulé de manière que l'une
des deux extrémités, celle qui est la plus
rapprochée du noyau, se trouve à une
tension très faible, tandis que l'autre extrémité est à une tension très élevée. La bobine est immergée dans une pâte isolante
que l'on obtient en faisant dissoudre de la
paraffine dans du pétrole chaud.

Dans le dispositif à étincelle, placé directement sur l'antenne, l'extrémité du circuit secondaire qui se trouve à basse
tension est mise en communication avec la terre; par suite, la
longueur des étincelles n'est pas raccourcie, autant que dans
les bobines ordinaires, du fait de la communication avec le sol.

Avec un transformateur unipolaire, M. Tissot aurait transmis des dépêches, assure-t-on, à une distance de 65 km, tandis
qu'avec une bobine ordinaire d'égale longueur d'étincelle il
n'aurait point dépassé 35 km.

Interrupteurs. — Un rôle très important dans le fonctionnement des bobines d'induction, même en matière de radiotélégraphie, est rempli par les *interrupteurs*. Ces appareils, bien qu'indispensables pour assurer le fonctionnement des bobines alimentées par du courant continu, peuvent être considérés comme un organe séparé et, le plus souvent, ils sont même complètement indépendants des bobines.

On ne donnera pas ici des descriptions détaillées et on se bornera à signaler les principaux types utilisés ainsi que les qualités qui rendent certains modèles préférables aux autres.

Les interrupteurs employés en télégraphie sans fil doivent être de construction simple et avoir un fonctionnement très régulier, pouvant en même temps être prolongé sans inconvénients. Aussi certains interrupteurs qui conviennent parfaitement aux expériences de laboratoire, comme l'interrupteur électrolytique, n'ont pas d'ordinaire donné de bons résultats en radiotélégraphie.

Dans tous les cas, il faut que les interruptions soient très rapides, car, en raison de l'extinction rapide des oscillations, il y a toujours, entre deux étincelles, un intervalle de temps qu'il faut rendre le plus court possible et durant lequel les oscillations sont éteintes. Si ces intervalles de temps sont trop prolongés, l'appareil récepteur a le temps de se mettre au repos entre deux oscillations successives, et il donne alors une série de points au lieu d'une ligne continue. Aussi les types préférés sont les interrupteurs à marteau et ceux à turbine.

Si la bobine est alimentée non pas par un courant continu, mais bien par un courant alternatif, il est évident que l'interrupteur n'est plus nécessaire.

Les figures 56, 57 et 60 représentent schématiquement les trois principaux types d'interrupteurs, savoir : l'interrupteur à marteau, l'interrupteur à mercure ou de Foucault et l'interrupteur à turbine. Sur chacune des trois figures on a représenté seulement le circuit primaire enroulé autour d'un cylindre à l'intérieur duquel se trouve le faisceau des fils de fer doux.

C'est seulement dans la figure 56 que l'on voit ce faisceau
émerger du cylindre, en *b*.

Dans les trois types, l'extrémité b_1 du fil primaire commu-

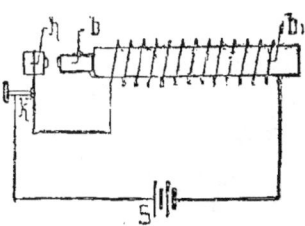

nique directement avec un des
pôles de la source d'électricité
S ; l'autre extrémité du même
fil se rend à l'autre pôle de la
source, mais en passant à travers
l'interrupteur.

*Interrupteur à marteau ou à
trembleur.* — Dans la figure 56,
l'interrupteur comporte une vis

Fig. 56. — Interrupteur à marteau.

fixe *k* qui touche un ressort
portant à son extrémité supérieure un petit cylindre en fer *h*
(marteau) ; ce cylindre se trouve exactement en regard du
faisceau de fer doux *b*. A l'état de repos, il y a contact, en
k, entre la vis et le ressort ; mais si, au moyen de la clé
non représentée sur la figure, on ferme le circuit, le courant
passant dans l'enroulement primaire aimante fortement le
faisceau de fer doux et ce dernier attire le marteau ; alors le
ressort se détache de la vis en *k* et le courant se trouve ainsi
interrompu. Aussitôt que le courant cesse de passer, le fer doux
se désaimante, il cesse d'attirer le marteau et le ressort, revenant à sa position première, rétablit le contact en *k*. Ainsi
le circuit se trouve successivement fermé et interrompu par
suite des mouvements du
marteau, etc.

Interrupteur de Foucault.
— Dans la figure 57, l'interrupteur est constitué par
une pointe en fer qui plonge
dans un récipient rempli
de mercure *k* et qui est
soulevée par le levier *h*

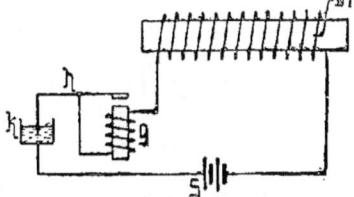

Fig. 57. — Interrupteur de Foucault.

au moment où passe le courant, par suite de l'attraction
qui s'exerce d'une part, entre l'électro-aimant *g*, parcouru

par le courant primaire et, d'autre part, une pièce de fer doux
(armature) appliquée à l'autre extrémité du levier. Quand
la pointe s'élève au-dessus du mercure, le courant est interrompu, l'électro-aimant g abandonne l'armature et le levier,

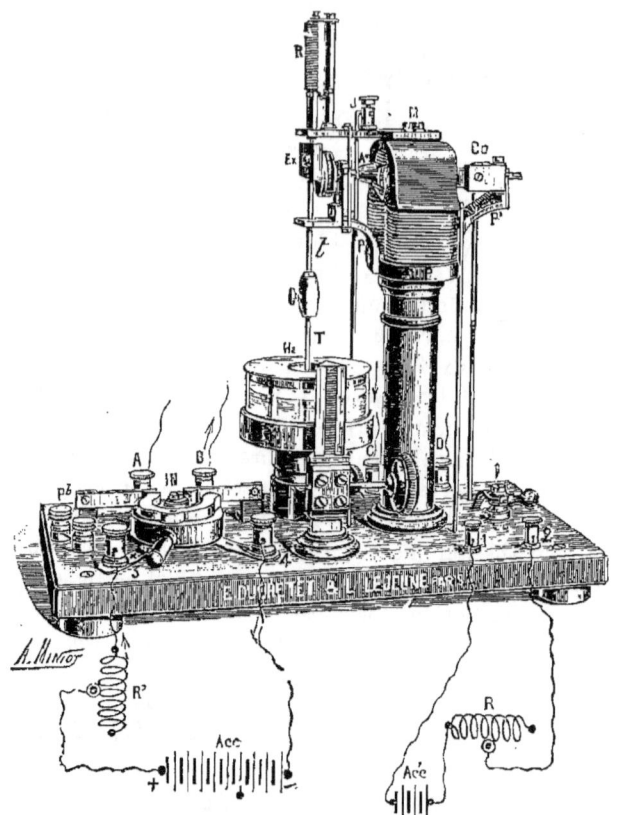

Fig. 58. — Interrupteur Ducretet.

obéissant à l'action d'un ressort de rappel, retourne à sa position initiale en faisant de nouveau plonger la pointe dans
le mercure. Alors le courant passe de nouveau, mais il se
trouve de nouveau interrompu aussitôt après, et ainsi de suite.

Certaines modifications ont été apportées à ce type d'interrupteur : ainsi, on a rendu, d'une façon très heureuse, le mouvement de la pointe de fer indépendant du courant primaire;
ce mouvement est produit par un petit moteur électrique distinct qui abaisse et soulève la pointe dans le sens vertical.
On évite ainsi que le mercure jaillisse tout autour et l'on peut
faire varier à volonté le nombre des interruptions. La figure 58
représente un interrupteur de ce type, construit par M. Ducretet; la tige T est actionnée par le petit moteur électrique
placé sur la colonne P; la vitesse de ce moteur est réglée à
l'aide d'un rhéostat spécial et l'on peut obtenir de 600 à
800 interruptions par minute.

Interrupteur Lodge-Muirhead. — Dans le dernier modèle
d'appareil de télégraphie sans fil dû à ces inventeurs, on a
utilisé un interrupteur à mercure de forme spéciale appelé
ronfleur et représenté sur la figure 59.

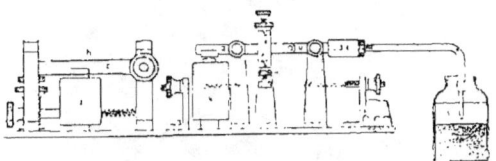

Fig. 59. — Interrupteur Lodge-Muirhead.

Cet appareil se compose d'un interrupteur ordinaire à mercure actionné par deux électro-aimants montés en série, au lieu
de l'être par un seul. Le premier de ces électro-aimants, *j*,
fonctionne comme une sonnerie électrique : la tige mobile
vibre de haut en bas lorsque le circuit du transmetteur est
fermé et, en vibrant, ouvre et ferme le circuit du second électro-
aimant *k* dont l'armature porte le levier muni d'une pointe
plongeant dans le mercure. Cette disposition donnerait, d'après
les inventeurs, une succession d'étincelles plus régulières que
celles que l'on obtient avec l'interrupteur ordinaire de Foucault.

Interrupteur à turbine. — Dans l'interrupteur à turbine (*fig.* 60)
l'extrémité libre du fil primaire communique avec un anneau

métallique S pourvu d'ouvertures et disposé dans un récipient cylindrique g au fond duquel se trouve du mercure.
Dans le mercure plonge la turbine t tournant à grande vitesse
autour de son axe vertical.

Cet axe est formé d'un tube
dont la partie inférieure
plonge dans le mercure et
dont la partie supérieure,
repliée à angle droit, se dirige vers l'anneau. La rotation de la turbine fait monter le mercure dans le tube

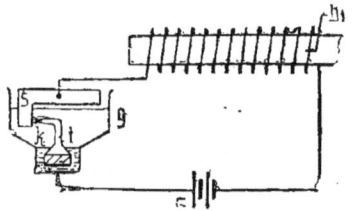

FIG. 60. — Interrupteur à turbine.

et l'amène à sortir, sous forme de jet, par l'extrémité supérieure du tube, en frappant contre l'anneau. Le mercure étant
en communication avec le pôle libre de la source d'électricité

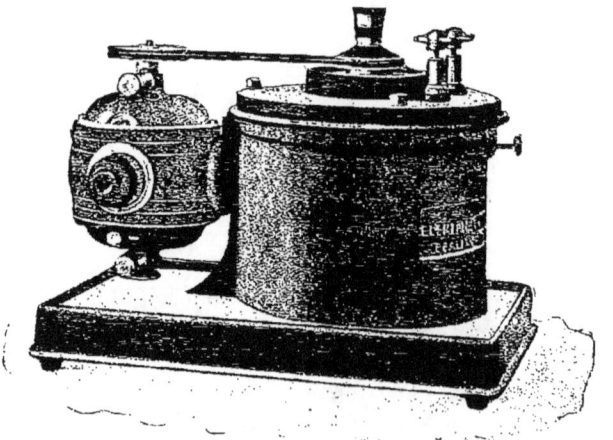

FIG. 61. — Interrupteur à turbine de l'Allgemeine Elektricitäts Gesellschaft.

lorsque le jet rencontre les parois métalliques de l'anneau, le
circuit demeure fermé et le courant passe dans le primaire
de la bobine ; quand, au contraire, le jet rencontre les ouvertures pratiquées dans l'anneau, le courant est interrompu. En
combinant d'une manière convenable le nombre d'ouvertures

et la vitesse de marche du moteur, on peut atteindre jusqu'à
1 000 interruptions par seconde.

Dans les deux derniers types d'interrupteurs, qui viennent
d'être décrits, on verse une couche de liquide isolant (alcool, huile de vaseline, etc.) au-dessus du mercure ; les étincelles éclatent à l'intérieur de ce liquide isolant au moment de l'ouverture du circuit. De cette manière, on évite l'oxydation et l'évaporation rapide du mercure ; l'interruption du circuit s'effectue aussi plus brusquement.

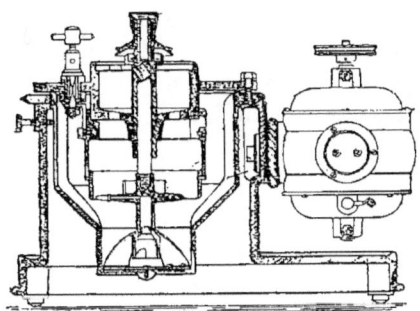

Fig. 62. — Interrupteur à turbine
de l'Allgemeine Elektricitäts Gesellschaft.

La figure 61 représente l'aspect extérieur, et la figure 62 la
coupe de l'interrupteur à turbine construit par l'Allgemeine
Elektricitäts Gesellschaft, de Berlin.

Interrupteur de Wehnelt. — Un interrupteur d'un type différent du précédent est l'interrupteur électrolytique de Wehnelt,
dont un modèle est repré-
senté schématiquement
sur la figure 63. La cathode
est une lame de plomb p
et l'anode un fil de platine
k qui sort de l'extrémité
inférieure d'un petit tube
en verre qui l'enveloppe ;
l'électrolyte est de l'acide
sulfurique étendu. Les

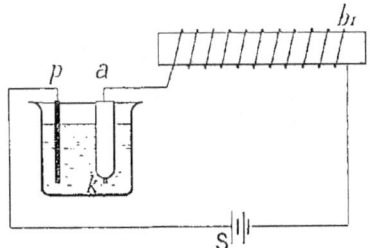

Fig. 63. — Interrupteur Wehnelt.

deux électrodes sont intercalées dans le circuit primaire de la
bobine ainsi qu'une batterie d'au moins 20 accumulateurs,
car un courant très intense est nécessaire pour faire fonctionner cet interrupteur.

Au moment où l'on ferme le circuit, le fil de platine rougit si le courant est suffisamment intense; l'eau en contact avec ce fil s'évapore et la gaine de vapeur qui s'interpose entre le liquide et l'électrode interrompt le circuit et provoque une étincelle qui rend le phénomène lumineux. Une fois que le courant a cessé, le platine se refroidit, l'électrolyte entre de nouveau en contact avec lui, le courant passe de nouveau et la même série de phénomènes se reproduit.

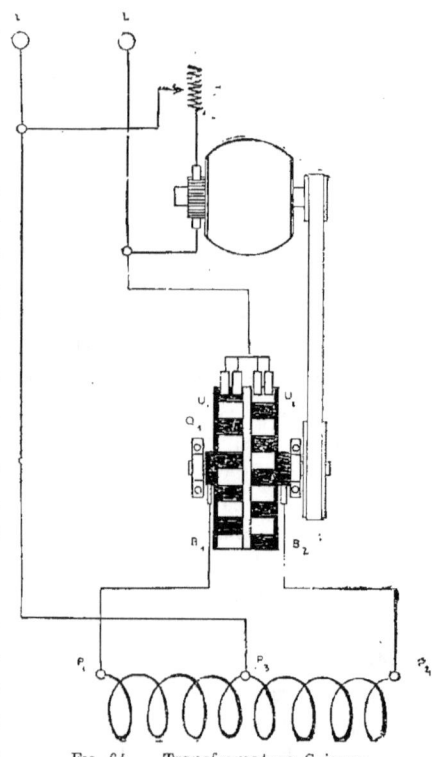

Les interruptions produites par cet appareil sont très rapides; elles sont au nombre de plusieurs centaines par seconde.

Cet interrupteur a été utilisé en radiotélégraphie, mais, d'une manière générale, il n'a pas donné de bons résultats.

Interrupteur Cooper-Hewitt. — On verra plus loin (chap. viii) que l'on peut utiliser la lampe électrique Cooper-Hewitt comme interrupteur.

Convertisseurs. — L'emploi des interrupteurs à mercure présente des inconvénients lorsqu'on utilise des courants très intenses.

Fig. 64. — Transformateur Grisson.

En pareil cas, il est donc préférable de supprimer l'interrupteur et d'employer une génératrice de courant alternatif, ou

bien encore de transformer le courant continu en courant
alternatif à l'aide d'un convertisseur.

La figure 64 représente schématiquement le transformateur
Grisson, employé à cet effet dans plusieurs installations du
système Slaby-Arco. L'enroulement primaire de l'inducteur
comporte, indépendamment des deux bornes extrêmes P_1 et P_2,
une troisième borne intermédiaire P_3. Le courant continu,
grâce à un commutateur, passe d'abord dans l'enroulement de
la première bobine P_1P_3, puis dans le second enroulement
P_2P_3. Les deux bobines ont un noyau de fer commun et l'ai-
mantent chacune en sens contraire, de telle sorte que, quand
le courant passe dans l'enroulement P_2P_3, il produit par induction dans la bobine P_1P_3 une force contre-électromotrice qui
réduit presque jusqu'à zéro le courant qui y circule. En même
temps le circuit primaire reste interrompu et aussitôt le courant
dans P_2P_3, atteint son intensité maximum, et ainsi de suite.

Pour obtenir la fermeture automatique de l'un ou de l'autre
circuit, on se sert des deux commutateurs U_1, U_2 isolés électriquement l'un de l'autre, mais solidaires mécaniquement,
étant montés sur le même axe de rotation. Chacun de ces
commutateurs est relié à une bague fixée sur le côté et, par
l'intermédiaire de balais appropriés, avec les fils B_1 et B_2. Un
balai commun aux deux commutateurs appuie alternativement
sur les segments de U_1 et U_2. Les deux commutateurs et leurs
bagues sont mis en mouvement par un petit moteur électrique.
Le courant dans le convertisseur est rendu ainsi alternatif et la
forme de son onde peut être modifiée dans de larges limites.

On peut faire varier aisément la fréquence de 15 à 100 périodes par seconde et, puisque le courant n'est pas interrompu
quand il atteint son intensité maximum, les étincelles sont
très faibles : il est possible, grâce à ce convertisseur, d'alimenter l'inducteur avec un courant très intense.

EXCITATEURS ET OSCILLATEURS

On donne le nom d'*excitateur*, ou *exploseur*, à l'organe des
dispositifs de télégraphie sans fil dans lequel éclatent les étin-

celles produisant les vibrations électriques, organe qui doit
ensuite, directement ou par l'intermédiaire d'un transformateur, les propager dans l'espace.

On appelle *oscillateur* ou *vibrateur* l'ensemble de l'appareil
relié à l'excitateur qui, participant à la production des ondes
électriques, détermine la période de ces ondes d'après ses
constantes physiques : capacité, self-induction, etc.

Les oscillateurs seront décrits plus spécialement à propos
des divers systèmes de radiotélégraphie (chap. VIII).

L'excitateur est généralement constitué par deux sphères
métalliques reliées avec les autres parties de l'oscillateur
(antenne, terre, transformateur, condensateur, etc., suivant
les systèmes) auxquelles viennent aboutir les deux fils du
circuit secondaire de la bobine d'induction ou du transformateur qui alimente l'oscillateur.

Dans l'oscillateur de Hertz (*fig.* 28, p. 74), l'excitateur est
constitué par deux sphères *bb'* et l'oscillateur par tout le système A*bb'*A'.

Lorsqu'on produit des ondes électriques pour effectuer des
recherches scientifiques, on a observé que la forme de l'excitateur avait une importance capitale au point de vue de la
régularité des oscillations produites et qu'il était nécessaire,
pour obtenir cette régularité, de nettoyer fréquemment les
petites sphères de la couche d'oxyde qui se forme par suite
de la production des étincelles. Pour éviter cette opération
fastidieuse, Sarrazin et de La Rive proposèrent de faire éclater
les étincelles dans un liquide isolant (huile), disposition qui a
été appliquée dès le début de la télégraphie sans fil.

Lorsque l'étincelle éclate dans l'air et que des quantités
considérables d'énergie entrent en jeu, il tend à se former
entre les boules un arc électrique permanent. Cet arc, en fermant le circuit d'une manière continue, n'empêcherait seulement pas la production des oscillations électriques, mais
constituerait, en outre, un danger au point de vue de la
conservation des appareils. Afin d'empêcher la formation d'un
arc permanent, on a recours au procédé consistant à souffler

l'étincelle avec un soufflet assez puissant ou bien l'on fait éclater l'étincelle entre les pôles d'un électro-aimant qui constitue un souffleur magnétique.

L'oscillateur de Hertz a été l'objet de nombreuses modifications de la part des divers expérimentateurs qui l'ont utilisé pour effectuer des recherches scientifiques, modifications qui ont eu principalement pour objet d'obtenir des ondes plus courtes. Une des modifications de l'oscillateur de Hertz qui a été plus particulièrement employée est celle due à M. Righi.

Oscillateur Righi-Marconi. — L'oscillateur Righi, tel qu'il a été utilisé par Marconi, lors de ses premiers essais de radiotélégraphie, est représenté figure 65. Chaque paire de sphères

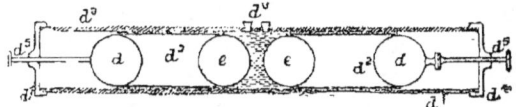

Fig. 65. — Oscillateur Righi-Marconi.

de est fixée sur un petit morceau de tube d'ébonite qui peut se déplacer dans un tube de plus grand diamètre d^3. Chacune de ces sphères dd est reliée à une tige d^1 utilisée pour la mettre en communication avec le circuit extérieur et servant aussi à régler la distance entre les sphères ee. A cet effet la tige d^1 est reliée à la sphère e par l'intermédiaire d'un joint sphérique qui permet à la tige de tourner sans que la boule d participe à ce mouvement de rotation. Les tiges d^1 sont filetées et traversent le couvercle d^4 dans un écrou; en agissant sur les boutons fixés sur les tiges, les tubes d^2 peuvent être amenés en avant ou en arrière, de manière à régler la position des sphères ee dans le tube d^3, ainsi que la distance qui les sépare.

L'espace d^6, compris entre les boules ee, est entouré d'un tube formant récipient et dans lequel on met de l'huile de vaseline.

L'appareil porte aussi le nom d'oscillateur à trois étincelles. Les sphères dd qui constituent l'excitateur sont mises en communication avec la bobine. Les deux étincelles excitatrices qui éclatent entre d et e déterminent des oscillations électriques dans les sphères e, entre lesquelles éclate une troisième étincelle.

Plus tard, on abandonna l'emploi de l'huile interposée entre les sphères ee, parce que, sous l'action des puissantes étincelles qu'il est nécessaire d'obtenir en radiotélégraphie, l'huile était décomposée et les particules de carbone, mises en liberté, avaient pour résultat de diminuer le pouvoir isolant du liquide ; dans ces conditions, on revint à l'usage des sphères placées dans l'air.

Les oscillateurs à sphères, comme celui qui vient d'être décrit, ne produisent que des ondes de faible longueur (25 cm avec des sphères de 10 cm de diamètre) ; c'est pourquoi on a été amené à faire réfléchir les ondes par des miroirs cylindriques de faibles dimensions. Les oscillateurs de ce genre sont employés, en même temps que les miroirs, afin d'envoyer les ondes dans une direction déterminée.

Plus tard M. Marconi relia les sphères d et d', l'une avec l'antenne et l'autre avec la terre ; grâce à cette disposition, la longueur des ondes fut augmentée, et l'emploi des miroirs devint superflu.

Oscillateur Tissot. — M. Tissot, lieutenant de vaisseau, qui s'est particulièrement occupé de radiotélégraphie, a préféré, pour effectuer des transmissions à des distances qui ne sont pas trop considérables, relier une des deux sphères centrales à l'antenne et mettre l'autre en communication avec le sol, tandis que les deux sphères extérieures restaient toujours en communication avec la bobine d'induction. Ce mode de montage est justifié par ce fait que les sphères extérieures ne servent qu'à charger les sphères centrales entre lesquelles seulement se produit, comme on l'a vu, la décharge oscillante. Ce dispositif présente aussi l'avantage de ne pas rendre la bobine dissymétrique.

Le lieutenant de vaisseau Tissot a effectué des expériences comparatives pour déterminer si le nombre et le diamètre des sphères constituant l'excitateur avaient une influence sur la transmission, et il a reconnu que cette influence était nulle. Avec des excitateurs comportant 4, 3 et 2 sphères, on obtient des résultats également bons. Toutefois, pour de courtes distances, l'excitateur à quatre sphères, déjà décrit, doit être préféré.

Excitateur Ruhmkorff. — L'emploi d'excitateurs à quatre sphères a été généralement abandonné, et l'on est revenu aux excitateurs à étincelle unique (*fig.* 49, p. 107), qui ne sont autres que l'excitateur ordinaire de la bobine de Ruhmkorff, constitué par deux tiges glissant chacune dans un anneau métallique isolé et reliées respectivement à l'une des bornes de la bobine. Les tiges portent à leurs extrémités en regard deux sphères massives en laiton et à l'extrémité opposée une poignée en matière isolante qui permet de rapprocher ou d'éloigner les sphères à volonté, sans courir le risque de recevoir des secousses. Les deux anneaux métalliques isolés, servant de support aux tiges, mettent en communication, par l'intermédiaire de conducteurs, l'une des sphères de l'excitateur avec la terre et l'autre avec l'antenne.

Dans les oscillateurs syntonisés (*fig.* 45, p. 98), l'excitateur est constitué également par deux sphères en laiton qui, au contraire, sont mises en communication avec les extrémités du circuit dans lequel se trouvent le condensateur C et la bobine de self-induction P.

Excitateur Armstrong et Orling. — MM. Armstrong et Orling ont proposé l'emploi d'un oscillateur avec sphères creuses plongées dans l'huile; on pouvait introduire dans ces sphères des grenailles métalliques qui, dans l'esprit des inventeurs, auraient permis de modifier le nombre de périodes des oscillations afin de les accorder avec celles d'un récepteur déterminé. On ne voit pas comment la présence des grenailles métalliques dans un corps conducteur parfaitement fermé pourrait avoir une influence sensible sur le nombre de périodes de l'oscillateur.

Excitateur Slaby-Arco. — La figure 66 représente l'excitateur employé par l'Allgemeine Elektricitäts Gesellschaft dans l'appareil transmetteur du système Slaby-Arco ; cet excitateur ne comporte pas de sphères et est constitué par deux tiges verticales en laiton dont l'une, la supérieure, est mobile. Cette tige supérieure est entourée d'une enveloppe cylindrique en carton ou en micanite, non représentée sur la figure, qui sert à amortir le bruit des étincelles.

La ventilation de l'intérieur de ce cylindre est facilitée par un tube en ébonite fixé sur le couvercle. Des deux pôles de l'excitateur partent les conducteurs qui aboutissent aux bornes du circuit secondaire de la bobine

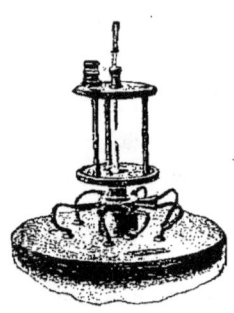

Fig. 66.
Excitateur Slaby-Arco.

d'induction qui, généralement, est placée verticalement (*fig.* 54, p. 113) et fixée contre le mur.

Comme, dans ce dispositif, l'un des pôles de la bobine d'induction est toujours en communication avec la terre, on a la précaution de mettre à la terre le pôle qui est relié à la tige supérieure mobile de l'excitateur ; on peut ainsi manœuvrer cette tige sans danger, tandis que la tige inférieure, qui donnerait lieu à de violentes secousses, est rendue inaccessible.

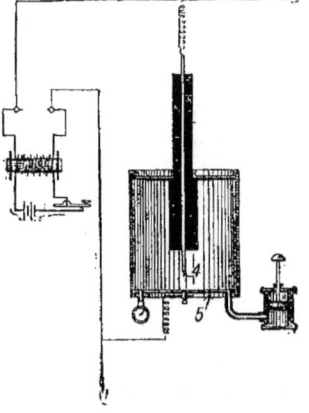

Fig. 67. — Excitateur Fessenden.

Cet excitateur forme un petit cylindre que l'on voit, sur la figure 104, représentant l'oscillateur complet Slaby-Arco.

Excitateur Fessenden. — Dans cet excitateur (*fig.* 67) l'étin-

celle, au lieu d'éclater dans l'air ambiant, éclate dans un
milieu rempli d'air sous pression. Si on vient à augmenter
la pression, on arrive à pouvoir utiliser une différence de potentiel plus élevée et, par suite, à augmenter la portée des
ondes, sans accroître la longueur et, par conséquent, la résistance de l'étincelle. En effet, à différence égale de potentiel,
les étincelles sont d'autant plus courtes que la pression est
plus élevée. Dans l'excitateur que montre la figure 67, l'étincelle éclate entre la pointe 4 et le plan 5, à l'intérieur d'une
chambre à air communiquant avec une pompe permettant
de comprimer l'air jusqu'à 6 ou 7 atmosphères. Jusqu'à la pression de 3,3 atmosphères, M. Fessenden n'a constaté aucune
augmentation dans la portée des ondes ; mais, à partir de
4 atmosphères, la portée est augmentée et à 5,3 atmosphères,
cette portée devient trois fois plus grande qu'à la pression de
3,3 atmosphères.

ANTENNES ET RADIATEURS

Généralités. — L'antenne constitue un des organes essentiels
de la télégraphie sans fil lorsqu'on veut effectuer des transmissions à des distances assez considérables. En augmentant la
hauteur de l'antenne, on accroît la distance à laquelle, toutes
autres conditions égales, les transmissions sont possibles.

M. Marconi a reconnu exacte la loi qui dit que la distance à
laquelle pouvaient s'effectuer les transmissions augmente
proportionnellement au carré de la hauteur de l'antenne.

Néanmoins, dans la pratique il paraît que les distances auxquelles on peut communiquer avec une antenne assez longue
sont plus grandes que celles indiquées par le calcul, d'après la
loi précitée. C'est ce que l'on peut constater en comparant les
chiffres donnés dans le tableau suivant où, pour des antennes
de hauteurs différentes, sont indiquées les distances trouvées
par M. Tissot et celles indiquées par le calcul. Sauf pour l'antenne de 25 mètres et au dessous, on voit que, pour les an-

tennes de 30 mètres et au delà, les valeurs trouvées sont sensiblement supérieures aux valeurs calculées.

HAUTEUR de L'ANTENNE	DISTANCE MAXIMUM DE TRANSMISSION	
	CALCULÉE	TROUVÉE
12 mètres	1,6 kilomètre	1,8 kilomètre
20 —	4,8 —	4,5 —
25 —	7,5 —	7,5 —
30 —	10,8 —	13,5 —
35 —	14,0 —	22,0 —
45 —	24,0 —	40,0 —

L'antenne est utilisée aussi bien avec l'appareil transmetteur qu'avec l'appareil récepteur. Le rôle de ces divers organes a été déjà suffisamment exposé dans ce chapitre ainsi que dans le précédent et il suffit d'en donner un résumé : l'antenne qui transmet, appelée aussi *radiateur*, envoie l'énergie dans l'espace sous forme d'émissions successives d'ondes électriques, en donnant à ces ondes une longueur et une amplitude suffisantes pour pouvoir être transmises à de grandes distances, malgré les obstacles qu'elles rencontrent sur leur trajet. L'antenne réceptrice, au contraire, sert à recueillir l'énergie que lui apportent les ondes électriques, en ajoutant les effets de toutes les ondes successives constituant chaque émission particulière, et à transporter cette énergie, sous forme d'autres ondes électriques, au cohéreur ou à tout autre récepteur permettant de déceler les ondes émises par la station qui transmet.

Dans les systèmes à excitation directe, la longueur de l'antenne détermine la longueur d'onde ; au contraire, dans les systèmes où l'excitation est produite par induction, la longueur d'onde, ainsi que l'a démontré récemment M. C.-A. Chant, dépend très peu de la longueur de l'antenne, mais surtout du circuit de l'oscillateur comprenant les condensateurs.

On va maintenant décrire les diverses formes que l'on a données aux antennes dans la pratique de la radiotélégraphie.

Antenne Popoff. — L'antenne fut d'abord employée par Popoff pour l'appareil récepteur, afin de recueillir les ondes électriques atmosphériques, et était simplement constituée par une tige de paratonnerre.

Antenne Marconi. — Les premières expériences faites à Londres par Marconi (voir chap. VIII), à la distance de 3 km environ, furent effectuées sans antennes : il avait uti-

Fig. 68. — Station radiographique de Caprera.

lisé des miroirs paraboliques dans chacune des deux stations. Il reconnut ensuite l'utilité de relier à l'oscillateur et au cohéreur, à l'aide de fils métalliques, des plaques de métal dont l'efficacité était d'autant plus grande qu'elles étaient placées à une plus grande hauteur. Finalement, il constata que les plaques étaient superflues et que de simples fils aériens étaient suffisants. C'est ainsi qu'il réalisa l'importante découverte des oscillateurs à antenne.

Dans les postes fixes, les fils aériens sont suspendus à une traverse fixée à la partie supérieure d'un mât vertical, haubanné comme le sont les mâts de navires, ainsi qu'on le voit sur la figure 68 qui représente la station de Caprera, ou bien ces fils sont appuyés à une tour ou à tout autre édifice élevé. Dans les installations provisoires, les fils aériens sont suspendus à de petits aérostats ou même à de simples cerfs-volants. Dans tous les cas, il est indispensable que l'isolement de ces fils soit aussi parfait que possible, et c'est pourquoi la partie supérieure de l'antenne est fixée à la traverse par l'intermédiaire de petits cylindres d'ébonite ; en outre, la traverse même est légèrement inclinée pour éviter tout contact avec le mât, ainsi que le montre la figure 69, qui représente un des types d'antenne employé par M. Marconi à Wimereux ; l'antenne est fixée

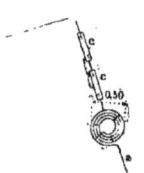

Fig. 69. — Mode d'attache de l'antenne.

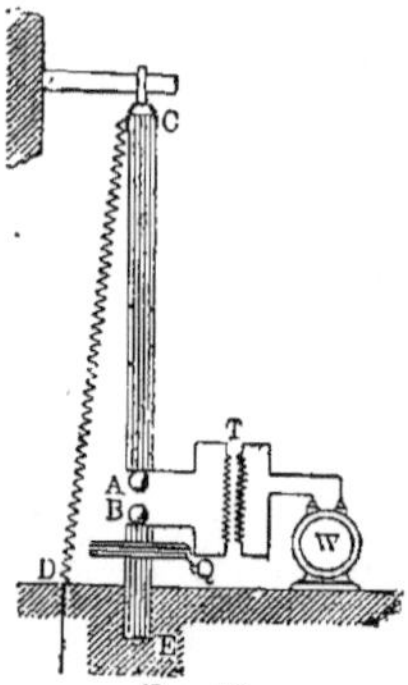

sur la traverse V, à l'aide de deux cylindres d'ébonite *cc*, et se termine à sa partie supérieure par un fil nu *a* enroulé en spirale.

Les extrémités inférieures des fils de l'antenne pénètrent dans le local où se trouvent les appareils à travers de gros anneaux d'ébonite fixés sur des isolateurs en porcelaine.

Antennes multiples. — Au début, on utilisa des antennes simples, c'est-à-dire formées d'un fil unique nu ou recouvert d'un isolant ; mais on reconnut bientôt l'utilité qu'il y avait à augmenter la capacité de l'antenne, et on les constitua soit à l'aide de trois ou quatre fils parallèles, dont

Fig. 70.
Antenne Slaby.

l'écartement était maintenu constant par une traverse en bois,

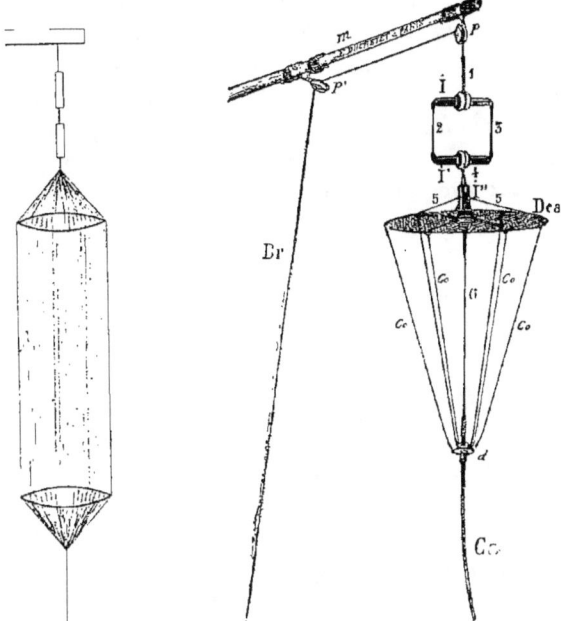

FIG. 71. — Antenne Guarini.   FIG. 72. — Antenne à cône renversé.

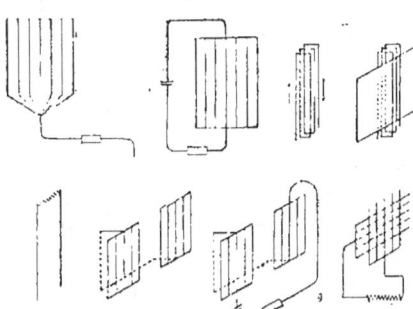

FIG. 73. — Antenne Braun.

soit à l'aide de plusieurs fils disposés suivant les génératrices d'un cylindre (antenne Slaby et Guarini, *fig.* 70 et 71), soit enfin avec plusieurs fils disposés en forme de cône renversé, c'est-à-dire dont le sommet était

tourné vers le sol (*fig.* 72).

M. Braun, dans le but d'augmenter le pouvoir d'émission ou de réception des ondes, sans trop accroître la capacité du système, a proposé diverses autres formes d'antennes constituées (*fig.* 73) par des fils parallèles reliés entre eux, soit à l'une de leurs extrémités, soit même par les deux extrémités, de manière à réaliser deux dispositifs tels que deux fils voisins soient reliés en série ou encore que les fils soient croisés, comme le serait un fil enroulé pour former un solénoïde à section rectangulaire avec une plaque ou réseau métallique placé à l'intérieur du rectangle.

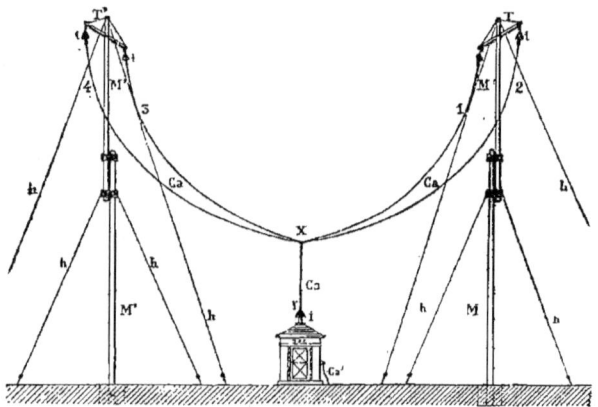

Fig. 74. — Antenne Popoff.

D'après M. Popoff, une bonne installation est réalisée en utilisant deux antennes (*fig.* 74) de hauteur appropriée à la distance à franchir et disposées à 20 ou 25 m l'une de l'autre ; chacune de ces antennes supporte deux fils isolés qui se réunissent un peu au-dessus de la cabine où sont installés les appareils, cabine placée entre les deux antennes.

M. Popoff utilise de même une double antenne pour les installations faites à bord des navires et, dans ce cas, les fils sont supportés par deux des mâts du navire.

MM. Lodge et Muirhead, pour leur appareil militaire (voir

chap. viii), emploient une antenne en forme de pyramide droite, placée à 15 m de hauteur.

M. Fessenden, se fondant sur certaines idées théoriques relatives au rôle de la terre dans la transmission des ondes électriques, dit que l'antenne doit être reliée avec un réseau bon conducteur assez étendu, établi dans la direction de la station réceptrice et ayant une longueur minimum égale au quart de celle des ondes et même davantage, si la station de transmission se trouve entourée de bâtiments, d'arbres ou d'autres obstacles susceptibles d'absorber les ondes. C'est pour cette raison qu'il emploie des antennes de la forme représentée par la figure 75. L'extrémité inférieure de l'antenne est reliée, en laissant une distance explosive, à un réseau de fils divergents 2, qui sont mis en communication avec le sol à une distance au moins égale à celle d'un quart de la longueur d'onde. Le long de l'antenne sont disposées des bobines d'induction 5 dont la période d'oscillation diffère de celle des ondes servant aux transmissions; suivant les idées de M. Fessenden, ces bobines devraient absorber les oscillations dues aux phénomènes atmosphériques, ainsi que celles qui ne sont pas accordées avec l'appareil de la station.

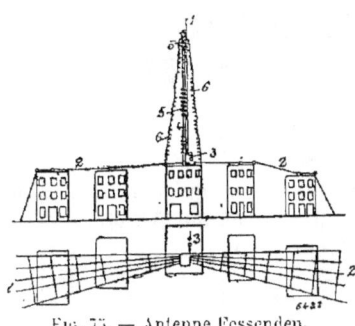

Fig. 75. — Antenne Fessenden.

Pavillons aériens. — Sur les navires, indépendamment des antennes ordinaires utilisées dans les stations qui se trouvent à terre, on emploie des sortes de *pavillons aériens* constitués par des faisceaux de fils tendus entre les vergues et dont les extrémités aboutissent à la cabine dans laquelle sont installés les appareils. Les figures 76 et 77 montrent les divers modèles de pavillons aériens successivement mis en service sur le

navire italien de l'État, *Carlo Alberto*, lors de son voyage à
Cronstadt. Le pavillon aérien que représente la figure 76 comporte quatre fils tendus entre les extrémités d'un petit mât
de 16 m qui prolonge le mât de trinquet et le sommet du

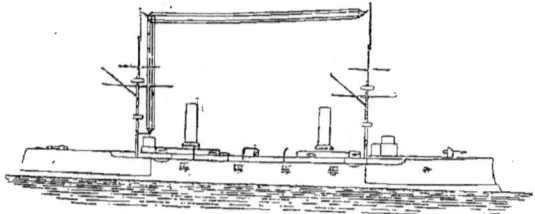

F1G. 76. — Pavillon aérien pour navire.

grand mât le long duquel descendent les fils pour pénétrer
dans la cabine. La figure 77 montre la disposition adoptée plus
tard, lors du même voyage, pour accorder le vibrateur du
récepteur avec celui de l'oscillateur de Poldhu.

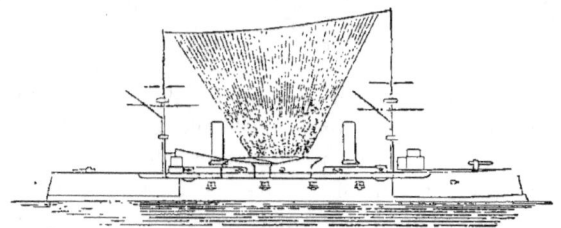

F1G. 77. — Autre type de pavillon aérien pour navires.

Ce pavillon était formé de 50 fils de cuivre fin, disposés en
éventail et fixé à une drisse en acier, tendue entre le grand
mât et le mât de trinquet ; la hauteur des vergues qui, au début,
était de 45 m, fut portée à 52 m lors du voyage de retour.

Ces pavillons recevaient les ondes par toute leur surface et
les envoyaient dans l'appareil récepteur en multipliant l'effet
que l'on aurait obtenu avec un fil unique.

Radiateurs de grande puissance. — A mesure qu'augmentait la distance à laquelle les radiations devaient agir, il

fallait augmenter l'énergie rayonnée et, par conséquent, l'antenne ou le radiateur devaient avoir une puissance augmentant proportionnellement.

Dans les stations de très grande puissance, destinées aux transmissions transatlantiques, dans lesquelles les ondes ont une longueur d'environ 300 m et où l'énergie est produite par un alternateur de 50 kilowatts, les antennes doivent pouvoir émettre plusieurs dizaines de milliers de kilowatts pendant la très courte durée d'une oscillation (1/1000 de seconde environ). C'est pour cela que ces stations sont pourvues d'une antenne multiple, formée d'un grand nombre de fils disposés comme l'indique la figure 78, qui est la reproduction d'une photographie de la station de Glace-Bay.

Fig. 78. — Station radiotélégraphique de Glace-Bay.

Quatre mâts en bois, d'une hauteur d'environ 70 m, disposés aux angles d'un carré de 70 m de côté et solidement maintenus par des entretoises et des haubans en acier, supportent quatre câbles tendus horizontalement; à chacun de ces câbles sont suspendus cent torons formés chacun de sept fils de cuivre câblés ensemble. Tous ces conducteurs aboutissent, à la partie inférieure, à un petit cadre de cuivre qui sert à les relier ensemble et d'où part le fil qui relie l'antenne, soit à l'appareil récepteur, soit à l'appareil transmetteur. La tension de la charge de cette antenne multiple est telle que l'on peut obtenir des étincelles de 30 à 40 cm de longueur entre un des conducteurs qui la constituent et la terre. On comprend, par suite, la nécessité d'obtenir un isolement aussi grand que possible, aussi bien pour le point où s'attache le conducteur allant aux appareils que pour l'ensemble des 400 conducteurs qui composent l'antenne et pour leurs points de suspension; afin d'assurer un isolement suffisant, on conçoit qu'il faille surmonter de grandes difficultés, surtout dans les pays très humides. Par suite de la grande surface qu'une pareille antenne présente à l'action du vent, on a de grandes difficultés pour lui donner la solidité suffisante.

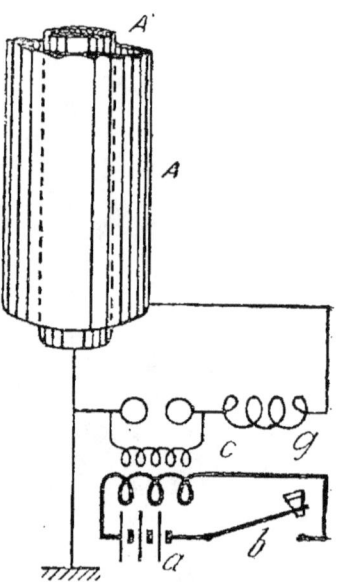

Fig. 79. — Antenne à cylindres concentriques.

Antenne à cylindres concentriques. — Une antenne d'un autre type est celle formée de deux cylindres concentriques (*fig.* 79); le cylindre intérieur est relié avec la terre et avec une des sphères de l'excitateur, tandis que le cylindre extérieur communique avec l'autre sphère.

Ce dispositif de cylindres concentriques donne à l'antenne une grande capacité, sans qu'il soit nécessaire de lui donner une grande hauteur; il permet donc d'utiliser des antennes de hauteurs limitées qui trouvent particulièrement leur emploi dans les postes mobiles.

Sur terre, des antennes de 6 à 7 m suffisent pour franchir des distances de 50 km ; sur mer, par contre, on couvrirait la même distance avec des antennes de 1,25 m de hauteur et 40 cm de diamètre.

Antennes pour ondes dirigées. — Diverses tentatives ont été faites pour construire des antennes dirigeant surtout les ondes dans la direction voulue, et cela dans le double but d'atténuer la dispersion de l'énergie et de faciliter le secret des correspondances. Malheureusement ces tentatives ne semblent pas avoir donné de bons résultats pratiques.

M. Guarini emploie des antennes semblables aux antennes concentriques, dans lesquelles le fil ou câble métallique central est enveloppé d'un cylindre formé d'une feuille métallique communiquant avec le sol, cylindre fendu suivant une de ses génératrices. D'après cet inventeur, l'émission d'ondes devrait avoir lieu uniquement dans le plan passant par le fil et la fente de l'enveloppe-cylindre ; de plus, cette émission ne pourrait être recueillie que par une antenne réceptrice placée dans le même plan.

MM. Kitsel et Wilson ont proposé, comme antenne réceptrice (fig. 80), un dispositif portant quatre lames respectivement orientées vers les quatre points cardinaux ; chacune de ces lames est reliée à un récepteur spécial. Selon ces inventeurs, l'appareil le plus influencé devrait être celui communiquant avec la lame dirigée du côté d'où viennent les ondes et, par suite, on devrait ainsi reconnaître la direction du poste transmetteur.

Les mêmes auteurs ont également imaginé un autre dispositif consistant à terminer la partie supérieure de l'antenne par une sphère H (fig. 81) communiquant avec un récepteur k et à faire tourner autour de cette sphère un segment sphérique l, communiquant avec un autre récepteur m'. Lorsque le segment l, pendant son mouvement de rotation, se trouve interposé entre la sphère et la station qui transmet, le récepteur k

de la sphère devrait cesser de fonctionner, tandis que le récepteur m' du segment l_1 serait actionné ; on aurait ainsi une indication de la direction d'où proviennent les ondes.

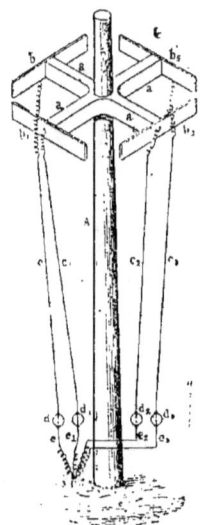

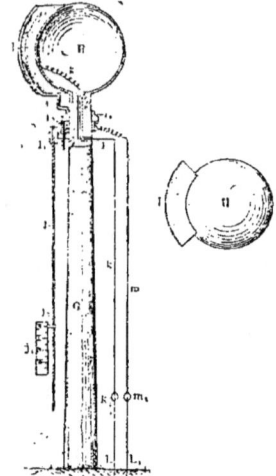

FIG. 80. — Antenne Kitsel et Wilson.   FIG. 81. — Autre dispositif d'antenne
                                                    Kitsel et Wilson.

Il ne semble pas probable, toutefois, que les deux appareils récepteurs, étant si rapprochés l'un de l'autre, puissent donner des indications différentes.

Radiateur Artom. — Un système très ingénieux pour diriger les ondes dans un sens déterminé à l'avance et qui, tout dernièrement mis à l'essai, aurait donné de bons résultats, est dû à M. l'ingénieur Artom, professeur de télégraphie au Musée royal industriel de Turin.

Son procédé consiste à utiliser non une seule antenne, mais deux antennes perpendiculaires l'une à l'autre ; ces deux antennes sont parcourues par des ondes électriques de longueur et de fréquence égales. Toutefois, on différencie ces ondes de

manière que celles qui parcourent une des antennes soient
de 1/4 de période en avance sur celles qui se propagent
dans l'autre. Les deux ondes composantes produiraient une
onde résultante ayant la direction voulue.

Pour donner une idée de la manière dont se produit ce phénomène, il suffit de voir la figure 82, dans laquelle A et B représentent les deux antennes perpendiculaires l'une à l'autre.

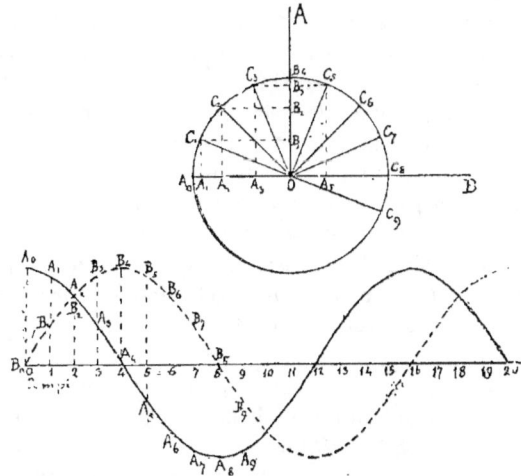

Fig. 82 et 83. — Courbes de l'état de vibration des antennes.

Pour montrer l'état de vibration simultané des deux antennes, on a représenté, dans la figure 83, l'état de vibration
de l'antenne A par une ligne continue et, par une ligne pointillée, celui de l'antenne B. Dans cette figure, la période complète est divisée en 16 parties, et l'on voit que, aux temps
0, 1, 2, 3, 4, ..., l'antenne A se trouve dans le même état de
vibration que l'antenne B aux temps 4, 5, 6, 7, 8 ; cette dernière est donc toujours décalée en retard d'un quart de
période.

Si on porte les longueurs A_0, A_1, A_2, A_3, ..., perpendiculairement à l'antenne A à partir de A_0, on a les longueurs

OA_0, OA_1, OA_2, qui représentent la puissance électrique de l'antenne A aux temps 0, 1, 2, 3, ..., de même, en portant les longueurs B_0, B_1, B_2, ..., perpendiculairement à l'antenne B, les longueurs O, OB_1, OB_2, OB_3, ..., représentent la puissance électrique de l'antenne B aux temps 0, 1, 2, 3, ...

La puissance électrique, à un moment quelconque, est donnée par la diagonale du parallélogramme construit sur les droites représentant la puissance électrique de chacune des deux antennes. Par suite, au temps O, la puissance est représentée par OA_0, parce que B_0 est égal à zéro; au temps 1, cette puissance est représentée par C_1O, résultante de OA_1 et OB_1 ; au temps 2, elle est représentée par C_2O, et ainsi de suite.

On voit donc que la puissance électrique résultante tourne autour du point O en produisant un champ électrique tournant qui se propage le long de la perpendiculaire menée depuis le point O jusqu'au plan des antennes A et B. Cette puissance a donc une valeur déterminée, pouvant varier au gré de l'expérimentateur, car il suffit, à cet effet, de faire varier le plan dans lequel se trouvent les deux antennes.

Système Magni. — On parlera, dans le chapitre IX, de ce système dans lequel on utilise deux antennes parallèles reliées par un fil à leur partie inférieure.

Les renseignements qui viennent d'être donnés sur les diverses formes d'antennes s'appliquent aussi bien aux dispositifs de transmission qu'à ceux de réception qui sont généralement identiques. Bien mieux, dans la même station l'on ne rencontre généralement qu'une seule antenne qui fonctionne alternativement pour la réception et pour la transmission. On cherche même à donner à l'antenne de chaque station, quand faire se peut, la même longueur, et, quand elles sont inclinées, on les dispose de manière qu'elles soient le plus possible parallèles.

Pendant un certain temps, on a cru que les deux antennes devaient se trouver en vue l'une de l'autre pour que la communication fût possible ; mais, depuis, en faisant usage de récepteurs d'une plus grande sensibilité, on a reconnu que cette condition n'était pas nécessaire.

Selon le système de radiotélégraphie employé, on constate des différences dans le mode de connexion de l'antenne avec la terre, avec l'oscillateur et avec le récepteur, ainsi que dans le mode de réglage de la période d'oscillation de l'antenne elle-même; on examinera ces dispositions spéciales en décrivant les divers systèmes (chap. VIII).

Radiateur sans antenne. — M. Blochmann a effectué des expériences de télégraphie sans fil avec des ondes suivant une direction déterminée en employant un appareil sans antenne.

L'oscillateur est placé au foyer d'une lentille faite d'une matière diélectrique telle que la paraffine. Les ondes électriques produites par cet oscillateur se réfractent en traversant la lentille, comme le feraient des ondes lumineuses, et elles sont dirigées suivant l'axe de cette lentille. Une lentille semblable est placée au poste récepteur; elle est orientée de manière que son axe coïncide avec celui de la lentille du poste transmetteur. Au foyer de la lentille de réception est disposé un cohéreur ou tout autre détecteur relié aux appareils récepteurs habituels.

L'inventeur attribue à son système plusieurs avantages comparativement aux systèmes employant des antennes. Le premier de ces avantages consiste en ce fait que le poste récepteur ne pourrait pas être influencé par des signaux provenant d'une station autre que celle avec laquelle il doit régulièrement communiquer, ce qui empêche toutes perturbations intentionnelles ou non. En second lieu, ce système permettrait à la station de réception de déterminer la direction dans laquelle se trouve une station analogue qui viendrait à émettre des signaux sans être située dans l'axe de la lentille. A cet effet, il suffit de disposer plusieurs détecteurs sur une ligne horizontale passant par le foyer de la lentille; la direction recherchée sera déterminée par la droite reliant le détecteur influencé au centre de la lentille.

M. Blochmann, dans les expériences faites en 1903, est parvenu à communiquer à 1,5 km de distance en dépensant au poste transmetteur 1 kilowatt au plus. Il espère pouvoir arriver à transmettre bientôt à une distance dix fois plus grande.

PRISES DE TERRE

Dans la plupart des systèmes de télégraphie sans fil, l'antenne de transmission et l'antenne de réception sont maintenues en bonne communication avec le sol. Cette manière de faire a été indiquée par l'expérience. En effet, M. Marconi a remarqué que les distances auxquelles on peut atteindre augmentent dans de faibles proportions, quand on supprime une des deux lames reliées à l'excitateur ou au récepteur et qu'on les remplace par une mise à la terre.

La communication reste également possible même sans que l'on établisse de pareilles connexions. C'est ainsi que, dans certaines applications des systèmes Braun, Slaby-Arco et Lodge, la mise à la terre des antennes se trouve supprimée et remplacée par des condensateurs de capacité convenable ; mais l'introduction de ces condensateurs peut être considérée non comme une suppression de la mise à la terre, mais comme la substitution d'une prise de terre indirecte à une prise de terre directe.

Des expériences, effectuées dans ce sens par M. Ferrié, ont démontré que la mise à la terre de l'antenne de transmission est bien plus importante que celle de l'antenne de réception. On a, par exemple, constaté qu'il faut doubler le développement de l'antenne de transmission et rendre seulement une fois et demie plus longue l'antenne de réception quand on veut atteindre la même distance maximum de transmission, tout en supprimant, aux deux postes correspondants, la communication avec le sol.

Cette dernière semble favoriser la transmission : d'abord

parce qu'elle occasionne presque un doublement de la longueur d'onde en donnant une capacité pratiquement infinie à
la seconde partie de l'oscillateur; en deuxième lieu, parce
qu'elle sert à empêcher, comme nous l'avons vu, que la propagation des ondes s'éloigne trop de la direction utile, l'horizontale; enfin, en troisième lieu, parce qu'elle diminue, dans
l'appareil récepteur, les perturbations dues à l'électricité
atmosphérique, particulièrement les perturbations qui résultent
des variations lentes du potentiel de l'air.

Pour réaliser une bonne prise de terre, il faut que la partie
de l'appareil transmetteur ou récepteur, rattachée à la terre,
communique, au moyen d'un fil aussi court que possible, avec
des plaques présentant une grande surface et enfouies dans le
sol en un point qui présente, naturellement ou artificiellement,
la plus grande conductance possible. On adopte, à cet effet,
les mêmes règles que pour la prise de terre des paratonnerres.

On citera, à titre d'exemple, les dispositions adoptées pour
la prise de terre dans les installations de télégraphie sans fil
établies à Biot et à Calvi. A Biot, l'on a établi quatre
prises de terre : l'une dans un ruisseau voisin, deux autres
constituées chacune par une plaque de zinc de 2 m² enfouie
horizontalement à une profondeur de 0,5 m environ; enfin,
la quatrième est formée de 5 ou 6 plaques de zinc enterrées
à des profondeurs qui varient entre 3 m et 50 cm.

A Calvi, on avait tout d'abord aménagé une prise de terre
de 20 m², qui était formée de plaques de zinc enfouies horizontalement à 0,5 m de profondeur; ensuite la surface a été
portée à 30 m², car l'installation se trouve dans un terrain
rocheux qui ne présente qu'un petit nombre de fissures assurant la communication avec la mer.

On a préféré installer ainsi la prise de terre au lieu de la
transporter sur le bord de la mer, afin d'éviter de donner au
fil de terre une trop grande longueur.

Un essai fait à Biot avait, en effet, démontré que la réception se trouvait arrêtée quand on intercalait plus de 30 m de
fil entre la prise de terre et le récepteur.

TRANSFORMATEURS

Généralités. — Les transformateurs sont des appareils qui servent à modifier par induction, d'un circuit sur un autre, les propriétés de l'énergie électrique.

La puissance électrique dans un circuit parcouru par un courant alternatif est égale au produit de la force électromotrice par l'intensité du courant. Les transformateurs d'induction, en transmettant l'énergie d'un circuit à un autre, permettent de faire varier à volonté, dans ce produit, un des facteurs aux dépens de l'autre ; ils permettent, par exemple, de doubler, de tripler la force électromotrice en réduisant de la moitié, des deux tiers, etc., l'intensité du courant ; ils donnent encore la possibilité d'abaisser de moitié, d'un tiers la force électromotrice en élevant au double ou au triple l'intensité, abstraction faite naturellement des pertes qui accompagnent chaque transformation d'énergie.

Ces appareils consistent généralement en deux enroulements placés sur le même noyau et parfaitement isolés l'un de l'autre. Dans l'un de ces enroulements passe le courant primaire et dans l'autre le courant induit ou secondaire. Le rapport entre la force électromotrice du courant primaire et celle du courant secondaire est égal au rapport du nombre des spires des deux enroulements ; par suite, si les deux enroulements ont un nombre égal de spires, les deux forces électromotrices sont égales ; mais, si l'enroulement secondaire présente, par exemple, un nombre de spires dix fois plus élevé que celui de l'enroulement primaire, la force électromotrice dans le secondaire est alors le décuple de celle du primaire et, par conséquent, l'intensité du courant y est dix fois moins élevée ; réciproquement, on peut obtenir dans l'enroulement secondaire une force électromotrice dix fois moins élevée que dans le primaire, pourvu que les spires du secondaire soient en nombre dix fois moindre que celles du primaire.

Les bobines Ruhmkorff, qui ont été déjà décrites, sont de

véritables transformateurs ; elles transforment le courant à basse tension de la source en un courant à haute tension dans le circuit secondaire : c'est pourquoi le circuit primaire se compose de quelques spires seulement, tandis que le circuit secondaire comporte un très grand nombre de spires.

Le rôle principal des transformateurs dans la télégraphie sans fil est de transmettre, en la modifiant convenablement, l'énergie de l'oscillateur jusqu'à l'antenne du poste de départ, puis de l'antenne au détecteur du poste d'arrivée.

Dans l'historique qui sera donné ultérieurement, on exposera les modifications successives apportées aux transformateurs utilisés en radiotélégraphie. On verra comment on a d'abord appliqué le transformateur au seul appareil récepteur pour l'appliquer seulement plus tard à l'appareil transmetteur.

Ces deux transformateurs agissant dans des conditions très différentes doivent naturellement présenter des différences dans leur construction.

Transformateurs-récepteurs Marconi-Kennedy(jigger). — Depuis 1898, M. Marconi a modifié l'appareil récepteur en isolant de l'antenne le circuit du cohéreur et en faisant agir l'antenne sur ce circuit par induction et non par contact direct. Mais il a reconnu que, dans ce mode de transmission, la construction du transformateur présentait une importance capitale : en effet, les enroulements de ce dernier font partie l'un du circuit de l'antenne et l'autre du circuit du cohéreur ; par suite, si, dans le poste récepteur, on utilise les transformateurs ordinaires n'ayant que quelques spires dans le primaire et un grand nombre dans le secondaire, la transmission doit nécessairement s'en ressentir d'une manière défavorable au lieu de se trouver favorisée. Le transformateur n'exerce un effet utile que s'il se trouve enroulé autour d'un noyau d'un diamètre donné et pourvu d'enroulements dont la pratique a déterminé le nombre et la position.

M. Marconi a expérimenté avec M. le capitaine Kennedy un grand nombre de modèles du transformateur spécial

auquel il a donné le nom de « jigger » ; il a fait breveter, entre
autres, les formes schématiquement représentées par les figures 84, 85, 86, 87, 88 et 89, comme étant celles qui donnent
les meilleurs résultats. Dans ces figures qui ne montrent que
la moitié supérieure de chaque section, l'enroulement primaire P

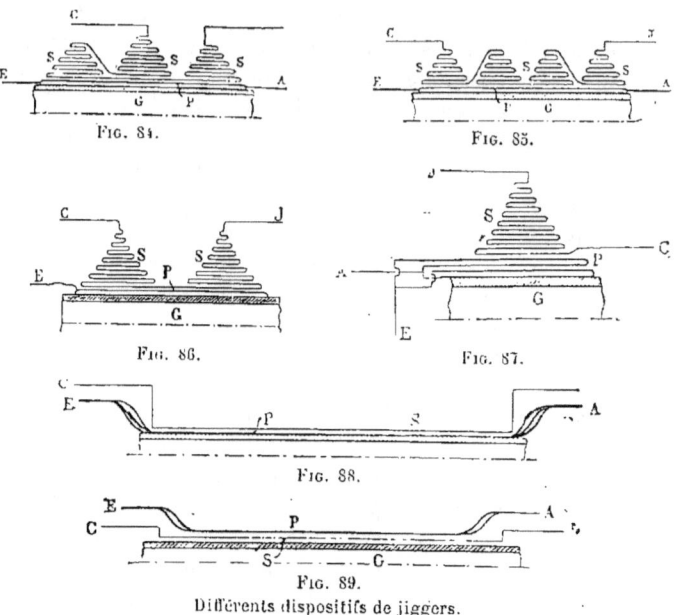

Fig. 84.   Fig. 85.

Fig. 86.   Fig. 87.

Fig. 88.

Fig. 89.

Différents dispositifs de jiggers.

relié à l'antenne est indiqué par des lignes fortes, et le secondaire S relié au cohéreur, par des lignes plus fines, bien que
les deux fils soient généralement d'un diamètre identique. Les
enroulements ne sont pas représentés en section, c'est-à-dire
avec une ou plusieurs séries de points pour chaque enroulement, mais bien par des lignes en zigzag, qui donnent une
idée plus exacte du mode de construction.

Chaque ligne horizontale représente une couche de l'enroulement autour d'un tube de verre de 0,935 cm de diamètre,
dont la moitié apparaît dans sa section en G ; de plus, les lon-

gueurs des lignes superposées montrent le rapport entre le
nombre des spires qui constituent les couches successives de
fil.

En examinant les figures 84 à 89, on voit que le nombre de
spires diminue dans les couches successives à mesure qu'elles
s'éloignent du tube de verre constituant le noyau.

Des essais effectués sur ces divers types de jigger et aussi
sur d'autres modèles, il résulte que celui qui donne les meilleurs
résultats est le modèle représenté figure 84, dont les deux
enroulements sont en fil de 0,1 mm de diamètre, le primaire
comportant deux couches ayant chacune 160 spires, ces deux
couches étant reliées en quantité.

L'enroulement secondaire est divisé en trois parties, dont
la première et la troisième sont égales et formées de dix couches
successives et superposées qui comportent respectivement 45,
40, 35, 30, 25, 20, 15, 12 et 5 spires ; quant à la deuxième
partie, elle comporte douze couches, formées respectivement
de 150, 40, 39, 37, 35, 33, 29, 25, 21, 15, 10 et 5 spires.

La raison théorique d'un pareil dispositif n'est pas connue ;
mais on sait que M. Marconi lui attribue une grande importance, car il empêcherait l'induction électromagnétique d'agir,
dans un sens contraire aux effets de l'induction électrostatique,
sur les extrémités de la bobine. En décrivant les expériences
faites (chap. x), on indiquera les avantages obtenus par
M. Marconi au moyen de ce dispositif.

En 1899, M. Marconi a fait breveter d'autres formes de
« jigger » qui diffèrent des précédentes, principalement par
l'insertion d'un condensateur au milieu de l'enroulement
secondaire.

Les figures 90 et 91 représentent schématiquement la coupe
de ce modèle de transformateur. L'enroulement primaire est
identique à celui des modèles précédents et est relié, comme
d'habitude, avec l'antenne et avec la terre ; j_3 est le condensateur intercalé au milieu de l'enroulement secondaire. Des
plaques du condensateur partent deux fils qui, à travers des
bobines de réactance convenables, se rendent au circuit de la

pile du relai, tandis que les extrémités CJ communiquent avec
les pôles du cohéreur.

Le transformateur que représente la figure 90 a son primaire
formé de 100 tours de fil de cuivre isolé de 0,37 mm, enroulés
sur un tube en verre *j* de 6 mm de diamètre, tandis que le
circuit secondaire est en fil d'un diamètre moitié moindre. Les
deux moitiés de l'enroulement secondaire partent du centre
et ont le même sens que l'enroulement primaire : chaque
moitié comprend 500 spires réparties, suivant une proportion

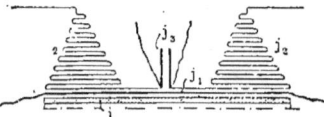   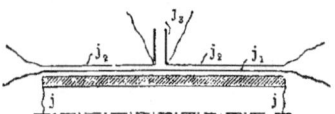

FIG. 90. — Transformateur Marconi.   FIG. 91. — Transformateur Marconi.

décroissante, d'une couche à l'autre, depuis 77 tours jusqu'à 3 ;
le nombre de couches est de 17. Dans le transformateur de la
figure 91, le primaire se compose de 50 tours d'un fil de 0,7 mm
enroulé sur un tube de verre de 25 mm de diamètre ; chaque
moitié du secondaire comprend 100 tours de fil très fin (0,05 mm),
disposés en une seule couche.

En ce qui concerne ces dispositifs, sanctionnés par de nombreux essais plutôt que suggérés par des raisons théoriques,
on peut dire seulement que les meilleurs résultats s'obtiennent
quand, le secondaire du récepteur ne formant qu'une seule
couche de spires, ainsi que l'indique la figure 91, et étant à une
certaine distance (2 mm pour que la capacité soit négligeable),
la longueur de ce fil secondaire égale la hauteur de l'antenne.
Le fait est dû, d'après M. Marconi, à ce qu'un transformateur
constitué de la manière précitée a une période de vibration
presque identique à celle d'un fil vertical qui aurait une longueur égale à celle du secondaire.

Transformateur Marconi pour l'appareil transmetteur.
— Les transformateurs que M. Marconi utilise d'ordinaire avec

l'appareil transmetteur se construisent de la manière suivante. Au centre d'un cadre en bois paraffiné de 30 cm de côté est enroulée une couche unique de conducteurs qui constitue le circuit primaire. Ce conducteur comprend de un à dix fils réunis en parallèle à leurs extrémités. De part et d'autre du circuit primaire sont enroulés, dans un plan situé au-dessus de celui du cadre, un certain nombre de tours d'un fil fort bien isolé, constituant le secondaire. Le nombre de spires de ce fil est plus ou moins grand selon la longueur de l'onde que l'on veut employer. Les extrémités de l'enroulement secondaire communiquent l'une avec la terre, l'autre avec une bobine de self-induction, dont on peut à volonté faire varier le nombre de spires intercalées afin de pouvoir régler la période d'oscillation de l'antenne dans les appareils syntonisés.

Cette bobine se compose d'un fil de cuivre de 1 cm de diamètre, enroulé en hélice de 15 cm de diamètre sur un cylindre en matière isolante.

Transformateur Braun. — Dans le système Braun également, l'oscillateur agit sur l'antenne du transmetteur par l'intermédiaire d'un transformateur dans le primaire duquel passe

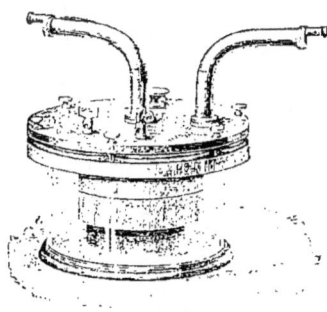

Fig. 92. — Transformateur Braun.

le courant provenant du circuit excitateur et dont le secondaire se trouve en communication avec l'antenne. La figure 92 représente la forme donnée par la maison Siemens au transformateur utilisé en pareil cas. Comme ce transformateur doit fonctionner avec des tensions très élevées, on le place dans un récipient clos et rempli d'huile.

Dans l'appareil récepteur également, l'antenne agit sur le circuit du cohéreur par l'intermédiaire d'un transformateur; ce dernier est représenté à droite dans la figure 102 avec le condensateur correspondant. L'appareil ne devant être soumis qu'à des différences de potentiel très faibles, l'isolement donné par l'air est suffisant.

Transformateur Tesla. — Un type de transformateur spécialement utilisé dans les stations dites extra-puissantes et destiné à porter à un haut potentiel le courant fourni par un alternateur ordinaire est celui de M. Tesla, représenté schématiquement figure 93.

Le courant fourni par l'alternateur passe dans le circuit primaire P′ d'un transformateur T. Dans le secondaire S′ de ce transformateur, se produit un courant oscillant d'une fréquence égale à celle de l'alter-nateur, mais d'une tension beaucoup plus élevée, car ce secondaire a beaucoup plus de spires que le primaire. Le courant produit en S′ charge d'une façon alternative le condensateur C qui, à son tour, produit des dé-

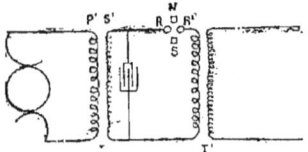

FIG. 93. — Transformateur Tesla.

charges entre les petites sphères de l'oscillateur RR′, en donnant lieu à des oscillations électriques dans le circuit primaire d'un second transformateur T′ qui n'a pas de noyau de fer et est immergé dans une masse d'huile bouillie, végétale ou minérale. Le transformateur T′ constitue la bobine de Tesla. Les oscillations électriques du primaire de T′ sont considérablement plus rapides que celles de l'alternateur ; par suite, le secondaire du transformateur est le siège de courants induits ayant la même fréquence que ceux du condensateur, mais ayant une tension beaucoup plus élevée.

Le transformateur T, servant à élever la tension du courant fourni par l'alternateur, est un transformateur industriel ordinaire.

M. le prof. Tuma de Vienne, qui a été le premier à employer, dès 1898, le transformateur Tesla pour ses expériences de télégraphie sans fil, utilisait, au lieu d'un transformateur industriel, une bobine de Ruhmkorff alimentée par une batterie de piles.

Dans les stations dites extra-puissantes, comme celle de Poldhu, on fait usage de transformateurs industriels à courant alternatif, qui élèvent de 2000 à 20000 volts la tension du courant de l'alternateur. Les transformateurs de ce genre doivent être construits avec des soins spéciaux, de manière à assurer le parfait isolement du secondaire.

Le secondaire doit donc être sectionné comme les secondaires des bobines Ruhmkorff ; il est constitué par une série de galettes plates enfilées sur l'enroulement primaire. Chaque galette est construite de la manière suivante : un fragment de conducteur à grand isolement et de longueur convenable passe au travers d'une ouverture pratiquée dans un disque d'ébonite, de manière qu'une moitié de ce conducteur se trouve d'un côté du disque, et l'autre moitié du côté opposé. Chacune des deux moitiés est enroulée de manière à former une spirale plate sur une face du disque et les enroulements sont de sens contraire sur les deux faces. Les disques, enfilés sur l'enroulement primaire, sont reliés entre eux en série. On obtient ainsi un secondaire bien isolé et de faible résistance, capable de charger, en un temps très court, un condensateur de grande capacité, tel que celui qui est utilisé à Poldhu et dont la description sera donnée plus loin.

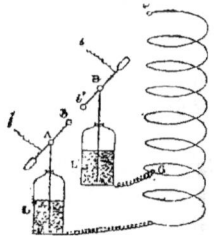

Fig. 94. — Transformateur Oudin et d'Arsonval.

Transformateur Oudin et d'Arsonval. — La figure 94 représente schématiquement le transformateur Oudin. Les armatures intérieures de deux bouteilles de Leyde communiquent, par l'intermédiaire de deux fils *ii*, avec les pôles d'une bobine ; elles sont également reliées avec les sphères *bb'* de l'excitateur. Les armatures extérieures sont reliées : la première avec une des extrémités d'une spirale verticale, et la seconde avec un contact G glissant le long de cette spirale. Si la position du point G est telle que la période de l'oscillateur, comprenant les bouteilles de Leyde et la première partie de la spire, concorde avec la période de vibration de l'autre partie GP de la spirale, le point P est le siège d'oscillations électriques à très haute tension qui se manifestent sous forme d'effluves lumineux très intenses.

Si le point G est amené jusqu'en P, on a le transformateur d'Arsonval qui peut être considéré comme une modification du transformateur Tesla.

CONDENSATEURS

Les organes essentiels d'un condensateur sont, comme on le sait, deux grandes lames métalliques CC (*fig.* 96) disposées en regard et très rapprochées l'une de l'autre (armatures), que sépare une substance isolante D. Le système possède une grande *capacité électrique*, c'est-à-dire qu'il doit recevoir de fortes charges électriques avant de prendre un potentiel élevé.

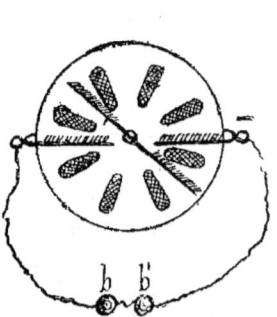

Fig. 95. — Condensateur de Holtz.

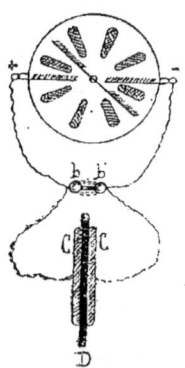

Fig. 96. — Condensateur.

Par exemple, le système des deux sphères *bb'*, représenté figure 95, présente une petite capacité ; par suite, si l'on met ses deux sphères en communication avec les pôles d'une

machine de Holtz, il suffira que cette dernière fournisse une
petite quantité d'électricité de signe contraire à chacune des
deux sphères, afin que celles-ci prennent une différence de
potentiel suffisante pour faire éclater des étincelles entre b
et b'. Dans ces conditions, si la machine continue à fonctionner, on aura entre les deux sphères une série de faibles étincelles qui se succéderont à de courts intervalles.

Mais, si on relie les sphères b, b' au condensateur, représenté
par la figure 96, dont C. C sont les armatures, et D la lame isolante, on aura un système d'une capacité beaucoup plus
grande, et la machine devra fournir aux deux sphères b, b' des
charges beaucoup plus considérables d'électricité, afin que la
différence de potentiel atteigne la valeur nécessaire pour que
l'étincelle éclate entre les sphères. En conséquence, si la
machine continue à fonctionner, on aura, dans le même laps
de temps, un nombre d'étincelles moindre qu'au début; mais,
par contre, ces étincelles seront plus fortes et plus bruyantes,
car la quantité d'électricité en jeu est plus considérable.

La capacité d'un condensateur augmente proportionnellement à la surface des armatures et à mesure que la distance
qui les sépare diminue. Par suite, plus on rapprochera les lames
C. C, plus les étincelles se feront rares et fortes ; à égalité de
distance, les étincelles seront d'autant moins
fréquentes et plus fortes, si l'on substitue,
aux lames C, C, deux lames plus grandes ou
si l'on monte en cascade plusieurs condensateurs semblables au premier.

Une des formes les plus usuelles des condensateurs est celle des bouteilles de Leyde
fig. 97) qui consiste en un vase en verre
intérieurement et extérieurement revêtu
d'une feuille d'étain jusqu'à une certaine dis-

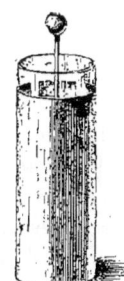

Fig. 97.
Bouteille de Leyde.

tance des bords. La feuille placée à l'intérieur constitue une des armatures et celle
placée à l'extérieur forme l'autre armature, le verre étant la
substance isolante ou diélectrique.

On a déjà vu que, dans les applications de la télégraphie sans fil, les condensateurs se placent généralement dans le circuit de l'oscillateur pour allonger la période des oscillations produites et, en outre, pour augmenter l'énergie mise en jeu lors de chaque décharge de la bobine. En outre, dans les systèmes syntonisés, comme on l'a déjà expliqué, il faut pouvoir régler les périodes de l'oscillateur et du récepteur pour les accorder avec celles des deux antennes : par suite, les condensateurs employés doivent avoir une capacité réglable.

La forme de condensateur la plus fréquemment utilisée est celle de batteries de bouteilles de Leyde montées en quantité, c'est-à-dire dont toutes les armatures extérieures et toutes les armatures intérieures communiquent respectivement entre elles. Pour régler la capacité, le seul moyen pratique consiste à ajouter à la batterie ou à en distraire un certain nombre de bouteilles ou encore à remplacer une batterie par une autre

Fig. 98. — Condensateur réglable.

de capacité différente. Dans l'un et dans l'autre cas, les variations de capacité sont brusques. Quand il s'agit de faire varier la capacité d'une façon continue, il faut employer des condensateurs à capacité variable. Les plus usuels de ces appareils sont formés de deux lames parallèles dont on peut régler l'écartement, ou encore de deux séries de lames parallèles disposées ainsi que l'indique la figure 98, afin que celles d'une série s'introduisent au milieu des lames de l'autre ; on fait pénétrer plus ou moins les lames mobiles, selon qu'il s'agit d'augmenter ou de diminuer la capacité.

On a aussi utilisé avec succès des condensateurs formés de lames métalliques qui sont séparées par des lames de mica-

nite, en immergeant le tout dans des récipients remplis de
pétrole. On obtient ainsi de grandes capacités sous un petit
volume et, en groupant différemment les diverses lames, on
peut faire varier à volonté la capacité mise en circuit.

Condensateurs Braun. — Parmi les différents modes de
groupement des condensateurs, indépendamment du groupement en quantité, il convient de signaler celui que représente
la figure 99, dispositif appliqué par M. Braun dans son système de télégraphie sans fil.

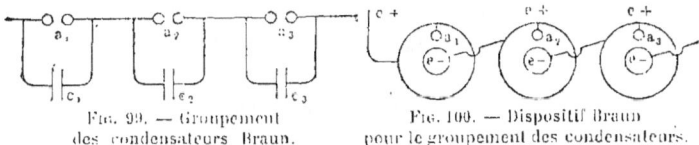

Fig. 99. — Groupement   Fig. 100. — Dispositif Braun
des condensateurs Braun.   pour le groupement des condensateurs.

Comme on le voit, chaque condensateur porte son propre
éclateur : par suite, en ajoutant ou en retirant des éléments,
la période d'oscillation de la décharge n'est pas altérée ; on
augmente seulement ou on diminue l'énergie mise en jeu par
la décharge.

Le meilleure forme à donner à ce dispositif serait, d'après

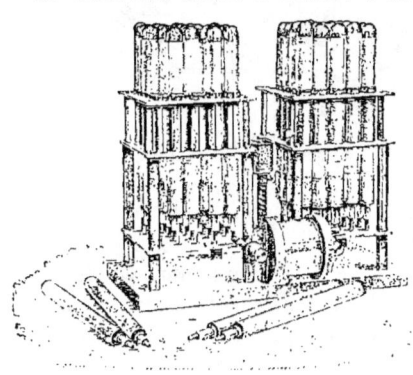

Fig. 101. — Condensateurs Braun.

M. Braun, celle de la
figure 100, dans la-
quelle, une des arma-
tures de chaque con-
densateur étant entiè-
rement   enveloppée
par l'autre, la capacité
des boules et des fils
de connexion se trouve
réduite au minimum
possible.

La forme définitive
donnée par la maison

Siemens et Halske à la batterie de condensateurs Braun employée dans les stations radiotélégraphiques est celle représentée par la figure 101. Chaque condensateur se compose d'un certain nombre de bouteilles de Leyde, formées chacune d'un tube de verre de 25 mm de diamètre et ayant une paroi de 2,5 à 3 mm d'épaisseur. Cette batterie a l'aspect extérieur d'un groupe d'éprouvettes d'essai renversées ; la manière dont les bouteilles sont réunies permet d'en diminuer ou d'en augmenter le nombre et aussi de les remplacer, en cas de rupture, avec la plus grande facilité. La capacité de chaque élément varie entre 0,0004 et 0,0005 microfarad.

Ces condensateurs se chargent au moyen d'une bobine à enroulement spécial, afin de fournir non pas tant des tensions très élevées que de grandes quantités d'électricité.

Le transformateur, par le primaire duquel passe le courant de décharge du condensateur, est celui représenté figure 92 (voir p. 150).

Les condensateurs de l'appareil récepteur Braun ont une capacité égale à celle de ceux de l'appareil transmetteur ; mais, comme ils doivent supporter des tensions beaucoup moins élevées, ils sont beaucoup plus petits que ceux du transmetteur : ils se composent, le plus

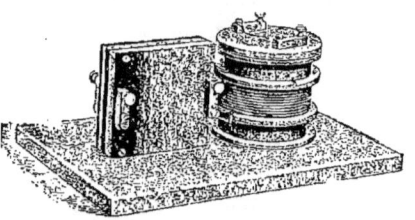

Fig. 102.
Condensateur et transformateur Braun.

souvent, d'un certain nombre de lames conductrices séparées par de minces lames isolantes.

La figure 102 représente l'aspect extérieur d'un condensateur de ce genre relié au transformateur correspondant et destiné à recevoir des ondes de 200 m de longueur.

Condensateur Slaby-Arco. — La figure 103 représente la disposition donnée par la Société Allgemeine Elektricitäts Gesellschaft à la batterie de bouteilles de Leyde du trans-

metteur Slaby-Arco. Les bouteilles, introduites par paire
l'une dans l'autre, ont une capacité de 0,001 microfarad
chacune ; elles sont disposées entre deux disques en bois,
contre lesquels des anneaux
de feutre les font s'appliquer.
Leurs armatures extérieures
communiquent au moyen d'une
feuille d'étain placée dans le
disque de bois inférieur ; les

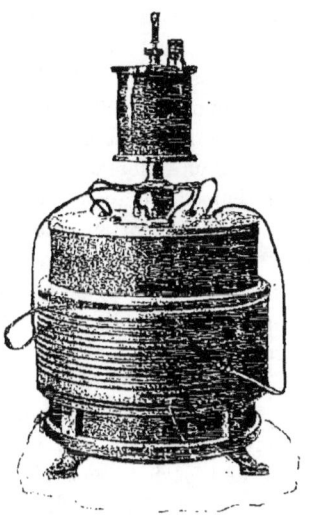

Fig. 103. — Condensateur
Slaby-Arco.

Fig. 104. — Transmetteur Slaby-Arco.

armatures intérieures sont séparées l'une de l'autre et reliées
à une lame centrale bien isolée, sur laquelle on dispose,
selon les besoins, les contacts de groupement. Cette batterie
est placée dans une enveloppe cylindrique en carton ou en
micanite et disposée dans le grand cylindre de l'appareil transmetteur que représente la figure 104.

Condensateur de Poldhu. — Dans les stations extra-puissantes, comme celle de Poldhu, les condensateurs utilisés dans
le circuit de décharge et qui déterminent la période des oscillations, doivent donner la possibilité de mettre en jeu des
quantités énormes d'énergie et présenter, par suite, des capacités considérables.

Ils sont formés d'une vingtaine de condensateurs élémentaires associés en quantité. Chacun de ces condensateurs élémentaires est constitué par des lames en verre recouvertes, sur les deux faces, d'une feuille carrée d'étain de 30 cm de côté. Vingt de ces lames, disposées parallèlement dans un récipient qui est rempli d'huile de lin, préalablement bouillie, constituent un condensateur élémentaire d'une capacité d'environ 1/20 microfarad. Le condensateur complet comporte 20 de ces condensateurs élémentaires disposés en parallèle et a, par suite, une capacité d'à peu près 1 microfarad.

Le condensateur formé d'un nombre aussi élevé d'éléments présente un inconvénient : c'est que, quand il est inséré dans le circuit de charge, il arrive que les divers éléments n'occupent pas la même position dans le circuit, et il en résulte que les décharges partielles n'ont pas des périodes égales. Cette circonstance est particulièrement fâcheuse dans la radiotélégraphie syntonique, car alors il faut accorder pour une période bien déterminée le circuit dans lequel le condensateur est inséré.

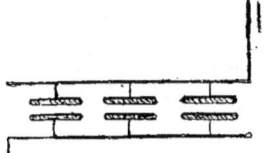

Fig. 105.
Montage des condensateurs.

On remédie à cet inconvénient en disposant les condensateurs élémentaires d'après la méthode indiquée figure 105. Grâce à ce dispositif, la longueur du circuit de décharge est exactement la même pour chaque condensateur élémentaire : il en résulte que toutes les décharges partielles des condensateurs ont une période rigoureusement égale.

SYNTONISATEURS

On désigne sous le nom de *syntonisateurs* ou encore sous celui d'*accordeurs* les appareils utilisés pour accorder les ondes de deux stations correspondantes ou encore les ondes de deux circuits appartenant à la même station.

Comme l'accord se produit lorsque les périodes d'oscilla-

tions des deux circuits sont égales et que la période de vibration dépend de la capacité et de la self-induction des circuits,
c'est en faisant varier soit cette capacité, soit cette self-induction ou bien les deux simultanément que l'on arrive à obtenir
l'accord, c'est-à-dire la syntonisation.

Les syntonisateurs sont constitués, généralement, par des
bobines d'induction que l'on intercale dans les circuits à
accorder et dont on peut faire varier la self-induction, soit en
augmentant, soit en diminuant le nombre de spires insérées
dans le circuit; on peut encore employer d'autres procédés
dont il sera parlé au sujet de la syntonisation. Les syntonisateurs
peuvent aussi être formés de condensateurs à capacité variable,
tels que ceux représentés figures 98, 99, 100 et 101.

Les divers constructeurs emploient des dispositions spéciales
pour obtenir facilement et rapidement les variations de self-
induction et de capacité. C'est ainsi que M. Fessenden utilise
la clé de syntonisation (fig. 52. p. 109). D'autres emploient le
dispositif que montre la figure 94 (voir p. 152) dans lequel le
contact G glisse le long de la spirale, augmentant ainsi le
nombre de spires insérées dans le circuit oscillant. M. Ducretet
fait usage d'un grand tableau qui supporte un fil de cuivre
replié en zigzags et d'environ 100 mètres de longueur; des
contacts glissants permettent de faire varier la longueur de fil
mise en circuit.

Bobine de syntonisation transportable. — Le comte
Arco a imaginé cet appareil qui permet de syntoniser parfaitement plusieurs postes, sans que ces derniers aient préalablement communiqué l'un avec l'autre.

La figure 106 représente cet appareil qui se compose d'une
boîte cylindrique portant, à sa partie supérieure, un instrument destiné à la mesure de la longueur d'onde et un contact
glissant le long d'une échelle verticale graduée. A l'intérieur
de la boîte se trouve une bobine de self-induction; une des
extrémités de l'enroulement de cette bobine est reliée à la
partie inférieure de l'antenne au-dessus de la spire U (fig. 107),

qui sert à relier l'antenne avec le sol dans le système Slaby-Arco; l'autre extrémité de l'enroulement est mise en communication avec une des aiguilles de l'instrument servant à mesurer la longueur des ondes. Enfin, un point intermédiaire et réglable de la bobine de self-induction est en communication avec le contact mobile extérieur. L'autre aiguille de l'instrument est reliée au contact glissant.

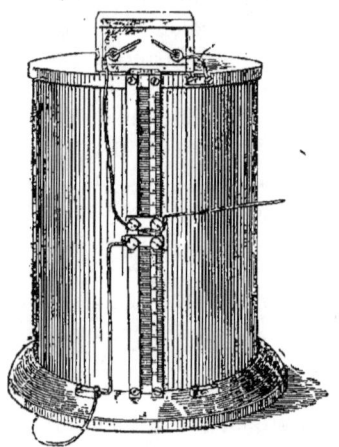

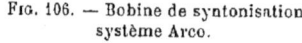

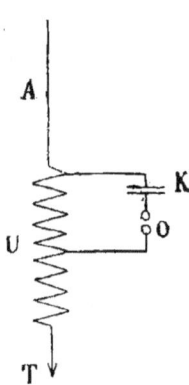

FIG. 106. — Bobine de syntonisation. système Arco.

FIG. 107. — Montage de la bobine de syntonisation.

Le long des fils qui, à partir de la bobine et du contact mobile, se rendent à l'instrument, se trouve intercalé un condensateur ayant la même capacité que les cohéreurs employés dans les stations de réception.

Après avoir accordé la période de l'oscillateur avec celle de l'antenne en réglant la self-induction U et le condensateur A, on applique à la partie inférieure de l'antenne la bobine de syntonisation et l'on déplace le contact mobile jusqu'à ce que les étincelles qui se produisent dans l'instrument atteignent leur longueur maximum. Dans cette position, la période de la bobine de syntonisation coïncide avec celle de la station.

11

On fixe alors le contact mobile dans la position déterminée et on transporte la bobine dans la station que l'on veut accorder avec la première. Dans cette seconde station, l'on relie la bobine à la base de l'antenne et on y fait varier la self-induction U et la capacité A de l'oscillateur, jusqu'à ce que les étincelles atteignent de nouveau leur maximum de longueur.

Les deux stations sont alors accordées et peuvent émettre des ondes de même fréquence.

En procédant de la même manière et en substituant momentanément au cohéreur un excitateur auxiliaire, on syntonise de même le récepteur et on procède de même dans les autres stations.

Cet appareil peut être également gradué pour donner directement la longueur d'onde de l'oscillateur avec lequel il est accordé.

Ondomètre Doenitz. — D'après M. Doenitz, les indications obtenues avec l'appareil de M. Arco ne présentent pas une exactitude suffisante, par suite du trop grand amortissement

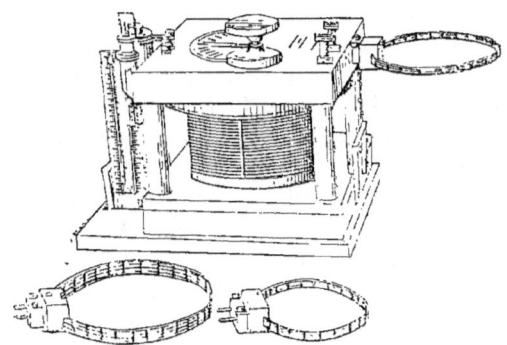

Fig. 108. — Ondomètre Doenitz.

produit par la bobine à circuit ouvert servant à effectuer les mesures. Il a imaginé un appareil (*fig.* 108) auquel il a donné le nom d'*ondomètre*. Dans cet appareil, le circuit vibrant est un circuit fermé qui comporte des capacités et des bobines de self-induction ; ce circuit peut être facilement accordé avec celui dont on veut déterminer la longueur d'onde.

A droite de la figure 108, on voit la bobine de self-induction qui peut être remplacée par deux autres bobines, livrées avec l'appareil et construites de manière que leur self-induction soit dans les rapports de 1/4, 1 et 4. Au centre de l'appareil, on voit un récipient cylindrique rempli d'huile dans lequel se trouvent disposées plusieurs lames demi-circulaires, parallèles et fixes, ainsi qu'un même nombre de lames semblables mobiles autour d'un axe vertical. Ces dernières peuvent, par la manœuvre d'un bouton extérieur, pénétrer plus ou moins dans les intervalles qui séparent les lames fixes ; le tout constitue ainsi un condensateur de capacité variable analogue à celui que représente la figure 98 (voir p. 155).

Sur la gauche du dessin, on voit l'appareil indicateur constitué par un thermomètre à air dont la boule contient une spirale sur laquelle agit par induction une autre spirale faisant partie du circuit principal.

On fait agir par induction sur la spirale de self-induction de l'ondomètre l'appareil dont on veut déterminer la longueur d'onde ; puis, en tournant le bouton extérieur, on règle la capacité jusqu'à ce que l'indicateur thermométrique accuse le maximum de température. L'ondomètre est alors en résonance avec l'appareil et la longueur d'onde est lue sur un cadran gradué à l'aide d'un index solidaire du bouton. Le cadran comporte trois graduations correspondant chacune à l'une des trois bobines qui accompagnent l'appareil.

Avec les condensateurs et la bobine de self-induction utilisés par l'inventeur, on peut mesurer des longueurs d'onde comprises entre 140 et 1 200 mètres.

DÉTECTEURS D'ONDES

Cohéreurs. — Le détecteur d'ondes le plus communément employé pour déceler l'arrivée des ondes électriques sur l'antenne du poste récepteur et servant à actionner les organes destinés à annoncer ou à enregistrer ces ondes, est, comme on l'a déjà dit, le cohéreur. Dans ces derniers temps, M. Marconi a employé aux mêmes fins un autre appareil absolument différent, qu'il a appelé « détecteur magnétique » ou simplement « détecteur » ; cet appareil sera décrit plus loin.

A vrai dire, on pourrait utiliser, comme détecteur d'ondes, l'un quelconque des très nombreux appareils employés par les différents expérimentateurs qui, depuis Hertz, ont étudié les ondes électriques : mais, comme aucun de ces appareils ne présente une sensibilité comparable, même de loin, à celle du cohéreur, ces dispositifs se trouvent, par conséquent, absolument exclus du domaine de la télégraphie sans fil; en effet, cette dernière exige des appareils de réception très sensibles, attendu que la quantité d'énergie dont on dispose pour les actionner est très faible. On se bornera donc à décrire les détecteurs d'ondes utilisés dans la télégraphie sans fil.

On a déjà dit que le cohéreur est fondé sur la propriété que présentent les poudres métalliques et les autres contacts imparfaits d'arrêter presque complètement, dans les conditions ordinaires, le passage du courant électrique, tandis qu'ils livrent passage à ce courant aussitôt qu'ils sont frappés par des ondes électriques. De plus, ils reviennent à leur état primitif aussitôt que cesse l'arrivée des ondes, pourvu que l'on agite sans discontinuer la poudre, au moyen de petits chocs ou par tout autre procédé.

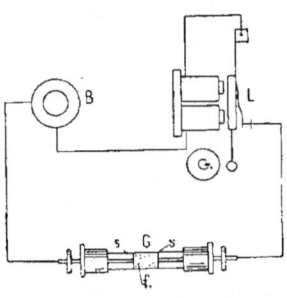

Fig. 109. — Cohéreur.

Ces poudres sont donc presque isolantes dans les conditions ordinaires; mais, sous l'action des oscillations électriques, elles deviennent conductrices.

Elles sont généralement enfermées dans de petits tubes en verre (*fig.* 109) entre deux électrodes métalliques SS, d'où partent les fils servant à intercaler le cohéreur dans le circuit qui comprend déjà la pile B et soit la sonnerie électrique L destinée à annoncer l'arrivée des ondes, soit un appareil plus sensible qui n'est autre qu'un relai actionnant un appareil enregistreur des signaux. Si le petit tube se trouve placé sur le même support que la sonnerie, on peut utiliser le mouvement du marteau de cette dernière pour produire un choc sur le cohéreur et ainsi rendre la poudre isolante dès que les ondes cessent d'arriver.

Historique de la découverte du cohéreur. — Le petit tube à limaille, utilisé comme détecteur des ondes électriques, a été appliqué par M. Lodge, lequel l'a appelé *coherer*, car il attribue la conductance que le tube acquiert, sous l'action des ondes, à une sorte de contact ou de cohésion qui s'établirait entre les fragments, par suite d'attractions électrostatiques réciproques ou d'étincelles échangées d'un fragment à l'autre, contact que les chocs successifs viendraient ensuite supprimer, en rétablissant les conditions primitives. C'est également à M. Lodge que l'on doit la démonstration de l'extrême sensibilité de l'appareil.

Mais il convient de rappeler que le cohéreur employé à l'origine par M. Lodge était à contact unique : il se composait de deux boules très rapprochées l'une de l'autre ou d'une pointe métallique *n* (*fig.* 110) très rapprochée d'un ressort également métallique; sous l'action des ondes électriques, il se produisait entre

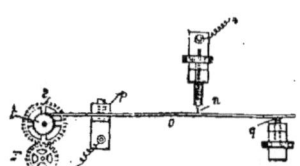

Fig. 110. — Cohéreur Lodge.

ces organes, une petite étincelle qui les mettait en communication.

La décohésion s'effectuait mécaniquement à l'aide de la roue dentée *t*; sur cette roue, tournant sous l'action d'un mouvement d'horlogerie, appuyait un ressort *o*.

M. Lodge a adopté plus tard le tube à limaille, après avoir

pris connaissance des recherches effectuées, en même temps, par
M. Branly sur les tubes à limaille; il reconnut en effet que ces
tubes constituaient un cohéreur à contact multiple, bien plus
pratique et plus sensible, comme détecteur d'ondes, que son
premier cohéreur à contact unique.

La découverte de la diminution de résistance des tubes
contenant des limailles métalliques ou des fragments de métal
ou de corps semi-conducteurs soumis à l'action de décharges
ou de courants électriques, remonte à 1838 ; elle est due à
Munck de Rosenschöld qui constata, à cette époque, que les
poudres métalliques reprenaient leur résistance primitive,
sous l'action des secousses mécaniques données au tube qui
les contenait; mais ce phénomène fut ensuite perdu de vue.
En 1884-85, le professeur Calzecchi Onesti, du lycée royal de
Fermo, entreprit, en dehors des recherches précitées, une
enquête systématique sur la conductance des poudres métalliques. Il reconnut que la conductance de ces poudres augmente graduellement sous l'influence des interruptions successives du courant qui les traverse ou des décharges d'une
machine de Holtz ou encore d'une bobine de Ruhmkorff; enfin,
il constata les mêmes phénomènes, mais moins sensibles, sous
l'influence d'un corps électrisé. Cette dernière action appartient à la catégorie des actions à distance.

M. Calzecchi décohérait son tube en le faisant tourner autour de son axe.

En 1890, M. Branly, ignorant les recherches de M. Calzecchi,
reprit l'étude de la résistance des poudres, en l'étendant même
à des mélanges de poudres métalliques et de substances isolantes comprimés ou bien fondus de manière à former des
cylindres solides ; il étendit son étude aux contacts simples
établis entre des tiges, des lames et des sphères métalliques.

Il ne se borna pas à noter les diminutions de résistance qui
se produisent dans les cas étudiés par M. Calzecchi; il constata,
de plus, que l'action des décharges s'exerce non seulement
quand elles se produisent sur des conducteurs mis en contact
métallique avec les poudres, mais aussi lorsque ces mêmes

décharges se produisent entre des électrodes disposées à des distances plus ou moins grandes de ces poudres et même séparée de ces dernières par des diaphragmes non métalliques ; il reconnut qu'un pareil effet ne se produit point dans le seul cas où l'appareil récepteur, ou encore l'appareil transmetteur, se trouve renfermé dans une enveloppe métallique ; il se rendit compte que des secousses mécaniques ou de légers échauffements suffisaient pour faire perdre aux poudres traitées la conductance qu'elles avaient acquise sous l'action des décharges électriques ; il découvrit enfin qu'avec des poudres convenables (antimoine, aluminium, etc.) on peut construire des tubes anticohéreurs qui se comportent d'une manière opposée à celle des tubes ordinaires, c'est-à-dire des tubes qui, sous les actions électriques, ont leur résistance augmentée, au lieu d'être diminuée.

M. Lodge vit dans les phénomènes présentés par les tubes Branly un effet des ondes électriques provoquées par les décharges à distance ; il utilisa ces tubes, comme on l'a déjà dit, comme détecteurs des ondes électriques ; il y ajouta le petit marteau qui devait ramener le tube à son état primitif lorsque cessait l'action des ondes électriques.

Le frappeur employé fut d'abord le marteau d'une sonnerie électrique actionnée par le courant même qui parcourait le tube ; mais ensuite il lui substitua un petit frappeur mécanique, car il avait constaté que les étincelles dégagées par l'interrupteur du marteau de la sonnerie empêchent parfois la limaille de recouvrer sa résistance primitive, ces étincelles étant accompagnées, elles aussi, d'ondes électriques.

Théorie du cohéreur. — Une fois la grande sensibilité du cohéreur reconnue, au lieu de chercher à lui substituer d'autres dispositifs, les expérimentateurs songèrent à perfectionner sa construction, afin d'obtenir un appareil d'un fonctionnement régulier et sûr, capable de se prêter aux exigences d'un service aussi important et aussi délicat que celui de la télégraphie.

Mais les recherches à faire pour perfectionner les cohéreurs exigent une connaissance parfaite du mécanisme et du fonctionnement de ces appareils, mécanisme qui est demeuré jusqu'ici assez obscur, malgré les nombreuses études entreprises pour l'expliquer.

C'est qu'en effet le cohéreur présente des phénomènes complexes qu'il est difficile d'expliquer par une simple théorie.

Les catégories de cohéreurs, dont la théorie devrait expliquer le fonctionnement, sont au nombre de quatre :

I. Les cohéreurs ordinaires, les plus nombreux, dont la résistance diminue sous l'action des ondes électriques et qui recouvrent cette résistance sous l'action de chocs mécaniques, d'un léger échauffement ou d'autres influences extérieures ;

II. Les anticohéreurs découverts, comme on l'a dit un peu plus haut, par M. Branly, lesquels ont au contraire leur résistance augmentée sous l'action des ondes et qui la perdent à la suite des chocs ;

III. Les cohéreurs autodécohérants (cohéreur à charbon et cohéreur à charbon-mercure de Tommasina) qui recouvrent spontanément leur résistance quand l'action des ondes prend fin, sans qu'il soit nécessaire de recourir à des chocs ou à d'autres actions extérieures ;

IV. Les anticohéreurs autocohérants qui s'obtiennent spécialement quand à un électrolyte (eau) on substitue le diélectrique des autres cohéreurs ; lorsque les ondes électriques cessent d'agir, ces appareils perdent spontanément la résistance plus grande qu'ils avaient acquise sous l'action de ces ondes.

Parmi les diverses théories proposées pour expliquer ces phénomènes, la plus généralement admise est celle de M. Lodge, à laquelle on a fait allusion ci-dessus. Cette théorie explique en effet, d'une manière fort simple, le phénomène le plus fréquent qui est celui présenté par les cohéreurs ordinaires.

Suivant M. Lodge, les ondes électriques déterminent des vibrations électriques entre les fragments de limaille. Ces vibrations donnent naissance à des étincelles qui établissent,

entre fragments voisins, d'instables petits ponts conducteurs, formés de fragments très ténus de poudre arrachés par
l'étincelle aux fragments les plus gros. Un choc mécanique
ou un échauffement détruit ces petits ponts et rétablit l'état
primitif. Dans les quelques corps (charbon, charbon-mercure)
qui présentent la décohésion spontanée (IIIe catégorie), une
structure spéciale rendrait très fragiles les ponts en question,
lesquels se rompraient d'eux-mêmes, sans aucun choc, dès
que l'action des ondes prend fin.

Il est peut-être plus difficile d'expliquer, avec cette théorie,
le fonctionnement des anticohéreurs (catégorie II) qui, à vrai
dire, sont peu nombreux et d'un fonctionnement peu sûr.
Dans quelques-uns de ces anticohéreurs, on peut attribuer le
fonctionnement à une réduction chimique du corps ; dans
d'autres, comme dans les anticohéreurs, constitués par une
lame en verre argentée et sillonnée de traits fort minces tracés
avec le diamant, on attribue le fonctionnement à la présence de
filaments métalliques demeurés comme ponts entre ces traits,
ponts que les étincelles détruisent et qui se rétablissent ensuite
par suite de la condensation des vapeurs ; la résistance de ces
ponts augmenterait par suite de l'échauffement qui se produit
sous l'action des ondes, tout comme dans les fils métalliques
ordinaires.

D'autres théories complètent celle de M. Lodge. On peut
citer, entre autres, la théorie de M. Ferrié, qui compare le
cohéreur à une série de condensateurs formés par les grains
successifs de limaille, lesquels se déchargeraient sur eux-
mêmes en se soudant par suite de l'augmentation de la différence
de potentiel que produisent les ondes. On peut également
citer la théorie de MM. Guthe et Trowbridge, d'après laquelle
la diminution de la résistance serait due à l'ionisation de l'isolant inséré entre les fragments de limaille, ionisation produite
par la plus grande différence de potentiel qui se manifeste
entre ces fragments sous l'action des ondes électriques.

De nombreuses observations directes viennent à l'appui de la
théorie de M. Lodge. On peut citer notamment celle de M. Tom-

masina qui a constaté que, sous l'action d'ondes électriques,
il se formait de véritables chaînes de fragments adhérents entre
deux électrodes, lorsqu'on dépose sur une d'elles de la limaille
métallique. On doit citer également la production de véritables étincelles constatées par Arons et Malagoli, qui ont
considéré comme pleinement justifié l'accueil qu'a reçu ladite
théorie, — théorie qui, si elle n'explique pas complètement
un phénomène aussi complexe que celui présenté par les cohéreurs, jette pourtant un certain jour sur les phénomènes dont
ils sont le siège.

A cette théorie, M. Branly en oppose une autre suivant
laquelle les ondes électriques donneraient une conductance
temporaire à la petite couche isolante séparant les fragments de
limaille ou encore permettraient le passage de l'électricité entre
deux grains séparés par une distance plus grande que celle que
parvient à franchir le simple courant de la pile reliée au cohéreur ; dans un cas comme dans l'autre, aussitôt que l'action
des ondes prend fin, les conditions primitives se rétabliraient.

Une pareille théorie se prête donc mieux à l'explication du
cas relativement rare des cohéreurs à décohésion spontanée,
mieux qu'à celui, très commun, des cohéreurs qui se décohèrent
par des chocs mécaniques.

C'est en se fondant sur cette théorie que M. Branly a donné
le nom de « radioconducteurs » aux tubes à limaille, nom que
certains préfèrent comme faisant simplement allusion à un
fait, sans préjuger de la véritable nature du phénomène.

Le fonctionnement des cohéreurs de la catégorie IV s'explique ainsi, tandis qu'avec la théorie de M. Lodge, en
admettant que l'électrolyte qui remplace le diélectrique soit
plus ou moins décomposé, selon la différence de potentiel qui
lui est appliquée, et que l'augmentation de résistance soit due
au gaz qui se forme, on aurait de cette manière un anticoh-
héreur ; mais, comme le gaz s'échappe dès qu'il est mis en
liberté, la résistance diminue spontanément aussitôt que
prend fin la cause qui a élevé la différence de potentiel : on a
donc l'anticohéreur autocohérant.

Indications pratiques. — Malgré l'ingéniosité et la persistance consacrées aux études sur la théorie des cohéreurs, ces études ne semblent pas avoir fourni les indications que l'on espérait en tirer pour perfectionner des organes aussi délicats ; aussi les améliorations apportées à la construction de ces appareils sont fondés moins sur la théorie que sur les résultats donnés par la pratique.

Les conditions auxquelles doit satisfaire un cohéreur ordinaire, destiné à la télégraphie sans fil, sont la sensibilité et la régularité. Par suite, cet instrument doit présenter une diminution maximum de résistance pour une augmentation minimum de différence de potentiel, ainsi qu'un retour rapide et certain à sa résistance primitive sous l'action du moindre choc.

Un résultat expérimental fort utile pour guider dans la recherche des meilleures conditions de fonctionnement d'un cohéreur est celui trouvé par M. Blondel, — à savoir que la décohésion par chocs ne peut plus avoir lieu quand la différence de potentiel entre les électrodes du cohéreur atteint ou dépasse une limite déterminée que M. Blondel a appelée la *tension critique de cohésion.* — Cette tension n'est pas une constante physique bien définie ; elle varie avec la nature des métaux, avec le degré d'oxydation et avec la pression de la limaille.

Il faut donc employer, dans le circuit du cohéreur, une pile de force électromotrice suffisamment faible pour que cette force électromotrice, jointe à la force électromotrice de self-induction qui se produit au moment de la rupture du circuit du cohéreur, n'atteigne point la valeur de la tension critique ; autrement le cohéreur, même après le choc, demeure conducteur et il arrive que le signal persiste.

Mais, comme l'emploi d'une pile de force électromotrice trop faible comporterait l'usage d'un relai trop sensible, on cherche à diminuer la force électromotrice de self-induction en reliant, par des fils de dérivation, les extrémités des bobines du circuit, bobines dans lesquelles se développe cette force électromotrice. Durant le fonctionnement du cohéreur, les pièces métalliques qui le composent s'oxydent ; par suite, la tension critique de cohésion varie et avec elle les conditions de bon fonctionnement. Pour éviter cet inconvénient, M. Lodge a conseillé de faire le vide dans les tubes ou de substituer à l'air un gaz inerte (l'azote).

Mais ce qui semble, plus encore que l'oxygène de l'air, exercer un effet fâcheux sur la limaille en l'oxydant et, par suite, sur la durée du cohéreur, c'est l'humidité contenue dans le petit tube ; il faut donc faire en sorte que le gaz contenu dans ce tube soit parfaitement sec.

Les facteurs qui influent particulièrement sur la sensibilité du cohéreur sont : la nature des métaux dont on utilise la limaille et dont on forme les électrodes, leur degré d'oxydation, la finesse des grains de limaille et la pression que cette dernière exerce sur les électrodes.

En ce qui touche la nature des métaux, il faut et il suffit, pour l'usage pratique, que l'un des deux soit légèrement oxydable, sans quoi la tension critique serait trop basse ; de plus, il faut que la limaille soit *fine*, mais non par trop, car avec des métaux en poudre les résultats sont irréguliers ; enfin la pression ne doit être ni trop faible, ce qui donnerait une sensibilité exagérée à l'appareil, ni trop forte, ce qui le rendrait conducteur à titre permanent. Cette pression se règle ou par la quantité de limaille ou par un champ magnétique, lorsque la limaille et les électrodes sont formées de métaux magnétiques.

Il ne faut pas croire que l'on puisse indéfiniment augmenter la sensibilité du cohéreur ; cette sensibilité, c'est-à-dire la faculté de réagir en présence de la minime différence de potentiel produite par les ondes qui l'actionnent, se manifeste généralement en sens inverse de la régularité, c'est-à-dire de la faculté de recouvrer sa résistance primitive à la suite du choc le plus faible. Si, par exemple, on augmente la pression de la limaille jusqu'à ce que le minimum admissible de force électromotrice intervienne pour établir la cohésion, le choc qui devrait ensuite ramener l'appareil aux conditions initiales peut augmenter encore la densité de la limaille et créer un état de cohésion permanente.

Ce qui favorise la sensibilité et, en même temps, la régularité, c'est l'application d'une pile de faible force électromotrice aux électrodes du cohéreur.

En raison de la difficulté d'obtenir des cohéreurs à la fois très sensibles et très réguliers, les chercheurs se sont résignés à sacrifier la première qualité à la seconde qui offre beaucoup plus d'importance, et ils ont réglé les cohéreurs de manière à leur donner une sensibilité relativement faible.

Les principes pratiques qui viennent d'être exposés donnent l'explication des modifications et des détails de construction adoptés dans les principaux types de cohéreurs qui vont être décrits.

Principaux types de cohéreurs. — Afin d'introduire un certain ordre dans cette description, on classera les cohéreurs de la manière suivante :

1° Cohéreurs ordinaires à limaille ;

2° Cohéreurs magnétiques, dans lesquels les électrodes et la limaille sont formées de métaux magnétiques, de manière que l'on puisse régler au moyen d'un aimant la pression de la limaille ;

3° Cohéreurs à contacts simples, dans lesquels on remplace la limaille par des tiges ou des sphères métalliques qui présentent entre elles un point ou quelques points de contact ;

4° Cohéreurs à décohésion spontanée ;

5° Anticohéreurs.

A la description ci-dessous des trois premiers types de cohéreur, on ajoutera celle des dispositifs employés (décohéreurs) pour les décohérer.

Cohéreurs ordinaires à limaille. — Les principaux types usuels de cohéreurs à limaille sont les suivants :

Cohéreur Lodge. — M. Lodge, comme on l'a expliqué ci-dessus, a été le premier à employer le cohéreur à limaille comme détecteur des ondes électriques. Il utilisait le tube de M. Branly, auquel il avait ajouté le petit frappeur dé-cohérant. On sait que, plus tard, il a proposé de faire le vide dans les tubes et d'y introduire un gaz inerte, afin d'éviter que le fonctionnement modifiât le degré d'oxydation de la limaille en altérant la sensibilité de l'appareil. En commun avec M. Muirhead, il a en outre, proposé un cohéreur magnétique (*fig.* 123, p. 185), dans lequel la limaille est comprise entre des lames métalliques.

Cohéreur Marconi. — Une des premières préoccupations de M. Marconi, quand il entreprit ses expériences de télégraphie sans fil, fut de modifier la construction du tube Branly, de manière à lui donner la sensibilité et la régularité néces-saires.

La figure 111 montre en détail la construction du cohéreur utilisé en 1897 par M. Marconi, qui l'a ensuite conservé dans ses divers dispositifs. La poudre métallique est placée entre

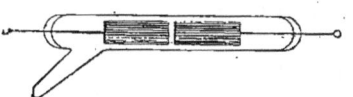

Fig. 111. — Cohéreur Marconi.

deux obturateurs en argent, reliés au circuit extérieur par des fils de platine qui sont soudés à l'extrémité du tube de verre. Cette poudre est formée de limaille de nickel mélangée avec 4 % de limaille d'argent. Quand on augmente la proportion de l'argent, le cohéreur devient plus sensible ; mais, si on le rend trop sensible, il obéit par trop à l'influence de l'électricité atmosphérique. Un petit globule de mercure ajouté à la poudre métallique augmente également la sensibilité du cohéreur.

Il ne faut pas employer une quantité de mercure trop forte si l'on veut éviter d'empâter la poudre. De plus, au lieu de mélanger le mercure à la poudre, on peut amalgamer les faces des obturateurs.

Les dimensions données au tube par M. Marconi comme étant les plus convenables sont : 38 mm de longueur et de 2 à 2,5 mm de diamètre intérieur. La longueur des obtura-

teurs en argent est d'environ 5 mm, et la distance entre eux
de 0,55 mm. Plus on rapproche les obturateurs, plus le cohéreur est sensible ; mais il y a une certaine limite au-delà de
laquelle l'appareil ne fonctionne plus convenablement.

Les grains métalliques doivent être gros,
faits à la grosse lime et de dimensions
uniformes ; au moyen de tamis convenables, on élimine les grains trop gros ou
trop fins.

Les limes doivent être lavées et séchées
fréquemment ; il ne faut les employer que
lorsqu'elles sont bien sèches. Il convient
que la limaille, entre les deux obturateurs,
ne soit pas trop tassée afin qu'elle puisse
se mouvoir librement lorsque le frappeur
fonctionne. Le vide dans le tube n'est pas
essentiel, mais utile ; ordinairement on le
pratique jusqu'à 1/1000 d'atmosphère.

Bien construit, le cohéreur doit obéir à
l'action d'une sonnerie électrique distante
de 1 mètre ou 2. De plus, il doit immédiatement interrompre le courant sur un circuit non inducteur qui contient un seul
élément. Il ne faut pas qu'il soit traversé
par plus de 1 milliampère ; c'est pourquoi
l'on fait usage d'un seul élément Leclanché. Si l'on employait une force électromotrice supérieure à 1,5 volt, le courant
le traverserait même sans l'action des
ondes électriques.

La figure 112 représente le cohéreur
muni des lames métalliques kk qui ont
servi, dans les expériences de 1897, à mettre le circuit de cet
appareil en résonance électrique avec le circuit du transmetteur, ce qui facilitait la réception. Les lames kk sont en com-

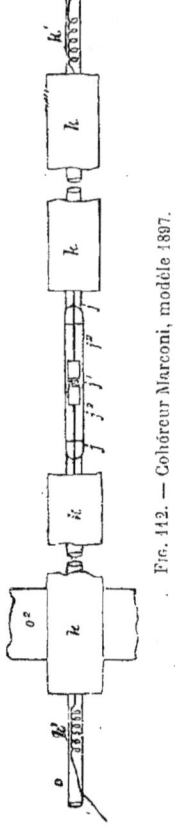

Fig. 112. — Cohéreur Marconi, modèle 1897.

munication avec les extrémités du tube sensible et elles ont
une largeur d'environ 12 mm sur 0,4 mm d'épaisseur.

La période de vibration des décharges électriques sur ces
lames dépend de leur longueur ; la longueur la plus convenable se détermine expérimentalement. On procède de la
manière suivante : on fixe, au moyen de gomme, une feuille
d'étain sur une lame de verre et on la divise en deux sections
égales, en traçant une ligne médiane. On expose les deux
sections aux radiations provenant du transmetteur et on
allonge ou on raccourcit ces sections jusqu'à ce que les étincelles passent avec la plus grande énergie à travers l'intervalle,
même à une distance considérable du transmetteur. Les
lames k, k de l'appareil doivent être d'environ 12 mm plus
courtes que la longueur ainsi déterminée.

Les lames k, k sont fixées à un tube mince en verre O dont
la longueur ne doit pas dépasser 30 cm. On fixe ce tube, d'un
côté, à un support en bois O^2 ; ou bien encore on fixe le tube
sensible des deux côtés, à titre permanent. Les bobines $k'k'$
qui correspondent aux deux bobines de l'appareil Popoff
(*fig.* 41) servent à empêcher les ondes de passer sur le circuit
de la batterie. Plus tard, lorsqu'on a utilisé des ondes plus
longues, les lames k, k sont devenues superflues et elles ont
été supprimées.

Cohéreur Slaby. — Le cohéreur employé par la Société
Allgemeine Elektricitäts dans le système Slaby-Arco est représenté figure 113. C'est
un tube vide d'air, dont la
partie centrale se trouve
rétrécie et dans lequel pénètrent deux cylindres en

Fig. 113. — Cohéreur Slaby.

argent. Ces cylindres épousent si parfaitement la forme du tube
qu'entre eux et la paroi de ce tube il n'y a pas le moindre passage disponible pour la fine poudre placée entre ces cylindres.

Des cylindres partent des fils de platine qui jouent le rôle
de conducteurs et qui sont soudés à deux petites capsules
fixées, au moyen de ciment, à l'extrémité du tube.

Ces tubes présentent la particularité suivante : malgré leur fermeture hermétique, ils ont une sensibilité réglable. A cet effet, les deux surfaces opposées des petits cylindres d'argent ne sont point parallèles, mais l'une d'elles est disposée obliquement : par suite, l'espace interposé et destiné à recevoir la poudre est cunéiforme. La poudre ne remplit que moins de la moitié de l'espace libre. S'il arrive que le cohéreur soit disposé de manière que la partie la plus rétrécie de l'espace cunéiforme se trouve dirigée vers le bas, la poudre occupe la plus grande hauteur, sa pression est maximum et la sensibilité de l'appareil est également maximum. Si, au contraire, la partie la plus large de cet espace est tournée vers le bas, la poudre prend la plus faible hauteur, exerce la pression minimum et la sensibilité du cohéreur devient également minimum. Le petit tube est placé sur des supports qui lui permettent de tourner autour de son axe ; on peut donc lui donner un degré quelconque de sensibilité intermédiaire, en inclinant plus ou moins, par rapport à la verticale, le récipient contenant de la poudre. Avec cette disposition, l'on peut faire varier la sensibilité du cohéreur, même pendant la réception d'un télégramme.

Cohéreur Blondel. — Ce cohéreur est représenté figure 114. Il est vide d'air. Son tube cylindrique porte un tube latéral contenant de la limaille ; ce tube est fermé dans sa partie inférieure et son orifice s'ouvre sur la cavité comprise entre les électrodes cylindriques.

En inclinant convenablement ce tube, on peut faire sortir une certaine

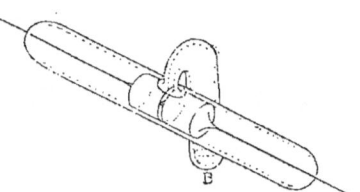

Fig. 114. — Cohéreur Blondel.

quantité de limaille de l'espace compris entre les cylindres et la faire entrer dans le tube latéral, diminuant ainsi la pression et la sensibilité ; on peut également faire entrer de la limaille dans le tube principal et obtenir l'effet opposé.

12

Au lieu des limailles de métaux différents utilisées par
M. Marconi, M. Blondel emploie des alliages d'un métal oxydable et d'un métal non oxydable (de l'argent et du nickel ou
du cuivre. Avec une petite proportion de métal oxydable, il
obtient des alliages qui ne s'oxydent que par l'échauffement.
En échauffant la limaille déjà préparée, il peut donner à cette
dernière le degré convenable d'oxydation et la rendre inal-
térable à la température ordinaire.

Cohéreur Ferrié. — M. Ferrié a modifié la forme du cohéreur précédent en conservant son principe, de manière à
le rendre moins fragile et à obtenir qu'il se fixe plus commo-
dément sur les supports. La réserve de limaille est logée dans
un creux H (*fig.* 115), que l'on a pratiqué dans une des élec-

Fig. 115. — Cohéreur Ferrié.

trodes; au moyen d'un petit conduit *r* pratiqué suivant le
sens d'une génératrice, on peut faire passer la limaille de ce
réservoir dans la cavité utile I ou bien en retirer. Le tube est
fermé par de la gomme laque, et ses extrémités sont protégées
par des capsules métalliques auxquelles on a fixé les fils partant des électrodes. Selon la sensibilité qu'il désire obtenir,
M. Ferrié emploie des limailles d'un alliage formé d'or ou
d'argent et de cuivre dans une proportion variable, ou encore
un alliage d'or ou d'argent vierge. Cet alliage est placé entre
des électrodes en packfong ou en acier. L'or vierge donne les
cohéreurs les plus sensibles.

Les appareils ainsi obtenus s'emploient avec une tension
de 0,2 à 1 volt, réglée par un potentiomètre convenable. Ce
dernier permet le réglage de manière à donner à l'appareil la
valeur la plus voisine possible de la tension critique de cohésion.

Cohéreur Ducretet (*fig.* 116). — Dans le tube d'ébonite T sont contenues les deux électrodes A et B, entre lesquelles se trouve la cavité contenant la limaille. La première électrode est fixe et taillée obliquement; la seconde, mobile au moyen de la vis V, est taillée perpendiculairement à l'axe du tube.

Le tout, à fermeture hermétique, est démontable, mais on n'y a point pratiqué le vide.

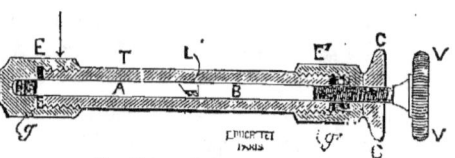

Fig. 116. — Cohéreur Ducretet.

Une fois qu'on a introduit dans la cavité une quantité convenable de limaille et que l'appareil se trouve fermé, on peut, au moyen de la vis V, faire avancer ou reculer l'électrode B et produire ainsi, dans la hauteur de la limaille, une variation qui modifie la sensibilité du cohéreur.

Il est préférable d'employer la limaille de nickel d'une grosseur moyenne (celle que retient un tamis de 120 trous au pouce carré et qui passe par un tamis de 80 trous). Cette limaille est légèrement oxydée. On l'étend à cet effet sur une lame d'acier de laquelle on la retire aussitôt que la lame, échauffée lentement, a pris une couleur jaune d'or.

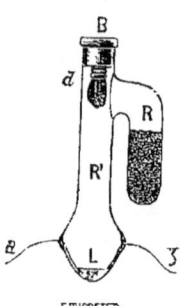

Fig. 117. — Autre modèle de cohéreur Ducretet.

La figure 117 représente une autre forme du cohéreur Ducretet, dans laquelle les électrodes sont constituées par deux fils de platine parallèles *a*, *b*, soudés dans le verre et placés au fond du récipient L. On y verse une quantité suffisante de limaille provenant du réservoir R, limaille préparée comme on l'a indiqué ci-dessus; on règle sa hauteur et, par suite, sa pression, selon le degré de sensibilité que l'on veut obtenir. La petite ampoule *d* contient des substances desséchantes.

Cohéreur Rochefort. — Ce cohéreur se compose de deux

électrodes dont l'une, annulaire, entoure un cylindre isolant
et l'autre, en forme de tige, traverse l'axe de la première pour
pénétrer ensuite dans le cylindre isolant. La tige et l'anneau
sont respectivement reliés à deux fils de platine, soudés aux
deux extrémités du tube.

La limaille est placée entre les deux électrodes, de manière
à affleurer presque la tige. Au moyen d'un petit morceau de
carbure de calcium de forme cylindrique, on maintient sec
le tube dans lequel on peut faire le vide. Ce cohéreur peut être
rendu magnétique ; il suffit, à cette fin, d'employer du fer doux
pour constituer les électrodes et la limaille.

Cohéreurs magnétiques. — Les principaux types de cohéreurs magnétiques sont les suivants :

Cohéreur Tissot. — Il se compose de deux électrodes en
fer doux de 3 à 5 mm de diamètre. Ces électrodes sont taillées
obliquement et logées dans un tube en verre ; on interpose
entre elles une petite quantité de limaille de fer doux. Des
électrodes partent les fils conducteurs de platine, sortant des
extrémités du tube auquel ils sont soudés. On fait le vide dans
le tube jusqu'à environ 1 millimètre de mercure. Au-dessus
du tube, on dispose un aimant qui permet de régler la pression
de la limaille contre les électrodes.

Ce mode de construction est fondé sur le fait observé par
M. Tissot, à savoir que, quand on place un cohéreur à limaille
de métal magnétique dans un champ magnétique qui a ses
lignes de force parallèles à l'axe du cohéreur, la sensibilité de
ce dernier se trouve être considérablement augmentée, ainsi que
sa régularité de fonctionnement.

On a, en outre, l'avantage de pouvoir insérer entre les électrodes une pile de force électromotrice élevée, sans avoir à
craindre de dépasser la tension critique de cohésion, car cette
dernière augmente avec la distance des électrodes. Dans les
cohéreurs magnétiques, les électrodes peuvent être portées
même à la distance de 6 à 8 mm, sans que la sensibilité se
trouve diminuée de ce chef. Par contre, dans les cohéreurs

ordinaires, la sensibilité diminue lorsque la distance entre les électrodes dépasse 1 millimètre.

Cohéreur Braun. — Dans le système Braun de télégraphie qu'exploite la Gesellschaft für drahtlose Telegraphie, on utilise des cohéreurs formés avec de la poudre d'acier que l'on insère entre des électrodes également en acier. Dans le petit tube en ébonite on ne fait pas le vide.

Une des électrodes du cohéreur se projette un peu en dehors du tube. Cette électrode se trouve placée entre les pôles d'un aimant en fer à cheval. Cet aimant est mobile et on peut rapprocher plus ou moins l'un ou l'autre de ses pôles de l'électrode ou placer cette dernière dans une position symétrique par rapport aux deux pôles, en sorte que les actions de ces derniers se compensent. De cette manière le cohéreur reçoit une faible aimantation, d'intensité réglable, qui est favorable à sa sensibilité.

Fig. 118. — Cohéreur Braun.

La figure 118 représente l'ensemble et les détails de ce cohéreur que l'on voit installé figure 141 (p. 206).

Cohéreurs à contacts simples. — Les cohéreurs à contacts simples qui ont été utilisés sont les suivants :

Cohéreur Lodge. — C'est le premier cohéreur que l'on ait utilisé comme détecteur d'ondes électriques ; il est construit comme le montre la figure 110 (voir p. 165).

Cohéreur Orling et Braunerhjelm. — Cet appareil est formé d'une série de sphères conductrices placées sur une rangée unique, entre deux électrodes, à l'intérieur d'un tube isolant clos, dans lequel on a fait partiellement le vide. Afin de faire varier la pression des sphères l'une sur l'autre, on a placé le tube sur un appui qui permet de l'incliner plus ou moins par rapport à l'horizontale.

Une modification du même appareil, due aux mêmes inventeurs, est représentée figure 119, où l'on voit les petites sphères disposées en deux rangées superposées. Le tube est toujours horizontal et la pression des sphères se modifie, en poussant plus ou moins l'une vers l'autre les sphères

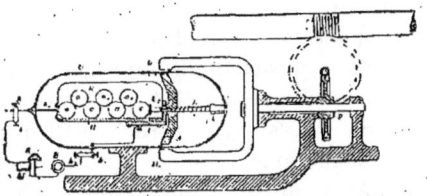

Fig. 119. — Cohéreur Orling et Braunerhjelm.

de la rangée inférieure au moyen de la pièce de fer A. Cette dernière est amenée à se déplacer sous l'action de l'aimant MM', que met en mouvement un engrenage à vis sans fin.

Cohéreur Poppoff-Ducretet. — Cet appareil est formé de petites tiges métalliques *ti* (*fig.* 120), renfermées dans une monture hermétiquement close et démontable qui contient un dessiccateur D*e*. Ces tiges métalliques, de même que leurs supports électrodes EE', peuvent être de métaux différents ; elles doivent avoir le degré de poli et d'oxydation déjà indiqué en ce qui concerne les cohéreurs à

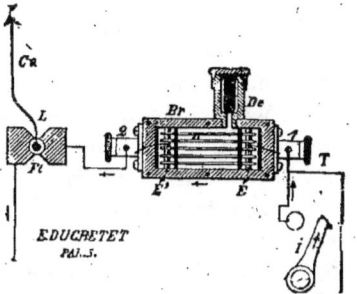

Fig. 120. — Cohéreur Popoff-Ducretet.

limaille Ducretet. Les inventeurs préfèrent les tiges en acier trempé ; dans ce cas, on peut, au moyen d'un aimant, régler la pression des tiges sur les électrodes.

Cohéreur Branly. — Ce cohéreur, à contacts simples, est constitué par une sorte de trépied formé d'aiguilles d'acier et reposant sur un plan métallique.

Le contact utile est celui des aiguilles sur le plan.

Décohéreurs. — Les types usuels de décohéreurs sont les suivants :

Décohéreurs mécaniques. — Pour plus de brièveté, on désignera sous ce nom les appareils ou artifices utilisés pour faire perdre aux cohéreurs la cohésion qu'ils ont acquise sous l'action des ondes électriques. On a déjà dit que M. Lodge a associé à cette fin, au tube de M. Branly, d'abord un petit marteau ou frappeur électromagnétique, ensuite un organe de même espèce actionné mécaniquement. Encore aujourd'hui, ce sont les frappeurs électromagnétiques que l'on emploie le plus fréquemment en vue d'obtenir la décohésion. Les frappeurs présentent une grande importance, car de la régularité de leur fonctionnement dépend l'enregistrement correct des signaux.

M. Popoff (*fig.* 41, voir p. 89) a employé également, comme décohéreur, un petit marteau F, analogue à celui d'une sonnerie électrique, qui frappait le timbre lors de l'attraction de l'électro-aimant, puis, lors du retour, un anneau de caoutchouc entourant le tube du cohéreur.

M. Marconi emploie un frappeur analogue qui, toutefois, frappe le tube dans le mouvement d'aller (*fig.* 156 et 159, voir p. 229 et 232) ; il a une forte résistance (500 ohms) et des mouvements extrêmement doux, si bien que le marteau effleure à peine le tube. De cette manière, on peut soumettre les cohéreurs à une tension voisine de la tension critique, sans avoir à craindre que les coups trop forts du marteau amènent la limaille à se condenser et à reprendre, par suite de l'augmentation de pression, sa conductance première.

Sur les autres récepteurs Marconi (*fig.* 154, voir p. 228), le choc se produit au retour.

Il faut éviter la formation d'étincelles lors de l'interruption du contact du petit marteau, car ces étincelles, étant accompagnées d'ondes électriques, pourraient actionner de nouveau le cohéreur : c'est pourquoi on adapte aux bobines

de l'électro-aimant des dérivations qui prennent le nom de
pare-étincelles.

En vue de faciliter la décohésion, M. Slaby interrompt le
circuit du cohéreur avant que ce dernier reçoive le choc. A
cet effet, il emploie l'appareil représenté figure 121. NA est le
levier qui porte en N le frappeur. Quand ce levier s'abaisse
par suite de l'attraction de l'électro-aimant E, il amène, au
moyen de la petite tige LA, le ressort LR à se détacher de la
vis H et il ouvre ainsi le circuit du cohéreur. Cette disposition rend inutiles les dérivations pare-étincelles. La figure 146
(voir p. 212) montre un autre dispositif décohérant de M. Slaby.

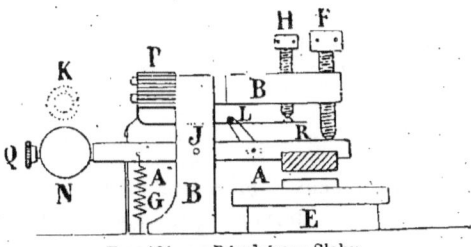

Fig. 121. — Décohéreur Slaby.

M. Rupp décohère en imprimant au cohéreur un mouvement
continu de rotation autour de son axe ; à cet effet, il utilise la
force motrice qui fait s'avancer, dans le récepteur Morse, la
bande de papier.

Décohéreurs magnétiques. — Dans les cohéreurs magnétiques, la décohésion s'obtient généralement par des moyens
magnétiques. C'est ainsi que M. Turpain, par exemple, place
le cohéreur Tissot dans le champ d'un électro-aimant qui se
trouve excité au moment où le cohéreur devient conducteur ;
par suite, le cohéreur reçoit une secousse qui le décohère
rapidement. M. Brown entoure le cohéreur à électrodes de fer
avec un fil parcouru par un courant alternatif. Ce courant, en
aimantant alternativement en sens inverse les électrodes, maintient dans un état d'agitation la limaille de nickel disposée
entre elles. Il obtient encore le même effet en faisant tourner

un aimant en fer à cheval M (*fig.* 122) devant ces électrodes de fer.

En ayant recours à des artifices convenables, on peut obtenir la décohésion magnétique, même dans les cohéreurs non magnétiques. Par exemple, dans le cohéreur que MM. Lodge et Muirhead ont fait breveter en 1898 (*fig.* 123), la limaille

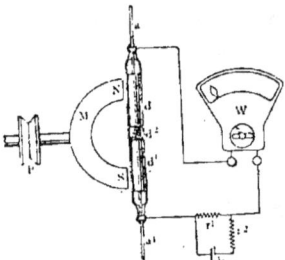

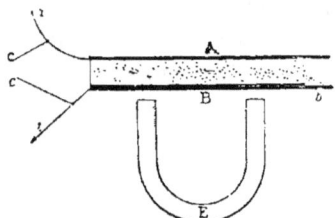

FIG. 122. — Cohéreur Braun.   FIG. 123. — Cohéreur Logde et Muirhead·

est comprise entre deux lames. Une de ces lames, B, qui se trouve au-dessus et à proximité des pôles d'un aimant permanent E, est couverte de vernis, sauf sur une bande *b* ; *c, c* sont les conducteurs qui se rendent au relai, et *a* et *t* sont respectivement le fil de l'antenne et le fil de terre. Lorsque les ondes électriques rendent la limaille conductrice, le courant du cohéreur traverse la lame B et, par suite de l'action qui s'exerce entre le courant et l'aimant, la lame se trouve attirée par l'aimant. Ce mouvement entraîne la décohésion de la limaille.

Le cohéreur Orling (*fig.* 119, p. 182) est également à décohésion magnétique. La décohésion a lieu au moyen de deux électro-aimants disposés l'un sur l'autre sous le tube et actionnés par un courant spécial dont le relai, qu'actionne le cohéreur, ferme le circuit. Quelques inventeurs ont mis à profit, pour obtenir la décohésion, les vibrations des lames téléphoniques.

MM. Marescal, Michel et Darvin ont fait breveter de nombreux appareils fondés sur ce principe. Deux de ces appareils sont représentés figures 124 et 125. Le premier est un cohéreur à contact unique, constitué par la vis *d* et par la lame téléphonique disposée au dessous, *b*. Lorsque, sous l'effet des ondes électriques, le contact devient conducteur, le courant de la pile *e* traverse la bobine de l'électro-aimant et la lame téléphonique est attirée, déterminant la décohésion.

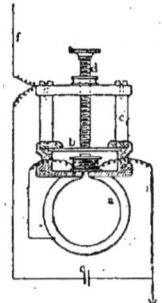

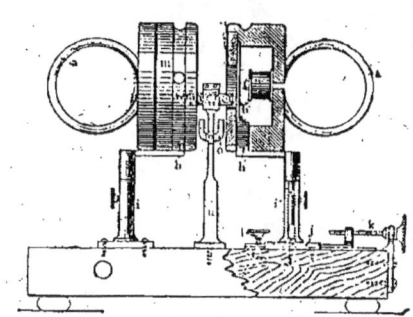

Fig. 124. — Décohéreur   Fig. 125. — Autre modèle
à lame téléphonique.   de décohéreur à lames téléphoniques.

Dans l'appareil que montre la figure 125, le cohéreur est constitué, comme celui d'Orling, par une série de petites sphères métalliques contenues à l'intérieur d'un petit tube isolant. Ce dernier est fermé, à ses deux extrémités, par les lames des deux téléphones qui se trouvent en contact avec les dernières petites sphères de la série. Le courant qui traverse le cohéreur, devenu conducteur, traverse également l'électro-aimant des téléphones, ce qui détermine un ébranlement des lames téléphoniques et, par suite, la décohésion.

Cohéreurs à décohésion spontanée. — Le fait de la grande variété des appareils inventés pour déterminer la décohésion des cohéreurs indique déjà, par lui-même, que cette décohésion laisse toujours quelque chose à désirer et qu'il serait, par suite, intéressant de pouvoir se dispenser, même au point de vue de la simplicité des appareils, d'accessoires aussi délicats.

La solution idéale serait donnée par des cohéreurs à décohésion spontanée, c'est-à-dire par ceux qui deviendraient conducteurs à l'arrivée des ondes électriques et qui reprendraient spontanément leur résistance primitive au moment où cesse l'action des ondes.

On pourrait alors réduire à un degré de grande simplicité l'appareil récepteur; il suffirait d'introduire un téléphone dans le circuit du cohéreur et de recevoir acoustiquement les messages.

On a découvert plusieurs cohéreurs jouissant de la propriété ci-dessus; mais, bien qu'ils présentent une sensibilité suffisante, ces appareils ne semblent pas, au point de vue de la régularité du fonctionnement, pouvoir se substituer aux cohéreurs ordinaires et assurer un service durable.

Il est un corps qui semble jusqu'ici indispensable dans la construction de cohéreurs autodécohérents : c'est le charbon qui peut fonctionner isolément ou en commun avec différents métaux.

Cohéreur Hughes. — Ce cohéreur est simplement le contact microphonique ordinaire de Hughes constitué par des tiges ou lames de charbon en contact imparfait entre elles et intercalées dans un circuit où se trouvent une pile et un téléphone. On verra que Hughes, dès 1879, c'est-à-dire avant les découvertes de Hertz, avait employé ledit appareil et ainsi constaté la manifestation de phénomènes qu'il attribua aux ondes électriques et qu'il appliqua à la transmission de signaux à une distance de 400 m.

Cohéreur-téléphone Tommasina. — Les expériences précitées de Hughes n'ont été rendues publiques par leur auteur que dans ces tout derniers temps, et c'est seulement aujourd'hui que l'on peut se rendre parfaitement compte du véritable rôle que jouait dans son dispositif le contact microphonique. Il faut donc considérer comme indépendante des travaux de Hughes la découverte faite par M. Tommasina, — à savoir: que les radioconducteurs à grenaille de charbon présentent la décohésion spontanée.

A l'intérieur d'une lame en ébonite *c* (*fig.* 126) de 2,5 mm d'épaisseur, on pratique une ouverture de 2 mm de diamètre close par deux lames de mica entre lesquelles on place du charbon en poudre de la qualité utilisée dans les microphones. Les pôles du radioconducteur sont constitués par deux fils d'argentan *de* plongés dans la grenaille et distants l'un de l'autre d'environ 1 mm. L'inventeur a donné à la lame d'ébonite la forme d'un rectangle de 12 × 15 mm : il peut donc la loger à l'intérieur du boîtier d'un téléphone ordinaire (*fig.* 126 *c*), en l'insérant dans le circuit même de l'électro-aimant, et cela de manière qu'elle n'entre pas en contact avec la lame vibrante.

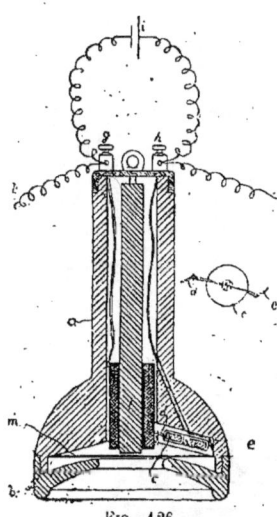

Fig. 126.
Cohéreur-téléphone Tommasina.

L'on obtient ainsi un *cohéreur-téléphone* qui agit dans une position quelconque et qui, porté à l'oreille, produit, sous l'action de chaque étincelle de l'oscillateur, le bruit du battement d'une horloge, bruit qui permet de recevoir acoustiquement les télégrammes.

Cohéreur Popoff. — Le cohéreur Popoff, construit par M. Ducretet, est très employé dans la Marine russe : c'est un autre cohéreur à décohésion automatique, lequel, par suite, se prête à la réception téléphonique. Il consiste en un tube B*r* (*fig.* 127) renfermant deux lames de platine entre lesquelles on a introduit de la grenaille de charbon ou d'acier présentant des degrés différents d'oxydation. Ces grenailles d'acier s'obtiennent en brisant des sphères d'acier trempé. Afin d'augmenter la sensibilité et la régularité du fonctionnement de son cohéreur, l'inventeur a divisé le tube en plusieurs sections au moyen de diaphragmes non conducteurs.

Le téléphone T peut se placer directement sur le circuit du cohéreur, comme on le voit à gauche dans la figure 127 ; on peut aussi intercaler le téléphone dans le secondaire d'un transformateur, tandis que le primaire est inséré dans le circuit du cohéreur en même temps qu'une pile, comme le montre la partie droite de la figure.

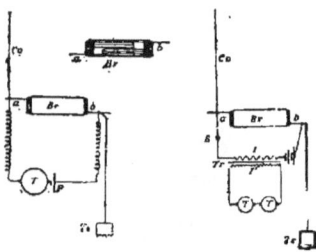

Fig. 127. — Cohéreur Popoff.

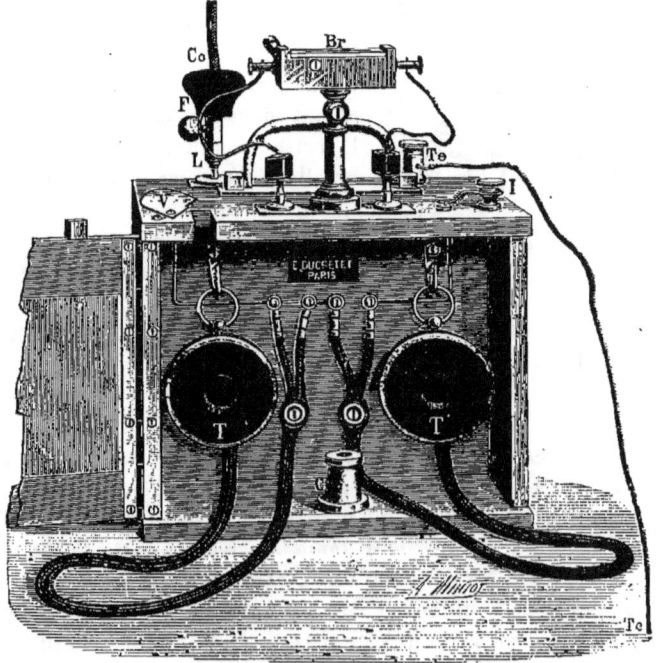

Fig. 128. — Récepteur radiotéléphonique Popoff-Ducretet.

A ce cohéreur on a encore donné une forme analogue à celle

du modèle Popoff-Ducretet (*fig.* 120, p. 182). Dans ce cas, les électrodes E, E₁ sont en charbon, et l'une d'elles porte les fils métalliques. Si on intercale ce cohéreur dans un circuit comprenant une pile et un ou deux téléphones, on a le récepteur radiotéléphonique Popoff-Ducretet (*fig.* 128).

Cohéreur de la Marine italienne. — Ce cohéreur se compose de deux électrodes de charbon ou de fer entre lesquelles on introduit une goutte de mercure (*fig.* 129) ou bien deux

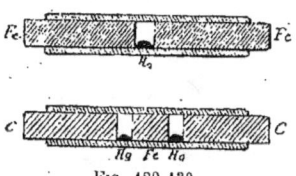

Fig. 129-130.
Cohéreurs de la Marine italienne.

gouttes de mercure séparées par un petit cylindre de fer (*fig.* 130). M. Tommasina a été le premier à reconnaître la propriété autodécohérente du mercure joint au charbon ; mais, dans la pratique de la télégraphie sans fil, ce cohéreur a été proposé par un employé de sémaphore, M. Castelli, et adopté par M. le capitaine Bonomo sous l'appellation de cohéreur de la Marine italienne, dans l'installation reliant Palmaria à Livourne. M. Marconi lui-même l'employait lorsqu'il reçut, pour la première fois, des signaux au travers de l'Atlantique.

Des expériences effectuées dans la station de Palmaria il ressort que, pour un petit tube bien réglé, la force électromotrice doit être comprise entre 1 et 1,5 volt. La décohésion automatique est d'autant plus nette que le mercure se trouve être plus pur et exempt d'amalgame, que l'intérieur du petit tube est plus sec et plus propre et que les gouttes de mercure sont plus petites. Il faut donner aux gouttes de mercure des diamètres compris entre 1,5 et 3 mm, et au tube un diamètre intérieur de 3 mm.

Ce cohéreur est également connu sous le nom de détecteur Solari.

Autodécohéreur Lodge. — Cet appareil est actuellement utilisé dans le système de télégraphie sans fil Lodge-Muirhead. Il se compose (*fig.* 131) d'une roue d'acier à rebord tranchant *a* qui, en tournant, plonge dans un récipient contenant du mercure sur lequel est étendue une légère couche d'huile. Il n'y a pas contact effectif entre la roue et le mercure, malgré l'immersion, et cela par suite de la couche d'huile ; mais une différence de potentiel même inférieure à 1 volt entre le mercure et la roue, suffit pour supprimer la couche d'huile et fermer le circuit que la rotation de la roue ouvre de nouveau et instantanément.

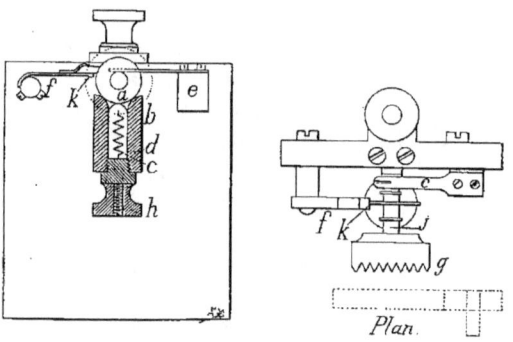

Fig. 131. — Autodécohéreur Logde.

La tension d'une batterie étant trop élevée, on la règle au moyen d'un potentiomètre de manière que le mercure soit négatif et la roue positive et qu'une tension de 0,1 volt seulement agisse sur le cohéreur. Au moment où se produit la cohésion, un récepteur à faible résistance entre en activité et reproduit avec une grande précision les signaux du poste transmetteur. On peut employer comme appareil enregistreur le « siphon recorder » de la télégraphie transatlantique ou encore recevoir acoustiquement les signaux au moyen du téléphone.

L'inventeur déclare que son appareil est une modification d'un autre cohéreur à mercure décrit, il y a de cela quelques années, par lord Rayleigh et, depuis, modifié encore par Rollo Appleyard.

Ce cohéreur, malgré sa sensibilité, est d'un réglage très facile. Une vis micrométrique h permet d'abaisser ou d'élever le mercure à volonté et, en quelques secondes, l'appareil se trouve réglé. En décrivant cet appareil, M. Solomon le considère comme le perfectionnement le plus remarquable apporté au système Lodge-Muirhead; il le considère comme supérieur aux autres systèmes de détecteurs imaginés jusqu'à présent.

Cohéreur Dorman. — Il se compose d'un tube en verre et de deux électrodes métalliques passant par les extrémités de ce tube. Entre ces électrodes se trouvent une goutte de mercure recouverte d'huile minérale, puis de poudres très fines d'oxyde de fer, d'émeri, de charbon et de métaux divers. L'inventeur le considère comme plus puissant, plus stable et moins sensible aux ondes atmosphériques que les autres cohéreurs à décohésion spontanée.

Anticohéreurs. — Les anticohéreurs sont, comme on l'a déjà dit, des résistances à contacts imparfaits dont le fonctionnement est l'inverse de celui des cohéreurs, c'est-à-dire qui augmentent de résistance sous l'action des ondes électriques. Il y a les anticohéreurs de Branly, formés de tubes en verre platiné ou en verre recouvert de minces feuilles d'or et contenant du bioxyde de plomb. Il faut citer encore : l'anticohéreur d'Arons qui s'obtient en coupant une bande d'étain collée sur un verre et en couvrant l'entaille avec de la limaille métallique ; celui de Neugschwender, formé d'une lame de verre argenté dont la couche d'argent est interrompue sur une longueur d'environ 1/3 mm, longueur sur laquelle on dépose une couche d'humidité en soufflant dessus avec la bouche ; enfin l'anticohéreur d'Aschkinas qui serait, en réalité, un cohéreur ordinaire à limaille dont on humecte les interstices avec de l'eau.

Mais les anticohéreurs qui ont seuls trouvé une application quelque peu étendue en radiotélégraphie sont celui dénommé la *lame de Schäffer* et le *responder* de de Forest et Smithe.

Lame de Shäffer. — C'est une modification de l'anticohéreur Neugschwender. Il se compose d'une lame de verre recouverte d'étain. Une entaille très fine divise la feuille d'étain en deux parties isolées l'une de l'autre.

Si la fente qui sépare les deux parties est sèche, le courant de la pile en communication avec la lame est interrompu ; si on souffle dessus de manière à la rendre humide, les petites gouttes d'eau qui se déposent et se touchent constituent des ponts conducteurs laissant passer le courant.

Sous l'action des ondes électriques, les petites gouttes se réunissent, formant des gouttes plus grosses, mais trop éloignées les unes des autres pour que le courant puisse passer.

M. Lodge a démontré que les ondes électriques exercent une influence semblable sur les bulles de savon ; deux bulles de savon qui se touchent se réunissent, sous l'action des ondes électriques, en une seule bulle plus grosse.

En agissant pratiquement sur la lame de Schaeffer, on ne souffle pas dessus, mais on maintient à proximité un linge mouillé ou un petit récipient rempli d'eau ; par suite, aussitôt que les ondes électriques cessent d'agir, l'entaille retourne à son état primitif de conductance.

On assure que cet appareil est beaucoup plus sensible que le cohéreur ; il est en outre beaucoup plus simple, car il n'est pas nécessaire d'avoir recours à une action étrangère pour le faire revenir à son état primitif.

MM. Schaeffer, Renz et Lippold ont ultérieurement fait breveter l'anticohéreur Schäffer à lames multiples (*fig.* 132). Les lames métalliques q, r, s, t

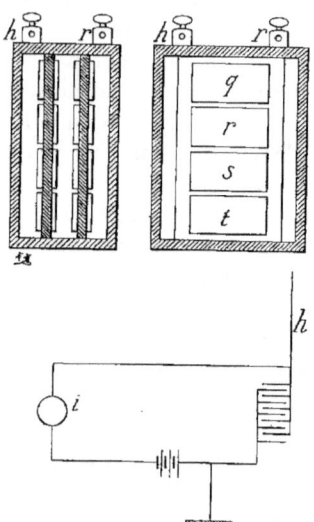

FIG. 132. — Anticohéreur Schäffer.

sont collées sur des supports isolants et le tout est enfermé dans une boîte portant deux bornes h et r ; cette boîte contient également des corps poreux humides.

13

Le montage de l'appareil dans le circuit est indiqué dans le schéma qui se trouve au bas de la figure 132 : *h* est l'antenne, et *i* le relai. L'armature de ce dernier est, à l'état normal, dans la position d'attraction ; elle devient libre dès que les raditaions agissent.

Responder de de Forest et Smithe. — Cet appareil (*fig.* 133) se compose d'un petit cube d'ébonite ou de verre contenant deux électrodes métalliques de 3,2 mm de diamètre. Entre

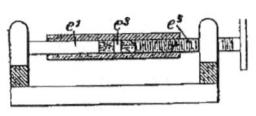

Fig. 133. — Responder de de Forest et Smithe.

ces électrodes est disposée une électrode auxiliaire e_3 de même diamètre. Les surfaces opposées de ces électrodes sont distantes l'une de l'autre de 1,6 mm. L'espace libre entre les électrodes est rempli d'une pâte spéciale, composée de limailles assez grosses, mélangées en parties égales avec de l'oxyde de plomb et auxquelles on a ajouté de la glycérine ou de la vaseline, avec quelques gouttes d'eau ou d'alcool.

On règle cet appareil à la sensibilité voulue au moyen d'une vis agissant sur l'une des électrodes.

D'après les inventeurs, lorsqu'on fait passer un courant dans cet appareil, de petites parcelles métalliques se détachent de l'anode et se portent sur la cathode en traversant la pâte interposée ; en se réunissant les unes aux autres, ces parcelles métalliques constituent des filaments conducteurs réunissant les deux électrodes. Lorsque les ondes électriques viennent se superposer au courant local, de très petites bulles d'hydrogène, dues à la décomposition de l'eau, s'interposent entre la cathode et les filaments métalliques, ainsi qu'entre les diverses parcelles constituant ces filaments et augmentent sensiblement la résistance. Lorsque les ondes cessent d'agir, l'oxyde de plomb qui se trouve dans la pâte agit comme dépolarisant : il absorbe les bulles d'hydrogène et rétablit les filaments conducteurs dans leur état primitif.

L'appareil, après quelques jours de fonctionnement, devient inactif, parce que l'oxygène de la matière dépolarisante est épuisé.

Que la théorie qui vient d'être exposée soit exacte ou non, le fait certain est que cet appareil fonctionne d'une manière parfaite ; il reprend très rapidement, sans qu'il soit nécessaire d'avoir recours à des frappeurs, son état initial, immédiatement après qu'il a été actionné par les ondes électriques. Il permet d'obtenir une très grande rapidité de transmission.

Détecteurs divers. — On va décrire dans ce qui suit quelques appareils n'appartenant pas aux catégories précédentes.

Détecteur Rutherford. — M. Rutherford a donné le nom de *magnetic detector* à un détecteur qu'il a imaginé en 1896 et qui est fondé sur un principe absolument différent de celui du cohéreur. Ce détecteur est fondé sur ce fait, précédemment observé par lord Rayleigh, qu'un courant rapidement inversé, tel que celui que l'on obtient, par exemple, lors de la décharge d'une bouteille de Leyde, modifie d'une façon permanente l'aimantation d'une tige d'acier aimantée. M. Rutherford découvrit qu'un appareil fondé sur ce principe présente une sensibilité comparable à celle des cohéreurs pour déceler les ondes électriques.

L'appareil utilisé à cet effet par M. Rutherford se compose d'un faisceau de fils d'acier d'environ 1 cm de longueur, isolés les uns des autres à l'aide de gomme laque et fortement aimantés. Autour de ce faisceau de fils est enroulée une longue spirale de fil de cuivre dont les extrémités sont reliées aux bornes d'un galvanomètre à miroir très sensible.

Dès que cet appareil est soumis à l'action des ondes électriques, il se produit une rapide désaimantation des fils d'acier qui a pour effet de donner naissance, dans l'enroulement en fil de cuivre, à un courant dont la présence est décelée par la déviation du galvanomètre. En aimantant de nouveau les fils d'acier, l'appareil se trouve prêt à être actionné de nouveau par les ondes électriques.

L'inventeur a constaté que l'appareil donnait des indications sous l'action d'ondes électriques produites à une distance d'environ 800 m, même lorsqu'il y avait des maisons interposées.

M. Rutherford a appliqué cet appareil à la mesure de la résistance des étincelles électriques.

Détecteur Wilson. — Presqu'à la même époque (1897), M. Wilson utilisa, comme détecteur des ondes électriques,

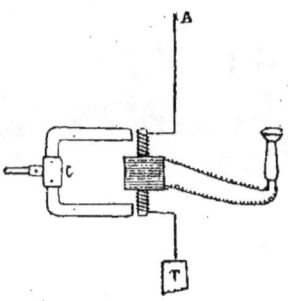

FIG. 134. — Détecteur Wilson.

un appareil analogue à celui de M. Rutherford, dans lequel l'aimantation des fils d'acier, au lieu d'être permanente, était rendue alternative, en disposant à côté du faisceau de fils un aimant animé d'un mouvement de rotation, disposition analogue à celle que représente la figure 134. Lorsque la spirale entourant le faisceau de fils est soumise à l'action d'ondes électriques, il se produit une brusque variation dans l'aimantation du faisceau, variation qui se traduit par une déviation du galvanomètre ou par un son dans un téléphone mis à la place du galvanomètre.

Détecteur Marconi. — L'appareil de M. Rutherford, inventé avant que les ondes électriques fussent appliquées à la télégraphie sans fil, a été perfectionné par M. Marconi afin de lui permettre de déceler des ondes électriques se succédant rapidement et, à cet effet, il lui donna la disposition représentée figure 134. La bobine, au lieu d'être reliée à un galvanomètre, est mise en communication avec un téléphone qui donne des indications plus rapides, et, autour du faisceau de fils, il disposa une spirale qui, d'une part, est mise en relation avec l'antenne et, d'autre part, avec la terre, afin de mieux concentrer sur le noyau l'action des ondes électriques qui arrivent sur l'antenne.

Le faisceau de fils constituant ce noyau est placé, comme dans le détecteur Wilson, dans le champ d'un aimant en fer à cheval, animé d'un mouvement de rotation autour de son axe par un petit moteur électrique; dans ces conditions, le noyau est toujours prêt à être actionné.

M. Marconi a reconnu que les signaux donnés par le téléphone sont beaucoup plus intenses lorsque les fils du faisceau
aimanté sont très rapprochés de la bobine, c'est-à-dire lorsque
l'aimantation augmente. Pour profiter de cet avantage, M. Marconi a donné à l'appareil
la disposition indiquée figure 135.

Le faisceau de fils est
remplacé par une corde continue en fils de fer qui s'enroule autour de deux petites
poulies mises en mouvement

Fig. 135. — Détecteur Marconi.

par un petit moteur électrique que l'on voit sur la droite de
la figure. La corde, dans sa partie inférieure, passe à l'intérieur d'une bobine portant deux enroulements, l'un relié à
l'antenne et à la terre, l'autre relié au téléphone ; en sortant de
la bobine, la corde passe entre les pôles d'un puissant aimant
en fer à cheval.

M. Marconi explique le fonctionnement de son appareil en
s'appuyant sur ce fait, découvert par MM. Gerosa et Finzi, que
le fer parcouru par des courants rapidement alternés (par
conséquent aussi, par des ondes électriques) obéit beaucoup
mieux à l'action magnétisante du champ que le fer à l'état de
repos ; en effet, dans ce dernier, par suite du phénomène d'*hystérésis*, il se produit un retard et un affaiblissement dans l'aimantation due à un champ magnétique d'intensité déterminée. Au contraire, lorsque l'aimant est en mouvement, le
faisceau de fils de fer, lorsqu'il n'est pas soumis à l'action des
ondes, se trouve, par suite de l'hystérésis, posséder un degré
d'aimantation différent de celui qu'il devrait avoir à ce
moment, étant donnée la position de l'aimant magnétisant ;
mais, dès que les ondes agissent, son aimantation prend immédiatement la valeur voulue, et ces variations très rapides d'intensité magnétique du faisceau produisent un son dans le
téléphone.

Détecteur Tissot. — Cet appareil (*fig*. 136) affecte une forme

qui rappelle celle de l'anneau Gramme. Un anneau en fils
d'acier est mobile entre les pôles d'un électro-aimant fixe et
porte deux enroulements superposés. Le premier est constitué
par une seule couche de fil fin
et a ses extrémités reliées respectivement à deux colliers,
isolés l'un de l'autre et fixés
sur l'arbre ; ces colliers, par
l'intermédiaire de deux frotteurs communiquent l'un avec
l'antenne, l'autre avec la terre.
Le second enroulement est
relié à un téléphone, également par l'intermédiaire de
deux colliers et de frotteurs.
En disposant en différentes
parties de l'anneau plusieurs

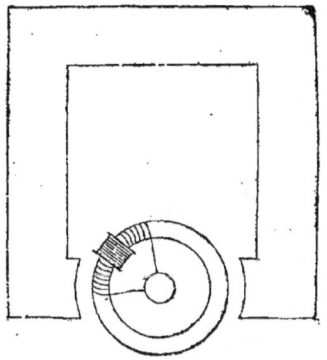

FIG. 136. — Détecteur Tissot.

bobines semblables, on est certain qu'à n'importe quel moment une de ces bobines se trouvera avec son noyau dans la
période d'aimantation croissante qui est la plus favorable pour
la réception.

M. Tissot emploie aussi un détecteur établi sur le principe
de celui de la figure 134 ayant, au lieu d'un aimant en fer à
cheval, un aimant en forme de C ou un électro-aimant. Dans
ces appareils, la vitesse angulaire qui convient le mieux est
de 1 à 5 tours par seconde.

M. Tissot a constaté que la période de l'onde n'influe pas
directement sur le fonctionnement des appareils ; ainsi, à
quantité égale d'énergie, les ondes très amorties paraissent
produire l'effet maximum, effet comparable à celui du choc dû
aux premières oscillations, comme cela se produit dans l'appareil primitif de Rutherford ; l'action exercée sur le détecteur
a été trouvée proportionnelle à l'intensité maximum du courant
induit dans l'antenne.

Détecteur Ewing Walter. — Cet appareil (*fig.* 137), récemment
présenté par MM. Ewing et Walter à la Société Royale de

Londres, est formé d'une spirale de fil d'acier, isolée avec de la
soie et disposée entre les pôles cunéiformes d'un électro-aimant
parcouru par un courant alternatif; cette spirale est suspendue
à un pivot vertical. Par suite des phénomènes d'hystérésis, la

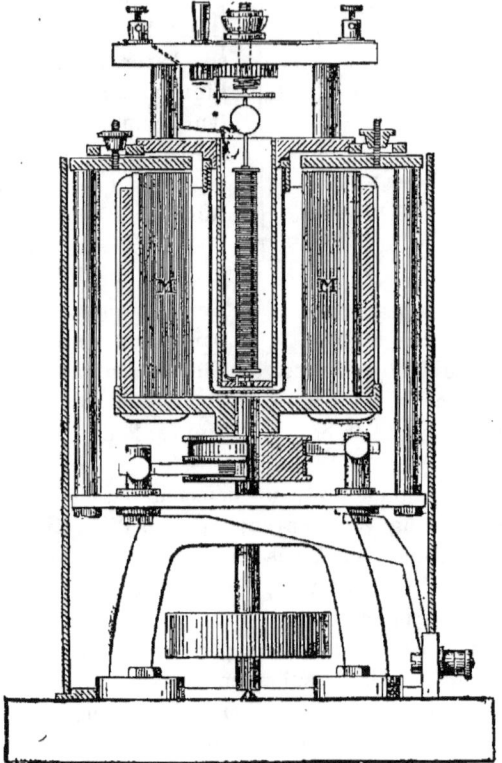

Fig. 137. — Détecteur Ewing Walter.

spirale tend à tourner, mais elle est maintenue par un ressort
antagoniste et, dans la position de repos, dévie d'un certain
angle. Lorsque la spirale est soumise à l'action des ondes électriques, l'hystérésis augmente notablement et, par suite aussi,

la déviation ; cette augmentation de la déviation permet non
seulement de déceler les ondes, mais encore de mesurer leur
intensité. Cet appareil peut donc rendre des services pour la
recherche des meilleures conditions à réaliser pour établir l'accord, ainsi que pour la solution d'autres problèmes pratiques
relatifs à la radiotélégraphie.

Détecteur Arno. — Cet appareil (*fig.* 138) est formé de deux
disques D, D, en fer ou en nickel, placés aux extrémités d'une
petite tige portée par une suspension bifilaire. Le disque

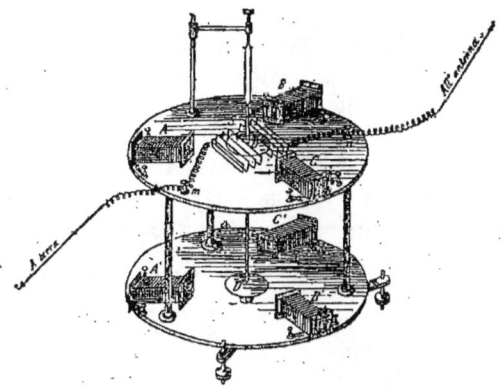

Fig. 138. — Détecteur Arno.

supérieur est soumis à l'action des électro-aimants A, B, C, parcourus par des courants alternatifs décalés entre eux de 1/3 de
période et dont l'action composante, analogue à celle indiquée
précédemment pour deux oscillations électriques décalées
de 1/4 de période, a pour effet de produire un champ tournant,
tendant à faire dévier le disque. Le disque inférieur est également soumis à l'action d'un champ tournant, d'intensité égale
mais de sens contraire, produit par les électro-aimants A', B', C'.
Dans ces conditions, le système est équilibré. Mais le disque
supérieur est placé à l'intérieur d'une spirale reliée, d'une part,
à l'antenne et, d'autre part, à la terre. Lorsque cette spirale
est parcourue par les ondes électriques venant de l'antenne,

l'hystérésis du disque est modifiée, l'équilibre des deux champs tournants est rompu, et l'équipage mobile, par sa déviation, indique la présence des ondes électriques, ce qui fait que l'appareil peut être utilisé comme récepteur radiotélégraphique.

Les détecteurs magnétiques ont une sensibilité de beaucoup supérieure à celle des cohéreurs et leur sont bien préférables au point de vue de la régularité de fonctionnement. Par contre, ils ont l'inconvénient de ne pas permettre l'enregistrement des signaux qui ne peuvent être reçus qu'au son, à l'aide du téléphone.

Détecteur thermique Fessenden. — Ce détecteur est fondé sur la propriété que présentent les métaux d'avoir une résistance électrique d'autant plus grande qu'ils sont soumis à une température plus élevée.

Cet appareil se compose essentiellement (*fig.* 139) d'un fil d'argent, replié en forme de V (14) et de 0,05 millimètre de diamètre. Ce fil d'argent a un noyau en platine de 0,0015 millimètre de diamètre ; son extrémité inférieure a été plongée dans l'acide azotique qui a enlevé l'argent et mis le platine à nu. Ce fil en V est renfermé dans une première enveloppe en argent (18), et cette dernière dans une enveloppe en verre (17), dans laquelle on a fait le vide et qui est traversée par deux fils conducteurs (16) soudés aux extrémités du fil d'argent. Lorsque le fil (14) est parcouru par des ondes électriques, il s'échauffe rapidement et se refroidit aussi vite, dès qu'elles

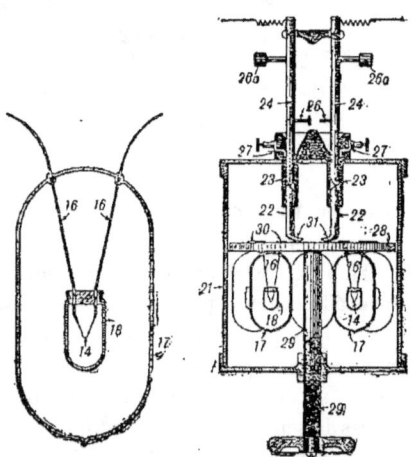

Fig. 139. — Détecteur thermique Fessenden.

viennent à cesser. Si dans ce circuit on intercale une pile et
un téléphone, les variations de résistance électrique dues aux
variations de température produisent dans le téléphone des
sons plus ou moins prolongés suivant la durée d'émission des
ondes et, par conséquent, se prêtent parfaitement à la transmission des signaux Morse.

Plusieurs appareils construits de cette manière, mais de
sensibilités différentes, sont fixés sur une tablette en ébonite (28)
que l'on peut faire tourner à l'aide d'un bouton (29). On peut
ainsi amener au contact des pôles (22) l'une ou l'autre des
ampoules renfermant des détecteurs.

La supériorité de ce détecteur consiste d'abord en ce fait
que l'on peut atteindre une très grande vitesse de transmission, grâce à la rapidité avec laquelle le fil s'échauffe et se
refroidit (l'inventeur assure que son dispositif permet de transmettre 65 mots par minute, tandis qu'avec les cohéreurs on
ne peut transmettre que 15 mots dans le même laps de temps) ;
en second lieu, on a de plus grandes facilités pour réaliser la
syntonisation. En effet, dans ce système, toute l'énergie des
oscillations s'accumule sur le récepteur sous forme de chaleur,
ce qui permet d'utiliser des oscillations à basse tension et pro-
longées, tandis que les ondes à haute tension sont nécessaires
pour actionner les cohéreurs qui ne sont sensibles qu'aux
valeurs maxima d'énergie. Le système Fessenden permet
d'utiliser des antennes moins longues et l'inventeur affirme
qu'il est possible de communiquer à 160 km de distance
avec des bobines donnant 6 cm d'étincelles et des antennes
simples de 12 m de hauteur.

Tout récemment, M. Fessenden a substitué un liquide au fil
de platine du détecteur thermique. Ce nouveau détecteur,
appelé *baretter*, se compose d'un petit récipient contenant le
liquide dans lequel est plongé un diaphragme percé d'un très
petit trou et au-dessus duquel est disposée une petite pointe
très fine mise en relation avec l'antenne. Sous l'action des
ondes électriques qui arrivent à l'antenne, la petite couche de
liquide contenue dans le trou du diaphragme s'échauffe et

agit, comme le fait le fil de platine du détecteur précédemment décrit, pour la production des signaux.

Ce nouveau modèle de récepteur présenterait sur le précédent l'avantage de ne pas être, comme ce dernier, exposé à brûler et de ne pas avoir besoin d'être protégé par une enveloppe conductrice.

De plus, comme les liquides voient leur résistance électrique diminuer avec l'augmentation de température, tandis que les solides, dans les mêmes conditions, ont une résistance plus grande, l'intensité du courant disponible, lorsque les ondes agissent sur le récepteur, est plus grande qu'à l'état de repos et, par conséquent, on se trouve dans de meilleures conditions pour faire fonctionner le récepteur.

Les variations de résistance dans le récepteur thermique à fil d'argent sont, d'après M. Fessenden, égales à 0,25 % de la résistance initiale, tandis que dans le récepteur à liquide, elles sont, à conditions égales, de 12 %, c'est-à-dire 50 fois plus grandes; ce dernier récepteur est, par conséquent, beaucoup plus sensible.

Détecteur L.-H. Walten. — Il consiste en un récipient contenant du mercure et dans lequel plonge un petit tube capillaire en verre contenant un fil de platine dont l'extrémité arrive à 0,3 mm de l'ouverture inférieure de ce tube. Au-dessus du mercure se trouve une couche d'eau remplissant le rôle d'isolant. Le mercure et le fil sont reliés respectivement aux pôles d'une pile; mais le courant ne peut s'établir parce que, par l'effet de la capillarité, le mercure est déprimé et ne touche pas l'extrémité du fil. Mais, si des ondes hertziennes arrivent à l'appareil, la capillarité est modifiée, le mercure monte, vient au contact du fil et le courant, agissant sur l'enregistreur, s'établit; simultanément, un électro-aimant, excité par le même courant, soulève momentanément le tube, ce qui a pour effet d'interrompre le courant, et l'appareil revient à l'état primitif, prêt pour une nouvelle réception.

Détecteur Scloemilch. — Cet appareil est l'application d'un phénomène qui n'est pas encore parfaitement connu; ce phénomène est le suivant : lorsqu'un fil de platine très fin est utilisé comme anode dans un voltamètre à acide dilué, auquel on applique une force électromotrice à peine supérieure à celle qui est nécessaire pour produire l'électrolyse, il y circule un courant très faible qui augmente instantanément d'intensité lorsque l'appareil est frappé par des ondes électriques. Un téléphone intercalé dans le circuit indique les augmentations d'intensité du courant correspondant à l'arrivée des ondes et permet, par conséquent, de recevoir les signaux.

Détecteur électrocapillaire Armorl. — Cet appareil est plus généralement connu sous le nom de relai électrocapillaire Armorl ; il sera décrit plus loin en même temps que les autres relais. Il a été plus particulièrement utilisé pour les transmissions télégraphiques sans fil à travers la terre ; mais il paraît qu'il présente une sensibilité suffisante pour pouvoir être employé, à la place du cohéreur, dans la télégraphie sans fil à travers l'espace.

Détecteur Placker. — Cet appareil, destiné à la téléphonie sans fil, sera décrit dans le chapitre XI.

Sensibilité des détecteurs. — Le professeur Fessenden a donné les renseignements suivants relatifs à la sensibilité des différents détecteurs d'ondes hertziennes usités en télégraphie sans fil. Les nombres donnés représentent l'énergie, exprimée en *ergs*[1], nécessaire pour produire un signal.

Cohéreur Marconi (nickel, argent, mercure)........	4,000
Alliage de 95 % d'or et de 5 % de bismuth.........	1,000
Détecteur Solari (charbon, acier, mercure).........	0,220
Détecteur thermique Fessenden (solide)............	0,080
— — (liquide)............	0,007

RELAIS

Relais ordinaires. — Les relais sont des appareils très employés en télégraphie ordinaire et que l'on utilise toutes les fois

1. L'erg équivaut à environ 1/100 000 000 de kilogrammètre.

que l'intensité du courant, parvenant à la station réceptrice, est trop faible pour actionner directement les appareils enregistreurs.

La figure 140 va servir à expliquer le fonctionnement d'un relai.

Soient M, l'appareil enregistreur que l'on doit actionner, et PRB le circuit parcouru par un courant de trop faible intensité pour obtenir ce résultat. On intercale alors dans ce circuit, au lieu de l'appareil M, un relais R qui consiste en un électro-aimant au-dessus des pôles duquel est disposé un levier de fer doux, *a*, suspendu de manière à pouvoir obéir à l'attraction exercée par l'électro-aimant. Lorsque le circuit BPR est parcouru par un courant de faible intensité, ce courant est néanmoins suffisant pour que le levier *a* soit attiré. Dans sa position d'attraction, le levier vient fermer, en *m*, le circuit d'une pile

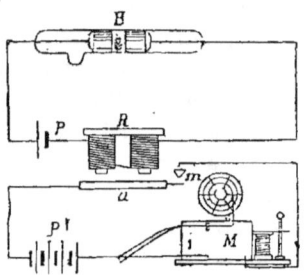

Fig. 140. — Principe du relai.

locale P' fournissant un courant d'intensité suffisante pour actionner l'appareil M. Lorsque le courant cesse de passer dans le relai R, le levier *a* reprend sa position primitive, interrompt le circuit de la pile locale, et l'appareil cesse de fonctionner, pour être actionné de nouveau dès qu'un autre courant arrive en R, et ainsi de suite.

En télégraphie sans fil, le relai rend aussi de grands services et, comme on le voit sur la figure 140, on l'intercale dans le circuit du cohéreur B de la station réceptrice.

On trouve un relai dans le premier appareil de M. Popoff (*fig.* 41, voir p. 89), où le circuit du détecteur FF est normalement ouvert et se ferme en C, sous l'action d'un électro-aimant R, fonctionnant comme relai, dès que des ondes électriques arrivent à l'appareil.

On sait que, pour conserver au cohéreur sa sensibilité, il est nécessaire de le placer dans le circuit d'une pile P de faible

force électro motrice; par conséquent, le courant qui parcourt
le circuit BPR, au moment où le cohéreur est actionné par l'arrivée des ondes électriques, est peu intense, mais suffisant pour
faire fonctionner le relai.

Dans quelques cas, on peut utiliser un galvanomètre comme
relai ; à cet effet, l'aiguille est en communication permanente
avec un des pôles de la pile locale, dont l'autre pôle est relié
à un fil qui, après avoir traversé l'appareil enregistreur, aboutit
à une pointe métallique disposée sur le parcours de l'aiguille.
Le courant qui arrive parcourt le circuit du galvanomètre et,
quoique faible, fait dévier l'aiguille qui vient alors en contact
avec la pointe, fermant ainsi le circuit de la pile locale sur
l'enregistreur.

Relais polarisés. — Les relais polarisés affectent des formes
très différentes suivant les constructeurs. Ceux destinés à la
télégraphie sans fil doivent présenter une très grande sensibilité

étant donnée la très faible intensité
des courants qui les traversent, principalement lorsqu'on emploie des cohéreurs à basse tension.

La figure 141 représente un relai
construit par la Société Siemens pour
la radiotélégraphie système Braun.
Sur le socle on voit, indépendamment
du cohéreur en avant et à gauche, le
régulateur magnétique précédemment
décrit ainsi que le frappeur.

Dans le système Slaby-Arco, on
utilise également un relai de construction analogue, dénommé relai

Fig. 141. — Relai Braun.

polarisé Siemens, que l'on voit en projection horizontale dans
la partie supérieure de la figure 142.

Ce relai fonctionne de la manière suivante : un aimant permanent en acier aimante les noyaux de fer P_1, P_2 sur lesquels
sont enroulées les bobines, de manière que les extrémités

polaires soient de même signe ; entre ces pièces polaires se trouve

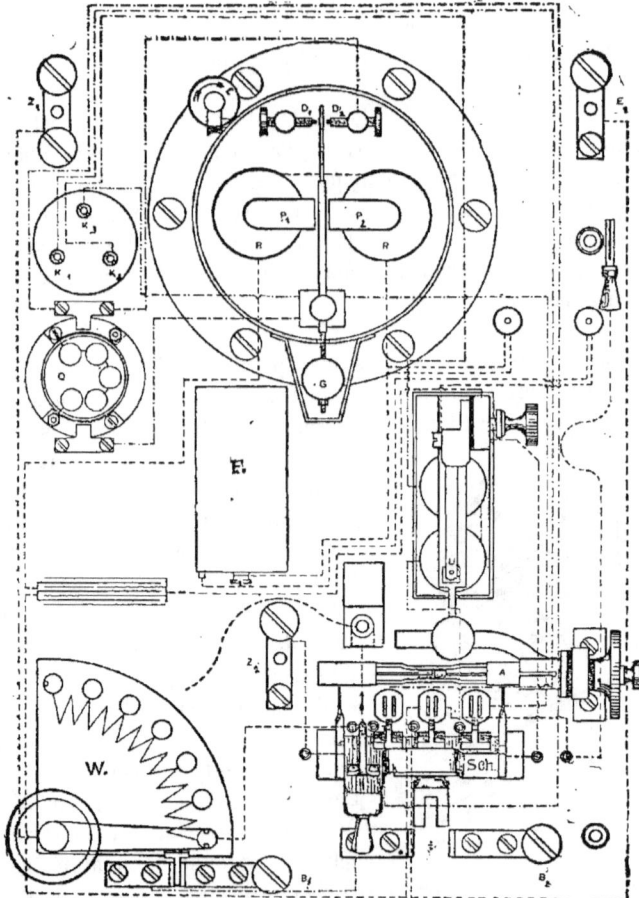

FIG. 142. — Relai polarisé Siemens.

une lame de fer doux mobile, aimantée en sens contraire des
noyaux. Cette lame oscille entre deux butées D_1, D_2 ; la première

servant de contact de repos, la seconde de contact de travail.

Lorsque les bobines du relai sont parcourues par le courant de la pile du cohéreur, l'aimantation du noyau P_2 est augmentée, tandis que celle de P_1 est affaiblie ; la lame de fer doux qui se trouve en équilibre instable entre les deux pièces polaires est alors attirée par P_2 et appuie sur le contact D_3, fermant ainsi le circuit de la pile locale.

Le relai employé dans le système Marconi est de construction analogue.

Relai à cadre mobile. — En France, on emploie de préférence le relai à cadre mobile, genre Deprez-d'Arsonval, modèle de M. Claude. Ce relai se compose d'un cadre sur lequel est enroulé un fil conducteur relié au circuit du cohéreur et à la pile de ce dernier ; ce cadre est suspendu entre les pôles d'un aimant permanent. Lorsque le fil est parcouru par un courant, le cadre est dévié de sa position et produit alors des contacts qui ferment le circuit de la pile locale. Dans les expériences effectuées par M. Tissot, un de ces relais a fonctionné sous l'action d'un courant de 0,25 milliampère.

Autres types de relais. — Dans le système Popoff-Ducretet, on fait usage d'un relai polarisé Siemens, modifié par M. Ducretet.

D'autres modèles de relais ont été imaginés et utilisés en télégraphie sans fil. Tels sont ceux de Czudnochowski, de Kitsee, etc.

Généralement les relais employés en télégraphie sans fil ont une très grande résistance qui varie suivant celle du cohéreur. M. Marconi utilise des relais ayant une résistance allant jusqu'à 10 000 ohms. Le relai employé dans le système Slaby a une résistance de 2 000 ohms égale à celle du cohéreur. M. Ferrié, à la suite de nombreux essais, s'est arrêté à un type ayant 500 ohms de résistance, présentant une sensibilité et une régularité de fonctionnement parfaites ; ce relai est construit par M. Darras.

Relai électrocapillaire « Armorl ». — Le nom de ce relai, pouvant également être utilisé comme détecteur d'ondes, est formé de la combinaison des noms de ses deux inventeurs : MM. Armstrong et Orling.

Il est fondé sur ce fait que les forces capillaires, au point de contact entre le mercure et l'acide sulfurique dilué, se modifient lorsque ce contact est traversé par un courant électrique. C'est là un fait qui a provoqué la construction d'un électromètre très sensible, l'électromètre capillaire de M. Lippmann.

Dans le relai-détecteur Armorl (*fig.* 143), *f* est un siphon rempli de mercure qui tend à transvaser le contenu d'un récipient *a* dans un récipient plus bas *b*, contenant de l'acide sulfurique dilué. Mais, l'extrémité *h* du siphon étant très fine, le mercure, retenu par la capillarité, ne s'écoule pas. Si, entre le point *i* qui communique avec le mercure et le point *j* qui communique avec l'acide, on établit une différence de potentiel, le mercure se déplace dans le sens suivant lequel le courant tend à se produire ; par suite,

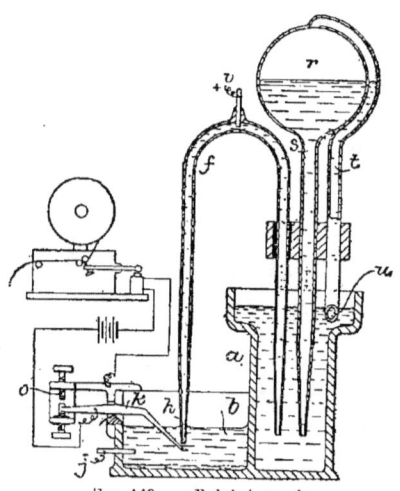

Fig. 143. — Relai Armorl.

s'il arrive que *i* soit positif, des gouttes de mercure sortent du siphon et, en frappant l'extrémité des leviers *k*, elles l'amènent au contact de la vis *o*, fermant ainsi le circuit d'une pile qui actionne le récepteur Morse.

Le récipient *r* constitue une sorte de tube de Mariotte et sert à maintenir constant le niveau du mercure dans le vase *a*.

14

Ce récepteur serait, dit-on, fort sensible et pourrait s'employer comme relai radiotélégraphique.

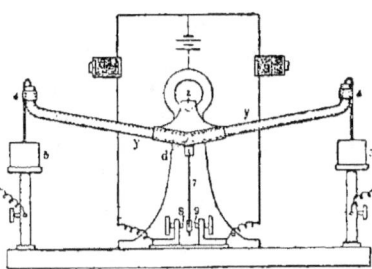

Fig. 144. — Relai Armorl à balancier.

Parmi les modifications de cet appareil, il en est une (*fig.* 144) dite à balancier. Les extrémités du fil de ligne passent dans un tube suspendu comme le fléau d'une balance et relevé un peu dans le sens de la hauteur ; ce tube contient de l'eau acidulée et une goutte de mercure ; quand le courant passe, le mercure se déplace dans le sens de ce courant en faisant basculer le fléau, dont l'aiguille vient toucher un des contacts latéraux 8 ou 9 qui ferme le circuit d'une pile locale.

RÉCEPTEURS

Récepteur Morse. — L'enregistrement des signaux reçus par les systèmes radiotélégraphiques s'effectue ordinairement à l'aide du récepteur Morse (*fig.* 145) intercalé, comme le montre la figure 140 (p. 205), dans le circuit local que vient fermer le relai lors de son fonctionnement. Naturellement, lorsqu'on utilise ce récepteur, les signaux sont ceux de l'alphabet Morse, constitués par des points et par des traits qui s'impriment sur une bande de papier se déroulant sous l'action d'un mouvement d'horlogerie. Chaque fois que le relai ferme le circuit de la pile locale, le levier est attiré par l'électro-aimant dans lequel circule le courant et il se produit sur la bande un point ou un trait suivant la durée courte ou longue de l'émission de courant due au fonctionnement du relai.

Les récepteurs Morse utilisés en télégraphie sans fil sont presque identiques à ceux que l'on emploie dans le service télégraphique ordinaire dont ils ne diffèrent que par un simple détail. Comme la vitesse de transmission est beaucoup moins rapide en télégraphie sans fil, il est nécessaire que la bande se déroule lentement à une vitesse d'environ 60 cm par minute ; à cet effet, il a fallu ralentir la vitesse de déroulement des appareils ordinaires, résultat auquel on est arrivé en augmentant le diamètre des cylindres entraîneurs de la bande de papier.

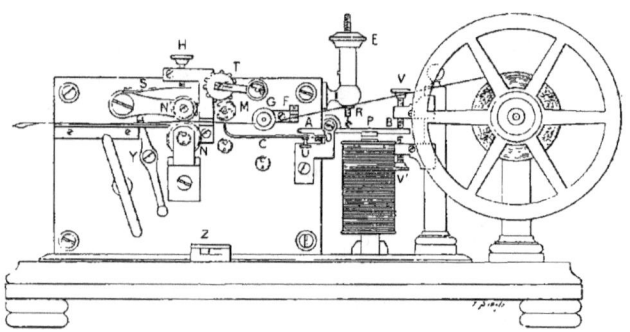

Fig. 145. — Récepteur Morse.

Il ne faut pas oublier qu'en télégraphie sans fil chaque signal est dû à autant d'émissions d'ondes qu'il y a d'interruptions qui se produisent pendant la durée de ce signal, par suite du fonctionnement de l'interrupteur de la bobine d'induction du poste transmetteur et que, par suite, l'appareil enregistreur Morse devrait imprimer chaque signal long ou bref par une série de petits points très rapprochés, au lieu de donner des lignes continues courtes ou longues ; mais l'inertie de l'organe mobile (le levier et son armature) est suffisante pour que la série de points forme un trait continu.

En général l'appareil Morse est monté en dérivation avec le frappeur du cohéreur, parce que les résistances de ces deux circuits doivent être proportionnelles.

Dans un dispositif, breveté par MM. Slaby-Arco (*fig.* 146), le levier *b*, qui porte le couteau servant à l'impression des signaux, porte également un petit marteau *i* qui vient frapper le cohéreur lors de chaque mouvement du levier.

M. Zammarchi a remarqué que l'enregistrement des dépêches radiotélégraphiques par l'appareil Morse est loin d'être parfait, l'inertie de l'organe mobile n'étant pas suffisante pour que la série de points constituant un signal se traduise par une ligne continue et pour que le levier cesse d'être actionné à l'instant précis où cesse l'émission des ondes ; par contre, il a remarqué qu'en effectuant la réception à l'aide d'une sonnerie substituée au Morse, ces inconvénients sont supprimés. Dans ce but, il a modifié le Morse, et son appareil comporte un levier

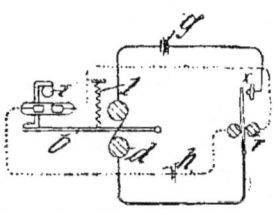

FIG. 146. — Dispositif Slaby-Arco.

qui diffère de celui du Morse ordinaire par ce fait qu'en se soulevant pour faire appuyer la bande contre la roulette imprégnée d'encre, il ne reste pas relevé pendant toute la durée de l'émission d'un signal (point ou trait), mais oscille légèrement et rapidement, comme le fait l'armature d'une sonnerie trembleuse. Pour obtenir ce résultat, l'inventeur a utilisé un dispositif identique à celui des sonneries, c'est-à-dire que l'attraction de l'armature que porte le levier a pour effet de produire l'interruption du circuit et, dans ces conditions, le levier, lors de chaque attraction, revient aussitôt à sa position primitive, ferme de nouveau le circuit, se soulève de nouveau, retombe, et ainsi de suite. Les signaux enregistrés par cet appareil sont constitués par des traits et des points formés chacun de lignes continues et le signal est commencé et cesse au moment précis où le relai ferme et ouvre le circuit de l'appareil enregistreur.

Récepteur Hughes. — En télégraphie ordinaire, le récepteur le plus employé après l'appareil Morse est celui de Hughes, appelé aussi télégraphe imprimeur, parce qu'il présente l'avantage d'enregistrer les dépêches, non avec des signaux

conventionnels, mais bien en caractères d'imprimerie. Le fonctionnement de l'appareil Hughes nécessite que les deux appareils, transmetteur et récepteur, soient réglés de manière à
obtenir un synchronisme parfait pour que l'appareil récepteur puisse imprimer la lettre voulue au moment précis où,
au poste transmetteur, on abaisse la touche correspondante.
Parmi les nombreux avantages que présente l'emploi de l'appareil Hughes, il faut principalement citer la rapidité de transmission qu'il permet d'obtenir, parce que chaque lettre ne
nécessite qu'une seule émission de courant, tandis que l'appareil Morse exige autant d'émissions par lettre que cette dernière comporte de points ou de traits.

Comme en télégraphie sans fil, la transmission est relativement lente, on a essayé d'utiliser l'appareil Hughes.

La possibilité de l'emploi de ce récepteur a été démontrée,
en 1899, par M. K. Strecker, et, en 1903, on a, en présence de
M. Marconi et sous la direction du lieutenant Sullino, pu
échanger des télégrammes imprimés avec l'appareil Hughes
entre les stations radiotélégraphiques de Monte-Mario et du
Ministère de la Marine, à Rome. On n'a pas publié les détails
de l'installation utilisée à cet effet; on sait seulement qu'à la
station de Monte-Mario se trouvait un transmetteur Hughes à
clavier, tournant synchroniquement avec un récepteur du
même système installé à la station du Ministère de la Marine.
Le transmetteur produisait l'émission des ondes électriques
qui, à l'arrivée, actionnaient le récepteur par l'intermédiaire
d'un cohéreur et d'un relai. Par suite du synchronisme parfaitement établi entre les deux appareils, la transmission s'effectuait régulièrement.

Autres récepteurs imprimeurs. — On a dernièrement
cherché à utiliser pour la télégraphie sans fil quelques nouveaux appareils imprimeurs.

Un de ces appareils a été réalisé par M. l'ingénieur Kamm,
mais on ne possède actuellement que peu de détails sur ce
récepteur. On dit que cet appareil ressemble extérieurement à

une machine à écrire, mais qu'il comporte à sa partie antérieure un dispositif électromagnétique. L'inventeur affirme
que son appareil est très sensible et syntonisé, permettant
ainsi de rendre les transmissions secrètes. M. Kamm a procédé à
des essais dans son laboratoire, à Londres, en présence de l'ingénieur en chef de la Compagnie Marconi.

Un autre appareil imprimeur a été inventé par M. Giuseppe
Musso de Vado Ligure ; il est fondé, comme celui de Hughes,
sur le mouvement synchronique de deux appareils installés,
l'un à la station de transmission, l'autre à la station réceptrice. Ces appareils comportent des organes mécaniques très
ingénieux dont la description ne saurait trouver place ici ; on
renverra le lecteur désireux de les connaître à la description
résumée, publiée dans l'*Elettricità* (numéro du 9 août 1903) ou
à celle plus complète, publiée quelque temps auparavant dans
les *Bullettini delle Ferrovie, Industrie*, etc. On ajoutera seulement que l'inventeur a adapté à son appareil un ingénieux
dispositif qui permet à volonté de supprimer la communica-
cation avec les stations correspondantes, soit que l'on ne
veuille pas correspondre avec elles, soit qu'il soit nécessaire
de les éliminer.

De plus, le système peut fonctionner en *duplex*, c'est-à-dire
que la même station peut simultanément transmettre et
recevoir.

Il paraît qu'il s'est constitué aux États-Unis une société au
capital de 1 million de dollars pour l'exploitation de cette
invention sous le nom de *The Musso duplex typewriting wireless
telegraph Company*.

Récepteur Lodge-Muirhead. — Ces inventeurs, dans le
dernier modèle de l'appareil de leur système, utilisent un
appareil enregistreur dans lequel l'enregistrement des signaux
s'effectue, comme dans la télégraphie sous-marine, au moyen
du siphon-recorder.

Le récepteur de ce système présente cette particularité qu'il
ne nécessite pas l'emploi d'un relai dans le circuit du

cohéreur. Le cohéreur et le potentiomètre, dont on a déjà parlé à propos de l'autocohéreur des mêmes inventeurs, sont montés directement en série avec l'enregistreur ; la plume est un petit siphon constitué par un petit tube capillaire suspendu au cadre mobile d'un galvanomètre, déviant sous l'action du courant auquel le cohéreur donne passage, lorsqu'il est actionné par l'arrivée des ondes électriques.

Une des extrémités du siphon plonge dans un petit récipient contenant de l'encre, tandis que l'extrémité opposée est disposée au-dessus de la bande de papier sur laquelle doit s'effectuer l'enregistrement des signaux. Lorsqu'aucun signal n'est transmis, la plume trace sur la bande une ligne droite continue ; mais, lorsqu'un signal arrive, la plume est déviée et la ligne tracée présente des ondulations longues ou courtes, suivant que le signal transmis est un trait ou un point.

La sensibilité de cet appareil est telle qu'à la simple inspection des signaux tracés sur la bande on reconnaît parfaitement si les étincelles qui éclatent au poste transmetteur sont régulières ou non, les irrégularités produisant sur la bande des ondulations plus ou moins accentuées.

RÉPÉTITEURS

En télégraphie, on donne le nom de répétiteurs ou plutôt de relais à des appareils disposés entre la station qui transmet et celle qui reçoit, lorsque la distance qui les sépare est trop considérable pour que la transmission ordinaire soit possible. Ces relais, analogues à ceux déjà décrits, au lieu d'actionner un appareil récepteur, sont utilisés dans la station intermédiaire pour répéter automatiquement les signaux qu'elle reçoit et pour envoyer sur la ligne le courant d'une pile locale, autrement dit pour retransmettre les signaux reçus. Il est évident que l'on pourrait disposer plusieurs stations intermédiaires à la suite les unes des autres et à des distances convenables pour transmettre à des distances de plus en plus grandes.

Bien que la télégraphie sans fil permette d'effectuer des transmissions à de très grandes distances, ce résultat ne s'obtient qu'au prix d'une consommation d'énergie électrique assez considérable au poste transmetteur, nécessitant, par conséquent, des sources d'énergie très puissantes. Pour éviter cet inconvénient, on a cherché à utiliser, en télégraphie sans fil, des appareils répétiteurs permettant d'employer des sources d'énergie moins puissantes.

D'une manière générale, chaque station radiotélégraphique pourvue d'un appareil de transmission et d'un appareil de réception peut être transformée en station répétitrice. Il suffit à cet effet de disposer les appareils de manière que le relai du cohéreur, au lieu de fermer le circuit de l'enregistreur, ferme celui de la bobine d'induction reliée à l'antenne de transmission qui, dans ces conditions, émet des signaux semblables à ceux transmis par le poste de départ. Les dépêches ainsi retransmises de station en station arrivent au poste terminus.

En ce qui concerne la télégraphie sans fil, le fonctionnement des répétiteurs présente certaines difficultés que l'on ne rencontre pas dans la télégraphie ordinaire et dues à ce fait que les signaux radiotélégraphiques sont émis dans toutes les directions autour de l'antenne. Il s'ensuit que, lorsqu'une station intermédiaire répète un signal, celui-ci n'est pas seulement reçu par la station suivante, mais aussi par la station précédente, qui le transmettra une seconde fois et ainsi de suite, de sorte qu'il en résulte une grande confusion des signaux.

Les dispositifs proposés pour éviter ce grave inconvénient diffèrent suivant les inventeurs.

Système Cole-Cohen. — MM. Cole et Cohen ont proposé de placer le relai de la station dans des conditions telles qu'il ne puisse enregistrer immédiatement le signal de retour, ou bien ils le disposent de manière à ce qu'il ne puisse recevoir le signal immédiatement après avoir rempli son rôle de répétiteur, sauf à être prêt, quelques instants après, à répéter un autre signal. Pour cette deuxième solution, les inventeurs ont songé à l'emploi de commutateurs synchrones; mais ils ont aussi proposé un troisième dispositif consistant à utiliser deux fils aériens dans chaque station, l'un d'eux étant protégé par un demi-cylindre métallique terminé par une sorte de capuchon. D'après les inventeurs, en orientant convenablement ce demi-cylindre, on pourrait recevoir seulement les signaux provenant d'une direction donnée pour les transmettre, à l'aide de l'autre fil aérien dans la direction opposée.

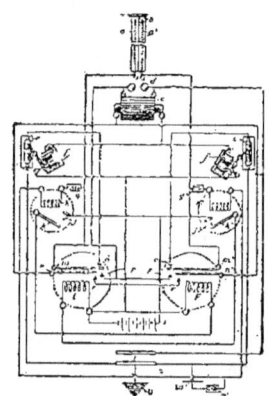

La figure 147 montre les appareils et la disposition des circuits d'une station intermédiaire Cole-Cohen : a et a' communiquent respectivement avec l'antenne réceptrice et avec l'antenne répétitrice; c est la bobine d'induction; d, l'excitateur; e et e_1, les cohéreurs; h et h_1, les relais; w, la pile des relais; l et l_1 sont deux relais auxiliaires; s, la batterie; f et f', les frappeurs; t, un condensateur; et v, la terre.

FIG. 147. — Poste intermédiaire du système Cole-Cohen.

Les stations extrêmes sont montées de la manière ordinaire.

A l'arrivée d'un signal qui, selon les inventeurs, agit seulement sur l'antenne aérienne a, le courant passe par le contact m du relai auxiliaire l, dont l'armature appuie sur le contact o et se trouve, par conséquent, en communication avec le cohéreur e et, par l'intermédiaire de ce dernier, avec la terre en v. Le circuit du relai h est fermé, k vient en contact avec j, et la pile actionne le relai l'. Les deux contacts mobiles m' et n' viennent respectivement s'appuyer sur p' et r'. Le contact m' coupe la communication entre le cohéreur e' et le fil a' et met en relation a' avec l'une des boules de l'excitateur d. Le contact inférieur n' ferme, par l'intermédiaire de r', la pile s à travers les frappeurs f, f' et le circuit primaire de la bobine d'induction c. Les signaux sont ainsi transmis par l'antenne a' à la station suivante et ne peuvent, d'après les inventeurs, être reçus par la station précédente.

Système Guarini. — Le répétiteur Guarini (*fig.* 148) comporte une antenne unique, reliée en même temps au récepteur et au transmetteur; un dispositif spécial interrompt la communication de l'antenne avec le récepteur lorsque cette antenne est utilisée pour la transmission.

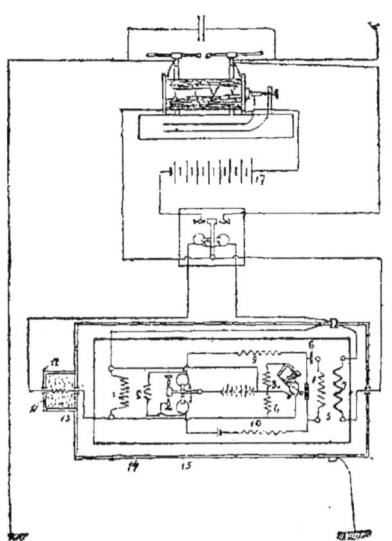

Les appareils servant à la réception des signaux sont enfermés dans une boîte métallique 14,15, tandis que les appareils répétiteurs sont disposés en dehors.

De nombreuses précautions ont été prises par M. Guarini afin d'assurer le bon fonctionnement de l'appareil, et tout particulièrement plusieurs organes spéciaux ont été utilisés pour empêcher que les ondes émises par

Fig. 148. — Répétiteur Guarini.

l'antenne, lorsqu'elle fonctionne comme répétiteur, puissent agir sur le cohéreur de l'appareil de réception, sans quoi l'appareil, une fois actionné, aurait fonctionné continuellement.

On parlera, dans le chapitre x, des expériences faites entre Bruxelles, Anvers et Malines avec le répétiteur Guarini. L'inventeur estime que les répétiteurs sont appelés à rendre de grands services, principalement en ce qui concerne les applications sur terre de la télégraphie sans fil.

Système Armorl. — MM. Armstrong et Orling, inventeurs du relai électrocapillaire *Armorl*, ont proposé, comme on l'a déjà dit, l'emploi de cet appareil comme répétiteur.

CHAPITRE VIII

SYSTÈMES DIVERS DE RADIOTÉLÉGRAPHIE

OBSERVATIONS GÉNÉRALES

Les systèmes de télégraphie sans fil par ondes électriques sont aujourd'hui nombreux ; l'on peut dire que chaque nation a le sien propre, bien que, en réalité, il ne soit guère facile de déterminer le degré d'originalité qui revient à chacun d'eux.

En *Italie*, on applique exclusivement le système Marconi ; le système Artom est encore dans la période d'essais ; le système Duddel-Campos n'existe encore qu'à l'état de projet.

En *Angleterre*, c'est le système Marconi qui est le plus employé ; il appartient à la Compagnie « Marconi's Wireless Telegraph and Signal ».

On y rencontre en outre : le système Lodge et Muirhead ; le système Armstrong et Orling (Armorl), le système Preece et, enfin, ceux de la Compagnie Fleeming Wireless Telegraph

En *France*, on fait usage des appareils Rochefort-Tissot et des appareils Ducretet ; on y a, en outre, essayé le système Marconi et le système Popp-Pilsoudski ; on a aussi proposé le système de Valbreuze.

En *Allemagne*, deux systèmes se faisaient concurrence : le système Slaby-Arco, exploité par la Compagnie « Allgemeine Elektricitäts » de Berlin et le système de M. Ferdinand Braun, professeur à l'Université de Strasbourg, exploité en commun avec la Compagnie de Télégraphie sans fil, par la maison Siemens et Halske, de Berlin. Ces deux sociétés sont aujourd'hui fusionnées sous le nom de Gesellschaft für Drahtlose Telegraphie et elles exploitent un système unique dit *Telefunken*.

En *Belgique*, on a fait des essais avec le système Guarini à courant alternatif et avec le répétiteur du même inventeur ; il existe aussi en Belgique quelques installations intéressantes faites par la Société Marconi.

En Espagne, le Ministère de la Guerre utilise le système du commandant du génie Julio Cervera Baviera.

En Russie, l'armée de terre et la marine exploitent le système Popoff dont les appareils sont construits par M. Ducretet.

En Autriche-Hongrie, on utilise le brevet Schäffer et l'on essaie également le système Marconi.

Dans la République Argentine, on applique les dispositifs du brevet accordé à M. Ricaldoni.

Enfin, aux États-Unis existent des installations du système Fessenden et du système de Forest ; les systèmes Tesla et Cooper-Hewitt ne sont encore qu'à l'état de projet.

On décrira d'abord le système Marconi, le premier ayant été l'objet avec succès de nombreuses applications pratiques, en ayant soin d'exposer chronologiquement les divers perfectionnements réalisés.

En ce qui concerne les autres systèmes, on les considérera, uniquement pour faciliter la description, comme des modifications du système Marconi et l'on se bornera, par conséquent, à signaler les particularités qui les différencient plus ou moins du système Marconi.

Dans ce qui suit, on suivra autant que possible l'ordre dans lequel les inventions se sont succédé, en exposant d'abord les premiers systèmes appliqués ; toutefois, lorsque plusieurs systèmes présenteront certains points de ressemblance et afin d'éviter les répétitions, on les groupera pour les étudier ensemble.

SYSTÈME PRIMITIF DE M. MARCONI

Appareils primitifs. — Les appareils qui ont servi aux premiers essais de télégraphie sans fil sont représentés figures 149 et 150. Le transmetteur est figuré schématiquement figure 149.

Les extrémités du circuit secondaire de la bobine R sont

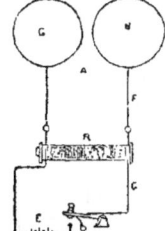

reliées à deux sphères métalliques G et H, suffisamment rapprochées l'une de l'autre pour permettre aux étincelles de

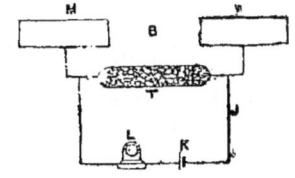

cette bobine d'éclater entre elles. Dans le circuit primaire C de la bobine sont intercalés une batterie E et un manipulateur télégraphique. Lorsque ce dernier est abaissé, une série d'étincelles éclate entre les sphères G et H, et il se produit une série d'ondes électromagnétiques qui rayonnent dans toutes les directions. Si le manipulateur D reste abaissé pendant un temps prolongé, une longue émission d'ondes se produit ; s'il ne reste abaissé que pendant peu de temps, l'émission des ondes est courte. On peut ainsi transmettre à tout appareil récepteur, capable de déceler des ondes de Hertz, les points et les traits de l'alphabet Morse.

FIG. 149. — Dispositif du transmetteur Marconi.

FIG. 150. — Premier dispositif du récepteur Marconi.

L'appareil récepteur, représenté schématiquement figure 150, consiste en un cohéreur à limaille métallique T. Les extrémités de ce cohéreur sont reliées à deux lames métalliques MN, ayant des dimensions telles que la période de vibration du système qu'elles constituent est égale à celle des ondes produites par le transmetteur.

Ce cohéreur est placé sur le circuit J de la pile K, dans lequel est également inséré en série un récepteur télégraphique L. Quand l'appareil se trouve au repos, la résistance électrique du cohéreur est telle que le courant passant par le circuit J a une intensité presque nulle et, par suite, ne peut pas actionner le récepteur L ; mais, quand les ondes hertziennes frappent l'oscillateur MN, le cohéreur T se cohère, présentant instantanément une résistance très faible. Par suite, le courant augmente d'intensité dans le circuit J et actionne le récepteur L qui trace un trait ou un point suivant la durée longue ou courte de l'émission des ondes au poste transmetteur.

Mais, pour que le récepteur cesse de tracer un signal lorsque les ondes cessent d'arriver, il faut que le courant passant par le récepteur télégraphique cesse dès que l'émission des ondes prend fin. A cet effet, le cohéreur est constamment soumis à l'action du petit marteau d'une sonnerie électrique ordinaire, non représentée sur la figure. Ces chocs ont pour effet de décohérer le cohéreur, mais la décohésion ne s'opère pas durant l'arrivée des ondes qui maintiennent la cohésion. Toutefois, aussitôt que les ondes électriques cessent, les chocs décohèrent le cohéreur qui reprend aussitôt sa très grande résistance primitive. Le courant cesse alors de passer dans le circuit J, et le récepteur interrompt le signal qu'il traçait pour en commencer un autre à l'arrivée d'une nouvelle série d'ondes, enregistrant ainsi les signaux Morse transmis par le poste d'émission.

Tels sont les appareils réduits à leur plus simple expression ; ces appareils ne pourraient être utilisés que pour des transmissions à courte distance, une dizaine de mètres environ ; mais ils ont l'avantage de donner une idée du principe fondamental de la télégraphie sans fil.

Dans la pratique, lorsque l'on veut communiquer à des distances importantes et assurer un fonctionnement régulier, il faut utiliser d'autres organes qui servent à augmenter la portée de l'appareil et à supprimer les inconvénients que présente le dispositif ci-dessus décrit.

Appareil à réflecteurs. — La figure 151 représente un des premiers transmetteurs employés par M. Marconi pour

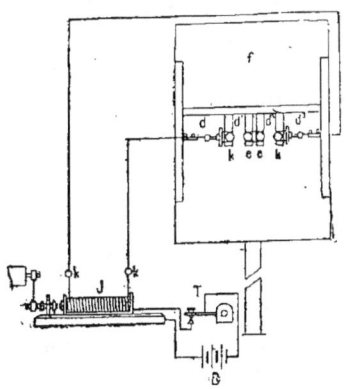

des essais en plein air. Deux paires de sphères en laiton ou en cuivre, k, h, e, e, sont soutenues par des bras d'ébonite d', d'; la distance qui sépare les bras d', d' peut se régler au moyen de vis spéciales; autour des sphères e, e est enroulé un morceau de papier parcheminé, disposé de manière à former une sorte de récipient rempli de vaseline; on a ainsi un oscillateur analogue à celui de Righi (voir *fig.* 65,

Fig. 151. — Transmetteur Marconi avec réflecteur.

p. 124), dans lequel le liquide isolant, placé entre les deux sphères, augmente la puissance rayonnante et permet d'obtenir des effets plus uniformes.

La distance entre les sphères k, e dépend de la force électromotrice employée pour faire fonctionner l'appareil. L'effet augmente avec l'écart entre k et e, jusqu'à ce qu'enfin la décharge passe librement. Avec une bobine donnant des étincelle de 28 cm, la distance entre k et e doit être de 25 mm, et la distance entre e et e d'environ 1 mm.

La dimension des sphères exerce également une action importante sur la distance à laquelle les signaux peuvent être transmises; à égalité de conditions, plus les sphères sont grandes, plus longue est la portée de transmission.

Derrière l'oscillateur se trouve un miroir cylindrique f à section parabolique, en tôle métallique, dans la ligne focale duquel doit se trouver l'espace séparant les sphères e, e; ce

miroir peut s'employer pour diriger un faisceau de rayons dans
une direction déterminée. Quand on ne fait pas usage d'un
réflecteur, les ondes sont transmises, au contraire, dans toutes
les directions.

Les extrémités du circuit secondaire de la bobine d'induction G sont reliées aux sphères extérieures k, k. Il faut que la
bobine soit pourvue d'un bon interrupteur automatique. On pourrait employer, à cette fin, l'interrupteur à mercure ou d'autres
de modèles usuels; la figure représente l'interrupteur utilisé
par M. Marconi, dans lequel un petit moteur fait tourner le
cylindre de platine servant de contact.

Au lieu de sphères k, k, e, e montées de la manière précitée,
M. Marconi a employé aussi l'oscillateur décrit précédemment
(*fig.* 65, p. 124), qui facilite la mise au foyer de l'étincelle écla-
tant entre e et e.

On constate une différence un peu sensible entre les postes
récepteurs pratiques et le poste schématique représenté
figure 150. Comme il s'agit, en effet, de réception à des distances considérables, il faut que les appareils possèdent le
maximum de sensibilité réalisable, car ils ne sont influencés que
par une fraction très petite de l'énergie qu'émet le transmetteur. Il faut, de plus, éviter que ces appareils soient frappés
par des ondes électriques qui se produiraient éventuellement
dans la station réceptrice elle-même, ondes qui agiraient sur
le cohéreur en occasionnant une confusion des signaux reçus;
il faut donc éviter de provoquer les étincelles d'extra-courant
dans l'appareil Morse, dans le mécanisme du frappeur, etc.

La figure 152 donne une vue d'ensemble du récepteur utilisé
par M. Marconi, avec le transmetteur de la figure 151. Le cohéreur, représenté en K, est inséré dans le circuit de la pile B.
Cette dernière ne comporte qu'un seul élément, car, comme
on le sait, afin de conserver au cohéreur sa sensibilité, il faut
qu'il ne soit traversé que par des courants de très faible intensité (0,001 ampère), même lorsqu'il est cohéré. Ces courants
sont donc d'ordinaire insuffisants pour faire fonctionner l'appareil récepteur enregistreur M. On a évité cette difficulté en

15

employant le relai R ; mais le courant de faible intensité qui passe dans le circuit du cohéreur, lorsque ce dernier est actionné, suffit pour mettre en mouvement le très léger levier du relai. Ce dernier ferme alors le circuit d'une pile locale plus puis-

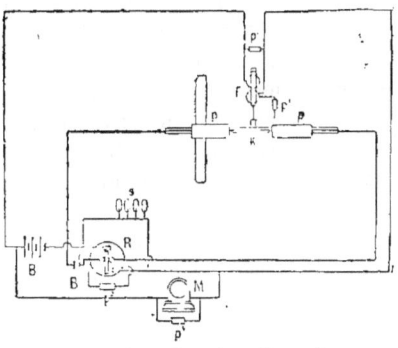

sante B, dans lequel se trouve inséré l'appareil enregistreur M. Du même circuit se détache un circuit dérivé actionnant le frappeur E, analogue au petit marteau d'une sonnerie électrique ordinaire, mais plus court. Ce frappeur est destiné à agir sur le cohéreur K pour lui enlever la conductance acquise sous

FIG. 152. — Récepteur Marconi.

l'action des ondes électriques d'arrivée, interrompant ainsi le courant de la pile B. Au même moment, le levier du relai R revient au repos et interrompt également les deux circuits de la pile B'; par suite, l'appareil enregistreur et le petit marteau reprennent la position de repos, tant que ne parvient pas une nouvelle série d'ondes pour les mettre en activité.

Les dérivations bifilaires de haute résistance p^1, p^2, p^3 et p^4, appliquées au frappeur, au relai et à l'appareil Morse, permettent d'éviter la production des étincelles d'extra-courant et des oscillations électriques qui se manifesteraient à l'instant où le courant se trouve interrompu dans les appareils respectifs, étincelles et oscillations qui pourraient rendre au cohéreur sa conductance, précisément au moment où il est nécessaire de la faire disparaître.

Une autre résistance S est insérée entre les points de contact du circuit de la pile B' et du relai R. On préfère utiliser dans ce cas une résistance liquide ayant une force contre-électromotrice de 10 à 15 volts, correspondant à une résistance de

20 000 ohms. Cette résistance consiste en tubes de verre remplis d'eau acidulée et aux extrémités desquels sont soudés des fils de platine. Elle doit livrer passage aux courants de haute tension qui peuvent se produire lors de l'interruption du circuit et, en outre, s'opposer, en vertu de la force électromotrice de polarisation développée entre les électrodes de platine, au passage du courant de la pile B'.

M. Marconi considère comme indispensable que le circuit du cohéreur soit accordé avec le transmetteur pour utiliser les avantages de la résonance électrique; à cet effet, il se sert, en K, du cohéreur à période réglable décrit précédemment (*fig.* 112, p. 175).

C'est avec ce dernier appareil que M. Marconi tenta ses premières expériences à Londres, en 1896, à une distance d'environ 3 km.

Appareils à lames rayonnantes. — Pour communiquer à des distances plus considérables et franchir les obstacles interposés entre le transmetteur et le récepteur, M. Marconi fit ensuite usage d'un transmetteur disposé comme l'indique la figure 153. Il constata alors que plus étaient élevées, grandes et éloignées l'une de l'autre les deux lames t_2, plus la distance à laquelle

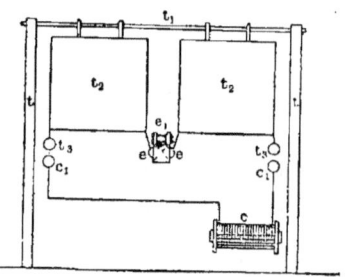

Fig. 153. — Appareil Marconi à lames rayonnantes.

on pouvait communiquer devenait considérable. Il munit, en outre, le récepteur de lames analogues.

Appareils reliés à la terre. — M. Marconi perfectionna ensuite son appareil et augmenta considérablement la distance à laquelle il était possible de transmettre, en supprimant une des lames et en la remplaçant par une communication avec le sol,

ainsi que l'indique la figure 154. Dans ce dispositif, une des
sphères *d* communique avec la terre, en E, et l'autre avec
une lame *u* suspendue à une grande hauteur au-dessus du sol,
de sorte que le radiateur affecte une forme analogue à celle
de l'appareil Edison (*fig.* 15, p. 38). Plus la lame *u* est élevée,
plus grande est la distance à laquelle peut s'effectuer la transmission : on trouve donc avantage à suspendre cette lame à un
ballon ou à un cerf-volant, et cela à
une hauteur considérable du sol.

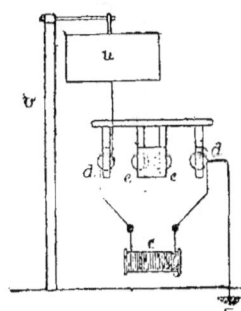

Fig. 154. — Transmetteur Marconi avec communication à
la terre.

Le récepteur correspondant au transmetteur de la figure 154 est celui représenté figure 155, dans laquelle
on n'a pas indiqué les détails du poste,
lesquels sont identiques à ceux de la
figure 152. Une borne du cohéreur J
est reliée à la lame métallique *w*,
laquelle se trouve élevée à une hauteur considérable par une longue antenne *x*, par un cerf-volant ou par un
ballon ; l'autre borne du cohéreur est
reliée à une lame reliée à la terre E.

Les bobines *k*, *k'* sont des bobines de réactance, analogues à
A et B (*fig.* 44, p. 89) et à *k'*, *k'* (*fig.* 112, p. 175), qui servent
à empêcher les ondes de passer dans le circuit de la batterie.

Les appareils dont il s'agit ici sont ceux qui ont permis à
M. Marconi d'effectuer, en 1897, ses expériences au travers du
canal de Bristol.

Appareils à antenne. — Modifiant successivement l'appareil
représenté figures 154 et 155, M. Marconi replia les lames
métalliques U, W en leur donnant la forme d'un cylindre
fermé en haut et les disposa à l'extrémité supérieure du mât
comme un chapeau ; mais il reconnut que c'était la hauteur
à laquelle les lames ou les cylindres se trouvaient disposés qui
influait sur les distances auxquelles on pouvait communiquer.
Aussi, ayant constaté que l'essentiel était non pas la capacité

à l'extrémité du fil, mais seulement la longueur de ce dernier, M. Marconi finit par abandonner complètement cette capacité et donner simplement aux antennes la forme de fils verticaux soutenus par des mâts, des ballons ou des cerfs-volants, lorsqu'il fallait atteindre de très grandes hauteurs.

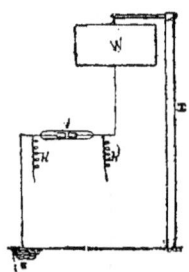

Fig. 155. — Récepteur Marconi avec communication à la terre.

Après avoir adopté l'antenne et fait communiquer le cohéreur avec le sol, M. Marconi renonça à l'emploi des lames métalliques appliquées au cohéreur, lames qui devaient servir à accorder le cohéreur avec le poste transmetteur. En effet, les capacités appliquées au cohéreur, grâce au nouveau dispositif, c'est-à-dire celle de l'antenne, d'une part, et celle de la communication avec le sol, d'autre part, rendaient négligeable la capacité des lames.

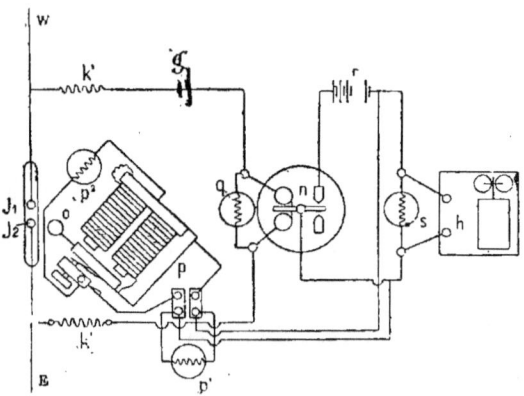

Fig. 156. — Récepteur Marconi.

W, antenne.
J_1J_2, cohéreur.
E, terre.
k^1k^3, résistance.

g, pile du cohéreur.
o, frappeur.
n, relai.
r, pile du récepteur.

h, appareil enregistreur.
p^2, p^1, q, s, résistances servant à éviter les étincelles.

La figure 156 représente l'appareil récepteur modifié. La

légende explicative jointe à la figure indique suffisamment,
après ce qui vient d'être dit, le rôle des divers organes. Il suffira
de faire remarquer qu'ici la résistance liquide S de la figure 152
a été remplacée par la résistance p' qui se compose, comme les
autres résistances p^2, q, s, d'un double enroulement de fil métallique. Chacune de ces résistances représente quatre fois la
résistance de l'électro-aimant ou la résistance des circuits sur
lesquels cet électro-aimant se trouve placé en dérivation. Ces
résistances, outre qu'elles empêchent les étincelles d'extra-
courant de se produire, ont pour effet de maintenir constamment un courant peu intense et, par suite, un certain degré
d'aimantation dans l'électro-aimant des appareils, même lorsque
le relai ne fonctionne pas. Grâce à cet artifice, auquel vient
s'ajouter l'inertie de l'armature du récepteur, la succession des
ondes est enregistrée par le récepteur sous forme d'une ligne
plus ou moins longue et non sous forme d'une série de points
détachés; de plus, le relai et le frappeur ont une plus grande
sensibilité.

Doubles stations. — Dans la pratique, il ne suffit pas qu'une
station puisse simplement transmettre et que l'autre puisse
uniquement recevoir; il faut en-
core que chaque station puisse
alternativement remplir les deux
fonctions. Chaque station complète possède donc aussi bien un
appareil récepteur qu'un appareil
transmetteur; l'antenne seule
constitue un organe commun aux
deux appareils. Par suite, l'antenne communique d'une manière permanente avec un des
pôles du secondaire de la bobine
d'induction (*fig.* 157), mais en
même temps elle est reliée en m,

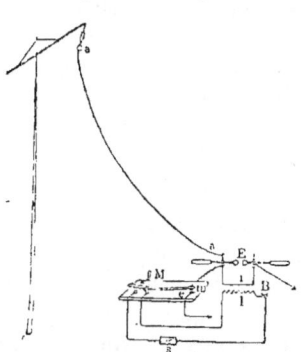

FIG. 157. — Communications
de l'antenne.

par l'intermédiaire du manipulateur, avec le fil c qui se rend au cohéreur. Par conséquent, quand le manipulateur est au repos, le poste se trouve prêt à fonctionner comme récepteur. Quand on abaisse le manipulateur pour transmettre à l'autre station, l'on interrompt en *m* la communication du cohéreur avec l'antenne et cette dernière, étant alors seulement reliée avec l'oscillateur, l'émission des ondes se produit. Un dispositif convenable empêche en même temps, pendant toute la durée du fonctionnement du transmetteur, que l'antenne puisse entrer en communication avec le cohéreur. Ce montage est clairement indiqué figure 158, qui représente un poste à la fois transmetteur et récepteur ; toutefois, il n'y a que les organes essentiels qui soient figurés. La figure 49 (p. 107) montre les détails du manipulateur.

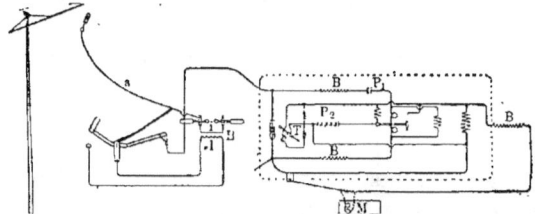

Fig. 158. — Montage d'un poste transmetteur et récepteur.

Sauf le manipulateur, tous les autres appareils sont enfermés dans des boîtes métalliques mises en communication avec le sol. Le contact du manipulateur est également protégé par une enveloppe métallique mise à la terre.

Récepteur avec antenne isolée du cohéreur. — Dès 1898, M. Marconi introduisit dans l'appareil récepteur une importante modification, modification qu'il a également adoptée, mais seulement dans ces derniers temps, pour l'appareil transmetteur. Cette modification consiste à supprimer la communication permanente entre l'antenne et le cohéreur et à faire agir, par induction, l'antenne sur le circuit du cohéreur.

M. Marconi avait en effet reconnu que l'action des oscilla-

tions électriques sur le cohéreur dépend de la force électromotrice de ces vibrations plus que du nombre des vibrations
qui frappent le cohéreur dans un temps déterminé. Il essaya
donc d'augmenter la force électromotrice des ondes aux dépens
de leur intensité et il obtint ce résultat en utilisant un transformateur semblable à celui que montre la figure 159.

Le cohéreur est complètement isolé aussi bien de l'antenne A
que de la terre E. L'antenne demeure, par G, en communica-

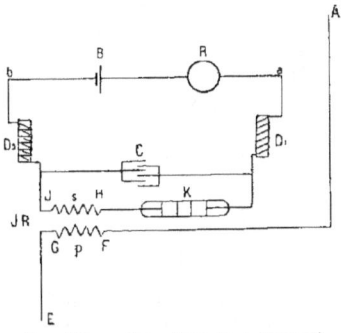

FIG. 159. — Transformateur Marconi.

tion avec le sol et, entre
les points E, A du fil de
communication, l'on a
inséré le fil primaire p
d'un transformateur. Le
cohéreur K se trouve, d'un
côté, en communication
avec le secondaire JsH du
transformateur et, de
l'autre côté, avec le circuit du relai R. La se-
conde extrémité J du se-
condaire se rend à la bat-
terie B qui, elle aussi, est en communication avec le relai ;
de cette manière le circuit du cohéreur reste fermé. D_1, D_2
sont les bobines de réactance ordinaires qui amortissent les
oscillations se produisant en s avant qu'elles puissent agir sur
le relai.

Entre deux points des fils qui se rendent, d'une part, du
cohéreur à la résistance D_1 et, d'autre part, du secondaire à
la résistance D_2, on a inséré en dérivation un condensateur C,
qui a pour objet de neutraliser les différences de potentiel alter-
natives qui se produisent dans le secondaire s du transformateur, lorsque le primaire p est parcouru par les oscillations
électriques parvenant à l'antenne.

La figure 160 représente un dispositif semblable qui ne
diffère du précédent qu'en ce sens que le cohéreur K se trouve
placé sur le circuit dérivé, et le condensateur C sur le circuit

principal. Mais il paraît que ce second dispositif donne des résultats moins bons que le premier.

Un autre avantage que comporte, d'après M. Marconi, la séparation de l'antenne et du cohéreur consisterait en l'élimination des risques éventuels dus aux perturbations atmosphériques, car l'antenne, se trouvant d'une façon permanente en bonne communication avec la terre, doit exercer l'action préservatrice d'un paratonnerre.

Dans ce système de transmission, M. Marconi attache une grande importance au mode de construction du transformateur. Les bobines de forme ordinaire, c'est-à-dire celles ayant leur primaire formé de quelques tours de gros fil et leur secondaire constitué par

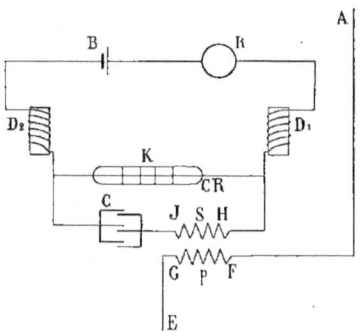

Fig. 160. — Autre dispositif du transformateur Marconi.

de nombreux tours de fil fin, exerceraient un effet nuisible. Il a donc étudié avec soin les détails de la construction des transformateurs à employer en de pareilles circonstances et il a adopté la forme, déjà décrite, du transformateur spécial auquel il a donné le nom de « jigger ».

Dans les jiggers représentés figures 84, 85, 86, 87, 88, 89, 90 et 91 (voir p. 147 et 149), les extrémités E, A du primaire sont reliées respectivement aux points G, F des figures 159 et 160 ; les extrémités C, J du secondaire aux points J, H des mêmes figures.

Appareils syntonisés à cylindres concentriques. — On a indiqué, dans la partie théorique, les importants avantages que l'on obtient, en matière de télégraphie sans fil, lorsque l'appareil transmetteur se trouve accordé ou syntonisé avec l'appareil récepteur. On a vu comment, de cette manière, non seulement on augmente la distance à laquelle on peut recevoir un radiogramme, mais encore comment on peut espérer réaliser des communications multiples et obtenir le secret des correspondances, résultats sans lesquels la télégraphie sans fil ne présenterait que des applications fort restreintes.

M. Marconi constata, dès ses premières recherches, la nécessité de la syntonisation; on a vu en effet que le cohéreur (*fig.* 112, p. 175), employé dès 1897, avait des organes qui servaient à en régler la période. Mais, quand il eut augmenté la capacité du transmetteur en se servant de l'antenne et de la communication avec le sol, les petites variations de capacité réalisables sur le régulateur du cohéreur n'eurent plus qu'un effet insignifiant : il abandonna donc le régulateur.

Un des premiers pas de M. Marconi dans la voie de la syntonisation consista à adopter, dans la même station, deux ou trois transmetteurs de la forme de ceux indiqués figure 157 (voir p. 230), mais avec des antennes de longueurs très différentes. De plus, il introduisit dans le transformateur du récepteur, par exemple tel que celui de la figure 159, un fil secondaire de longueur variable, afin de pouvoir mettre ce fil en résonance avec la longueur des ondes transmises. Il constata que les meilleurs résultats s'obtiennent quand la longueur du fil secondaire HG du transformateur récepteur est égale à la longueur du fil vertical de la station de transmission.

On exposera plus loin les résultats obtenus avec ce système. Mais ces résultats, quelque satisfaisants qu'ils soient, ne parurent point à M. Marconi donner une solution complète du problème, d'autant plus que, par exemple, il constata l'impossibilité d'obtenir deux dépêches distinctes dans une même station réceptrice, quand les deux postes transmetteurs se trouvaient à une égale distance de cette station, bien que ces postes récepteurs eussent des antennes de longueurs bien différentes.

On sait que la théorie indique deux moyens efficaces pour obtenir la syntonisation : fixation bien définie de la période des ondes émanant du poste transmetteur et diminution de l'amortissement des oscillations.

M. Marconi atteignit ce résultat en augmentant la capacité de l'appareil oscillateur, sans accroître dans la même proportion la puissance rayonnante de cet appareil ou bien encore l'intensité initiale des ondes émises par chaque décharge. A cet effet il adopta d'abord (*fig.* 161) un fil vertical A' com-

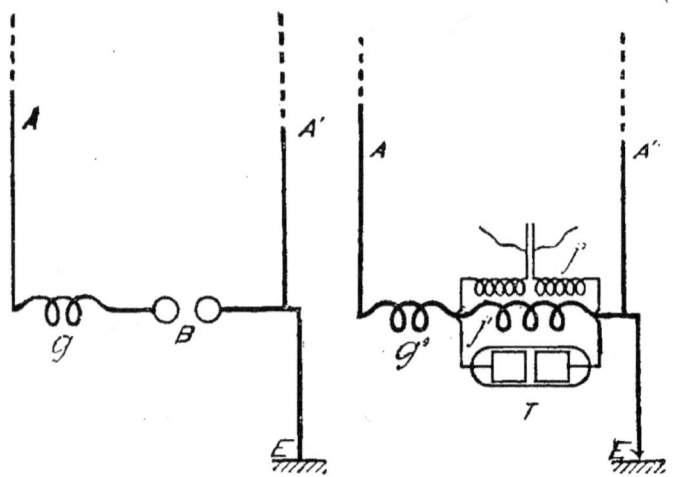

FIG. 161. — Fil supplémentaire   FIG. 162. — Fil supplémentaire
de l'antenne appliqué au transmetteur.   de l'antenne appliqué au récepteur.

muniquant avec le sol dans le voisinage de l'antenne ordinaire A. De cette manière le système des deux fils constituait un condensateur d'une capacité sensiblement plus grande que le condensateur formé par la seule antenne, et cela sans augmenter la surface du conducteur A, lequel aurait par là acquis une plus grande facilité de rayonner l'énergie durant les premières oscillations.

Un dispositif semblable fut adopté à la station réceptrice, ainsi que le montre la figure 162, dans laquelle le second fil est représenté appliqué à un récepteur pourvu d'un « jigger » et ayant la forme indiquée figures 90 et 91 (voir p. 149).

Toujours dans le but d'augmenter la capacité de l'antenne, M. Marconi arriva à la forme de la figure 79 (voir p. 137) qu'il fit breveter, le 21 mars 1900, et dans laquelle le conducteur A′, communiquant avec le sol, est formé d'un cylindre en zinc enveloppé d'un autre cylindre de même métal ; ce double cylindre constitue le conducteur rayonnant qui communique, par l'intermédiaire de la bobine de réactance *g*, avec l'exploseur dont les sphères sont reliées au secondaire de la bobine d'induction *c*. Pour que ce système donne de bons résultats, il est indispensable que l'inductance du fil reliant A′ à la terre soit moindre que celle du fil reliant A à l'exploseur : de là, la nécessité d'introduire la bobine de réactance *g*. Suivant M. Marconi, ce dispositif est imposé par la nécessité d'avoir une différence de phase entre les oscillations des deux conducteurs cylindriques, pour que la radiation puisse se produire et que l'on n'ait pas, au contraire, la neutralisation.

Quoi qu'il en soit, le fait certain est que l'on obtint ainsi des résultats fort remarquables. M. Marconi prétend que, en faisant usage de la bobine de réactance *g*, il lui fut possible de faire correspondre la période des oscillations du récepteur avec celle de l'une quelconque de plusieurs stations de transmission et de recevoir seulement les signaux de la station choisie.

Avec des cylindres de zinc ayant seulement 7 m de hauteur et 1,50 m de diamètre, on pouvait obtenir des signaux à une distance de 50 km ; ces signaux n'étaient ni enregistrés ni troublés par aucune autre station de télégraphie sans fil installée dans le voisinage. La grande capacité du récepteur ne répondait plus qu'à des fréquences bien définies ; par suite, il n'était pas sensible à l'action de transmetteurs non syntonisés, pas plus qu'à celle des décharges atmosphériques.

Le récepteur n'est pas représenté sur la figure. Il se compose de cylindres semblables à ceux du transmetteur indiqué figure 79 (voir p. 137) ; il suffit de substituer, dans cette figure, le cohéreur T avec son « jigger » de la figure 162 à l'exploseur et à la bobine de ce dernier ; on a ainsi le récepteur.

DEUXIÈME SYSTÈME DE M. MARCONI

Dans les appareils décrits jusqu'à présent, l'excitateur se trouve relié directement à l'antenne, d'une part, et à la terre, d'autre part. Un perfectionnement très important fut réalisé par M. Marconi, lorsque ce dernier adopta le principe de séparer l'oscillateur de l'antenne et de faire agir ces deux organes l'un sur l'autre par induction. Dans ces conditions, l'oscillateur a un circuit presque fermé sur lui-même et donne naissance à des oscillations très peu amorties et de période facile à régler pour obtenir la syntonisation.

Cette modification très importante donne aux appareils Marconi un caractère nettement distinct de celui des appareils décrits précédemment ; c'est pourquoi on les a classés sous le nom d'appareils du second système.

Un des inconvénients que présentaient les appareils appartenant au premier système

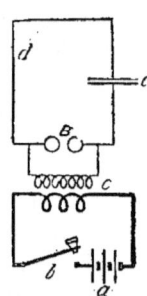

Fig. 163. — Transmetteur
avec condensateur.

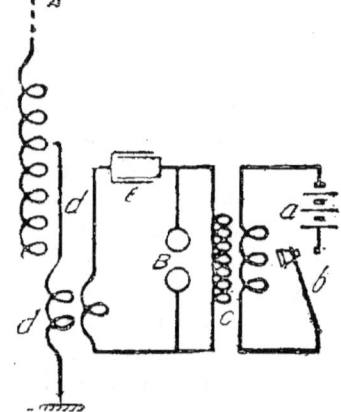

Fig. 164. — Transmetteur syntonisé
Lodge-Marconi.

était le trop rapide amortissement des oscillations dû aux fortes radiations de l'antenne.

M. Lodge signala à M. Marconi le transmetteur représenté figure 163, qui ne diffère du transmetteur ordinaire que par

l'insertion dans le circuit du condensateur e. M. Lodge a
montré qu'en plaçant le transmetteur à proximité d'un autre
circuit égal, on reproduit facilement les expériences des bouteilles de Leyde accordées. Pour les usages de la télégraphie
sans fil, il fallait transformer cet appareil en un bon radiateur. M. Marconi obtint ce résultat en associant cet appareil,
comme le montre la figure 164, à une antenne A, c'est-à-dire
à un bon radiateur électrique sur lequel le circuit montré
figure 163 agit par induction. A cet effet une partie d du circuit presque fermé de M. Lodge est enroulée en forme de
spires et constitue le primaire d'un transformateur Tesla, dont
l'enroulement secondaire se trouve être en communication,
d'un côté, avec la terre et, de l'autre, avec l'antenne.

Cette dernière communication est établie de manière que
l'on puisse faire varier les self-inductions et, par suite, la
période du système constitué par le secondaire de M. Tesla
et du conducteur aérien, et l'accorder ainsi pour qu'il ait la
même période que celle du circuit presque fermé constitué
par le condensateur e, par le primaire d de la bobine Tesla et
par l'exploseur B. Si cette condition ne se trouve point rem-
plie, pour les raisons déjà données à propos de la résonance,
les vibrations provoquées sur l'antenne par les oscillations
successives ne s'ajoutent pas pour renforcer les ondes émises,
mais elles peuvent intervenir de différentes manières, c'est-à-
dire pour les affaiblir ou pour les annuler.

La période d'oscillation du conducteur vertical A peut être
augmentée si l'on introduit de nouvelles spires dans le
conducteur placé entre A et d; d'autre part, on peut diminuer la même période en enlevant des spires. Le condensateur e du primaire est de capacité variable; c'est pourquoi,
en modifiant la période de vibration des deux circuits, on peut
obtenir l'accord nécessaire entre les deux périodes.

Dans ce dispositif, on supprime entre l'antenne et l'oscillateur de l'appareil de transmission la communication directe
que, pour d'autres motifs, on avait déjà auparavant fait disparaître dans l'appareil récepteur non syntonisé. Cette sup-

pression a augmenté la symétrie entre les deux postes, et il
en résulte qu'il suffit de très faibles variations sur l'appareil
récepteur pour régler ce der-
nier avec le transmetteur. En
effet, si on examine la figure 165 représentant le récepteur syntonisé qui s'emploie avec le transmetteur de
la figure 164, on voit que les
seules modifications introduites dans le récepteur de la
figure 162 (voir p. 235) consistent en ce que l'on a rendu
variable le nombre des spires
formant la bobine de réactance reliée à l'antenne et en
ce qu'on a introduit, en dérivation sur le circuit du cohéreur, le condensateur h, lequel
sert à accorder ce circuit avec

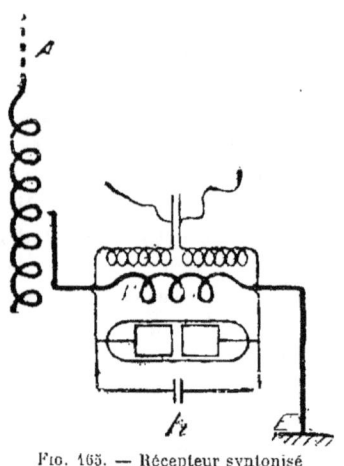

Fig. 165. — Récepteur syntonisé
Lodge-Marconi.

la période du conducteur, ce dernier étant constitué par l'antenne réceptrice et par le primaire du « jigger ».

Grâce à de pareilles dispositions, l'on peut mettre les divers
circuits d'une même station en parfaite résonance entre eux
et avec les circuits de la station correspondante, en assurant
ainsi à la transmission son maximum d'efficacité.

Théoriquement, pour obtenir cette résonance entre les
quatre circuits, les deux du récepteur et les deux du transmetteur, il faut, en considérant la résistance comme une
quantité négligeable, que le produit de la capacité par l'inductance soit identique sur ces quatre circuits.

Dans la pratique, il n'est pas facile de mesurer les capacités et il est plus difficile encore de mesurer les inductances
employées. Mais l'on peut effectuer le réglage par voie de
tâtonnements. En se guidant sur la règle, déjà indiquée,
d'après laquelle les périodes de l'antenne et du transforma-

teur récepteur sont égales quand la longueur de l'antenne se
trouve être identique à celle du fil secondaire du récepteur,
on peut employer, dans les deux postes correspondants, des
antennes d'une longueur égale à celle du secondaire du
transformateur de la station réceptrice. On obtient ainsi trois
des circuits accordés entre eux et il ne reste plus qu'à régler
la capacité du condensateur *e* (*fig.* 164) du transmetteur. A cet
effet on utilise un condensateur à armatures mobiles.

En appliquant au dispositif de la figure 164 les radiateurs
à cylindres de zinc concentriques de la figure 79 (voir p. 137),

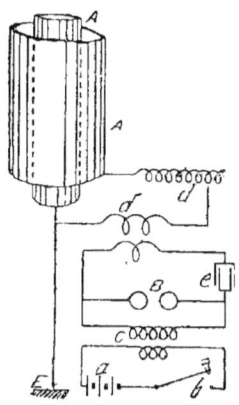

on obtient l'appareil schématiquement
représenté figure 166, appareil qui a permis de correspondre à des distances de
50 kilomètres, en employant des cylindres hauts seulement de 1,25 m et
mesurant 1 mètre de diamètre.

M. Marconi chercha ensuite à déterminer la distance minimum à laquelle
un transmetteur, semblable à celui qui
vient d'être décrit et accordé pour une
certaine fréquence, doit se trouver d'un
récepteur réglé à une fréquence différente, pour que ce dernier ne soit pas
actionné.

Fig. 166. — Appareil transmetteur à cylindres de
zinc concentriques.

En employant des oscillations de périodes très différentes, il constata qu'un
transmetteur capable de télégraphier, à
50 kilomètres, à un récepteur accordé avec lui, n'impres-
sionne pas un autre récepteur non accordé et disposé à une
distance de 50 mètres seulement.

Quand les périodes ont une différence moins grande, le récepteur non accordé peut fonctionner même à une distance de
plusieurs kilomètres.

Poste portatif. — L'usage des radiateurs à cylindres concentriques a permis, comme on l'a vu, de réduire de beaucoup la

hauteur des antennes. M. Marconi a été ainsi conduit à établir des appareils portatifs qui peuvent rendre d'excellents services, notamment dans les opérations militaires.

Il imagina à cet effet une installation complète aménagée sur une voiture automobile. Le toit de la voiture porte un cylindre haut de 6 à 7 mètres, que l'on peut abaisser durant le voyage et qui permet d'établir des communications jusqu'à une distance de 50 km. Une bande de treillis métallique, placée sur le sol, suffit pour assurer la prise de terre ; la voiture en mouvement peut maintenir la communication en traînant cette bande derrière elle ; on peut, en outre, laisser le courant s'écouler par la chaudière alimentant le moteur et non par la terre.

Pour la transmission, il suffit d'avoir une bobine de 25 cm d'étincelle actionnée par des accumulateurs et consommant environ 100 watts. Les accumulateurs se chargent avec une petite dynamo actionnée par le moteur de la voiture. On peut transmettre même à des distances considérables en donnant au cylindre une position horizontale.

Appareils extra-puissants. — Avec les appareils syntonisés jusqu'ici décrits, M. Marconi est parvenu à transmettre à des distances de 300 km (mars 1901) entre le cap Lizard (Cornouailles) et Sainte-Catherine (île de Wight), avec une puissance de 150 watts. Pour atteindre des distances plus grandes, il se proposa d'employer des puissances encore plus grandes : il se mit donc en devoir d'installer des stations dites extra-puissantes. La première en date de ces stations est celle de Poldhu (Cornouailles) qui lui servit, en 1902, pour ses expériences avec le *Carlo-Alberto* et pour ses premières transmissions transatlantiques, c'est-à-dire pour des transmissions à des distances supérieures à 1 500 km.

Dans la station extra-puissante de Poldhu, la source de courant est constituée par un alternateur A (*fig.* 167) de 50 kilowatts, actionné par une machine d'une centaine de chevaux, et qui fournit un courant de 25 ampères sous 2 000 volts.

Après avoir traversé deux bobines de réactance R, R', ce

16

courant passe par le circuit primaire d'un transformateur
industriel T, qui élève sa tension à 20 000 volts.

Le secondaire de ce transformateur communique, par l'intermédiaire des deux *condensateurs
de garde* C, C, avec l'exploseur E
placé en dérivation sur un autre
circuit qui comprend le condensateur C′, d'une capacité d'environ 1 microfarad, déjà décrit
et, en outre, le primaire d'un
premier transformateur Tesla T_1.

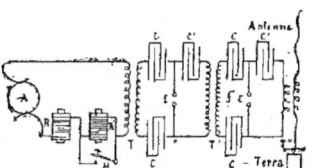

Fig. 167. —Génératrice de la station
de Poldhu.

Par suite, pour exciter le pri-
maire du Tesla T_1, on dispose d'une capacité de 1 microfarad,
chargée à une différence de potentiel de 20 000 volts.

Un circuit, analogue à celui reliant le secondaire de T avec
le primaire de T_1, relie le secondaire de T_1 avec le primaire
d'un second transformateur Tesla T_2. Le secondaire de ce dernier
communique, par une de ses extrémités, avec l'antenne, tandis
que l'autre extrémité est reliée avec le sol.

Dans ces expériences, on emploie l'antenne multiple qui a
été déjà décrite. On peut, de plus, insérer d'autres transformateurs Tesla entre T_2 et l'antenne, ou encore supprimer le
transformateur T_2 et faire communiquer directement l'antenne
avec le secondaire du transformateur T_1.

Les deux condensateurs de garde C, C ont été introduits,
conformément à l'exemple donné par M. d'Arsonval, pour éviter
la formation d'un arc permanent entre les sphères de l'exploseur. A cet effet on emploie en partie, même sans faire usage
des condensateurs C, C, la bobine de réactance R, dont le
noyau N est enfoncé dans sa bobine d'une longueur suffisante
pour empêcher la formation d'un arc permanent en E, sans
troubler pour cela les phénomènes de décharge oscillante du
condensateur C′ ; mais l'usage des deux condensateurs C, C rend
la suppression de l'arc absolument certaine.

La bobine R_1, dont le noyau demeure complètement en dehors
pendant le réglage de la bobine R, constitue avec la clé M

le manipulateur déjà décrit, manipulateur au moyen duquel est émise la série des décharges longues et brèves correspondant aux signaux de l'alphabet Morse. Les condensateurs C, C' ont leurs éléments groupés comme le montre la figure 105 (voir p. 159).

Montage des appareils. — On a déjà indiqué la disposition donnée aux appareils dans le poste du premier système Marconi. Les figures 168 et 169 représentent la disposition des appareils dans les postes du deuxième système, dispositions appliquées à Biot, lors des expériences entre la France et la Corse.

Pour passer de la transmission à la réception et inversement, on relie l'extrémité de l'antenne à l'un ou à l'autre des deux postes, successivement.

Poste transmetteur. — Ce poste est représenté figure 168. Le circuit des batteries d'accumulateurs Q est en communication avec les primaires des deux bobines B_1, B_2, dont l'une peut être supprimée lorsqu'une seule est suffisante. Le circuit OC_1 comprenant l'exploseur O, le condensateur C_1 et le primaire du transformateur d'Arsonval S, doit présenter une self-induction minime, afin que les oscillations y prennent le maximum d'intensité : on a donc tout avantage à diminuer le plus possible la longueur et à augmenter la grosseur des fils de ce circuit, y compris

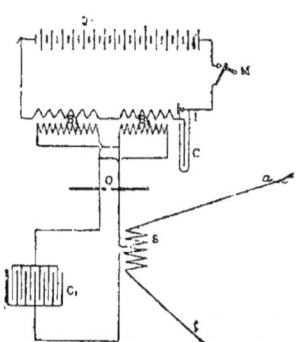

Fig. 168. — Montage du poste transmetteur Marconi.

le circuit du primaire de S. Afin de rapprocher le plus possible les appareils de ce circuit, on place le transformateur S au-dessus du condensateur C_1.

Le réglage de la période s'opère de préférence en faisant varier la seule capacité C_1. Le transformateur S est ordinairement plongé dans un récipient rempli de pétrole ou d'huile de lin qui assure son isolement.

Poste récepteur. — Tous les appareils récepteurs, à l'exception du Morse et de la sonnerie, sont logés à l'intérieur d'une
caisse métallique B (*fig.* 169) communiquant avec le sol.

Mais on a introduit des modifications dans les détails des
appareils et particulièrement dans les résistances et dérivations appliquées à ces ap-
pareils. Pour éviter l'usure
inutile de la pile P, qui actionne le Morse et le frappeur T, au travers de la dérivation appliquée au relai,
on a constitué cette dérivation par une résistance non
inductive E de 1000 ohms,
en série avec un petit condensateur K_2. De même,
pour que tout le courant
auquel livre passage le cohéreur passe par les bobines
du relai qui a 10 000 ohms
de résistance, la dérivation
placée sur ces bobines se
compose d'une bobine non

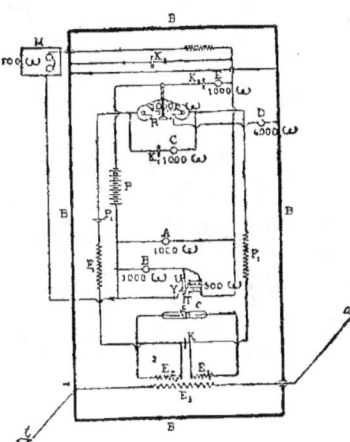

Fig. 169. — Montage du poste récepteur
Marconi.

inductive C en série avec le petit condensateur K_1 ; mais, quand
on emploie des cohéreurs d'une grande sensibilité, il faut supprimer les condensateurs.

Un autre condensateur K_3 a été placé en dérivation sur la
self-induction qui sert à arrêter les oscillations provenant du
Morse, afin de dériver à la terre les oscillations qui pourraient
atteindre la bobine de self-induction elle-même.

Comme complément de cette description, on a reproduit
(*fig.* 170) une vue de la station provisoire qui fut établie à
Biot (France), avec des appareils Marconi appartenant à son
deuxième système.

A droite, on voit l'appareil transmetteur, à gauche le récepteur, et au centre le manipulateur. En partant de la droite,

on trouve successivement la bobine d'induction, placée sur une table ronde et à peine visible, le vase plein d'huile dans lequel est plongé le transformateur, la batterie de bouteilles de Leyde et le manipulateur qui, avec les accumulateurs placés sous la

Fig. 170. — Station de Biot (France).

table, constituent l'ensemble du transmetteur. On voit ensuite la caisse renfermant les appareils de réception (*fig.* 169) et, enfin, l'enregistreur Morse. Le fil qui traverse la station est le prolongement de l'antenne que l'on met alternativement en relation avec le transmetteur ou avec le récepteur.

SYSTÈME LODGE-MUIRHEAD

M. Lodge, à qui la télégraphie sans fil est redevable de la découverte de la grande sensibilité que présente le cohéreur pour les ondes électriques, est un de ceux qui ont le plus contribué aux progrès de la télégraphie sans fil depuis l'époque où M. Marconi fit ses premiers essais. C'est en effet M. Lodge, à la suite d'une savante discussion théorique sur les conditions que devaient remplir les ondes électriques pour être appliquées à la télégraphie sans fil à grande distance, qui a, dès les débuts de

la radiotélégraphie, en indiquant la voie à suivre, guidé les
inventeurs qui ont imaginé les différents perfectionnements
successifs. C'est pour cela qu'il convient de décrire le système
de M. Lodge, immédiatement après les systèmes Marconi,
quoique le système Lodge n'ait pas encore été l'objet d'aussi
nombreuses applications que certains autres.

Appareils syntoniques à induction. — Les premières
expériences entreprises par M. Lodge dans le domaine de la
télégraphie sans fil datent de 1898, c'est-à-dire de l'époque à
laquelle M. Marconi obtint ses premiers succès. M. Lodge partit
de cette idée que la télégraphie par induction, au moyen de
courants alternatifs de basse fréquence, entre des circuits fermés syntonisés, offrirait divers avantages par rapport à la
télégraphie sans fil au moyen des ondes électriques, et particulièrement celui de pouvoir franchir les obstacles naturels interposés entre les stations. Cette propriété a été, d'ailleurs, ensuite
reconnue comme appartenant aux ondes électriques de grande
longueur. M. Lodge pensa, en outre, qu'il parviendrait à augmenter les effets en faisant usage de circuits fermés d'une
grande portée.

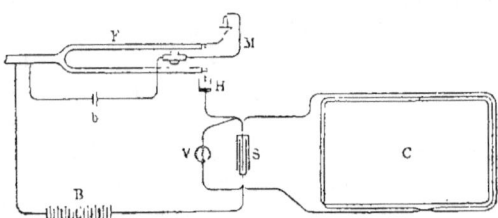

Fig. 171. — Appareil syntonique à induction, système Lodge-Muirhead.
Poste transmetteur.

La figure 171 représente la disposition des appareils dans un
poste transmetteur. Un *diapason* électromagnétique F sert à
rendre intermittent le courant émis par la batterie d'accumulateurs B, courant qui passe par la bobine C, ayant de grandes
dimensions (environ 150×30 m). Entre les extrémités de

cette bobine se trouve placé en dérivation le condensateur S.

Un manipulateur Morse, non représenté sur la figure, sert à transmettre le courant à des intervalles de temps longs et brefs qui correspondent aux signaux de l'alphabet Morse. Dans le poste récepteur, se trouve un appareil identique au précédent quant aux dimensions de la bobine et à la capacité du condensateur. Cet appareil est accordé avec le premier au moyen de l'addition de self-inductions auxiliaires. Le poste récepteur est muni d'un téléphone, au lieu du *diapason* et de la batterie qui se trouvent au poste transmetteur.

L'appareil, comme on le voit, représente en grand le dispositif des bouteilles syntonisées de M. Lodge. Toutefois, dans ce dernier dispositif, eu égard à la grande capacité des condensateurs et à la forte self-induction des bobines, les décharges sont très lentes, au nombre de quelques centaines par seconde, c'est-à-dire de l'ordre de fréquence des vibrations acoustiques. Ces décharges sont donc perceptibles au moyen du téléphone.

En utilisant sur le circuit un courant de 10 à 20 ampères, on obtient des signaux perceptibles jusqu'à une distance de 3 kilomètres. M. Lodge a ensuite calculé qu'avec une longueur de 2 km de fil de cuivre dans la bobine et un courant de force électromotrice de 100 volts de 400 périodes par seconde et grâce à l'insertion de condensateurs convenables, on peut obtenir, à une distance de 100 km, un courant induit de 500 microampères dans l'appareil syntonisé, c'est-à-dire un courant plus que suffisant pour exciter un téléphone ordinaire, ou mieux encore pour exciter des téléphones ou des microphones plus sensibles, que M. Lodge a construits lui-même à cet effet et qui sont accordés pour la fréquence des deux circuits.

Malgré des prévisions aussi brillantes, M. Lodge, après ses premières expériences, abandonna son projet, paraît-il, projet qui constituait comme un système intermédiaire entre la transmission par simple induction et la transmission par ondes électriques. Il se consacra à l'étude de la transmission par

ondes électriques en associant à ses recherches M. Muirhead
qui, dès 1894, avait appliqué les ondes électriques à la télégraphie.

M. Lodge se rendit immédiatement compte des conditions
essentielles qu'il fallait réaliser pour que les ondes électriques
fussent perceptibles à de grandes distances, avant que l'on
eût songé à syntoniser les postes transmetteur et récepteur.
Il détermina donc un principe qui a été, depuis, largement
appliqué, par les divers expérimentateurs, dans le perfectionnement ou la création de leurs systèmes respectifs de radiotélégraphie électrique.

Appareil syntonique à ondes électriques. — Un des
appareils construits par M. Lodge pour la transmission syntonique est celui qui représente la figure 172, qui permet
d'obtenir des décharges à haute tension peu amorties et de
période bien définie.

Les fils qui partent de l'extrémité du secondaire de la
bobine et qui se trouvent
en communication avec les
petites sphères de l'exploseur, communiquent égale-
ment avec les armatures intérieures de deux bouteilles
de Leyde. Les armatures
extérieures de ces deux bouteilles communiquent avec
les petites sphères h_4, h_1, de-
vant lesquelles se trouvent deux autres petites sphères reliées
à deux fils se rendant aux deux self-inductions h_2, h_3. Ces dernières se terminent par deux autres petites sphères opposées
l'une à l'autre.

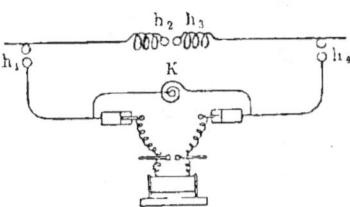
Fig. 172. — Appareil syntonique à ondes
électriques, système Lodge.

Lorsque l'étincelle éclate dans l'exploseur, appliqué à la
bobine, les armatures extérieures des bouteilles se déchargent
également, et il se produit deux étincelles en h_1, h_1, ainsi
qu'une autre étincelle entre h_2 et h_3. Les armatures exté-

rieures des bouteilles sont également reliées à une bobine de forte self-induction K, laquelle a pour objet de permettre aux bouteilles de prendre leur pleine charge ; durant la décharge, cette dernière bobine agit comme une dérivation, mais elle n'empêche nullement que les étincelles éclatent à l'exploseur.

Afin d'augmenter la puissance rayonnante de l'appareil transmetteur, aux extrémités du fil sur lequel se trouve l'intervalle explosif $h_2 h_3$, on ajouta deux lames métalliques de radiation disposées en l'air, telles que celles représentées en h, h_1 (fig. 173), figure qui représente l'exploseur Lodge d'une forme légèrement modifiée.

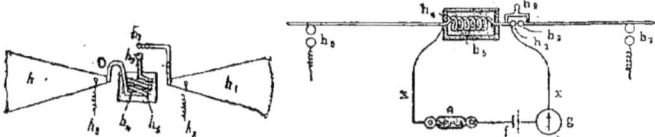

FIG. 173. — Exploseur Lodge   FIG. 174. — Appareil Lodge, transmetteur
        modifié.   et récepteur.

La figure 174 montre l'appareil qui peut remplir le rôle de transmetteur et de récepteur ; h_6, h_7 sont des fils provenant d'une bobine d'induction à haute tension ; les deux gros fils horizontaux fonctionnent comme condensateurs ; h_4 est la bobine de self-induction immergée, comme celle de la figure 173 dans une substance isolante.

Le petit pont h_9 sert à supprimer l'intervalle explosif lorsque l'appareil doit s'employer comme récepteur. Le cohéreur est représenté en e, la batterie locale en f, et le récepteur ou relai en g.

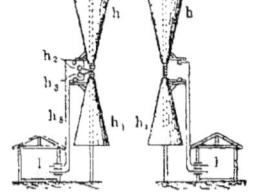

FIG. 175. — Postes syntoniques
        Lodge.

La figure 175 donne le schéma de deux postes syntoniques : l'un transmetteur et l'autre récepteur ; dans ces postes, les plaques h, h_1 sont remplacées par deux cônes h, h_1. Un oscillateur à quatre sphères provoque, dans l'appareil transmetteur, la décharge oscillante entre les deux sphères

centrales h_2, h_3 qui sont reliées aux cônes par des bobines de
self-induction.

L'appareil récepteur a des dimensions, une capacité et une
self-induction à peu près identiques à celles du transmetteur,
afin que les conditions de résonance soient remplies le mieux
possible. Mais la période de vibration peut se modifier facilement, quand on agit uniquement sur la self-induction des bobines intercalées. Un moyen consiste à disposer de plusieurs
bobines (*fig.* 176) qui, au moyen des commutateurs A_1, B_1 et C_1,
sont introduites dans le circuit ou enlevées de ce circuit selon le
besoin ; ou bien encore on dispose d'une seule bobine dont on
fait varier le nombre de spires ou dont on modifie le pas, soit en
la comprimant, soit en la détendant.

La figure 177 représente une autre
disposition de l'appareil récepteur,
dans laquelle le circuit du cohéreur
est isolé des conducteurs aériens qui
agissent sur lui par induction.

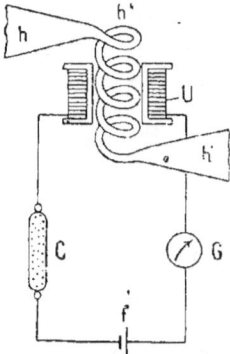

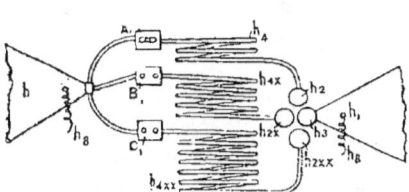

FIG. 176. — Dispositif de réglage des bobines
dans le système Lodge.

FIG. 177. — Autre dispositif
de l'appareil récepteur Lodge.

Les conducteurs aériens h, h^1 transmettent les ondes électriques au primaire h^1 d'un transformateur, dont le secondaire
est constitué par la bobine U ; dans le circuit de cette dernière se trouve intercalé l'appareil récepteur ordinaire. Comme
on le voit, il s'agit de l'application des effets d'induction d'un
circuit sur un autre, ce qui réalise un des plus utiles perfectionnements adoptés plus tard par M. Marconi d'abord dans l'appareil récepteur (*fig.* 159 et 160, p. 232 et 233), puis dans l'appareil transmetteur (*fig.* 164, p. 237) de son système.

Il ne paraît pas que l'appareil Lodge-Muirhead ait reçu de nombreuses applications.

Nouvel appareil Lodge-Muirhead.— A la suite de perfectionnements successifs, les inventeurs sont arrivés finalement à la forme et aux dispositions que montre la figure 178.

En examinant cette figure de gauche à droite, on voit successivement la batterie d'accumulateurs, le récepteur siphon-recorder avec, au milieu, le cohéreur automatique et, au dessus, l'exploseur ; puis, la bobine d'induction, le manipulateur, le transmetteur automatique à bande perforée et, à droite et en haut, l'interrupteur de la bobine d'induction.

Les figures 179 et 180 représentent schématiquement deux des dispositifs adoptés pour la transmission, et les figures 179 *bis* et 181, les dispositifs correspondants de réception, fondés sur les mêmes principes que les appareils du système décrit précédemment.

Les figures 179 et 179 *bis* se rapportent aux appareils les plus puissants ; dans ces figures *c* et *r* représentent respectivement le cohéreur à roue et le siphon-recorder, et *a* et E, l'antenne et la terre.

La particularité la plus remarquable de ce dispositif est la suppression de la communication directe avec la terre.

On sait que l'opinion d'un grand nombre de personnes est que la terre ne sert que comme seconde armature d'un condensateur dont la première serait constituée par l'antenne et par le condensateur qui lui est adjoint. MM. Lodge et Muirhead paraissent ne pas être de cet avis, en ce sens que, dans leur système, ils utilisent bien le second condensateur, mais il est isolé de la terre.

Dans ces dispositifs, le cohéreur, l'excitateur, le condensateur, la bobine de self-induction, etc., sont montés de différentes manières réciproques, de telle sorte qu'en utilisant ou non le transformateur, les oscillations se produisent dans un circuit ouvert, comme en A, ou dans un circuit fermé, comme en B (*fig.* 179 à 181).

Fig. 178. — Nouvel appareil Lodge-Muirhead.

L'un ou l'autre de ces modes d'installation doit être employé dans une station suivant le service qu'elle doit assurer et d'après les conditions dans lesquelles elle se trouve placée, chacun de ces dispositifs présentant des avantages spéciaux.

Deux stations d'essai de ce système ont été installées, l'une à Elmers End, et l'autre à Downe, à une distance par terre d'environ 10 km ; mais, vu les conditions locales, cette distance peut être considérée comme équivalente à une distance en mer huit ou neuf fois plus grande.

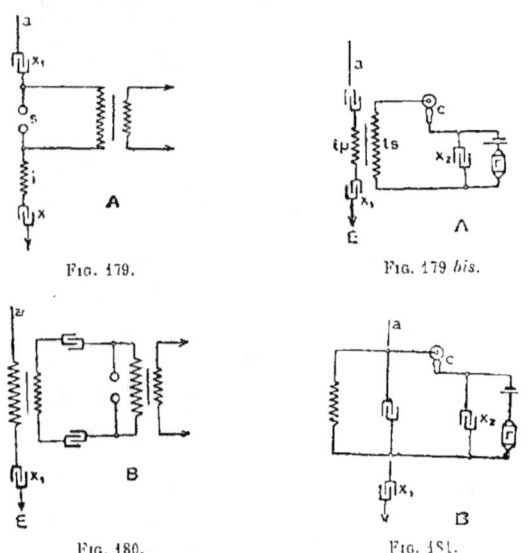

Fig. 179.   Fig. 179 bis.

Fig. 180.   Fig. 181.

Dispositifs de transmission et de réception du système Lodge-Muirhead.

Pour apprécier la valeur d'un système de télégraphie sans fil, la considération de la distance ne vient qu'en second lieu, surtout depuis que M. Marconi a démontré qu'avec une dépense d'énergie suffisante on pouvait communiquer à n'importe quelle distance. Les points les plus importants à vérifier sont la sécurité et la facilité des communications et la possibilité d'obtenir la syntonisation ; sous ces rapports, le système Lodge-Muirhead paraît donner les plus belles espérances.

Appareil pour le service militaire. — MM. Lodge et Muirhead ont modifié leur nouvel appareil pour l'appliquer sous forme commode aux services de la télégraphie militaire. Le dispositif adopté pour l'installation de deux postes est celui des figures 179 et 179 *bis*, sauf qu'au poste transmetteur le condensateur X_1 est supprimé et qu'une des sphères de l'excitateur est reliée directement au fil aérien qui, comme on l'a déjà dit, est une antenne en forme de pyramide droite à base carrée de 15 mètres de hauteur ; on a adopté cette faible hauteur d'antenne, parce que M. Lodge est d'avis qu'il est beaucoup plus important de pouvoir accorder rapidement les deux circuits de transmission et de réception que de donner une grande hauteur à l'antenne.

Les quatre faces de la pyramide sont constituées respectivement par un fil replié en forme de triangle ; chacun de ces fils est isolé des autres. A la partie supérieure de la pyramide des fils passent dans des trous et descendent le long de l'axe pour se rendre aux appareils.

Cette antenne est transportée sur le toit d'une voiture à l'intérieur de laquelle sont installés les appareils. Le poids de la voiture, y compris les appareils, est de 500 kilogrammes ; le fil aérien pèse 18 kilogrammes ; l'antenne, 200 kilogrammes, et une toile en fil de cuivre que l'on place sur le sol pour établir la prise de terre, environ 150 kilogrammes.

Cet appareil présente le grand avantage de pouvoir être rapidement transporté et installé. Il faut quarante minutes pour monter l'installation et quarante-cinq minutes pour la démonter et l'emballer.

On a utilisé cet appareil lors des dernières grandes manœuvres de l'armée anglaise ; il permet d'échanger des communications sur terre jusqu'à une distance de 32 km.

SYSTÈMES BRAUN

Transmission à travers l'eau. — M. le professeur Braun, de Strasbourg, commença ses travaux sur la télégraphie sans fil, en 1898, en utilisant l'eau comme moyen de transmission.

Principe de la méthode. — En partant de ce principe qu'un courant continu passant dans un conducteur cylindrique se répartit uniformément dans toute la section de ce conducteur, tandis qu'un courant alternatif ne s'y propage que superficiellement en pénétrant à une profondeur d'autant moindre que les alternances se trouvent être plus rapides, on peut prévoir que, si l'on immerge dans une grande masse d'eau une lame métallique communiquant avec un fil parcouru par des courants alternatifs ou par des oscillations électriques, le courant ne sera perceptible que jusqu'à une profondeur relativement faible.

M. Braun estime que cette profondeur est inférieure à 2 mètres. Il songea donc à substituer les ondes électriques aux courants continus jusque-là employés par d'autres inventeurs. Avec les ondes électriques, outre l'avantage que les lignes de courant se propagent seulement à travers une couche d'eau peu profonde, on a, de plus, à bénéficier de ce fait que la communication exige seulement une surface liquide interrompue et que la présence d'îles ou de presqu'îles intermédiaires ne fait pas obstacle à la transmission.

Appareils. — Lors de ses premières expériences, M. Braun provoquait la production d'ondes électriques dans l'eau en utilisant le dispositif que montre la figure 182. Les deux pôles du secondaire d'une bobine J sont placés en face de deux petites sphères qui communiquent avec deux conducteurs plongés dans l'eau et disposés à une petite distance l'un de l'autre. Lorsque la bobine est actionnée, des étincelles éclatent entre les petites sphères et il en résulte des perturbations électriques dans les fils, perturbations qui se transmettent en partie à l'eau et en partie à l'air.

Mais M. Braun ne tarda pas à reconnaître la nécessité de donner au circuit de décharge une période d'oscillation bien définie et à faible amortissement. En conséquence, il remplaça son unique bobine par des circuits presque fermés ayant des

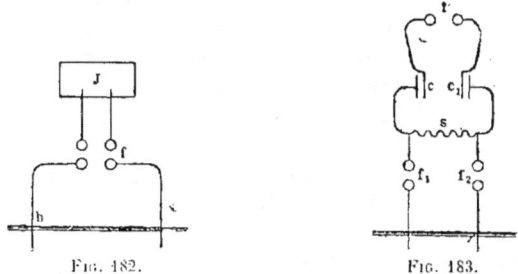

Fig. 182.   Fig. 183.

Dispositifs Braun pour la production des ondes électriques dans l'eau.

capacités et des self-inductions bien définies. Un de ces circuits est représenté figure 183. Les deux sphères *f* constituent l'exploseur de Hertz en communication avec la bobine ; C, C_1 sont deux condensateurs dont les armatures extérieures

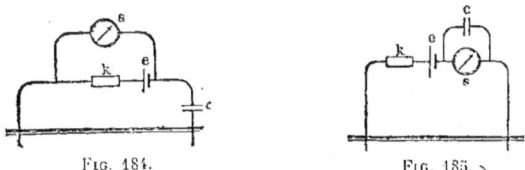

Fig. 184.   Fig. 185.

Dispositifs de réception des ondes transmises par l'eau, système Braun.

communiquent entre elles par l'intermédiaire d'une self-induction *s*. De l'extrémité de cette self-induction partent les petites sphères f_1, f_2 qui se déchargent sur les conducteurs immergés dans l'eau. Au poste récepteur, deux autres conducteurs, immergés également dans l'eau, font partie d'un circuit qui comprend un cohéreur K, un condensateur C, un relais *s* et une pile *e* disposés d'après le schéma des figures 184 ou 185.

Expériences pratiques. — Au cours de l'été de 1898, M. Braun effectua des essais de communication avec ce système, en immergeant les fils transmetteurs et récepteurs aux extrémités des fossés, de forme sinueuse, des anciennes fortifications de Strasbourg; il se livra à des expériences plus étendues à Cuxhaven, près de l'embouchure de l'Elbe. Dans ce dernier essai, malgré le caractère provisoire de l'installation, il effectua de bonnes transmissions à des distances s'élevant jusqu'à 3 km.

De nombreuses contre-épreuves, faites par l'inventeur, démontrèrent que la transmission s'effectuait simplement au moyen des ondes électriques transmises par l'eau et non par conduction ou par induction entre des circuits fermés, ou par des ondes électriques suivant la voie aérienne.

Malgré les bons résultats donnés par ces expériences, M. Braun ne les poursuivit point; mais il s'adonna à la solution d'un problème qui promettait davantage, celui de la transmission au travers de l'atmosphère.

Transmissions à travers l'air. — A en juger par les données énoncées dans les brevets, M. Braun aurait été le premier à donner une nouvelle forme aux appareils transmetteurs, en vue de diminuer l'amortissement considérable présenté par les dispositifs dans lesquels l'antenne était directement reliée à l'oscillateur et aussi en vue d'augmenter la longueur d'onde des oscillations, — ce qui devait permettre de faire entrer en jeu de plus grandes quantités d'énergie et d'obtenir des effets de diffraction plus considérables, en donnant aux ondes la possibilité de mieux contourner les obstacles s'opposant à leur propagation rectiligne. Ayant adopté un oscillateur à faible amortissement et indépendant de l'antenne, M. Braun fut nécessairement amené, eu égard à la minime puissance rayonnante d'un oscillateur de cette sorte, à faire agir par induction l'oscillateur sur l'antenne radiatrice et à adopter, par suite, un transformateur pour la transmission des oscillations d'une antenne à l'autre.

Il détermina exactement la période d'oscillation de ses transmetteurs et trouva expérimentalement la longueur à

17

donner à l'antenne pour qu'elle fût en résonance avec
période de l'oscillateur, longueur qui devait correspondre à
1/4 de la longueur de l'onde de l'oscillateur, ainsi qu'on l'a
déjà vu dans la partie théorique développée dans le chapitre VI.

Il est facile de voir comment ces innovations ont été inspi-
rées par les mêmes principes théoriques que les innovations
introduites par M. Marconi dans ses appareils, lorsqu'il est
passé de son premier système au second ; elles devaient donc
conduire M. Braun à adopter des dispositions définitives peu
différentes.

On ne s'arrêtera pas à discuter ici les arguments d'antério-
rité formulés par l'un et l'autre des deux savants ; ce sont là
des questions qui n'intéressent que les sociétés exploitant commercialement les brevets respectifs. On passera donc immédiatement à la description des principales dispositions imaginées
par M. Braun pour la télégraphie sans fil à travers l'air.

Système principal. — Une des premières et des plus simples
formes de l'appareil de M. Braun est représentée figure 186.

Le circuit de décharge est presque fermé ; il comprend le
condensateur C et la self-induction S. Les
sphères de l'exploseur sont, comme toujours,
reliées aux extrémités du secondaire d'une
bobine de Ruhmkorff non représentée sur la
figure.

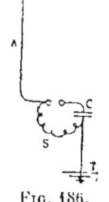

Fig. 186.
Appareil Braun.

Les deux extrémités de la self-induction
communiquent l'une avec une des sphères de
l'exploseur et avec l'antenne, l'autre avec
une des armatures du condensateur et avec le
sol. M. Braun démontra expérimentalement que, malgré le
caractère de faible radiation du circuit CS, l'antenne, qui est
en communication directe avec ce circuit, devient le siège de
fortes oscillations qui rayonnent librement dans tous les sens
lorsque sa longueur est égale au quart de la longueur d'onde
de l'oscillateur.

M. Braun adopta ensuite la disposition symétrique de la

figure 187, que l'on peut considérer comme un circuit de Lecher, à cette différence près que le circuit du résonateur constitué par les deux fils, l'un formant l'antenne et l'autre communiquant avec le sol, se trouve appliqué directement aux armatures secondaires des condensateurs, au lieu de se détacher de deux points voisins de la self-induction S.

On sait que, dans l'appareil de Lecher, les effets de résonance sont d'autant plus intenses que le pont reliant les fils parallèles est plus long. Dans le cas de la figure 187, le pont peut être considéré comme constitué par la totalité de la self-induction S. Mais ensuite M. Braun trouva superflue, tout au moins pour le transmetteur, la communication avec la terre, communication qui rendait l'appareil trop sensible aux décharges atmosphériques. Il laissa isolé un des fils qui partent de l'extrémité de la self-induction, en lui donnant, par raison de symétrie, une longueur égale à celle de l'antenne,

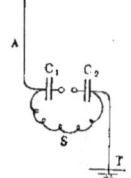

Fig. 187.

Autre dispositif symétrique de l'appareil Braun.

tandis que l'autre fil communiquait avec l'antenne (*fig*. 188).

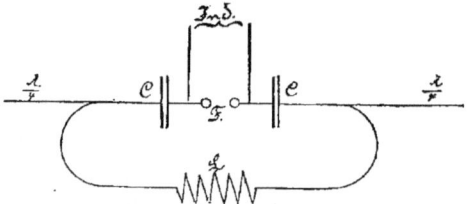

Fig. 188. — Autre dispositif de l'appareil Braun.

M. Braun multiplia ensuite le nombre des condensateurs, les accouplant de la manière déjà indiquée (*fig*. 99 et 100, voir p. 156), afin qu'au moment de la décharge des étincelles éclatassent entre les armatures de chaque condensateur, — ce qui permet d'utiliser de grandes quantités d'énergie sans compromettre le caractère oscillant des décharges et sans en modifier la période, car chaque condensateur es décharge sur ses propres armatures.

Au lieu de la communication directe entre l'antenne et l'oscillateur, M. Braun utilisa aussi les phénomènes d'induction en se servant d'un transformateur LS, comme le montre la figure 189 ; dans ces conditions le circuit excitateur CC, FL demeure complètement isolé aussi bien de la terre que de l'antenne. Dans ce cas, c'est l'enroulement S du secondaire qui communique, d'un côté, avec l'antenne et, de l'autre côté, avec un fil symétrique d'une longueur égale à celle de l'antenne.

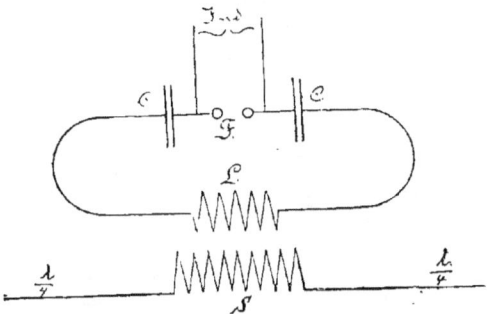

Fig. 189. — Dispositif Braun utilisant les phénomènes d'induction.

Ce transformateur est isolé à l'huile et enfermé dans un récipient en verre (*fig.* 92, p. 150).

En résumé, on a également ici, dans l'appareil transmetteur, deux parties essentielles connexes entre elles : un circuit d'oscillation presque fermé et de période bien définie qui, par suite du faible amortissement, fonctionne comme un réservoir d'énergie, et un circuit transmetteur proprement dit, qui est ouvert. Ce dernier est le siège d'oscillations fortement amorties par suite des radiations permanentes qu'il émet.

Le fil symétrique de la figure 189 est parcouru à chaque instant par des courants égaux et de sens contraires à ceux qui parcourent, dans le même instant, le fil aérien ; on peut donc le remplacer par une bobine ou par un condensateur convenablement choisi pour produire le même effet.

La terre pourrait également servir aux mêmes fins ; mais ce dernier expédient n'est pas recommandable en raison des difficultés qui s'opposent à l'obtention d'une bonne terre, et aussi parce que les décharges atmosphériques viendraient troubler la transmission. La maison Siemens et Halske, qui construit les appareils Braun, assure que ceux-ci sont absolument exempts d'un pareil défaut.

Avec le système à excitation par induction, représenté figure 189, on peut également réunir plusieurs condensateurs de la manière indiquée figures 99 et 100 (voir p. 156). Chacun de ces condensateurs se décharge sur ses propres armatures et est en communication avec une section spéciale

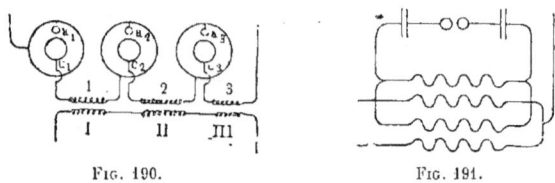

Fig. 190.   Fig. 191.

Montage des transformateurs dans le système Braun.

du primaire du transformateur, ainsi que le montre la figure 190. On peut encore adopter la disposition de la figure 191, en distribuant l'oscillation primaire entre un certain nombre de circuits inducteurs disposés en parallèle. Ces derniers agissent sur autant de circuits induits, qui communiquent, d'une part, avec l'antenne et, d'autre part, avec le sol.

Le récepteur est représenté figure 192. On peut dire qu'il est l'inverse du transmetteur. Sa qualité essentielle consiste en ce qu'il est très sensible aux ondes de la période du transmetteur et insensible, ou presque, aux ondes ayant une autre période. Les ondes sont reçues par une antenne qui les transmet à un circuit CCL de résonance qui doit accumuler l'énergie lui parvenant, au point de la rendre apte à agir sur

le cohéreur K. La période du circuit CCL doit être en résonance avec le circuit SK qui comprend le secondaire du trans-

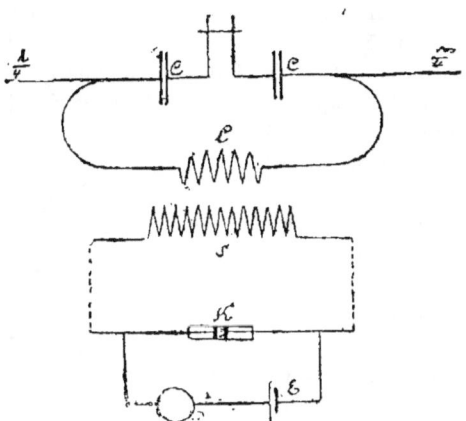

Fig. 192. — Récepteur du système Braun.

formateur, le cohéreur, la pile E et le relai R. Ce dernier
actionne le circuit auxiliaire, non représenté sur la figure,
dans lequel se trouve l'appareil enregistreur.

Pour le transformateur du récepteur, fonctionnant à des
tensions beaucoup plus
basses que celles du transmetteur, l'isolement à huile
n'est pas nécessaire ; l'isolement à air suffit (*fig.* 102,
p. 157).

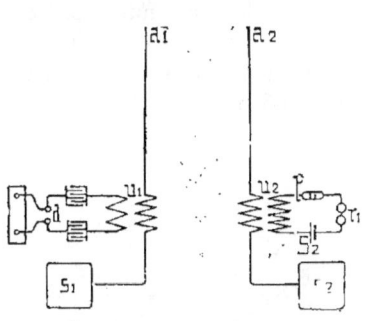

Fig. 193. — Appareil Braun.

Dans l'appareil récepteur
également, le fil symétrique
à l'antenne peut être supprimé et remplacé par un
condensateur convenable
que l'on peut considérer
comme formant une communication indirecte avec la terre.

Si l'on adopte la substitution indiquée ci-dessus pour l'appareil transmetteur et pour le récepteur, le système Braun peut être représenté schématiquement par la figure 193, dans laquelle S_2, S_1 indiquent les condensateurs remplaçant le fil symétrique aux antennes A_1 et A_2.

Autres systèmes. — M. Braun fait également usage du système schématiquement indiqué figure 194. Dans ce dernier dispo-sitif, l'antenne A est excitée au moyen d'un condensateur K dont une armature se trouve reliée à l'antenne, tandis que l'autre armature est en com-munication avec une des sphères de l'exploseur. Le condensateur K, mis en déri-vation sur l'oscillateur, sert à régler la période des oscilla-tions produites. Sur le fil de terre T on a ménagé un nou-vel intervalle explosif O'.

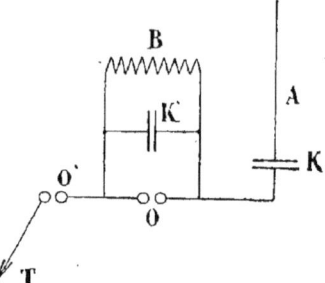

Fig. 194. — Autre dispositif Braun (transmetteur).

Ce dernier dispositif donne, paraît-il, des résultats moins bons que ceux obtenus au moyen du dispositif à excitation par induction, lequel, indépendamment des avantages énu-mérés, offre encore celui de rendre l'antenne non nuisible. On constate en effet, sur l'antenne, la production de courants de Tesla, lesquels ne donnent, au contact, aucune sensation désagréable. De plus, les défauts accidentels d'isolement de l'antenne deviennent moins graves.

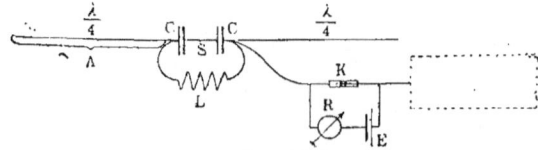

Fig. 195. — Autre dispositif Braun (récepteur).

Pour le récepteur également, M. Braun utilise, outre le dispositif à excitation par induction déjà décrit (*fig.* 192), le dispositif de la figure 195, dans lequel le circuit du cohéreur est appliqué directement à l'armature du condensateur ; ce dernier est également en communication directe avec l'antenne.

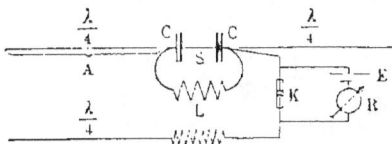

FIG. 196. — Dispositif mixte de M. Braun.

M. Braun utilise encore le dispositif mixte (*fig.* 196), dans lequel le circuit du cohéreur communique, d'un côté, avec le secondaire du transformateur et, d'autre part, avec une des armatures du condensateur et avec l'antenne.

Dispositions pratiques. — La figure 197 donne le schéma des connexions de l'appareil récepteur, et la figure 198 montre l'ensemble d'une station Braun.

Dans la figure 197, à la première borne de gauche, vient se fixer le fil aérien récepteur et les oscillations recueillies par ce fil excitent le circuit oscillateur qui comprend le condensateur C et la self-induction L (*fig.* 102, p. 157). De la seconde borne de gauche se détache le fil de communication allant à la plaque qui remplace le fil symétrique de l'antenne.

Le circuit représenté par des points sert à relier le secondaire de la bobine au cohéreur Co*h* ; celui représenté par des traits et des points est le primaire du relai R, dont le secondaire se trouve indiqué par des traits alternant avec deux points. Le petit marteau frappeur est représenté en K*pf*, la sonnerie d'appel en K*l*, et en M se trouve la communication avec le Morse.

Les cohéreurs employés sont ceux à poudre d'acier qui ont déjà été décrits avec les autres types de cohéreurs.

Les lettres W[1], W[2], W[3] indiquent les bobines de réactance qui servent à éviter les étincelles lors de l'ouverture des circuits du relai, du frappeur et des sonneries d'appel, bobines analogues à celles marquées p^1, p^2, qs, etc., de l'appareil Marconi (*fig*. 152, voir p. 226).

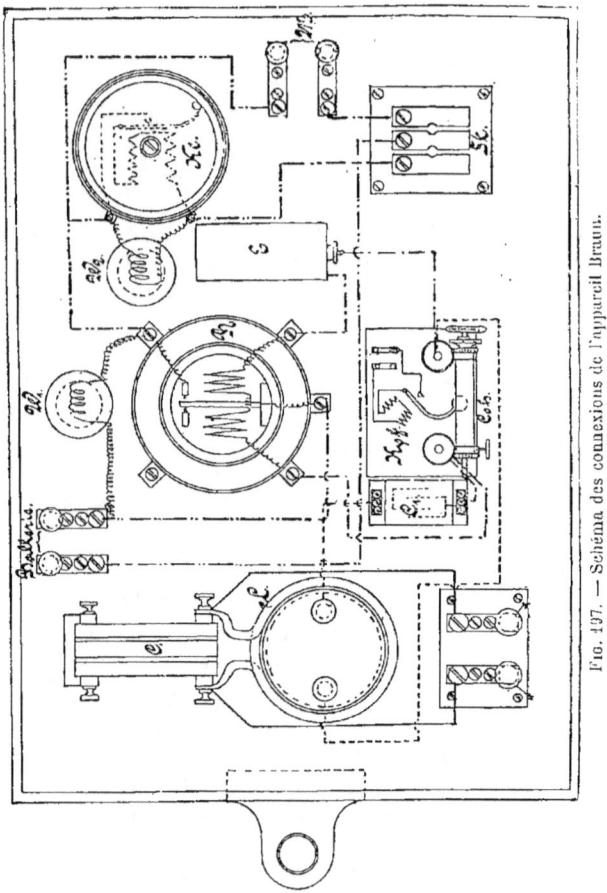

FIG. 197. — Schéma des connexions de l'appareil Braun.

La figure 198 ne nécessite pas d'amples explications : à gauche, sur la tablette, on voit la batterie de condensateurs déjà décrite ; à droite, le récepteur Morse ; au dessous, la bobine et, tout à côté. l'interrupteur Wehnelt d'un modèle spécial approprié à ce service.

Fig. 198. — Station Braun.

Appareils de radiotélégraphie militaire. — La maison Siemens et Halske a appliqué les dispositifs imaginés par M. Braun à la construction d'un appareil portatif complet de radiotélégraphie de campagne. Les figures 199, 199 *bis*, 199 *ter*, 200, 200 *bis* et 201 donnent des vues de voitures utilisées pour ce service.

Les divers appareils ont été logés. d'une façon très heureuse, sur deux voitures parfaitement adaptées aux usages militaires, voitures de tous points semblables à deux caissons d'artillerie. accouplées ensemble et traînées par trois paires de chevaux (*fig*. 199). Le véhicule d'avant contient tout ce qui est néces-

Fig. 199. — Voiture de télégraphie sans fil du service télégraphique militaire allemand.

saire pour la réception ; le véhicule d'arrière porte l'appareil oscillateur et le transmetteur.

L'examen des figures 200 et 200 *bis* permet de se faire une

Fig. 199 *bis*. — Voiture de télégraphie sans fil du service télégraphique militaire allemand.

idée du groupe générateur d'énergie électrique et de la manière dont on l'adapte sur la voiture d'artillerie portant les servants.

Un moteur à essence, ayant une vitesse angulaire de 800 tours

Fig. 199 ter. — Voiture de télégraphie sans fil en station.

par minute et d'une puissance de 5 chevaux, actionne une
dynamo de 2,5 kilowatts qui fournit le courant sous une ten-

sion normale de 120 volts. Les récipients contenant l'essence
sont placés sous la partie postérieure de la voiture. A côté

Fig. 200. — Détails de la voiture portant le générateur d'énergie électrique (vue d'avant).

du groupe électrogène se trouve le rhéostat de réglage que
l'on aperçoit à droite de la figure 200 *bis*, enfermé dans une
caisse en bois. En haut, on voit le système réfrigérant à ailettes,

dans lequel une petite pompe rotative fait circuler l'eau destinée au refroidissement du cylindre moteur.

On peut se faire une idée complète de la voiture de transmission en examinant la figure 200 qui en représente la vue
antérieure. On y remarque la dynamo et la bobine qui est

FIG. 200 *bis*. — Détails de la voiture portant le générateur d'énergie électrique (vue d'arrière).

assez puissante pour donner des étincelles de 40 cm. Sur le
panneau de séparation, entre la partie antérieure et la partie
postérieure de la voiture, se trouve monté le tableau des connexions portant les instruments de mesure et de contrôle; en
outre, on y a installé la batterie des condensateurs à bouteille,
déjà décrits. Elle se compose de quarante petites bouteilles de

Leyde hautes de 20 cm environ et de 2,5 cm de diamètre ; elles sont groupées en deux batteries destinées à former les deux condensateurs qui se trouvent représentés, sur la figure 198 (voir p. 266), à gauche et à droite de l'exploseur.

Fig. 201. — Détails de la voiture portant les appareils de réception.

La capacité totale de cette batterie est de 0,01 microfarad et doit demeurer invariable, l'ensemble de l'appareil radiateur, qui vient d'être sommairement décrit, permettant d'obtenir pour chaque étincelle qui éclate dans l'exploseur plusieurs dizaines d'ondes rayonnées par le fil aérien. Ce dernier est élevé à une grande hauteur par le ballon captif ou par des cerfs-volants, lorsque le vent est favorable.

La voiture d'avant porte, comme on l'a dit, l'appareil récepteur, et la figure 201 donne une idée de sa construction. A droite, on voit le cohéreur avec le relai correspondant; au centre, le Morse; les deux appareils sont desservis par des éléments à liquide immobilisé Hellesen.

La voiture d'arrière porte les récipients pour l'essence; de son côté, la voiture d'avant transporte les récipients pour le gaz hydrogène nécessaire en cas de lancement de ballons captifs destinés à soutenir le fil aérien. Naturellement on trouve sur les deux véhicules tout l'outillage aérostatique nécessaire.

Le service est assuré, sans parler des conducteurs, par un officier, un sous-officier et cinq hommes de troupe.

Les transmissions peuvent commencer quelques minutes après l'arrêt. Elles s'effectuent avec une très grande sécurité, d'après ce que nous apprend l'*Electrotechnische Zeitschrift*; elles ont été déjà effectuées à des distances se rapprochant de 80 km; mais on estime pouvoir arriver, sans la moindre difficulté et d'une manière absolument normale, à des distances d'environ 100 km.

Système à radiateur parabolique. — M. Braun a fait récemment breveter des radiateurs pour télégraphie sans fil ayant la forme d'un cylindre à section parabolique et constitués par une série de petites tiges disposées suivant les génératrices du cylindre; chacune de ces tiges est reliée, à l'aide d'un fil rectiligne, à une boule se trouvant sur la ligne focale du cylindre. Deux appareils identiques sont réunis de manière que les sphères se trouvent deux à deux, à petite distance l'une de l'autre, constituant ainsi une série d'exploseurs.

Toutes les tiges sont excitées simultanément; mais la phase des oscillations produites par chacune d'elles dépend de la longueur du fil de connexion. L'action totale due à ces tiges est la production d'un faisceau d'ondes exactement parallèles

18

à l'axe. La capacité de chacune de ces tiges peut être augmentée par l'adjonction d'un condensateur, ce qui permet d'augmenter la quantité d'énergie émise. Les condensateurs et les bobines de self-induction de chaque tige sont ensuite choisis afin que les périodes de vibrations soient toutes égales.

Ce radiateur permet d'établir un système de télégraphie par ondes dirigées analogue à celui réalisé, à l'aide d'autres moyens, par M. Blochmann.

SYSTÈME SLABY-ARCO

M. Slaby, professeur à l'École Polytechnique de Charlottenbourg, commença ses premières expériences de télégraphie sans fil en 1897, peu de temps après avoir assisté, en Angleterre, aux expériences de M. Marconi. L'appareil employé par M. Slaby était analogue à celui que M. Marconi utilisait à cette époque.

A la station de transmission, il employait une bobine d'induction, construite par la Société Siemens et Halske et donnant des étincelles de 25 à 30 cm ; cette bobine était actionnée par huit accumulateurs et un oscillateur du type Righi (*fig.* 65, p. 124), dont les grosses sphères de laiton étaient placées à une distance fixe de 2 mm et les petites à une distance pouvant varier de 3 à 15 mm.

A la station réceptrice, le circuit primaire comportait, montés en tension, le cohéreur, un élément de pile à liquide immobilisé et un galvanomètre Weston dont l'index, convenablement disposé, remplaçait l'armature du relai. M. Slaby avait supprimé les résistances inductives k, k' (*fig.* 112, p. 175), que M. Marconi employait pour éviter que les ondes électromagnétiques ne troublent le fonctionnement du relai. Le circuit secondaire est celui qui est représenté schématiquement (*fig.* 202).

La pile p, le frappeur t du cohéreur et l'index du contact R du galvanomètre Weston sont montés en série ; le commutateur C permet de monter en parallèle la sonnerie S et l'appareil Morse M.

Avec ce dispositif et en employant un fil aérien de 100 mm de hauteur, soutenu par un ballon captif, M. Slaby put échanger des communications à 21 km de distance. Par la suite, une étude plus complète des conditions de fonctionnement du système vibrateur l'amenèrent à apporter des modifications radicales à son premier dispositif, modifications qui ont donné

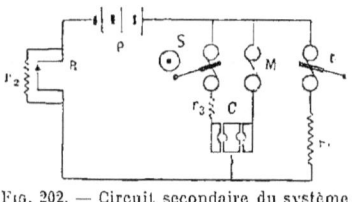

Fig. 202. — Circuit secondaire du système Slaby.

à l'appareil un certain degré d'originalité.

Dans l'étude de ces modifications, M. Slaby eut pour collaborateur le comte Arco, et c'est pourquoi le système est aujourd'hui connu sous le nom de Slaby-Arco.

Principe du système. — La considération qui fut le point de départ des modifications apportées par M. Slaby à son appareil primitif était la suivante : comme le cohéreur est sensible aux différences de potentiel et non aux variations de l'intensité, il est rationnel de le placer à l'extrémité supérieure de l'antenne, où les variations de potentiel atteignent leur maximum, et non à la partie inférieure, où elles sont minima puisqu'il s'y trouve un nœud des variations de potentiel.

Malgré ce défaut, le cohéreur se prête néanmoins bien aux communications, ce qu'il doit en partie, d'après M. Slaby, d'une part, à sa grande sensibilité et, d'autre part, à la présence d'ondes secondaires qui produisent des variations du potentiel, même dans les points où devrait se trouver un nœud, ainsi qu'à la dissymétrie du système, qui fait qu'il n'existe en aucun point de véritables nœuds. En plaçant le cohéreur à l'extrémité supérieure de l'antenne, cela entraîne de graves complications que l'on ne saurait admettre dans un appareil pratique ; c'est pourquoi M. Slaby a cherché et trouvé un dispositif permettant de reproduire les variations de potentiel qui se produisent à l'extrémité supérieure de l'antenne dans une partie de l'appareil plus accessible où le cohéreur peut être facilement installé.

La figure 203, A, montre en a_2 le cohéreur installé dans la position rationnelle ; si, dans le voisinage du fil vertical, on dispose un fil incliné de même longueur, comme le montre la figure 203 B, il se produit à l'extrémité de ce second fil des variations de potentiel semblables à celles qui se manifestent à l'extrémité du premier, et cela d'une manière analogue à ce qui se produit dans un diapason lorsque, en actionnant une des branches, l'autre se met également à vibrer. L'excitation de ce second fil est indépendante de l'angle qu'il forme avec le premier ; c'est pourquoi on peut lui donner une direction horizontale, comme le montre la figure 203, C.

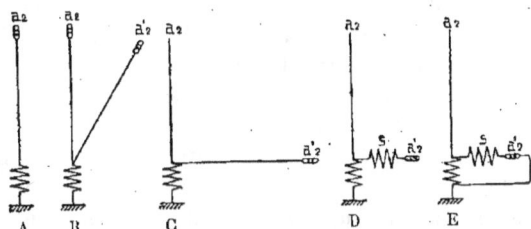

Fig. 203. — Différents modes de montage du cohéreur dans le système Slaby-Arco.

C'est là précisément la première disposition donnée par M. Slaby au nouveau récepteur, celle dans laquelle il place au bas de l'antenne un fil horizontal de même longueur que cette dernière, dit *fil de prolongement*, et à l'extrémité duquel est placé le cohéreur. Lorsque l'antenne a une hauteur considérable, la longueur du fil horizontal (*fig.* 203, C) rend l'installation incommode ; mais, au point de vue électrique, rien n'empêche d'enrouler le fil en hélice, comme le montre la figure 203, B, et de placer alors le cohéreur à son extrémité.

Si l'extrémité libre du cohéreur est reliée à la terre, comme l'indique la figure 203, E, la différence de potentiel qui actionne

le cohéreur a une valeur comprise entre zéro et + U et entre
zéro et — U et, par conséquent, son minimum est égal à U,
étant admis que le maximum de potentiel soit ± U. M. Slaby
a doublé la différence de potentiel agissant aux bornes du
cohéreur, en reliant ces dernières aux extrémités d'une
bobine M_2 (*fig.* 204) de longueur égale à environ deux fois celle
de M_1, afin que la longueur M_2 soit égale à une demi-longueur
d'onde; dans ces conditions, pendant les
vibrations, le point D se trouve toujours
en retard d'une demi-période par rapport au point F et, par suite, ces deux
points sont constamment en opposition
de phase; c'est pourquoi la différence
de potentiel agissant sur le cohéreur est
celle comprise entre + U et — U et,
par conséquent, deux fois plus grande
que dans le cas précédent. La bobine M_2,
au lieu de communiquer directement

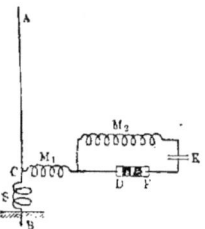

Fig. 204. — Dispositif
Slaby pour doubler la
différence de potentiel.

avec F, peut être mise en communication par l'intermédiaire
du condensateur K; dans ce cas, il faut que la période de
vibration du circuit M_2K soit la moitié de la période utilisée
pour la transmission.

M. Slaby ayant reconnu que l'emploi de la bobine M_2 augmentait la valeur de la force électromotrice agissant sur le
cohéreur, dans des proportions encore plus grandes que celles
qu'il espérait obtenir, a donné pour ce motif à cette bobine le
nom de *multiplicateur*.

Il est à remarquer que M. Murani ne considère pas comme
exacte la théorie sur laquelle s'appuie M. Slaby pour justifier
l'emploi du fil de prolongement. Il a observé, en effet, que le
nœud de potentiel se forme à la base de l'antenne, en un point
où M. Marconi place le cohéreur lorsque l'antenne est reliée
directement à la terre; mais, comme le cohéreur est intercalé
entre l'antenne et la terre et que le cohéreur présente une
grande résistance, on doit considérer l'antenne comme isolée
du sol, et il a démontré expérimentalement que, dans une

antenne isolée, il se forme un nœud dans le milieu et un
ventre à chacune de ses deux extrémités. Par conséquent,
dans le système Marconi, le cohéreur, avant de devenir conducteur, se trouve placé dans un ventre de vibration, c'est-à-dire
au point le plus favorable pour être actionné; le fil de prolongement deviendrait, par conséquent, inutile et serait, au contraire, nuisible à cause de la dispersion d'énergie auquel il
donne lieu.

Systèmes syntonisés. — L'action du multiplicateur, qui
dépend de la forme de l'enroulement, non seulement augmente l'effet utile sur le cohéreur et, par suite, la portée et la
sûreté des transmissions, mais empêche aussi que le cohéreur

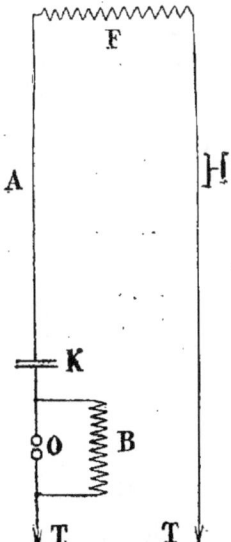

soit influencé par des ondes ayant
d'autres périodes que celle pour laquelle il est accordé et, par conséquent, contribue efficacement à établir la syntonisation entre l'appareil
transmetteur et récepteur.

Pour que la syntonisation du récepteur Slaby-Arco, pour une longueur d'onde déterminée, puisse permettre d'obtenir le maximum possible
de sensibilité, il est nécessaire que le
poste transmetteur émette des ondes
de la fréquence pour laquelle le récepteur est accordé.

La première disposition réalisée
par M. Slaby est représentée sur la
figure 205. Elle comporte deux fils
aériens A et H, reliés par l'intermédiaire d'une forte self-induction E et
mis en communication par leurs extrémités inférieures, l'un avec la terre,

Fig. 205. — Premier dispositif de syntonisation du
système Slaby.

l'autre avec une des armatures d'un condensateur K dont la
seconde armature communique avec l'une des sphères de

l'exploseur O ; la seconde sphère de cet exploseur est reliée à
la terre. Le fil A constitue l'antenne radiante parce que,
d'après M Slaby, la self-induction F s'oppose très fortement à
la propagation des oscillations produites par la décharge, les
forçant ainsi à se propager dans l'autre fil. Le condensateur K
remplit la double fonction d'augmenter la quantité d'électricité disponible lors de chaque décharge et d'augmenter aussi
la période des oscillations. L'augmentation de la période des
oscillations dépend de la capacité du condensateur et de la
longueur de l'antenne ; aussi est-il possible, lorsqu'on ne veut
pas employer une antenne de trop grande longueur, d'obtenir
des ondes à longue période en augmentant la capacité du condensateur.

M. Slaby ne tarda pas à constater les inconvénients d'un
pareil dispositif. En effet, afin que le fil H, introduit pour
mieux déterminer la période des vibrations en les localisant
dans un circuit presque fermé, ne contrariât point l'action du
fil A, il fallait rendre l'inductance F assez
forte pour empêcher les oscillations de A
de se propager en H ; mais alors les oscillations ne s'effectuent que dans l'antenne A,
et l'on revient ainsi au type radiateur ouvert possédant un fort amortissement et,
conséquemment, ayant une période mal
définie.

M. Slaby introduisit donc, dans son dispositif primitif, des modifications successives que l'on ne décrira pas et qui le
conduisirent au système définitivement
adopté, système schématiquement représenté sur la figure 206.

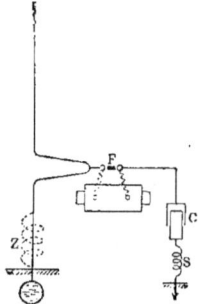

Fig. 206. — Dispositif de
syntonisation du sys-
tème Slaby.

Le circuit dans lequel se produisent les oscillations se compose de l'oscillateur F, alimenté par une bobine d'induction.
Les deux petites sphères de l'exploseur communiquent toutes
deux avec la terre : l'une par la bobine à grosses spires Z,
l'autre par le condensateur à armatures mobiles C et par une

self-induction S. Le circuit se trouvant fermé, la période est bien déterminée.

L'antenne radiatrice, mise en dérivation sur ce circuit, prend conséquemment part au mouvement oscillant; l'effet maximum s'obtient en réglant la période de l'oscillateur de manière que cette période corresponde à celle de l'antenne. Pour obtenir le réglage, on peut modifier la période de l'antenne par la variation de sa longueur ou de la période du circuit fermé, et cela en modifiant la capacité du condensateur C ou le nombre de spires des self-inductions Z et S.

Suivant toute probabilité, dans ce dispositif, l'énergie rayon-

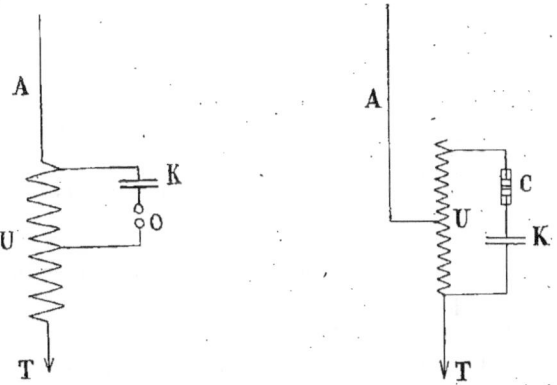

FIG. 207. — Poste transmetteur Slaby.   FIG. 208. — Poste récepteur Slaby.

née par l'antenne ne représente qu'une partie minime de l'énergie disponible, en raison de la communication directe existant entre l'antenne et le sol.

Les figures 207 et 208, qui n'ont pas besoin d'explications, représentent un autre dispositif adopté par M. Slaby; la figure 207 représente le poste transmetteur, et la figure 208 le poste récepteur. Enfin, on a rendu l'oscillateur plus symétrique en plaçant un condensateur près de l'autre sphère de l'exploseur, ainsi que le montre la figure 209, ce qui rend le dispositif identique à celui de M. Braun (*fig.* 187, p. 259).

Sur les navires de guerre, on adopte la disposition de la figure 210. L'oscillateur F_1 se place dans l'intérieur du navire, en un endroit protégé ; il fonctionne sous des potentiels peu élevés ; en circuit avec lui se trouvent le condensateur K et la self-induction S_1. Un fil isolé fait communiquer l'oscillateur avec une self-induction F_3 à larges spires, qui joue le rôle de multiplicateur et aboutit à l'antenne de radiation B. A l'intérieur de la bobine F_3 se trouvent deux sphères métalliques :

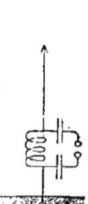

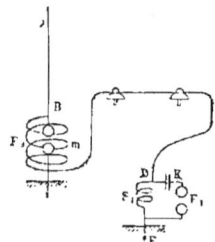

Fig. 209. — Transmetteur Slaby avec double condensateur.

Fig. 210. — Dispositif Slaby utilisé sur les navires de guerre.

l'une en communication avec l'antenne, et l'autre avec le sol. L'action du multiplicateur a pour effet d'augmenter considérablement le potentiel aux extrémités de l'antenne, si bien que les étincelles en m se trouvent être dix fois plus longues que celles qui éclatent en F_1. Le poste récepteur est celui représenté figure 204 (voir p. 277).

Montage pratique des appareils. — Aux dispositifs schématiques ci-dessus décrits on doit ajouter, lors de la mise en service, tous les accessoires nécessaires pour le fonctionnement de la station.

Appareil transmetteur. — Dans l'appareil transmetteur, il faut distinguer deux parties : le circuit à basse tension qui alimente le primaire de la bobine et le circuit à haute tension qui comprend le secondaire de la bobine avec les organes tels que condensateurs, bobines de réactance, etc., lesquels servent à régler la période des oscillations à transmettre à l'antenne.

Le circuit à basse tension est schématiquement représenté

figure 211 ; il comprend l'inducteur qui peut être alimenté par le courant continu provenant de la canalisation (+ —), et l'interrupteur à turbine (Voir *fig*. 61 et 62, p. 119 et 120). Quand il est nécessaire d'utiliser de grandes intensités de courant, et afin d'éviter l'emploi du mercure, on transforme, le courant

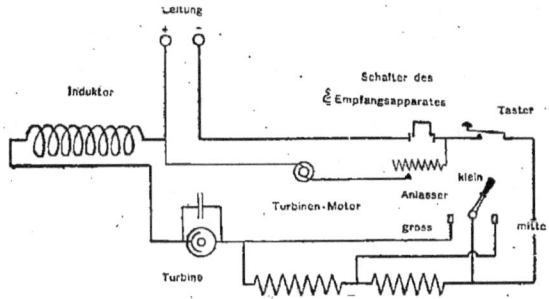

FIG. 211. — Transmetteur Slaby.

continu en courant alternatif au moyen du convertisseur Grisson. Dans le circuit, se trouve en outre un manipulateur Morse, pourvu d'un souffleur magnétique, qui sert à éteindre l'étincelle, et une résistance de réglage, à trois contacts, correspondant à trois valeurs différentes de résistance, ce qui permet de réduire l'intensité du courant se rendant au transmetteur quand il s'agit de communiquer seulement à une petite distance. Selon la position du commutateur, l'on intercale sur le circuit deux, une ou même aucune des résistances auxiliaires représentées au bas de la figure.

Le circuit à haute tension comprend le condensateur, l'exploseur, le fil de transmission, l'interrupteur automatique, la bobine de syntonisation et l'interrupteur de sûreté. Le condensateur est formé de 3, 7 ou 14 bouteilles de Leyde, chacune d'elles ayant une capacité de 1/1000 microfarad, selon que l'antenne a une hauteur de moins de 20 à 40 mètres, ou une hauteur de plus de 40 mètres.

L'exploseur en contact avec les extrémités du secondaire de la bobine d'induction est celui qui a été déjà décrit (voir *fig.* 66, p. 127), et dont les sphères sont disposées verticalement ; la sphère supérieure, mobile et reliée au sol, ne présente ainsi aucun danger ; quant à l'autre, dont le contact serait dangereux, on a eu le soin de la placer dans un endroit difficilement accessible et on lui donne une couleur rouge. La figure 104 (p. 158) représente le petit cylindre qui renferme l'exploseur ; au-dessous du petit cylindre renfermant l'exploseur, se trouve le grand cylindre renfermant la batterie de bouteilles de Leyde.

Le fil de transmission est un conducteur isolé dont l'extrémité supérieure, sur environ 10 % de sa longueur totale, est enroulée en forme de cage cylindrique.

L'interrupteur automatique se trouve placé entre l'antenne et la batterie de bouteilles de Leyde ; il sépare automatiquement du récepteur, pendant la réception des messages, le circuit à haute tension du transmetteur.

La bobine de syntonisation est constituée par quelques spires d'un fil enroulé sur la petite caisse cylindrique qui renferme la batterie de bouteilles de Leyde (*fig.* 103, p. 158). Enfin l'interrupteur de sûreté, inséré entre l'antenne et la salle des appareils, s'ouvre en cas d'orage.

Appareil récepteur. — Le schéma général du récepteur est représenté figure 212. Il montre deux circuits différents : un circuit à basse tension contenant la pile du cohéreur ; un autre circuit, à tension plus élevée, qui est relié, par le relai, à la batterie locale actionnant l'appareil enregistreur.

Dans la figure 212, les fils du premier circuit sont indiqués par des traits, et ceux du second circuit par des traits et des points.

Dans le circuit du cohéreur on trouve intercalés : le cohéreur A, l'interrupteur U, l'élément de pile du cohéreur F, l'enroulement du relai RR, le condensateur C, la résistance additionnelle W et l'interrupteur SM.

Les condensateurs sont du type à fermeture hermétique et à sensibilité variable déjà décrits.

La connexion de l'interrupteur à vis U s'effectue de la manière indiquée précédemment dans la description des décohéreurs mécaniques, cela afin d'éviter la formation d'étincelles à l'intérieur de la poudre du cohéreur. Le relai est polarisé;

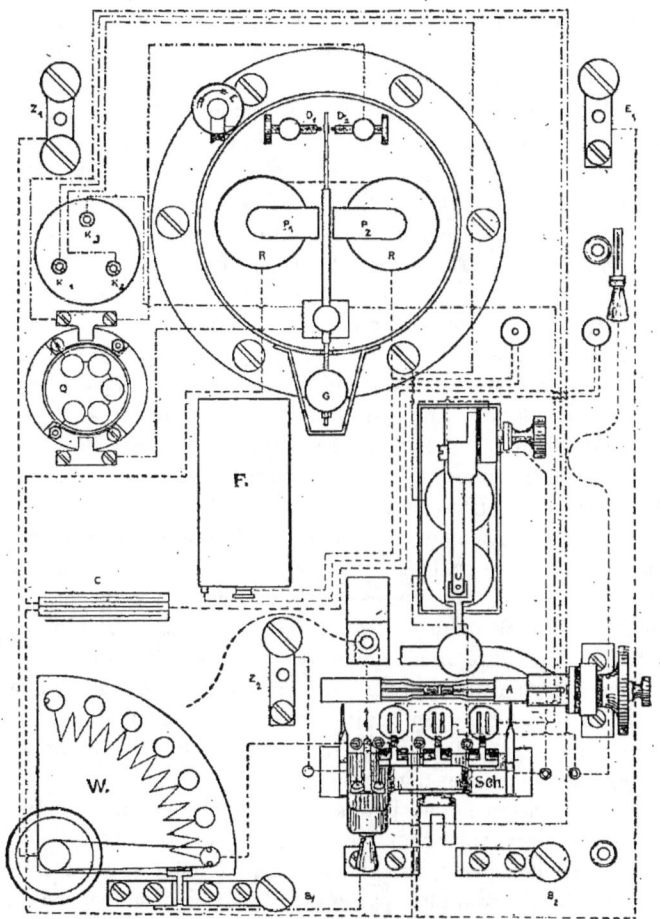

FIG. 212. — Schéma des connexions du récepteur Slaby-Arco.

il a déjà été décrit. On monte le condensateur en parallèle avec la pile à liquide immobilisé et avec l'enroulement du relai; sa capacité est de 0,01 microfarad ; elle est, par suite, infiniment grande comparée à celle du cohéreur et elle sert à absorber l'excès de tension qui, autrement, influencerait le cohéreur en raison de la self-induction du relai ; par suite, elle facilite la décohésion. Ce condensateur est formé de feuilles d'étain séparées par des lames de mica.

La ligne de terre qui aboutit à E_1 est amenée directement au cohéreur (en évitant ainsi la self-induction du relai) par l'intermédiaire du condensateur et traverse l'interrupteur U.

La résistance additionnelle sert à affaiblir l'intensité du courant à la réception dans les stations mobiles, quand on télégraphie à de très courtes distances. En faisant varier la position de la manivelle, on peut supprimer la syntonisation et ainsi diminuer l'effet des ondes sur le cohéreur.

Le relai actionne, outre le frappeur, une sonnerie d'appel et un récepteur Morse ; ces derniers appareils ne sont pas représentés sur la figure. Enfin, une batterie de 4 éléments de pile à liquide immobilisé fournit le courant à ces appareils.

La batterie, quand elle ne fonctionne pas, est fermée sur une série de résistances polarisables Q. Ces résistances, en empêchant l'épuisement de la batterie, comme la chose se produirait si on insérait en parallèle des résistances ohmiques non inductives, sont disposées de manière à recueillir les courants de self-induction dus à l'interruption des circuits actionnés par le relai et, en outre, empêchent la production d'étincelles dans les contacts du relai lui-même. Lorsque la lame du relai ferme le circuit, le courant parcourt l'enroulement du frappeur dont la résistance est d'environ 6 ohms, et les résistances polarisables, mises en court circuit par le relai, se déchargent en même temps. En se détachant de la lame, ces résistances absorbent les courants de self-induction du frappeur et des électro-aimants de l'appareil Morse, dus à l'interruption du courant ; par suite, il ne se forme pas en D_2 l'étincelle de rupture qui pourrait influencer le cohéreur.

L'appareil Morse est monté en parallèle avec le frappeur. Cet appareil est pourvu de quatre bobines reliées deux à deux en parallèle ; une des paires, peut être mise hors du circuit au moyen d'un interrupteur. Une dérivation des bobines, susceptibles d'être détachées du circuit, conduit à une sonnerie d'appel qui doit être reliée seulement lorsque personne n'est présent dans la salle des appareils.

De même, les étincelles de l'interrupteur de la sonnerie d'appel sont absorbées par les résistances de polarisation placées sur la planchette portant la sonnerie.

Pour syntoniser les stations, M. Slaby a imaginé la bobine spéciale déjà décrite.

FIG. 213. — Intérieur de la station de Bremer-Haven.

Pour compléter cette description, on ajoutera (*fig.* 213) la reproduction de l'intérieur de la station de Bremer-Haven fonctionnant avec le système Slaby-Arco. En se reportant à la description déjà donnée, il sera facile de reconnaître les divers appareils.

SYSTÈME |POPOFF-DUCRETET

Le principe général de ce système est le même que celui du système Marconi; du reste, comme on le sait, le récepteur

Popoff est, dans l'ordre chronologique, antérieur au récepteur Marconi, qui en a conservé tous les organes principaux.

Mais dans le système Popoff-Ducretet, tel qu'on l'utilise aujourd'hui, tous les détails de construction ont été minutieusement étudiés dans les ateliers Ducretet, de manière à constituer un système d'un fonctionnement facile et sûr. La caractéristique de ce système consiste dans l'emploi du cohéreur réglable et à percussion Ducretet, intercalé dans le circuit ordinaire avec un relai; pour les distances auxquelles le récepteur à relai commence à devenir d'un fonctionnement peu sûr, vu la quantité d'énergie en jeu, on lui substitue le radiotéléphone Popoff-Ducretet (*fig.* 128, p. 189).

Dans cette figure, L est relié à l'antenne; Br est le cohéreur à décohésion spontanée; T*e*, la communication avec le sol; T, T¹, les deux téléphones qui, ainsi que le cohéreur, sont intercalés, dans le circuit d'une pile à liquide immobilisé que renferme le compartiment postérieur de la boîte.

Le relai employé est celui à cadre mobile de Siemens, modifié par M. Ducretet; l'appareil enregistreur est un Morse automatique.

La figure 214 représente l'appareil transmetteur. Les deux sphères de l'oscillateur O communiquent, l'une avec l'antenne en P, l'autre avec la terre en T. En I, on voit l'interrupteur à mercure commandé par un moteur électrique et, en M, le manipulateur spécial. Ces deux derniers organes ont été déjà décrits précédemment.

Dans ce système, afin de faciliter les transmissions et les réceptions à de grandes distances, on emploie des circuits syntonisés.

Dans ce dernier cas, l'antenne de transmission, au lieu de communiquer directement avec un des pôles de la bobine, est reliée avec le secondaire d'un circuit Tesla, dont le primaire se trouve rattaché à un condensateur et à l'excitateur. Ce dernier est relié aux pôles d'une bobine de Ruhmkorff.

Dans le poste d'arrivée, la syntonisation s'obtient en insérant dans le circuit du cohéreur, au moyen de curseurs mobiles, des longueurs plus ou moins grandes de fils, parallèles et disposés sur un panneau mural.

Les antennes ont les formes spéciales représentées sur les figures 72 et 74 (voir p. 132 et 133).

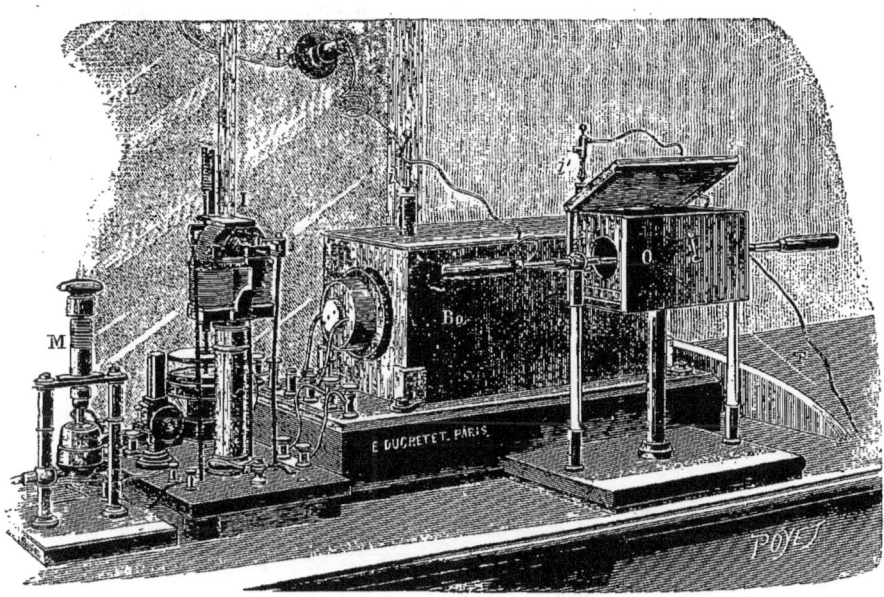

Fig. 214. — Appareil transmetteur Popoff-Ducretet.

Le système Popoff-Ducretet se prête à l'échange de signaux, entre des navires et la côte, à des distances de plus de 200 km, quand on fait usage du récepteur à relai ; en outre, ces distances peuvent être augmentées, si l'on fait usage du radiotéléphone et si l'on accroît la puissance du transmetteur.

SYSTÈME FESSENDEN

On ne discutera pas ici les idées développées par M. Fessenden en faisant connaître son système de télégraphie sans fil. D'après M. Fessenden, les ondes qu'il utilise ne seraient pas analogues aux ondes hertziennes, mais présenteraient un caractère différent ; ces ondes, qu'il appelle « semi-libres », seraient non des ondes complètes, mais bien des demi-ondes se propageant à la surface des conducteurs et non en ligne droite. On passera maintenant à la description de l'appareil de M. Fessenden.

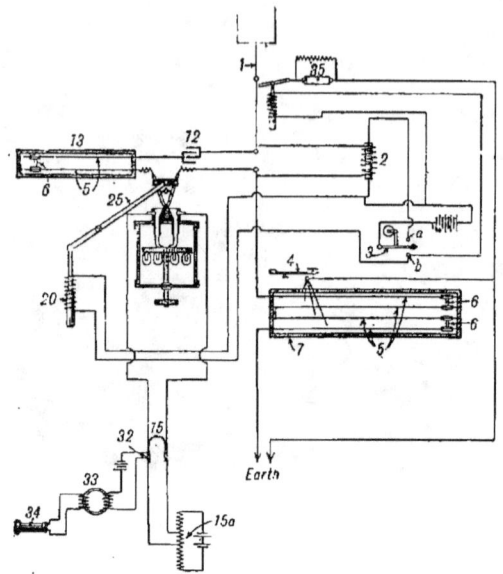

FIG. 215. — Station radiotélégraphique du système Fessenden.

La figure 215 donne le schéma d'une double station Fessenden. L'antenne 1 (voir p. 134) est reliée à une des extrémités de l'enroulement secondaire d'un appareil d'induction 2, dont le primaire est mis à la terre. Lorsque le levier du commutateur se trouve sur le contact a, l'appareil est dans la position de transmission, et la bobine d'induction fonctionne d'une manière permanente. Pour produire des si-

19

gnaux Morse, on abaisse et on soulève, comme d'ordinaire, le manipulateur 4 (voir *fig*. 52, p. 109). Ce manipulateur, au lieu d'interrompre ou d'établir le courant excitateur de la bobine d'induction, modifie la capacité et la self-induction du circuit oscillant, en détruisant la syntonie préalablement établie entre le transmetteur et le récepteur. Ce manipulateur peut encore fonctionner comme une clé Morse ordinaire.

Pour passer de la position de transmission à celle de réception, il suffit de porter le levier 3 sur le contact *b*.

Le circuit récepteur comprend l'antenne 1, le condensateur 12, une capacité 13 constituée, comme celle indiquée sous le chiffre 5, par des fils parallèles disposés dans l'huile et, enfin, le détecteur thermique (voir p. 201). Tout dernièrement, l'inventeur a remplacé ce détecteur par le récepteur thermique à liquide également décrit précédemment (voir p. 202).

Parallèlement au détecteur, est monté un téléphone 15, dans lequel les variations de résistance éprouvées par le détecteur sous l'influence des ondes sont transformées en des sons perceptibles à l'oreille.

Pour augmenter la sensibilité de l'appareil et lui permettre de produire des signaux d'appel, on a donné à la membrane vibrante du téléphone un contact microphonique 32 qui se trouve placé dans le circuit de l'enroulement primaire d'un transformateur 33, tandis que l'enroulement secondaire du même transformateur est relié à une sonnerie 34.

L'appareil est protégé contre les décharges atmosphériques par un cohéreur 35 qui joue le rôle de parafoudre.

Des dispositions spéciales ont été adoptées pour indiquer si une station est occupée ou libre.

Le système Fessenden présente d'autres particularités. Dans cet ordre d'idées, il faut noter l'exploseur sous pression qui a été déjà décrit (voir p. 128) et que l'inventeur emploie pour des distances de plus de 450 km quand il utilise des antennes ordinaires. Il emploie le même exploseur pour des distances de plus de 180 km, quand il utilise des antennes de 7,50 m de hauteur. Il convient de signaler également un dispositif dans lequel on emploie des antennes courtes contenues, avec l'exploseur, dans une gaine enveloppée d'eau ou d'un autre liquide à constante diélectrique élevée. Ce dernier dispositif, d'après l'inventeur, augmenterait considérablement l'énergie et la portée des ondes électromagnétiques.

Le système Fessenden, ainsi qu'on l'a déjà expliqué, rendrait possible une grande rapidité de transmission et exigerait, à conditions égales, des antennes de moindre hauteur que les autres systèmes.

En outre du dispositif qui vient d'être décrit, M. Fessenden en a fait breveter d'autres qui s'en écartent, particulièrement en ce qui concerne le récepteur. Pour ce dernier, il a adopté également le système d'excitation par induction, en l'adaptant à l'enregistrement des signaux au moyen d'un siphon enregistreur et d'un procédé photographique.

M. Fessenden a, de plus, fait breveter d'autres moyens pour accorder la station de départ avec la station d'arrivée.

Un de ces moyens est basé sur l'emploi de deux antennes ou plus, $a, b, c, d, \ldots$, dans la première station et, dans la seconde station, d'un nombre identique d'antennes $a', b', c', d', \ldots$, accordées par couples, c'est-à-dire de manière que a se trouve être en harmonie avec a', b avec b', etc.; toutefois, les périodes de a, b, c, d sont très différentes entre elles. A la station de départ se trouve un commutateur à cylindre tournant, pourvu de contacts métalliques disposés de manière que le courant excitateur passe alternativement par l'un ou l'autre des circuits excitant les diverses antennes, ou encore de manière que le courant excitateur passe simultanément par plusieurs de ces circuits. La vitesse de rotation du commutateur doit être en rapport exact avec la vitesse de déroulement de la bande de papier dans la station d'arrivée.

Dans cette dernière station, les diverses antennes communiquent avec un cohéreur qui se trouve être excité, quelle que soit l'antenne ou le groupe d'antennes qui entrent en vibration.

SYSTÈME DE FOREST

Ce système, qui se vulgarise rapidement aux États-Unis et au Canada, est exploité dans ces pays par deux sociétés qui, assure-t-on, rivalisent en puissance avec les compagnies Marconi elles-mêmes. Il a été présenté par l'inventeur comme une adaptation du circuit de Lecher à la télégraphie sans fil.

La figure 216 montre schématiquement le circuit transmetteur. En T sont représentés les circuits primaire et secondaire de la bobine ; le secondaire est relié, en parallèle, à l'exploseur S et au condensateur C qui constituent ensemble l'oscillateur. Du condensateur partent, en outre, les fils secondaires qui se développent parallèlement l'un à l'autre,

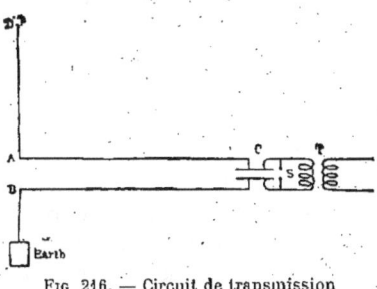

FIG. 216. — Circuit de transmission système de Forest.

sur une longueur égale à la moitié de la longueur de l'onde émise par l'oscillateur; à l'extrémité, où se forme le nœud de vibration, les fils se replient : l'un se rend au sommet de l'antenne ; l'autre descend vers la terre.

Comme il ne serait pas facile d'employer effectivement les deux fils de Lecher de la manière indiquée par la figure 216, M. de Forest a trouvé que, dans la pratique, on peut les remplacer par deux fils isolés placés l'un à côté de l'autre, à la distance déterminée par l'épaisseur de l'isolant ; il en forme une tresse qui s'enroule sur une bobine, figurant une hélice dont le pas n'est pas trop allongé. Un dispositif dans lequel le pas de l'hélice était de 8 mm et où la bobine avait 75 mm de diamètre, a donné de bons résultats.

La figure 217 représente la disposition adoptée par M. de Forest pour exciter l'oscillateur. Au lieu de la bobine, il emploie un

transformateur alimenté par une machine à courants alternatifs. Le courant primaire, sous 110 volts à 120 périodes par
seconde, est élevé
dans le circuit secon-
daire à une tension
de 25 000 volts.

Les signaux sont
produits par les fer-
metures et ouvertures
du courant primaire,
obtenues au moyen
d'un interrupteur spé-
cial qui fonctionne
dans l'huile.

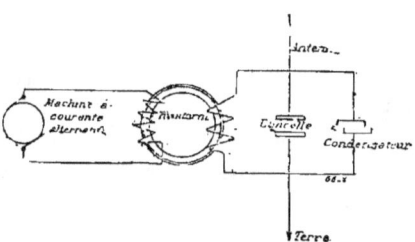

Fig. 217. — Dispositif de Forest
pour exciter l'oscillateur.

L'étincelle jaillit entre deux disques métalliques placés en
dérivation sur un condensateur de capacité convenable ; ces
disques sont reliés respectivement l'un à l'antenne et l'autre à
la terre par l'intermédiaire d'une bobine à double fil non représentée dans la figure. La
figure 218 montre un des dispositifs adoptés pour le récepteur.

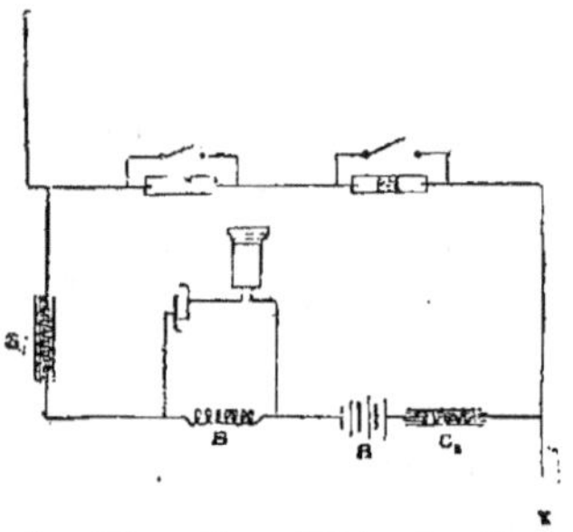

L'innovation principale consiste dans l'adoption, en place
du cohéreur, de l'organe dit
« responder » de Forest-Smith,
qui a déjà été décrit et qui
fonctionne comme anticohéreur à rétablissement spontané.

L'anticohéreur présente nor-
malement une faible résistance électrique ; il permet donc le
passage, dans le circuit du téléphone, d'un courant assez
intense. Au moment où l'antenne est frappée par des ondes
électriques, l'anticohéreur a sa résistance immédiatement
diminuée ; le courant augmente d'intensité et le téléphone
émet un son qui se renouvelle à chaque nouvel afflux d'ondes.

Fig. 218. — Dispositif de réception
du système de Forest.

Au lieu d'un seul responder, on peut en employer deux placés en série, comme l'indique la figure. De cette manière, il devient possible de faire usage d'une force électromotrice plus élevée. S_1, S_2 sont les bobines de self-induction ordinaires; B est la batterie; R, une résistance variable placée en dérivation sur le circuit comprenant le téléphone et un condensateur.

Dans d'autres dispositifs, M. de Forest a séparé le circuit local, comprenant le téléphone, du circuit de l'antenne, en faisant agir par induction un circuit sur l'autre au moyen d'un transformateur; il a, en outre, substitué au téléphone un relai qui actionne un appareil Morse.

Dans des expériences récemment effectuées, avec son système, M. de Forest a employé un récepteur fondé sur le principe électrolytique, mais il ne donne pas la description de cet appareil, car ses droits de propriété ne sont pas encore garantis par des brevets. Ce dernier récepteur offrirait de sérieux avantages par rapport au « responder » et, de même que ce dernier, il présenterait une diminution de résistance sous l'action des ondes.

Il faut signaler encore la forme spéciale du radiateur aérien utilisé. Ce radiateur se compose de 5 fils, hauts de 60 mètres, reliés métalliquement ensemble à leur partie supérieure et maintenus, dans leur centre, à une distance de 3 mètres l'un de l'autre, au moyen d'une corde tendue. Dans leur partie inférieure, quatre de ces fils sont métalliquement reliés ensemble et ils aboutissent à une boule métallique; le cinquième est séparé des quatre premiers et se termine par une seconde boule; entre les deux boules, il s'en trouve une troisième reliée avec l'exploseur.

Quand l'antenne joue le rôle de transmetteur, les étincelles éclatent facilement entre la boule centrale et les deux boules latérales; il en résulte que cette antenne agit comme si les cinq fils étaient parallèles. Mais, lorsque la même antenne joue le rôle de transmetteur, le faisceau des quatre fils demeure relié en série avec le cinquième fil, formant, avec les prises de terre, un circuit fermé.

M. de Forest déclare n'avoir nullement la prétention d'obtenir la syntonie ; il croit même que la syntonisation absolue est actuellement impossible. Il règle simplement les circuits de manière à obtenir l'effet maximum ; il parvient ainsi à les syntoniser, mais il ne prétend pas qu'ils restent muets devant les ondes qui ne leur sont point destinées ; toutefois les ondes étrangères peuvent généralement se distinguer des autres eu raison de la différence de fréquence.

Pour régler son appareil et en obtenir l'effet maximum, M. de Forest introduit dans le circuit de l'oscillateur, au moyen d'un contact mobile, un nombre plus ou moins grand de spires d'une hélice enroulée autour d'un cylindre de 45 cm de diamètre. En raison de la fréquence extrêmement élevée, un petit déplacement du contact mobile suffit pour produire une différence considérable dans la nature des ondes émises.

Un des avantages du système de Forest, par rapport aux systèmes rivaux, résiderait dans la rapidité considérable de transmission, qui atteindrait de 25 à 30 mots par minute.

Il se prête à la transmission et à la réception même avec des postes d'autres systèmes. C'est ainsi, par exemple, que la station de Coney-Island a pu envoyer des télégrammes, jusqu'à 112 km de distance, au vapeur *Deutschland* qui était muni d'appareils Marconi.

Indépendamment des nombreuses installations établies aux États-Unis et au Canada, il faut noter ici que la Compagnie de Forest fait construire des machines d'une puissance de 150 kilowatts destinées à fonctionner en Californie, à Honolulu, à Manille et à Hongkong pour y assurer un service au travers du Pacifique. Il convient de mentionner encore que le New-York Central Railway, en présence des résultats satisfaisants donnés par les essais préliminaires, a adopté le système de Forest sur ses trains directs, pour les maintenir en communication avec les gares durant le trajet.

On annonce que la Compagnie Marconi a intenté un procès en contrefaçon à la Compagnie de Forest.

SYSTÈMES DIVERS

Quelques-uns de ces systèmes, au lieu d'être de véritables systèmes de télégraphie sans fil, sont caractérisés par la substitution à un ou à plusieurs appareils ordinaires des systèmes déjà décrits, d'appareils absolument différents ou plus ou moins modifiés. D'autres systèmes se distinguent par des procédés spéciaux de syntonisation, par des dispositifs assurant le secret des transmissions ou par d'autres perfectionnements apportés à la pratique de la radiotélégraphie. C'est pourquoi il suffira le plus souvent, en les décrivant, de se reporter aux descriptions déjà données.

Système Rochefort-Tissot. — Le transmetteur Rochefort ne présente aucune différence avec celui que M. Marconi a fait breveter en 1897. Le secondaire d'une bobine d'induction, dans le primaire de laquelle sont intercalés un manipulateur et une source de courant, est relié, d'un côté, à la terre et à une des sphères de l'oscillateur et, de l'autre, à une antenne et à la seconde sphère de l'oscillateur.

Plus tard, l'inventeur a remplacé la bobine par un transformateur unipolaire, dans lequel toute la tension est portée sur un des pôles, celui de l'antenne ; la longueur d'étincelle n'est pas diminuée, par suite de la mise à la terre du pôle à basse tension.

Le récepteur Rochefort est du type Popoff expérimenté en Russie dès 1895 ; mais chaque organe est d'un modèle spécial étudié avec le plus grand soin par MM. Rochefort et Tissot. L'antenne se trouve reliée à la terre à travers un cohéreur, mis en circuit avec une pile, et un relai Claude à bobine mobile. Ce relai fait fonctionner un frappeur et un Morse automatique.

Les cohéreurs employés sont celui de M. Tissot et celui de M. Rochefort, tous les deux déjà décrits (voir p. 179 et 180).

M. Tissot donne encore à son appareil la disposition de la figure 219 qui semble augmenter la sûreté de la réception. L'antenne est directement reliée au sol à travers la self-induction S, tandis que le cohéreur *c* communique d'un côté avec la terre et, de l'autre, avec l'antenne, par l'intermédiaire d'un condensateur C.

M. Ducretet, constructeur des appareils Rochefort-Tissot, y a introduit de nombreuses modifications personnelles.

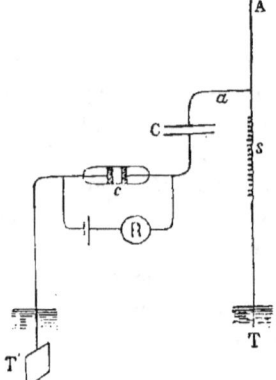

Fig. 219. — Récepteur Tissot.

Système Popp-Pilsoudski. —

Dans ce système, l'antenne, au lieu d'être aérienne, est enfoncée dans le sol ; elle est constituée par un fil qui aboutit à une lame métallique placée sur une lame en verre baignée de pétrole et appuyée contre la terre. Dans le poste transmetteur, le fil est relié à une des sphères de l'oscillateur, tandis que l'autre communique avec le sol au moyen d'un fil et d'une lame de terre de grande surface enfouie profondément.

Dans le poste récepteur, on a la même disposition : le fil qui aboutit à la lame est relié à un cohéreur très sensible, dont l'autre électrode se trouve mise à la terre.

L'appareil est fondé sur ce principe que les ondes électriques se propagent par la terre ; l'on se proposerait, dit-on, de l'employer pour reconnaître la position dans le sol, au moyen des ondes hertziennes, des gisements de minerais métalliques. Pour effectuer de pareilles recherches, on propose d'installer les deux stations sur deux points entre lesquels on suppose la présence de minerais. Si les gisements existent, ces derniers, par leur conductance, entraînent une perturbation des ondes électriques et les ondes émises d'un point ne peuvent parvenir à l'autre.

En juillet 1901, des expériences furent effectuées au Vésinet, et l'on put établir des communications entre deux postes placés à 500 mètres l'un de l'autre et entourés de bâtiments.

Système Guarini. — Le but principal que s'est proposé l'inventeur est d'obtenir des communications, de préférence sur terre à ce qu'il paraît, et cela en utilisant le minimum possible de puissance. Il est ainsi parvenu à télégraphier de Malines à Anvers (soit sur une distance de 22 km), en utilisant seulement 35 watts.

On atteint ce résultat surtout en supprimant l'étincelle qui sert à produire les ondes hertziennes et en utilisant les ondes de basse fréquence obtenues au moyen des courants intermittents ou alternatifs qui agissent sur des contacts imparfaits.

M. Guarini applique les principes de son invention d'après des procédés différents qui peuvent se réduire à deux méthodes principales :

1° La méthode dans laquelle on a, au récepteur et au transmetteur, des circuits ouverts ;

2° Celle dans laquelle on a des circuits fermés.

Dans la première méthode Guarini, le récepteur est du type Popoff perfectionné, et le transmetteur consiste en une bobine d'induction (sans oscillateur), dont le secondaire se trouve relié, d'un côté, à la terre et, de l'autre, à l'antenne.

Dans l'autre méthode Guarini, à courants alternatifs, on a comme transmetteur une source de courant électrique variable, reliée, directement ou au moyen d'une bobine d'induction, à un circuit fermé tel que, par exemple, une antenne à gaine Guarini (*fig.* 71, p. 132). Le récepteur est constitué par un dispositif analogue, dans lequel le cohéreur avec la pile et le relai remplacent la source de courant variable du transmetteur.

M. Guarini a appliqué, en outre, à son système de télégraphie le répétiteur automatique qui porte son nom et qui a été précédemment décrit (voir p. 218).

Système Cervera. — Il est semblable au système Rochefort-

Tissot. Toutefois l'appareil transmetteur se différencie par l'insertion de condensateurs entre l'antenne et la prise de terre ; ce même appareil est, en outre, caractérisé par l'emploi de deux manipulateurs à clavier qui ont été déjà décrits (voir p. 108).

Le récepteur Cervera se rapproche de la dernière forme du récepteur Marconi (*fig*. 165, p. '239) à antenne à cylindres concentriques, reliée à la terre à travers le primaire d'un petit transformateur.

La pile qui, dans le circuit du cohéreur, actionne un premier relai, ferme le circuit d'un second relai. Ce dernier est destiné à remplir quatre fonctions différentes, savoir :

1° Actionner le Morse ;

2° Actionner le frappeur ;

3° Interrompre le courant de la pile du cohéreur, ce qui s'effectue grâce à l'intervention de l'armature même du frappeur ;

4° Interrompre le circuit d'un électro-aimant qui règle, par cohésion magnétique, la sensibilité du cohéreur.

Le Morse, le frappeur et l'électro-aimant ont chacun une pile séparée ; il en résulte que, y compris la pile du cohéreur et celle du relai, le récepteur Cervera compte cinq sources d'électricité qui doivent rendre l'appareil quelque peu lent dans sa transmission, bien qu'on assure qu'il a été réalisé une vitesse de transmission de 25 mots par minute.

Système « Armorl ». — L'originalité de ce système consiste dans l'adoption du relai électro-capillaire à mercure « Armorl », déjà décrit (voir p. 209). Bien que l'on ne possède pas de renseignements complets sur les résultats pratiques de ce système, le relai qui le caractérise semble parfaitement approprié à déceler les courants très faibles qui parviennent, à travers le sol, à une station éloignée.

Système Preece. — C'est le système de télégraphie sans fil par induction qui a été décrit précédemment (voir p. 43) en même temps que les autres méthodes imaginées avant l'application des systèmes utilisant les ondes électriques.

Système Schaeffer. — Ce système, autant qu'on le sait, ne diffère du système Marconi que par l'emploi comme détecteur, au lieu du cohéreur, de la lame Schaeffer qui a été précédemment décrite (voir p. 192) avec les autres détecteurs. Il a été expérimenté, dès 1899, par MM. Schaeffer et Rola, entre Trieste et Venise ; depuis, il a fait l'objet d'essais sur le canal de Bristol et dans d'autres localités.

Système Blochmann. — C'est le système sans antenne dans lequel les ondes sont guidées au moyen de lentilles en substance diélectrique. Il a été déjà décrit (voir p. 142). Il rend la réception certaine, dit-on, et permettrait de reconnaître de quel côté proviennent les ondes d'arrivée ; par suite, il serait possible, par exemple, de déterminer la position d'un navire égaré dans le brouillard, si les ondes émises par ce navire étaient recueillies par deux stations de la côte.

L'inventeur a démontré qu'il n'est pas nécessaire d'employer des lentilles aussi grandes que celles qui semblent indispensables à première vue. En effet, il est parvenu à télégraphier à 1 km de distance avec des lentilles de 80 cm de diamètre et des ondes de 20 cm, en consommant dans le primaire une puissance inférieure à 1 kilowatt.

Système Tesla-Stone. — Ce système a pour objet d'augmenter la sécurité et le secret des communications. Il est fondé sur le principe suivant :

La station de départ envoie les signaux au moyen de deux systèmes ou plus d'ondes simultanées de périodes différentes. Le poste d'arrivée possède un nombre correspondant de détecteurs, chacun accordé avec la période de l'un des systèmes d'ondes utilisés ; mais l'appareil récepteur ne fonctionne que quand tous les détecteurs sont excités simultanément. Il résulte de ce dispositif que le poste récepteur ne peut être influencé par une station qui émet des ondes d'une période unique, car ces ondes pourraient bien impressionner un détecteur, mais non les autres. De plus, le même poste récepteur ne

peut être influencé par des signaux provenant d'une station
qui émet des ondes de périodes différentes, si ces ondes ne
coïncident pas avec celles pour lesquelles il a été réglé.

La sensibilité du récepteur aux signaux qui ne lui sont pas
destinés peut être réduite, non seulement grâce à l'augmentation du nombre des vibrations distinctes agissant ensemble,
mais aussi par un choix judicieux de ses vibrations et de la
succession dans laquelle on les amène à se produire.

Les figures 220 et 221 représentent respectivement le schéma
d'un poste transmetteur et d'un poste récepteur dans le cas où
l'on veut émettre deux seuls systèmes d'ondes différentes, ce
qui présente déjà un degré de
protection qui peut être considéré comme suffisant dans la
plupart des cas.

Dans la figure 220, S_1 et S_2
sont des fils enroulés en spirales
plates qui communiquent, par
leurs extrémités intérieures, avec
les antennes reliées aux condensateurs D_1, D_2 et, par leurs extrémités extérieures, avec la terre
E. Les oscillations électriques
sont transmises aux systèmes secondaires $D_1 S_1 E$ et $D_2 S_2 E$ par les

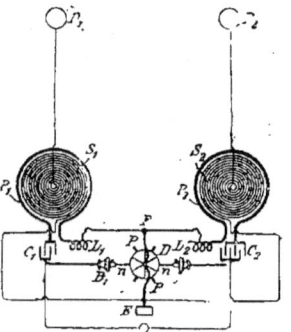

Fig. 220. — Poste transmetteur
Tesla-Stone.

enroulements primaires P_1, P_2 qui entourent les spirales.

Les bobines P_1, P_2 sont montées en série en deux circuits
indépendants qui comprennent les condensateurs C_1, C_2, les bobines de self-induction variable L_1, L_2 et les porte-balais B_1, B_2;
ces derniers appuient sur les dents de la roue PP, laquelle est
en communication avec le conducteur F et avec la terre. Une
source d'énergie électrique S, à haut potentiel, charge les condensateurs C_1, C_2, en provoquant dans les deux circuits qui ont
des capacités et des self-inductions différentes, des oscillations
électriques de périodes diverses. Ces oscillations se succèdent
rapidement à chaque nouvelle mise en contact des dents de

la roue avec les balais *n*. Les deux antennes émettent ainsi,
simultanément, des successions d'ondes de périodes différentes.

Le poste récepteur représenté par la figure 221 a deux antennes semblables aux pré-
cédentes, terminées par
deux condensateurs et re-
liées à deux spirales planes
formant deux systèmes de
périodes différentes; chacun
de ces systèmes est accordé
avec un des deux systèmes
du poste transmetteur. Parallèlement aux spirales,
sont montés deux circuits
locaux récepteurs qui comprennent chacun un détec-

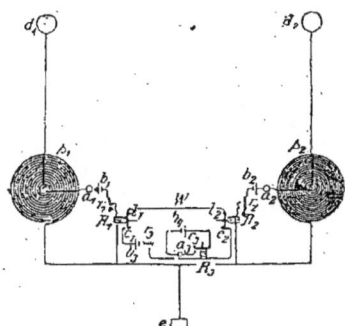

FIG. 221. — Poste récepteur Tesla-Stone.

teur d'ondes a_1a_2, par exemple un cohéreur, une pile b_1b_2, une
résistance variable r_1r_2 et un relai R_1R_2.

Les armatures l_1, l_2 des deux relais sont reliées à un fil conducteur W et, quand elles se trouvent attirées, appuient en c_1c_2
sur deux contacts qui ferment un troisième circuit local comprenant une pile et un appareil enregistreur. Pour obtenir la
fermeture de ce circuit et, par suite, le fonctionnement de
l'appareil enregistreur, il faut que les armatures des deux circuits se trouvent attirées simultanément; s'il n'en était pas
ainsi, le circuit demeurerait ouvert au contact qui correspond
à l'armature non attirée. Il est donc nécessaire que les ondes
d'arrivée soient capables d'influencer simultanément les récepteurs appliqués aux deux antennes.

Système Artom. — Ce système est caractérisé par ses deux
antennes à angle droit que parcourent des oscillations électriques d'égale longueur. Une de ces oscillations est en retard
d'un quart de période par rapport à l'autre; la résultante
est une production d'ondes électriques orientées dans la

direction de la droite qui part du point de rencontre des deux antennes et est perpendiculaire à leur plan.

Ces ondes, ne pouvant influencer que les récepteurs placés dans une direction donnée, actionnent seulement un poste déterminé et non les postes voisins. La figure 222 représente le schéma de l'installation.

MNP sont trois conducteurs de décharge, disposés sur les sommets d'un triangle rectangle. Entre N et X est inséré le condensateur C et entre X et P la bobine de self-induction S; les points X et M sont reliés aux pôles du secondaire d'une bobine d'induction R.

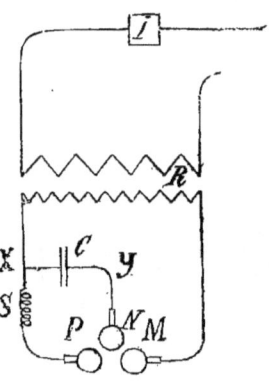

Fig. 222. — Dispositif du système Artom.

Les deux antennes sont reliées directement ou par l'intermédiaire de bobines d'induction, l'une avec la sphère M et l'autre avec la sphère N. En donnant des valeurs convenables à la capacité C et à la self-induction S, on peut obtenir que les deux décharges qui se produisent, l'une entre M et N, l'autre entre N et P, soient d'égale amplitude et décalées d'un quart de période, de manière à produire la résultante indiquée.

On peut encore obtenir le même effet, même avec des antennes inclinées à un angle autre que celui de 90°, pourvu que l'on modifie la self-induction S de manière à donner au décalage en retard entre les deux oscillations non plus une valeur de 1/4 de période, mais une autre valeur indiquée par la théorie. Par suite, pour syntoniser les deux stations, on dispose, dans ce système, non seulement des éléments usuels, la capacité et la self-induction, mais encore de la valeur variable que l'on peut attribuer au décalage en retard des deux oscillations l'une par rapport à l'autre et aussi de la longueur d'onde variable que l'on peut donner aux deux oscillations en utilisant des antennes de longueurs différentes.

La syntonisation résultant de l'égalité de tous ces éléments sera plus difficilement découverte ou imitée par ceux qui ne connaissent pas lesdits éléments et, par suite, le secret de la correspondance demeure mieux sauvegardé.

Système Duddel-Campos. — M. l'ingénieur G. Campos a étudié la possibilité de faire servir, pour la télégraphie sans fil, les oscillations électriques qui se produisent dans le circuit de l'arc chantant de Duddell.

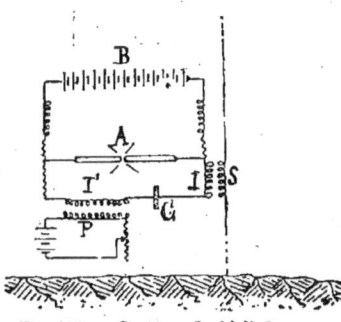

Fig. 223. — Système Duddell-Campos.

On a déjà indiqué les dispositions les plus convenables pour faire servir le circuit de Duddell à la reproduction de la voix articulée. Celles qu'il convient d'adopter pour faire émettre par l'arc un simple son musical sont plus simples ; à cet effet (*fig.* 223), il suffit de relier les extrémités de l'arc A à un circuit comprenant un condensateur G et des bobines de self-induction II'.

Pourvu que certaines conditions soient remplies au moment où le circuit de l'arc vient à être fermé, le condensateur se charge et décharge avec une rapidité correspondant à la période de vibration du circuit dans lequel il est inséré ; il produit alors des courants alternatifs qui, en se superposant au courant continu avec lequel l'arc est alimenté, font vibrer cet arc avec une période égale à celle du courant alternatif ; s'il arrive que ladite période se trouve comprise dans celle des sons perceptibles, l'arc émet un son musical.

Le circuit AIGI' prend le nom de circuit Duddell.

Comme le courant continu qui alimente l'arc fournit continuellement au circuit vibrant l'énergie que perd celui-ci, les vibrations persistent beaucoup plus que celles des circuits hertziens qui reçoivent leur énergie des décharges explosives se produisant entre les sphères de l'excitateur.

A propos des vibrations syntoniques, on a signalé plus haut la nécessité de la persistance des oscillations excitatrices pour obtenir les effets de résonance; par suite, les vibrations du circuit Duddell apparaissent comme éminemment aptes à la transmission des signaux dans l'espace au moyen d'appareils syntonisés; aussi M. Duddell, dès ses premières expériences qui datent de 1900, avait recommandé leur emploi dans la télégraphie sans fil.

M. Campos a récemment repris et discuté l'idée de M. Duddell et il a reconnu que le circuit Duddell, malgré ses propriétés d'excellent oscillateur, est un radiateur peu ou même nullement efficace, car il consomme l'énergie sans la rayonner à l'extérieur, alors que, pour la télégraphie sans fil, il faut que la quantité d'énergie rayonnée soit considérable.

. M. Campos propose de tourner la difficulté, comme on l'a fait dans les autres systèmes de radiotélégraphie, en substituant aux oscillateurs ouverts, des oscillateurs presque fermés, c'est-à-dire en faisant agir, par induction, l'oscillateur permanent sur un oscillateur ouvert qui fait corps avec l'antenne.

A cet effet, il suffit que la bobine de self-induction I du circuit Duddell (*fig.* 223) fonctionne comme primaire dans un transformateur dont la bobine secondaire S communique d'une part avec l'antenne, d'autre part avec la terre.

Mais le circuit Duddell, tel qu'on l'utilise ordinairement, a l'inconvénient de ne laisser mettre en jeu que des quantités d'énergie minimes par rapport aux besoins de la télégraphie sans fil à grande distance. Dans un cas, pour lequel M. Campos s'est livré à des calculs, cette énergie serait de 40 watts seulement, tandis que celle de l'oscillateur de Poldhu, destiné aux communications transatlantiques, est évaluée à une moyenne de 30 000 watts.

20

Parmi les moyens proposés par MM. Duddell et Campos
pour augmenter la quantité d'énergie disponible dans le circuit
Duddell, il faut citer celui qui consiste à utiliser plusieurs arcs
placés en série ou en parallèle, au lieu d'un seul. Par exemple,
avec dix arcs en série, l'énergie disponible s'élèverait à
2470 watts ; mais il faudrait, en pareil cas, rechercher le moyen
de rendre plus régulier le fonctionnement des arcs et, à cet
effet, employer des arcs en vase clos.

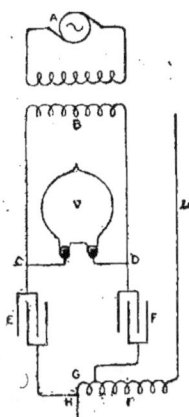

FIG. 224. — Dispositif
de M. Campos avec
lampe Cooper-Hewett.

Parmi les autres dispositifs qu'il convient
de mettré à l'essai, M. Campos signale
l'emploi, au lieu de l'arc, de la lampe
Cooper-Hewitt (*fig.* 224), ainsi que l'emploi des soupapes cathodiques Villard, des
soupapes électrolytiques Greetz ou des
tubes à gaz raréfiés dont M. Righi s'est
servi pour obtenir des phénomènes sonores
analogues à ceux de l'arc.

Le circuit Duddell, grâce à son amortissement qui est nul, se prête tout particulièrement à provoquer la résonance dans
un résonateur accordé avec lui. Une pareille résonance serait très forte, dans le
cas d'une parfaite coïncidence dans la période des deux circuits, et elle diminuerait
rapidement aussitôt que cette coïncidence
deviendrait moins parfaite.

Cette dernière circonstance, outre qu'elle favorise le fonctionnement de postes syntonisés, permet d'augmenter notablement
le nombre des stations séparées qui peuvent communiquer
simultanément dans la même zone en utilisant des longueurs
d'ondes différentes, sans porter atteinte à la sécurité et au secret
des communications.

C'est sur cette grande sensibilité du système aux conditions
de résonance que M. Campos établit sa méthode de transmission des signaux; les décharges seraient continues et les
signaux s'obtiendraient en supprimant et en rétablissant la

syntonisation entre les postes transmetteur et récepteur.

On pourrait obtenir ce résultat non seulement en appliquant les artifices ordinaires, mais encore en faisant usage d'un courant auxiliaire alternatif ou interrompu qui parcourrait le primaire P (*fig.* 223, voir p. 304) d'un transformateur sans noyau, dont le secondaire l' ferait partie du circuit Duddell. Un manipulateur convenable servirait à interrompre et à rétablir le passage du courant auxiliaire : on parviendrait ainsi à modifier la période de vibration du circuit Duddell, en supprimant ou en rétablissant l'accord entre les deux stations, à des intervalles de temps brefs ou longs, correspondant aux signaux à transmettre.

Système Cooper-Hewitt. — C'est un système analogue au précédent, à cette réserve près que, au lieu de l'arc, on utilise la lampe à vapeurs de mercure Cooper-Hewitt.

Cette lampe consiste en un tube de verre rempli de vapeurs de mercure et en deux électrodes, la positive en fer, la négative en mercure.

Cette lampe, très économique au point de vue de la dépense d'énergie, offre, parmi d'autres propriétés particulières, la suivante : insérée dans un circuit à courant alternatif, elle ne laisse passer le courant que si la différence de potentiel entre les deux électrodes a atteint une certaine valeur critique très élevée ; à partir de ce moment le courant passe, pour cesser de nouveau quand la différence de potentiel est descendue au-dessous d'une certaine limite ; puis le même courant se rétablit lorsque le potentiel a de nouveau atteint la valeur critique, et ainsi de suite.

L'inventeur a songé à utiliser cette propriété de sa lampe en faisant produire par cette dernière des oscillations électriques très rapides, applicables à la télégraphie sans fil.

Comme le montre la figure 224, la lampe est insérée dans le secondaire d'un transformateur, et en parallèle avec elle se trouvent deux capacités variables E, F, ainsi qu'une bobine de self-induction également variable ; cette dernière communique, d'un côté, avec la terre et, de l'autre, avec l'antenne L.

Le courant de l'alternateur, pendant les instants où la lampe ne lui livre point passage, charge les condensateurs ; puis ces derniers se déchargent, en produisant des oscillations électriques, au moment où la lampe devient conductrice. Mais cette décharge n'a même pas la durée d'une demi-période de l'alternateur, car, lorsque la tension de ce dernier descend au point critique inférieur, le courant traversant la lampe s'arrête de nouveau, les condensateurs se rechargent et une autre décharge s'ensuit, etc.

La lampe joue donc le rôle d'un interrupteur avec lequel on peut obtenir une rapidité énorme d'interruptions, réglables à volonté. Les décharges se produisant dans le vide de cette lampe ne sont pas exposées aux irrégularités des décharges dans l'air : il est donc possible de créer et de maintenir, au moyen de ce dispositif, des oscillations continues d'une nature absolument définie, telles que les exige la télégraphie sans fil.

MM. Simon et V. Reich, presque simultanément avec M. Campos, ont examiné, eux aussi, s'il convenait d'utiliser le circuit Duddell ou la lampe à vapeurs de mercure pour obtenir les courants persistants et à haute fréquence, nécessaires pour renforcer les phénomènes de résonance dans la télégraphie sans fil syntonique. Ils évaluent la fréquence de l'arc chantant à 20 000 périodes par seconde, mais ils ont réussi à obtenir des fréquences s'élevant jusqu'à 1 000 000 par seconde avec une lampe à vapeurs de mercure Cooper-Hewitt. Ils prétendent que l'on obtiendrait des résultats encore meilleurs avec un exploseur fonctionnant dans le vide et actionné par un courant continu. Cet exploseur exigerait une grande puissance (plusieurs milliers de chevaux), mais il donnerait des effets proportionnellement intenses.

Système de Valbreuze. — Ce système, comme les deux précédents, a pour objet la production d'oscillations électriques très rapides, réglables et de faible amortissement.

L'organe essentiel est un tube CD à électrodes de mercure (*fig.* 225), disposé en série avec une source A de courant continu et avec une bobine de self-induction D ; en dérivation sur le circuit ainsi constitué, se trouve le condensateur E.

La bobine D est le primaire d'un transformateur sans fer dont le secondaire est formé par l'autre bobine D¹, laquelle communique d'un côté avec la terre et de l'autre avec l'antenne ; un manipulateur T, en ouvrant et en fermant le circuit de self-induction I, monté en série avec une troisième bobine D_2, sert à émettre les signaux sans interrompre le circuit principal.

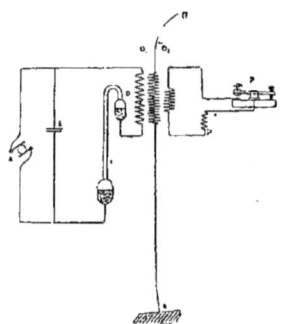

Fig. 223. — Dispositif du système de Valbreuze.

Le fonctionnement de cet appareil est fondé sur le phénomène observé par Waren de La Rue dans un tube à vide alimenté par une pile de 1 080 éléments. Quand on place cet appareil en dérivation avec un condensateur, la lumière du tube se stratifie et le circuit est parcouru par des ondes de courte période.

C'est justement dans ces conditions que se trouve le tube CD ; les ondes ainsi produites sont utilisées pour exciter les vibrations en D_2.

Ce transmetteur peut émettre une grande quantité d'énergie, car les tubes à mercure peuvent être établis pour supporter des courants d'une centaine d'ampères. En outre, quand on a besoin d'utiliser des courants plus intenses, on peut monter plusieurs de ces tubes en parallèle.

Système « Telefunken ». — C'est le nom donné au nouveau système de télégraphie sans fil, qui résulte de la fusion des systèmes Braun et Slaby-Arco.

Autres systèmes. — D'autres inventeurs, MM. Blondel, Anders Bull, Tommasi, Ascoli, etc., ont modifié ou proposé de modifier les dispositifs de syntonisation ; on examinera ces divers systèmes dans le chapitre consacré à la syntonisation.

CHAPITRE IX

SYNTONISATION ET COMMUNICATIONS MULTIPLES

Syntonisation. — A plusieurs reprises déjà, on a fait remarquer l'importance capitale que présente, pour la radio-télégraphie, la solution du problème de la syntonisation des appareils, c'est-à-dire la faculté d'obtenir que les ondes émises par l'appareil d'une station excitent seulement l'appareil, réglé d'avance, d'une autre station, comme cela se produit en télégraphie ordinaire.

C'est seulement lorsque ce problème sera résolu que l'on aura de véritables stations indépendantes, capables de se multiplier et de se développer dans la mesure des besoins, sans avoir à redouter des perturbations réciproques ; de plus, on aura en même temps obtenu, d'une part, le secret des messages et, d'autre part, la possibilité d'échanger des communications multiples.

Mais la solution parfaite du problème dont il s'agit apparaît comme très difficile, pour ne pas dire impossible. En effet, en supposant que les différents groupes de clients assis aux tables d'un grand café viennent à se séparer à un moment donné, les clients, ainsi éparpillés dans la salle, en continuant à haute voix leurs conversations particulières, ne pourront éviter d'être entendus et troublés par les voisins ; cette supposition permet de se faire une idée du problème proposé et qui consiste à réaliser la syntonisation dans la télégraphie sans fil.

On a déjà vu que les phénomènes de résonance électrique,

analogues à ceux de la résonance acoustique, ont indiqué une des voies à suivre pour tenter la solution du problème, tout au moins dans le cas spécial où l'on se trouvait en présence d'un petit nombre de stations. Un fait réellement constaté dans ce sens, c'est que, entre deux stations accordées entre elles pour la même longueur d'ondes, il devient possible d'échanger des signaux au moyen d'appareils transmetteurs d'une moindre puissance et au moyen d'appareils récepteurs moins sensibles que ceux qui seraient nécessaires en l'absence de la syntonisation. De plus, comme on le verra plus loin, en utilisant des ondes de diverses longueurs et des quantités d'énergie très différentes (à peu près dans le rapport de 1 à 2) on a pu, avec une antenne unique, transmettre et recevoir simultanément des télégrammes de deux stations différentes ; on assure même que d'autres expériences, encore plus complètes, ont réussi. Mais, comme on le voit, on est encore très loin de la solution complète.

Les conditions à rechercher pour faciliter l'obtention de cette syntonisation, que l'on peut qualifier de physique, sont au nombre de deux :

1° Il faut que l'appareil transmetteur envoie des ondes peu ou nullement amorties et d'une période bien définie ;

2° Il faut que l'on puisse régler facilement les périodes de vibration des appareils dans les deux stations pour amener ces appareils à une parfaite coïncidence.

En passant en revue les divers systèmes de radiotélégraphie, on a pu constater que l'on avait essayé ou proposé divers moyens pour réaliser la première condition de la syntonisation physique. C'est ainsi qu'à l'oscillateur ouvert de Hertz on a substitué les oscillateurs presque fermés de Lodge, que l'on a employé des alternateurs au lieu de bobines d'induction, que l'on a remplacé les oscillateurs ordinaires à étincelle par ceux de Duddell qui comportent un arc voltaïque, par ceux de Cooper Hewitt qui comportent une lampe à vapeurs de mercure, etc.

Dans la plupart de ces systèmes, on réalise la seconde con-

dition en réglant la capacité ou la self-induction des circuits
oscillants et des antennes jusqu'à ce que les quatre organes :
circuit de l'exploseur, antenne de transmission, antenne de
réception et circuit du cohéreur aient la même période de
vibration. De plus, si le circuit de l'exploseur est multiple,
c'est-à-dire s'il consiste en divers circuits exploseurs, montés
en série et agissant l'un sur l'autre, comme c'est le cas dans
les stations extra-puissantes, il faut que ces divers circuits
soient tous accordés entre eux et avec leurs antennes respectives.

A cet effet, on utilise des dispositifs de réglage qui comportent des condensateurs et des bobines de self-induction
disposées convenablement sur ces circuits, de manière que
la syntonisation puisse s'obtenir et se constater facilement.

Les méthodes de MM. Fessenden et Tesla diffèrent des autres
systèmes de syntonisation précédemment décrits. En effet,
dans la méthode Fessenden, le manipulateur syntonisateur
ne supprime la syntonisation qu'au moment où se transmettent les signaux ; dans la méthode Tesla, les signaux sont
transmis au moyen de deux systèmes différents d'ondes ou
plus, chacun d'eux devant être accordé avec son récepteur
spécial.

De même, le système Artom comporte, comme on l'a vu, des
méthodes spéciales pour l'obtention de la syntonisation.

On va maintenant décrire d'autres dispositifs proposés pour
atteindre le même but. Parmi ces dispositifs, indépendamment de ceux qui cherchent à atteindre la syntonisation
physique, on rencontre ceux destinés à fournir une syntonisation que l'on peut qualifier de mécanique. Grâce à cette
dernière syntonisation, deux appareils ne peuvent correspondre
entre eux, si leurs mécanismes ne remplissent pas certaines
conditions spéciales.

SYSTÈMES DE SYNTONISATION

Système Blondel. — M. Blondel a indiqué, en 1898, un procédé de syntonisation qui consiste à accorder ensemble non pas les fréquences des oscillations électriques propres au transmetteur et au récepteur, mais bien des fréquences artificielles beaucoup plus basses et absolument arbitraires, appartenant à l'ordre de grandeur des vibrations acoustiques et indépendantes des antennes, c'est-à-dire de syntoniser la fréquence des charges de l'antenne avec celle d'un récepteur sélecteur comme, par exemple, le monotéléphone Mercadier. Il suffit, à cet effet, de maintenir la fréquence de l'interrupteur bien constante et égale à la fréquence propre du récepteur.

On doit, dans ce cas, utiliser un téléphone et un cohéreur autodécohérant.

Dans ce système, chaque groupe d'ondes de haute fréquence et fortement amorties qui se produit entre deux ouvertures successives de l'interrupteur, agit en bloc, comme un simple percuteur, sur le téléphone à vibration lente.

Il est également utile de placer en dérivation sur le détecteur d'ondes une capacité calculée de manière à former un circuit en pseudo-résonance avec le poste d'émission.

Cette méthode permet de différencier facilement les signaux dans un poste récepteur, car la syntonisation acoustique est généralement plus nette que la syntonisation électrique. Malheureusement, elle exige l'emploi de cohéreurs autodécohérants encore trop peu sensibles et dont le fonctionnement est irrégulier : par suite, ce système ne peut être appliqué que pour communiquer à des distances relativement faibles.

En outre, l'emploi d'ondes fortement amorties, auquel on doit recourir dans ce système pour que ce soit la première impulsion qui agisse surtout dans chaque série d'ondes, diminue la portée de la transmission, car la sensibilité des cohéreurs est beaucoup plus forte pour les ondes persistantes que pour les ondes très amorties.

Système Ascoli. — L'inventeur fait remarquer que la transmission des signaux entre deux appareils non syntonisés ne peut se faire autrement qu'en ouvrant ou en fermant le primaire de la bobine ; mais, si les appareils sont syntonisés, la correspondance peut s'établir d'une autre manière.

On admet que le transmetteur n'est accordé avec aucun des récepteurs correspondants. Quand on veut communiquer avec une station A, on actionne l'interrupteur de la bobine et on le laisse fonctionner pendant tout le temps que dure la correspondance. Pour transmettre les signaux, on ne touche pas au primaire de la bobine, mais on établit et on supprime l'accord avec la station A, en utilisant l'un ou l'autre des procédés décrits ci-après.

On obtient ainsi l'avantage d'empêcher un appareil non accordé de capter la correspondance du poste transmetteur ; en effet, on a dans cet appareil une succession continue de signaux non déchiffrables et une ligne continue, au lieu de la série de points et de traits de l'alphabet Morse.

Cette méthode a été mise en pratique dans le système Fessenden et proposée également dans le système Campos-Duddell.

La meilleure méthode pour établir ou supprimer l'accord avec un appareil donné est, d'après l'inventeur, la suivante :

Dans le circuit du générateur on place une bobine cylindrique (verticale), ayant un nombre de spires tel qu'aucun des récepteurs ne réponde quand la totalité de son enroulement se trouve placé dans le circuit. A l'intérieur de la bobine, on peut faire glisser un cylindre en cuivre massif qui, jouant le rôle de secondaire en court-circuit, diminue la self-induction de la bobine. Si l'on fixe le cylindre à diverses hauteurs, on peut sans toucher au secondaire de la bobine, établir l'accord avec l'un quelconque des récepteurs ; des déplacements très faibles de cylindre suffisent pour supprimer l'accord.

Pour correspondre avec la station A, on place le cylindre dans une position déterminée, un peu plus basse que celle nécessaire pour obtenir la syntonisation. Quand on actionne la bobine, il suffit de soulever un peu le cylindre pour établir la syntonisation et envoyer le signal; en soulevant et en abaissant successivement ce cylindre, on transmet les signaux Morse. Les mouvements qu'il faut imprimer au cylindre peuvent être obtenus au moyen d'un levier analogue à celui du manipulateur Morse ordinaire. En pareil cas, le manipulateur, n'ayant pas à ouvrir ou à fermer un circuit quelconque, il peut donc être de construction très simple.

On peut également préparer la correspondance en mettant en court circuit un certain nombre de spires de la bobine au lieu de faire glisser le cylindre de cuivre et, pour correspondre, on peut établir ou supprimer la syntonisation grâce à de petits mouvements du cylindre.

D'autres méthodes, d'ailleurs moins pratique d'après l'inventeur, permettent d'atteindre le même résultat; elles consistent à agir, au moyen du manipulateur, sur l'armature mobile d'un condensateur ou sur quelques-unes des spires de la bobine de self-induction.

Au lieu de cela, le manipulateur pourrait servir à mettre en court circuit quelques spires de la bobine, si l'on n'avait pas à redouter, en faisant usage de tensions élevées, les fortes décharges qui se produisent à l'ouverture et à la fermeture du circuit.

Pourtant l'inventeur, en effectuant des expériences, a employé avec succès cette méthode qui est la plus simple et la plus démonstrative.

Système Stone. — Le système proposé par M. Stone, pour rendre plus parfaite la syntonisation entre le poste transmetteur et le poste récepteur, est fondé sur les deux principes suivants :

1° Que l'hystérésis magnétique et l'hystérésis diélectrique des circuits diminuent considérablement les effets de la résonance;

2° Que la résonance est d'autant plus forte que la période des vibrations est plus régulière (harmonique).

M. Stone élimine donc l'hystérésis magnétique en écartant des circuits les bobines à noyaux de fer; il élimine l'hystérésis diélectrique en employant, au lieu des bouteilles de Leyde, des condensateurs à air.

Pour rendre harmonique la période de vibration, il corrige l'onde assez irrégulière émise par la bobine en la faisant passer à travers plusieurs circuits vibrants successifs qui agissent par induction l'un sur l'autre et qui sont tous accordés à la même période. Le dernier de ces circuits agit par induction sur l'antenne.

En vertu du principe de la résonance, un circuit d'une période bien déterminée recueille, d'une vibration de période mixte, les vibrations d'une période plus rapprochée de la sienne propre : on a ainsi une vibration de période plus nette; en faisant agir par induction ce circuit sur un autre d'égale période, le dernier produit une vibration d'une plus grande netteté, et ainsi de suite.

M. Stone trouve que, dans la pratique, il suffit de disposer de deux circuits accordés et successifs pour rendre la vibration presque parfaitement harmonique.

La disposition donnée aux circuits, dans le système Stone, est analogue à celle de la figure 167 (voir p. 242), à cette différence près que, au lieu du transformateur T', on a une bobine ordinaire. Le premier circuit CC'TT' contient l'exploseur E; le second, CC"T'T', ne comportant pas d'exploseur, sert à rendre plus harmonique l'onde qui lui est transmise par le premier.

Le schéma de l'appareil récepteur est analogue à celui du transmetteur, sauf que la place de l'exploseur E est occupée par le cohéreur et par le circuit enregistreur. Les ondes qui parviennent à l'antenne agissent par induction sur un premier circuit de réglage et, de ce premier circuit, elles passent au second, qui est accordé avec le premier, et enfin du second elles parviennent, accordées, au cohéreur.

Dans les expériences faites à Cambridge et à Lynn, l'inventeur a obtenu, sur une distance de 20 km, une sélection de 10 $^0/_0$, c'est-à-dire qu'une variation de 10 $^0/_0$ dans la période faisait passer du maximum à zéro l'intensité des effets produits dans les appareils récepteurs.

Système Anders Bull. — On peut dire que ce système appartient à la catégorie des dispositifs mécaniques de syntonisation. Le principe fondamental sur lequel repose son fonctionnement diffère complètement de celui sur lequel sont fondés le système Marconi et les systèmes analogues.

Au lieu d'employer, pour la transmission des signaux, des ondes électriques simples, on utilise des séries comprenant un certain nombre d'ondes qui se succèdent à des intervalles de temps déterminés d'avance. Ainsi, à supposer que chaque signal doive consister en cinq ondes distinctes, séparées par les quatre intervalles de temps t_1, t_2, t_3, t_4, si l'on donne à ces intervalles des valeurs différentes, on peut faire varier à l'infini les séries utilisables pour la transmission.

Si, par exemple, on a à transmettre d'un poste T à un poste R un point de l'alphabet conventionnel Morse, il faut envoyer une série de cinq impulsions séparées par les intervalles de temps déterminés d'avance t'_1, t'_2, t'_3, t'_4, pour lesquels on a d'abord opéré le réglage du récepteur placé en R_1, lequel enregistrera un seul point. Si le même poste T doit communiquer avec un autre R_2 réglé pour l'autre série d'intervalles $t''_1, t''_2, t''_3, t''_4$, ce poste T modifiera le réglage de son transmetteur de manière à transmettre les ondes suivant ces derniers intervalles, et le message sera reçu par R_2, mais non par R_3, pas plus que par un autre poste quelconque réglé différemment.

Tel est le principe fondamental du système : sa réalisation pratique a été obtenue par M. Anders Bull au moyen de deux appareils qu'il appelle respectivement le *disperseur* et le *collecteur*, lesquels effectuent automatiquement les deux opérations nécessaires. En effet, ils transforment la transmission faite de la manière ordinaire par un manipulateur Morse en une série de cinq ondes que séparent des intervalles de temps

déterminés; puis ils recomposent ces cinq ondes en un signal
unique.

La figure 226 représente schématiquement, en projection
horizontale et verticale, les parties essentielles d'un poste
transmetteur. Quand on abaisse le manipulateur, la batterie 2
émet un courant dans les enroulements de l'électro-aimant 3,

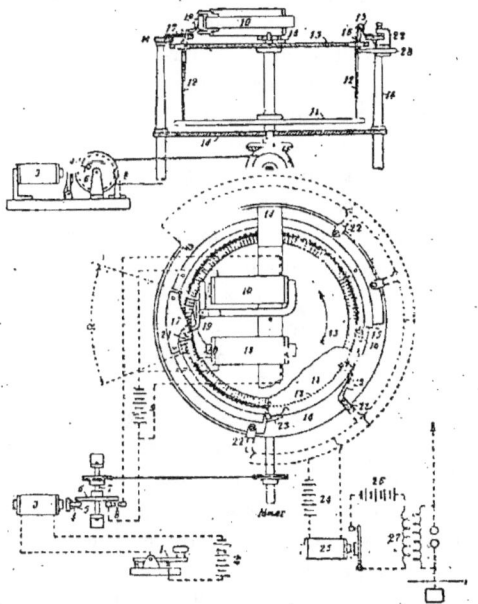

Fig. 226. — Poste transmetteur du système Anders Bull.

dont l'armature est en prise avec un cran d'arrêt 4 que maintient la dent d'un disque 6; ce dernier est monté à simple
frottement sur un axe tournant à la vitesse de cinq tours par
seconde et il se trouve entraîné par cet axe chaque fois que le
cran est soulevé. Quand le disque tourne, la dent 4 touche la
dent à ressort 8 et ferme un circuit alimenté par la batterie 9,
circuit dans lequel se trouve l'électro-aimant 10. Si le manipulateur n'est abaissé que pendant un temps très court pour

la transmission d'un point, le disque peut, dans l'intervalle, n'accomplir qu'une seule rotation complète, et alors le circuit reçoit une seule fois le courant ; si, au contraire, le manipulateur demeure abaissé pendant un laps de temps plus long, le même circuit se trouve fermé plusieurs fois à des intervalles de 1/5 de seconde.

Le *disperseur* consiste en un disque 11 auquel sont fixés un grand nombre de ressorts d'acier 12 disposés verticalement et concentriquement et dont les extrémités supérieures, étant libres, passent librement dans des fentes radiales que porte un second disque 13, fentes qui ne permettent auxdites extrémités de se mouvoir que dans le seul sens radial. Les deux disques sont montés sur le même axe et tournent avec l'armature 14, à laquelle est fixé un anneau 15 qui guide les ressorts ; il s'ensuit que, durant la rotation, ces derniers doivent glisser ou le long de l'anneau ou dans la rainure en forme de Ω fixée à cet anneau.

Une fraction de l'anneau correspondant à l'angle d est enlevée et remplacée par un morceau de bronze 17 qui fait plier les ressorts, en les poussant vers les pôles de l'électro-aimant 18 ; ce dernier, constamment excité par le courant de la batterie 9, exerce une attraction sur les ressorts d'acier, triomphe de leur élasticité et les tient éloignés de leur position d'équilibre jusqu'à ce qu'ils atteignent la position' indiquée en 20. Mais, si l'électro-aimant 10 se trouve être également excité, son armature à dents 19 ramène en arrière la pièce polaire, par l'entremise de laquelle l'électro-aimant 18 devrait exercer sa propre action ; les ressorts qui, pendant ce laps de temps, passent le long de la pièce de bronze 17, reprennent la position verticale et s'engagent à l'intérieur de la rainure Ω dans la position 21, de laquelle ils ne sortent plus pendant toute la durée de la révolution.

Un certain nombre de contacts 22 sont disposés autour de la circonférence du disperseur que l'on vient de décrire. Ces contacts sont formés chacun de deux ressorts 23 isolés entre eux ; au moyen de vis, ils peuvent être placés dans toute-

position utile. Les choses sont disposées de manière que les ressorts engagés dans les rainures vont, pendant le mouvement de rotation, établir le contact; par suite, tant que l'électro-aimant 10 reste inactif, les ressorts passent en dehors et les contacts ne sont pas établis. Quand, par contre, un courant de courte durée passe dans l'électro-aimant 10, un ressort vient s'engager dans la rainure de la manière décrite, et ce ressort vient ensuite se mettre successivement en contact avec chacune des paires de ressorts distribuées sur la périphérie.

Les ressorts de contact sont électriquement reliés entre eux comme le montre la figure, en sorte qu'à chaque fermeture le courant d'une batterie 24 excite l'électro-aimant d'un interrupteur 25, dont l'armature produit la fermeture d'une batterie 26 sur le primaire de la bobine d'induction 27. Lors de l'interruption suivante du circuit, une décharge a lieu dans l'exploseur et une onde est transmise. Par suite, lors de chaque fermeture du circuit de l'électro-aimant 10, on obtient la transmission d'autant d'ondes qu'il y a de ressorts doubles de contact distribués autour de la périphérie du disperseur. Comme le disque tourne d'un mouvement uniforme,

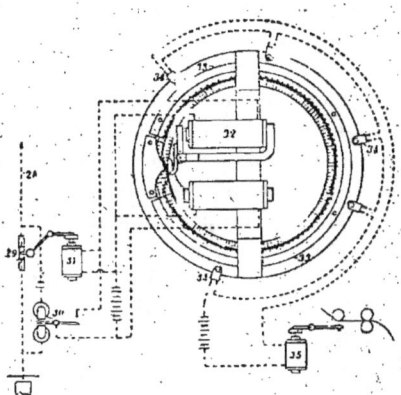

FIG. 227. — Poste récepteur du système Anders Bull.

les intervalles de temps qui séparent les diverses décharges sont proportionnels aux distances angulaires d'après lesquelles on a distribué les ressorts du contact.

La figure 227 représente le schéma du poste récepteur. Les ondes qui frappent le fil aérien 28 actionnent le cohéreur 29 et le relai 30 est excité de la manière accoutumée; le courant excite aussi l'électro-aimant ou frappeur 31 et l'électro-aimant 32 du collecteur, dont l'enroulement est placé en dérivation avec le précédent.

Le *collecteur* est construit exactement comme le disperseur : par suite, à l'arrivée de chaque oscillation, un ressort s'engage à l'intérieur de la rainure de l'anneau 33. La série des cinq oscillations venant du poste transmetteur amène à s'engager dans ces rainures cinq ressorts dont les distances angulaires sont proportionnelles aux temps qui séparent une oscillation de l'autre, car la vitesse angulaire de ce système est également constante. Sur la périphérie du collecteur sont disposés des ressorts doubles de contact en nombre égal et également éloignés des ressorts correspondants du disperseur. Ces contacts sont reliés entre eux en série, comme le montre la figure 227, si bien que le courant ne peut passer dans le Morse si tous les contacts ne sont pas simultanément fermés ; cette dernière circonstance ne peut pas se produire si les distances angulaires entre les ressorts engagés dans la rainure du collecteur ne sont pas égales à celles des contacts fixes. Quand, par contre, un pareil état de choses se trouve réalisé, le courant peut passer dans le Morse, provoquant immédiatement l'impression d'un signal, c'est-à-dire d'un point. Quand les distances entre les doubles ressorts des deux appareils ne correspondent pas exactement, les ressorts mobiles se placent à des distances différentes des ressorts fixes ; alors le contact simultané n'est point possible et le Morse ne fonctionne pas.

L'ensemble de l'appareil est montré sur la figure 228, dans laquelle le collecteur et le disperseur sont réunis en un appareil unique marqué A, dont une moitié sert pour la transmission et l'autre moitié pour la réception des dépêches. L'appareil est actionné par un petit moteur électrique B dont la vitesse angulaire se règle au moyen d'un régulateur à frein, représenté en C. Le disque portant les ressorts d'acier tourne à la vitesse angulaire de 30 révolutions par minute, et ces ressorts sont au nombre de 400. L'appareil représenté sur la figure 226 sous les chiffres 3-8 est représenté en D (*fig.* 228) ; il est

21

également mis en mouvement par le moteur B. Enfin le relai est représenté en E ; destiné à un fonctionnement rapide, il est pourvu, par suite, d'une armature légère ; il obéit à un courant de 0,1 milliampère.

Fɪɢ. 228. — Appareil Anders Bull.

M. Anders Bull a fait des expériences avec un seul poste transmetteur et un autre récepteur ; mais, en utilisant trois groupes différents de contacts pour la réception, il a pu tenter de transmettre à trois récepteurs Morse différents au moyen du même manipulateur employé sur trois circuits transmetteurs, chacun d'eux étant syntonisé avec un des récepteurs.

Dans les essais faits par l'inventeur, le nombre des contacts et des impulsions constituant chaque série était de trois ; la distance de transmission était très petite et l'on n'a pas encore tenté des transmissions simultanées. La vitesse de transmission atteinte a été de 50 lettres par minute ; mais l'inventeur espère pouvoir facilement l'augmenter. Il insiste particulièrement sur l'avantage du secret absolu qu'offre son système et sur la possibilité de l'appliquer aux récepteurs imprimeurs du type Hughes.

L'inventeur a fait publiquement l'essai de son système, et cela avec un succès complet, en décembre 1902, au Polyteknisk Forening de Christiania.

Pour assurer le secret de la correspondance, M. Anders Bull emploie deux méthodes.

La première méthode consiste à rendre les intervalles de temps, nécessaires entre deux impulsions de la même série, suffisamment longs pour dépasser la période séparant deux séries consécutives, lesquelles arriveraient ainsi à se superposer et à se mélanger. L'autre méthode consiste à envoyer simultanément des signaux syntonisés et des signaux de période différente et arbitraire, de manière que la superposition des deux systèmes de signaux donne une série de points presque ininterrompue et absolument indéchiffrable.

Système Walter. — C'est un système analogue au système Anders Bull que l'on vient de décrire. Dans ce système également, chaque signal consiste en une série d'émissions d'ondes séparées qui se succèdent à des intervalles de temps déterminés, mais non égaux.

A cet effet, l'appareil producteur d'ondes est actionné par un manipulateur spécial. Ce dernier, outre qu'il ferme le courant de la bobine, dégage un disque mobile et lui fait accomplir une révolution rapide durant laquelle, grâce à certaines saillies distribuées irrégulièrement sur sa circonférence, il se produit autant de courtes fermetures du circuit. L'autre poste comporte, dans le circuit de son cohéreur, un disque semblable au premier. Ce disque est dégagé par la première émission venant du poste transmetteur. Sur sa circonférence se trouvent des contacts distribués comme ceux du disque du poste transmetteur. Il tourne à la même vitesse angulaire que ce dernier et, par suite, le récepteur est prêt à recevoir chaque émission parvenant du poste transmetteur, en laissant passer par un des contacts l'onde qui va exciter le cohéreur.

L'appareil enregistreur est constitué de manière à ne fonctionner que sous les impulsions d'une cadence correspondant au nombre et à la position des contacts dans les deux disques tournants; par suite, des ondes transmises avec une cadence différente ne pourraient être enregistrées.

Système Hughes. — Les récepteurs fonctionnant avec le système imprimeur Hughes peuvent être considérés comme agissant par syntonisation mécanique, car, pour l'enregistrement, il faut que les appareils transmetteur et récepteur aient une marche synchronique. Cette synchronisation peut être modifiée à des époques déterminées d'avance pour prévenir toute découverte, par voie de tâtonnements, de la part de quiconque aurait intérêt à intercepter les messages.

SYSTÈMES DE COMMUNICATIONS MULTIPLES

Une fois que l'on a obtenu la syntonisation des postes de manière que le poste récepteur ne réponde qu'aux ondes émises par un poste transmetteur accordé avec sa période, il est facile de comprendre que, si l'on a plusieurs stations, chacune d'elles étant accordée pour une période différente d'oscillation électrique et dont la longueur d'onde correspondante est connue du poste transmetteur, ce dernier pourra accorder ses propres appareils pour que la dépêche envoyée soit reçue d'une seule de ces stations. Le même poste transmetteur pourra ensuite modifier l'accord pour communiquer avec une autre station, en cessant de correspondre avec la première, etc. Le problème de la multicommunication, c'est-à-dire de la communication simultanée de plusieurs stations en tout sens et dans un même rayon d'action, est donc intimement lié à celui de la syntonisation.

Les systèmes de radiotélégraphie qui ont reçu les plus

larges applications ont été adaptés, par leurs inventeurs, au service des communications multiples ; aujourd'hui encore, les recherches se poursuivent sans répit pour obtenir des résultats plus complets. On se rend compte, en effet, qu'une station aura d'autant plus d'importance, même au point de vue commercial, que le nombre des postes spéciaux avec lesquels elle pourra communiquer sera plus considérable.

On examinera d'abord, ici, le système des communications multiples Slaby-Arco, car c'est le premier qui a donné lieu à des expériences publiques couronnées de succès.

Système Slaby-Arco. — Le système syntonique Slaby-Arco, qui a été déjà décrit, se prête à l'établissement de la syntonisation d'une station réceptrice et de plusieurs postes transmetteurs.

En effet, pour que les oscillations électriques de l'extrémité de l'antenne se manifestent, avec une égale intensité, à l'extrémité du fil de prolongement (voir *fig*. 203, C, p. 276), il n'est pas indispensable, suivant M. Slaby, que les parties CD, CE (*fig*. 229) soient égales ; il suffit que l'ensemble de la longueur CDCE soit égal au double de la longueur de l'antenne de transmission AB, c'est-à-dire égal à

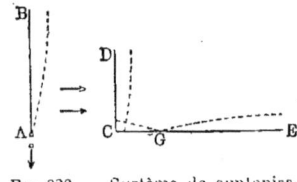

Fig. 229. — Système de syntonisation Slaby-Arco.

la moitié de la longueur d'onde. Cela revient à dire que, en cas d'inégalité entre CD et CE, le nœud se formera non pas en C, mais en un autre point, par exemple en G.

Si donc, dans la station réceptrice, on relie une même antenne (*fig*. 230) à des fils de prolongement, de longueurs différentes CE, CF, CG, terminés par un cohéreur, chacun de ces cohéreurs se trouvera excité par des ondes de longueur déterminée : le cohéreur E sera excité par des ondes d'une longueur égale au double de DC + CE, le cohéreur F par des ondes d'une longueur double DC + CF, et ainsi de suite. En d'autres termes,

si les longueurs en mètres des fils sont celles indiquées sur
la figure, les cohéreurs E, F, G obéiront respectivement à des
ondes de 240, 200 et
160 mètres de lon-
gueur. Si ces ondes
sont émises par des
stations différentes,
l'appareil enregistrera
séparément les dépê-
ches transmises par ces
stations : il se prêtera
donc à la communica-
tion multiple. Naturel-
lement, aux fils de
prolongement on
pourra substituer les
bobines équivalentes et y ajouter les multiplicateurs correspondants, comme le montrent les figures 203, D et E (voir
p. 276).

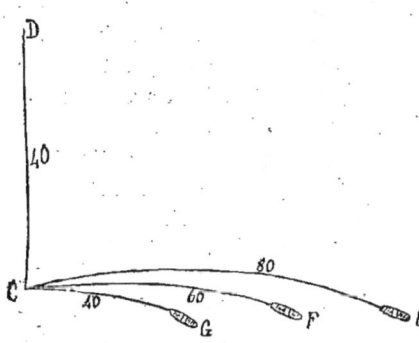

Fig. 230. — Système de syntonisation Slaby-Arco.

L'intensité au ventre de vibration en E, F, G ne dépend
que dans une faible mesure de l'existence ou de la non-exis-
tence d'une communication entre le point C et la terre : on
peut donc employer, comme antennes réceptrices, des conducteurs déjà existants, par exemple des paratonnerres, même si
ces derniers n'ont pas la longueur d'un quart d'onde.

C'est justement avec un appareil construit sur ce principe
que M. Slaby a exécuté, en décembre 1900, sa première expérience de communication multiple par la télégraphie sans fil.
On reviendra plus loin (chap. x) sur cette expérience.

La figure 231 représente le schéma du dispositif adopté par
M. Slaby pour ces expériences. L'appareil récepteur, situé au
centre, a une antenne unique $a_2a'_2$, laquelle est reliée d'un côté,
par l'intermédiaire de la self-induction S, au cohéreur f et, de
l'autre côté, par la self-induction S¹, au cohéreur f'. La période
du système a_2Sf est réglée sur celle du transmetteur a^1 et la
période du système $a'_2S'f'$ est réglée sur celle du transmetteur a',

différent du premier, en sorte que le premier reçoit seulement les messages expédiés par a', et le second les messages expédiés par a_2.

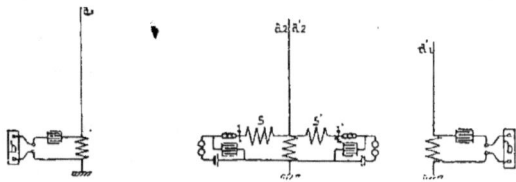

FIG. 231. — Dispositif Slaby-Arco.

Ensuite, pour mieux accorder les postes, MM. Slaby-Arco ont adopté le syntonisateur décrit précédemment.

Système Marconi. — Le système syntonique Marconi se prête aussi aux communications multiples. La figure 232 représente le schéma d'un poste transmetteur pouvant commu-

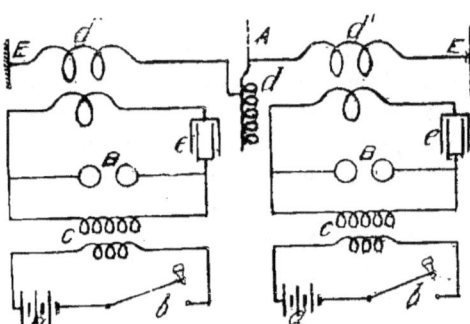

FIG. 232. — Poste transmetteur Marconi.

niquer avec deux stations différemment accordées. Au lieu, lorsqu'il s'agit de correspondre, de modifier la capacité et l'inductance du poste transmetteur pour les mettre en harmonie avec la capacité et l'inductance du poste récepteur, M. Marconi trouve plus commode et plus sûr de faire communiquer, avec l'antenne A elle-même du poste transmetteur, des conducteurs de différentes capacité et inductance, ainsi que le montre la figure. Ces conducteurs sont accordés avec tout autant de transmetteurs, lesquels, à leur tour, sont accordés avec l'une ou l'autre des stations avec lesquelles il s'agit de communiquer. De cette manière la communication avec les différentes stations peut s'effectuer même simultanément.

M. Marconi a obtenu même la transmission multiple entre deux stations déterminées, c'est-à-dire la transmission simultanée de plusieurs dépêches partant d'une même antenne. A cet effet, il applique à l'antenne du poste récepteur des inductances respectivement égales à celles que porte l'antenne du poste multiple transmetteur ; chacune de ces inductances est reliée à un récepteur accordé avec elle, ainsi que le montre la figure 233. Avec un pareil dispositif, chaque transmetteur, relié à un fil vertical unique, peut

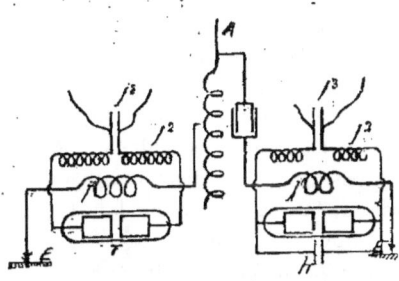

FIG. 233. — Dispositif Marconi pour la transmission multiple.

transmettre simultanément différentes dépêches; d'autre part, ces dépêches peuvent être reçues, simultanément également, chacune par l'appareil correspondant du poste récepteur qui est accordé avec un des appareils transmetteurs.

En 1901, au cours des expériences de communication entre Biot et Calvi dont on parlera ci-après (voir chap. x), on a tenté également, mais sans grand succès, des essais de communication multiple au moyen du système Marconi. A cet effet, on a utilisé trois tons différents, les nᵒˢ 1, 2, 3, qui correspondaient respectivement à des longueurs d'onde de 300, 150 et 70 mètres. En employant des antennes différentes, on obtint que des transmissions faites avec le ton nᵒ 1 ne fussent point enregistrées par le récepteur accordé pour le nᵒ 2, et *vice versa*; mais, quand on utilisait les deux récepteurs reliés à la même antenne, tous les deux se trouvaient être influencés, sauf si l'on introduisait dans l'un d'eux, pour le réduire au silence, des self-inductions et des capacités. En outre, on a constaté que, dans les essais de double transmission, un des récepteurs enregistrait convenablement l'une des dépêches, tandis que l'autre les enregistrait toutes les deux ou n'en enregistrait aucune. L'introduction du ton n° 3, destinée à rendre la sélection plus nette, n'améliora pas les résultats, car le nouveau récepteur, qui devait recueillir les ondes plus courtes, ne fut pas influencé.

On a obtenu de meilleurs résultats dans les expériences de communication multiples faites, en mai 1903, par M. le lieutenant de vaisseau Villarey, de la Marine italienne, entre la station de la Spezzia et celles de Palmaria et de Livourne, distantes respectivement de la première de 5 et de 70 km. Les appareils transmetteurs pouvaient émettre des ondes de deux longueurs différentes, l'un A destiné à des distances jusqu'à 150 km, l'autre B destiné à des distances jusqu'à 300 km. Pour la seconde de ces distances, l'intensité de la source d'énergie était double, ainsi que la capacité des condensateurs et, par suite, l'onde émise avait une longueur plus grande que celle de la première.

Les deux appareils récepteurs, préalablement accordés et communiquant avec une antenne unique à la Spezzia, reçurent simultanément des télégrammes de Palmaria et de Livourne, non seulement quand le ton de plus grande portée fonctionnait dans le poste le plus éloigné, mais encore quand les tons d'émissions furent intervertis dans les deux postes transmetteurs.

On parvint également, avec les deux tons précités, à transmettre des télégrammes simultanément, de la Spezzia à Livourne et à Palmaria, au moyen d'une antenne unique.

Interviewé lors de son dernier voyage à Rome, M. Marconi a déclaré avoir réussi, en novembre 1903, à transmettre simultanément d'une station unique (Poole sur la côte anglaise, à

proximité de Londres) 5 télégrammes distincts à 5 stations
différentes, situées tout autour dans un rayon de 20 à 50 km.
Dans le poste transmetteur, les cinq appareils diversement réglés
communiquaient chacun avec une antenne spéciale, et les
messages parvinrent, sans la moindre confusion, chacun à la
station à laquelle il était destiné. M. Marconi a déclaré, en
outre, qu'il possède à l'heure présente 25 tons, tous parfaitement distincts, au moyen desquels il peut communiquer
simultanément et indépendamment avec un nombre égal de
postes différents.

Système Tommasi. — La méthode proposée par M. Tommasi tend à assurer le secret de la correspondance, dans le cas
où l'on voudrait capter cette correspondance dans une station
pourvue de récepteurs très sensibles, c'est-à-dire de récepteurs
capables d'obéir à toutes les vibrations électriques, quelque
soit le degré de réglage de ces dernières.

M. Tommasi installe au poste transmetteur deux oscillateurs
dont l'un, le plus puissant, est affecté à la transmission syntonique des signaux à grande distance, tandis que l'autre, moins
puissant, est destiné à émettre des signaux incohérents. Ces
signaux incohérents se superposent à ceux destinés à une plus
grande distance et rendent la correspondance transmise incom-
préhensible dans la zone environnante; mais, par suite de leur
intensité moindre, ils sont incapables d'influencer le récepteur
placé à une plus grande distance.

Avec des oscillateurs doubles de puissances différentes,
c'est-à-dire présentant des longueurs différentes d'étincelle,
on peut établir à volonté la communication avec des postes
situés à des distances diverses.

Mais ce système n'offre aucun moyen de protection contre
les récepteurs placés au-delà de la zone où sont sensibles les
vibrations émises par l'oscillateur moins puissant, zone qui
peut se restreindre si l'on diminue graduellement la sensibilité
du cohéreur.

Système Jégou. — Le système Jégou diffère du système Tommasi ci-dessus en ce sens que, dans le système Tommasi on fait varier la portée en modifiant la longueur de l'étincelle, tandis que, dans le système Jégou, pour atteindre le même résultat, on a recours à des antennes de différentes longueurs.

Dans chaque poste récepteur se trouvent deux antennes, l'une longue et l'autre courte. La première a exactement la longueur nécessaire pour correspondre à la distance maximum. Les deux antennes communiquent avec deux circuits distincts, comprenant chacun un cohéreur, une pile et une bobine.

Ces deux bobines sont enroulées, en sens opposé, autour du même noyau ; elles constituent le primaire d'un transformateur dont le secondaire communique avec un relai ou avec un indicateur de courant.

A l'arrivée des ondes provenant de la station la plus éloignée, ces ondes influencent seulement la bobine primaire qui communique avec l'antenne la plus élevée et le message est enregistré ; mais, s'il parvient des ondes d'une station plus rapprochée, ces dernières influencent les deux bobines dont les actions sur le secondaire se trouvent annulées. Si on veut correspondre avec une station plus rapprochée, on emploie dans le poste transmetteur une antenne de hauteur moindre, réglée de manière que les ondes émises puissent agir seulement sur l'antenne la plus haute du poste récepteur.

Système Magni. — M. Magni estime que la syntonisation des postes ne suffit pas pour assurer la communication multiple, car des postes même syntonisés d'une manière parfaite n'obéissent pas seulement aux ondes de la période pour laquelle ils ont été réglés ; ils sont également influencés par des ondes de période voisine, de même qu'en acoustique un résonateur, accordé pour une certaine note, résonne également sous l'action de notes un peu plus élevées ou un peu plus basses. M. Magni propose donc d'utiliser, outre le principe de la syntonisation, celui de l'interférence des ondes, en vertu duquel deux ondes d'égale période qui se rejoignent après avoir parcouru des espaces de longueur différente, peuvent, selon le point où se fait la jonction, ou additionner leurs effets en produisant un effet maximum (centre de vibration) ou se détruire réciproquement en produisant un effet nul (nœud de vibration). Afin que le cohéreur soit alors influencé, il ne suffira pas qu'il se trouve placé dans un circuit syntonisé avec le transmetteur, il faudra encore qu'il soit placé dans un ventre de vibration. Comme la position des ventres varie avec la longueur de l'onde reçue, un cohéreur placé dans une position donnée demeurera, pour un double motif, muet devant les ondes d'une longueur différente de celle pour laquelle il est accordé ; il pourra donc, entre toutes les ondes qui le frappent, recevoir seulement celles qui lui sont destinées.

A cet effet, M. Magni propose l'emploi de deux antennes dans le poste transmetteur et de deux autres dans le poste récepteur.

Dans le poste transmetteur, les deux antennes sont séparées l'une de l'autre par une distance égale à 1/2 longueur d'onde et parcourues par des ondes ayant même période, intensité et phase, c'est-à-dire par des ondes n'offrant aucun retard, l'une par rapport à l'autre. Les ondes se propagent dans tous les sens ; mais, dans le plan qui comprend les antennes, les ondes qui arrivent des deux antennes correspondantes se détruisent réciproquement par suite des phénomènes d'interférence ; donc, dans ce plan, l'effet est nul, tandis que l'effet est maximum dans le plan perpendiculaire au premier, lequel se trouve dans la direction où on télégraphie. On a ainsi un autre moyen permettant d'obtenir des ondes canalisées.

L'emploi de la double antenne, dans le poste récepteur, est plus intéressant. Les bases des deux antennes sont reliées par un fil qui s'allonge des deux côtés, constituant deux fils de prolongement. Les longueurs des antennes, des fils de prolongement et du fil de conjonction peuvent être choisies de manière que, au point central entre les deux antennes, les ondes pour lesquelles se trouve accordé le cohéreur forment un ventre de vibration et que les ondes d'une longueur même peu différente y forment un nœud. Le cohéreur se place en ce point et il ne peut être, conséquemment, influencé que par les ondes qui lui sont destinées.

On obtient l'effet désiré, par exemple en donnant aux antennes et aux fils de prolongement des longueurs égales à 1/4 d'onde, et en donnant aux deux antennes réceptrices un écart égal à la moitié de la longueur d'onde.

M. Magni a fait des expériences à des distances variant entre 3 et 3 000 mètres. Il a obtenu des résultats favorables, permettant de conclure que les différentes stations sont rendues indépendantes les unes des autres.

Système Cohen-Cole. — Pour résoudre le problème de la communication multiple, MM. Cohen et Cole emploient un dispositif analogue à celui utilisé dans certains systèmes de télégraphie multiple où un appareil, dit sélecteur, fait communiquer successivement, à des intervalles courts et réguliers, divers appareils transmetteurs avec l'antenne, tandis que, dans la station correspondante, un sélecteur identique, fonctionnant synchroniquement avec le premier, joue le même rôle pour un nombre égal d'appareils récepteurs.

La figure 234 représente un des sélecteurs proposés par MM. Cohen et Cole. Il est constitué par des balais h qui, animés d'un mouvement tournant, passent sur la série de contacts $KK_1K_2...l$, disposés en arc de cercle, mettant

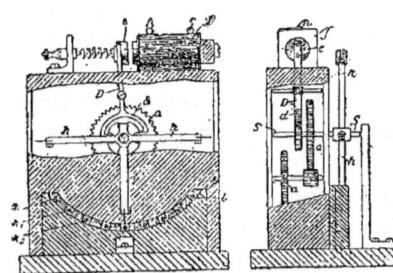

Fig. 234. — Sélecteur Cohen-Cole.

ainsi successivement en relation le poste transmetteur avec l'un ou l'autre des appareils transmetteurs.

Un autre système de sélecteur, représenté figure 235, utilise la chute de gouttes de mercure le long d'un tube isolant incliné, sur lequel elles établissent des contacts momentanés

entre une bande conductrice h, disposée le long du tube, et
une série de pointes de platine kk_1k_2... qui sont reliées aux
divers appareils télégraphiques. Des dispositifs spéciaux servent
à maintenir, entre les distributeurs des deux postes, un syn-

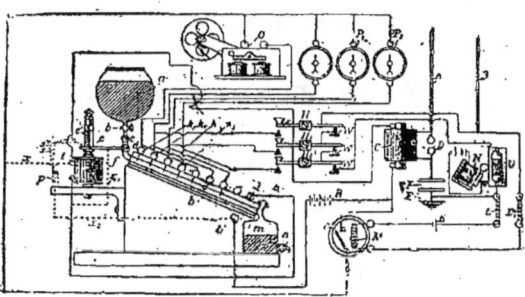

Fig. 235. — Autre sélecteur Cohen-Cole.

chronisme parfait, grâce auquel chaque transmetteur est toujours
mis en communication avec le même transmetteur. Si les
mouvements de rotation se répètent avec une rapidité suffisante, chaque transmetteur peut communiquer avec le récepteur correspondant, comme si la communication était continue.

CHAPITRE X

EXPÉRIENCES PRATIQUES ET APPLICATIONS

CONSIDÉRATIONS GÉNÉRALES

En décrivant les systèmes de télégraphie sans fil, on a jusqu'à présent étudié l'œuvre des différents inventeurs, afin de faire mieux ressortir les perfectionnements mécaniques qu'ils ont apportés à leurs appareils. Mais, dans la description des expériences, on va suivre, autant que possible, l'ordre chronologique, ce qui permettra de mieux établir l'histoire de cette admirable conquête scientifique.

Quelle a été la première expérience de télégraphie sans fil faite au moyen des ondes électriques ?

Il y a quelque temps, on a exhumé un numéro d'un ancien journal français du 26 avril 1876, *la Liberté*, dans lequel il était annoncé qu'un certain Loomis, météorologiste américain, au cours d'expériences effectuées sur les Montagnes Rocheuses, avait réussi à transmettre des signaux au moyen de cerfs-volants dont les cordes contenaient un fil conducteur ; les deux postes étaient séparés l'un de l'autre par une distance s'élevant jusqu'à 16 kilomètres. Les signaux étaient transmis et reçus au moyen d'appareils Morse ; mais on ne sait rien autre chose à propos de ces expériences. On ignore donc s'il s'agissait d'une véritable transmission par les ondes électriques ou par tout autre procédé électrique, et il n'est point par trop téméraire même de révoquer en doute la réalité de l'information ci-dessus.

Par contre, il faut attribuer aux ondes électriques les expériences de télégraphie exécutées, en 1879, par Hughes, le célèbre inventeur du télégraphe imprimeur et du microphone. Ces expériences, bien qu'exécutées en présence de nombreux savants, n'ont été rendues publiques que dans ces dernières années, alors que la télégraphie sans fil, suivant le système Marconi, avait déjà été l'objet de nombreuses applications.

Hughes avait observé qu'un téléphone, inséré dans un circuit avec un microphone (sans la pile ordinaire), émettait des sons lorsque l'on excitait une bobine placée à quelques mètres de distance, et que l'effet était dû à l'extra-courant produit par chaque interruption du courant alimentant la bobine. Le même effet était produit par les décharges d'une machine électrique ; alors Hughes attribua ce phénomène à des ondes électriques produites par les décharges et se propageant dans l'air ambiant, — ondes dont l'existence fut démontrée expérimentalement par Hertz, huit années plus tard.

Au moyen de son contact microtéléphonique, qui jouait évidemment le rôle de cohéreur à décohésion spontanée, Hughes percevait les sons produits par les ondes qu'émettait la bobine en fonctionnement ; il les percevait non seulement à toutes les distances possibles dans l'intérieur de son habitation, mais encore d'un milieu à un autre, même en se plaçant dans des plans différents ; il finit par les percevoir, à une distance d'environ 500 mètres, en parcourant la rue dans laquelle s'élevait son habitation, avec un téléphone à l'oreille et le récepteur en main.

M. Hughes, n'ayant pu aboutir à démontrer scientifiquement le bien-fondé de la théorie qu'il avait imaginée pour expliquer le phénomène qu'il venait de constater, ne donna aucune publicité à ses expériences ; mais l'explication qu'il en avait donnée fut reconnue plus tard comme parfaitement exacte, à la suite des expériences successives de Hertz et de M. Marconi.

Abstraction faite des expériences précitées de Hughes, qui demeurèrent comme un fait isolé et inconnu du monde scientifique, si on veut trouver le premier germe fécond des méthodes actuelles de télégraphie sans fil, on doit remonter jusqu'en 1887, à l'époque des premières recherches de Hertz.

Certes on peut affirmer que le jour où Hertz tira de ses résonateurs, sans disposer d'une communication directe avec l'oscillateur, les premières étincelles, ce jour-là les bases de la télégraphie sans fil se trouvèrent jetées. En effet, peu après, Hertz lui-même exécuta une expérience dont le résultat, bien qu'il l'eût prévu, le remplit, comme il l'a dit, d'émotion ; il porta le résonateur dans une salle voisine de celle où se trouvait l'oscillateur, il ferma la porte de communication et observa que, à chaque étincelle produite par ce dernier, correspondait une étincelle dans le second.

Peut-être Hertz ne savait-il pas manier le manipulateur Morse ; mais le plus humble télégraphiste qui aurait assisté à cette expérience aurait été immédiatement en mesure de transmettre, dans le langage conventionnel de l'appareil Morse, un salut à la grande découverte qui faisait son apparition dans le monde.

Mais Hertz avait d'autres préoccupations que l'exploitation d'une entreprise industrielle! Il tenait à suivre le principe scientifique qui l'avait guidé vers cette grande découverte, c'est-à-dire à démontrer expérimentalement l'identité, quant à leurs propriétés et à leur nature, des ondes électriques et des ondes lumineuses ; il réussit à faire cette démonstration, ouvrant ainsi une très large voie à la science pour la conquête de la vérité et à l'humanité pour la conquête de l'utile.

MM. Righi et Marconi, pour ne point parler des autres chercheurs, chacun guidé par un but différent, entrèrent dans cette voie pour arriver : l'un à reculer les limites de nos connaissances scientifiques, l'autre à réaliser des applications pratiques, tous deux avec grand succès ; si les louanges décernées au premier ont trouvé moins d'écho que celles attribuées au second, c'est uniquement parce qu'un petit nombre de savants est moins en mesure d'attirer l'attention du public par ses travaux que l'annonce retentissante d'une nouvelle application de l'énergie électrique.

22

Les ondes observées par Hertz étaient dix millions de fois plus longues que les ondes lumineuses. Aux ondes de longueur si considérable produites par Hertz il manquait, pour ainsi dire, la souplesse qui fait que les ondes lumineuses donnent lieu aux phénomènes optiques les plus délicats. Entre les mains de M. Righi, les ondes de Hertz purent être réduites de longueur et il put ainsi reproduire, avec des appareils qui ne sont guère plus grands que ceux servant aux expériences ordinaires d'optique, tous les effets si délicats qui se manifestent, à notre œil, sous la forme de phénomènes lumineux les plus compliqués.

De là l'œuvre géniale que M. Righi, faisant choix d'une expression heureuse, a appelée *l'optique des oscillations électriques.*

M. Marconi, lié d'amitié avec M. Righi, fut admis par ce dernier à voir quelques-unes des expériences qu'il exécutait dans son laboratoire. C'est probablement là que, ayant vu avec quelle facilité les résonateurs Righi répondaient à distance aux oscillations de l'excitateur, de même que dans l'expérience précitée de Hertz, il conçut l'idée de chercher à obtenir, au moyen des ondes électriques, la solution du problème de la communication télégraphique sans fil. Ce problème était déjà étudié avec ardeur dans un pays que M. Marconi avait fréquemment visité dès son enfance, en Angleterre, où on avait déjà en partie décidé l'installation d'un système de communication sans fil, par induction, entre Lavernock Point et le phare de Flat Holm, à une distance de 5 km environ.

Le terrain était préparé pour la grande découverte.

Depuis deux années environ, M. Lodge avait annoncé (1894) que son « coherer » était suffisamment sensible aux ondes électriques pour les révéler à une distance de 1/2 mille (800 m), et depuis une année M. Popoff avait appliqué le cohéreur à la réception des ondes électriques émises par un oscillateur de Hertz, à la distance de 5 km, à l'aide de l'appareil que nous avons déjà indiqué (*fig.* 41, p. 89). Cet appareil comportait tous les organes nécessaires à un récepteur de télégraphie sans fil :

antenne, cohéreur, bobines de réactance, relai, frappeur pour
décohérer et appareil enregistreur. Il ne manquait plus que
l'homme ayant la volonté et le pouvoir de consacrer, à la solution complète du problème, un esprit puissant et une activité
prodigieuse. Cet homme fut M. Marconi.

M. Marconi fit ses premières expériences dans sa propre
villa, à proximité de Bologne, au moyen d'appareils qu'il put
se procurer grâce aux ressources mises à sa disposition par sa
famille. On ne sait à peu près rien de ces essais, dans lesquels
le savant italien parcourut sans doute la voie déjà explorée
par ses prédécesseurs. En effet, le premier brevet qu'il prit
(brevet anglais n° 12039 du 2 juin 1896) comportait, dans le
transmetteur, l'oscillateur Righi à trois étincelles et un récepteur construit comme celui de M. Popoff. Les modifications
successives qu'il a introduites depuis dans son appareil et
dont la principale est l'utilisation dans le circuit de transmission de l'antenne utilisée par M. Popoff dans le circuit de
réception seulement, ont été déjà amplement décrites et dis-
cutées dans une autre partie du présent ouvrage avec les
appareils proposés et les perfectionnements introduits par les
autres expérimentateurs; il ne reste donc plus qu'à résumer
les résultats des expériences les plus importantes exécutées
avec les appareils perfectionnés, lesquels ont successivement
permis de transmettre des radiotélégrammes à des distances
variant depuis quelques kilomètres jusqu'à la distance énorme
de plus de 4 000 kilomètres.

On décrira d'abord les expériences de communication simple
entre la terre et la mer, pour signaler ensuite les résultats des
essais de radiotélégraphie multiple en pays de montagne, faits
au moyen de ballons, ainsi que les autres applications de la
radiotélégraphie.

EXPÉRIENCES DE M. MARCONI
A LONDRES ET SUR LE CANAL DE BRISTOL (1896)

Après ses essais privés de Bologne, dans lesquels il réussit à
obtenir des signaux à une distance de 2 400 m, M. Marconi se

rendit, en juillet 1896, en Angleterre, où il expliqua son système à M. W. Preece, alors directeur des télégraphes anglais. Ce dernier dirigeait, depuis plusieurs années déjà, les études et expériences de télégraphie sans fil entre la terre ferme et les phares, effectuées d'après la méthode de l'induction entre circuits fermés. M. Preece accueillit favorablement le jeune inventeur et fit en commun avec lui, dans Londres même, au cours de l'été de 1896, les premières expériences depuis les locaux du Post Office jusqu'à une station éloignée de 100 m, puis jusqu'à Salisbury Hain, à une distance de 4 milles (6,4 km).

Dans une conférence faite à Londres, M. Preece fit connaître les résultats obtenus, lesquels, bien que réalisés avec l'appareil grossier construit d'abord par M. Marconi, laissaient prévoir une large application pour l'avenir. Dans sa conférence, M. Preece présenta les appareils eux-mêmes, mais, en réalité, il ne fit voir que les deux boîtes qui les contenaient, en déclarant ne pouvoir divulguer le détail des dispositifs employés. Il se borna à dire que l'on avait utilisé une bobine d'induction donnant des étincelles de 25 cm avec un excitateur Lodge et un réflecteur parabolique.

Le transmetteur et le récepteur étaient, d'après ce que l'on a appris depuis, du type représenté sur les figures 151 et 152 (voir p. 224 et 226).

La nouvelle annoncée par M. Preece se propagea rapidement et, à la suite de cette conférence, M. Marconi n'ayant pas encore fait connaître la construction de son appareil, plusieurs expérimentateurs, se basant sur ce que l'on savait déjà quant au moyen de produire et de recueillir les ondes électriques, réalisèrent immédiatement des expériences de télégraphie sans fil avec des appareils que l'on reconnut ensuite être analogues à ceux de M. Marconi.

Parmi ces expérimentateurs, il faut citer M. Lodge qui, au mois de septembre, invita les membres de la section A de la British Association à assister, dans son laboratoire, à des expériences qui donnèrent des résultats analogues à ceux de M. Marconi, et cela au moyen d'un appareil monté à cet effet par son assistant, M. Ascoli. En avril 1897, ce dernier fit à Rome une conférence sur le même sujet, démontrant expérimentalement la possibilité de télégraphier avec les ondes électriques. Il convient de citer également M. Tissot, qui exécuta en France des essais semblables, le lendemain du jour où il reçut avis des expériences de M. Marconi.

En mai 1897, on fit des essais comparatifs entre le système Marconi et le système par induction Preece. Ce dernier système était alors mis à l'essai sur le canal de Bristol (voir *fig.* 18, p. 45), à proximité de Cardiff entre Lavernock-Point et l'îlot portant le phare de Flat Holm, situé à une distance de 3,3 milles (environ 5,3 km) de la côte, ainsi qu'entre Lavernock-Point et Brean Down, sur l'autre rive du canal. Ce dernier point est éloigné de Flat Holm de 5,4 milles (8,6 km environ) à vol d'oiseau, tandis que la distance le séparant de Lavernock, également à vol d'oiseau, est de 8,8 milles (environ 14 km). Dans ces essais, on fit usage des appareils représentés sur les figures 154 et 155 (voir p. 228 et 229) ; aux réflecteurs on substitua des fils aériens, soutenus par des poteaux hauts de 27 m, et se terminant par des plaques de condensateur. Les ondes employées avaient, d'après les déterminations alors effectuées, une longueur de 120 cm et une fréquence de 250 millions par seconde. Les transmissions se faisaient à partir de Flat Holm, où on employait une bobine donnant des étincelles de 50 cm et alimentée par une batterie de 8 accumulateurs.

Le 11 mai 1897, après avoir fait des expériences avec la méthode Preece, on commença à essayer de communiquer, entre Flat Holm et Lavernock, au moyen du système Marconi. On obtint quelques résultats après avoir augmenté de 20 m la longueur des fils aériens ; mais le succès ne fut complet que quand on eut allongé encore davantage les fils. Le 14 mai, on organisa des communications entre Lavernock et Brean Down, et les expériences continuèrent.

Toutes ces expériences ne démontrèrent pas seulement le caractère pratique du système, elles permirent, en outre, de constater l'influence exercée par la hauteur de l'antenne sur

la distance que peuvent franchir les communications. Ce serait
à la suite de ces expériences que M. Marconi aurait formulé la
loi qui a déjà été énoncée précédemment et qui fait dépendre
la distance de transmission de la hauteur de l'antenne.

Parlant de ces expériences, le 4 juin 1897, devant la Royal
Institution de Londres, M. Preece signalait ce fait curieux
que les collines et les autres obstacles apparents n'empêchent point la transmission, sans doute parce que les
lignes de force évitent ces obstacles ; que la température ne
semble exercer aucune influence sur la régularité des transmissions, ces dernières s'effectuant indifféremment et avec la
même régularité par les temps de brouillard, de pluie, de
neige et de vent.

En même temps, M. Marconi s'était assuré, en prenant les
brevets nécessaires, la protection de son invention et, en
août 1897, une société anonyme au capital de 2 500 000 francs
se constituait, sous le nom de Wireless Telegraph and Signal Co,
pour exploiter ces brevets.

EXPÉRIENCES DE M. MARCONI A ROME ET A LA SPEZZIA

(JUILLET 1897)

En juin 1897, M. G. Marconi se rendit à Rome. Après avoir
effectué dans cette ville, sur l'initiative du Ministère de la
Marine, des essais en utilisant un conducteur haut de 3 m, il
fut invité par le ministre d'alors de la Marine, M. Brin, à se
livrer à de nouvelles expériences devant une commission
composée d'officiers spécialistes de la Marine royale. Ces expériences eurent lieu du 11 au 18 juillet, dans le golfe de la
Spezzia. Les appareils transmetteur et récepteur étaient analogues à ceux employés sur le canal de Bristol, c'est-à-dire
pourvus de fils qui se terminaient, dans leur partie supérieure,
par des lames métalliques (*fig.* 154 et 155, voir pp. 228 et 229).
Seule, la bobine était moins puissante, car elle ne donnait que
des étincelles de 25 cm de longueur.

L'appareil transmetteur (*fig.* 236), pendant toute la durée des

expériences, demeura installé dans le laboratoire électrique de
San Bartolomeo ; il était pourvu d'un fil aérien de 25 m de
hauteur ; ce fil, se terminant par une plaque carrée de 50 cm
de côté, fut ensuite porté à une longueur de 30 m.

FIG. 236. — Transmetteur Marconi.

Durant les trois premiers jours, 11, 12 et 13 juillet, on
effectua des expériences sur terre, et l'on obtint d'excellentes
communications jusqu'à la distance de 3,6 km ; le 14 juillet,
le récepteur fut installé à bord d'un remorqueur pourvu d'un
mât de 16 m qui portait un fil aérien d'égale longueur, se
terminant par une lame de 40 cm de côté.

Le poste transmetteur devait exécuter les manœuvres suivantes :

Au bout de dix minutes à compter du moment du départ du
remorqueur, envoyer pendant un quart d'heure des points et
des traits à des intervalles de dix secondes, puis transmettre
une phrase en observant, d'un signal à l'autre, le même intervalle de dix secondes. Suspendre ensuite la transmission pendant cinq minutes ; puis, ce dernier délai écoulé, recommen-
cer les opérations ci-dessus en observant, d'un signal à
l'autre, des intervalles de cinq minutes au lieu de dix secondes.

Quand le remorqueur eut quitté le petit port de San
Bartolomeo, on enregistra quelques signaux, même avant
que la transmission à partir de la terre eût commencé ; ce
fait était certainement dû à des causes extérieures. Le bâti-

ment passa par l'ouverture Ouest de la digue; à partir de ce moment, il continua à recevoir des signaux non plus dans l'ordre et avec les intervalles fixés d'avance, mais bien plus fréquemment.

Il faisait des éclairs dans le lointain et le ciel était couvert de nuées d'orage. On conclut de cette circonstance qu'aux signaux réellement transmis venaient s'ajouter d'autres signaux, dus à l'influence de l'électricité atmosphérique et qui rendaient illisible la bande d'impression.

On reprit les expériences après que les nuées orageuses se furent dissipées, et la correspondance parvint très nettement jusqu'à la distance de 5 500 m, alors que le remorqueur était stationnaire.

Le remorqueur se remit ensuite en marche, de manière à placer entre lui et la station de San Bartolomeo la pointe de Castagne, afin de déterminer quel effet un pareil écran exercerait sur les signaux. Ces derniers n'apparaissaient plus, aussitôt que le navire était masqué par la pointe ci-dessus, pour reprendre dès que le passage des ondes n'était plus interrompu par la même pointe.

Pendant le trajet de retour, les signaux continuèrent à parvenir nets et exacts.

Le 17 juillet, des essais eurent lieu entre la même station de San Bartolomeo et le cuirassé *San Martino* qui se trouvait à l'ancre à une distance de 3 200 m. Le conducteur aérien de San Bartolomeo avait été porté à 34 m de hauteur, tandis que, sur le cuirassé, le récepteur était pourvu d'un fil aérien, d'abord de 18, puis de 28 m de hauteur. La transmission apparut irréprochable, quelle que fût la position du cohéreur et du récepteur, même quand ces derniers appareils se trouvaient masqués par rapport au poste transmetteur et entourés des masses métalliques disposées au-dessus du pont, ou encore placés au-dessous de la ligne de flottaison.

La journée suivante fut consacrée à des expériences avec le *San Martino* en marche; on obtint une transmission parfaite jusqu'à la distance maximum de 16 300 m. Mais l'interposition de l'île Palmaria fit cesser complètement la communication, bien que la distance de cette île fût à peine la moitié de celle de San Bartolomeo et que le navire se trouvât non point au-dessus de l'île, mais à une distance de quelques kilomètres de celle-ci.

On reconnut, au cours des essais ci-dessus, que les mâts du bâtiment, les cordages, les cheminées, les passerelles de com-mandement, etc., placés entre le fil récepteur et le poste transmetteur, réduisaient la distance utile à 6 500 m.

La distance utile, tant avec le remorqueur qu'avec le cui-rassé, se trouva être moindre au retour qu'à l'aller. Le fait était dû en partie à la présence de la mâture entre le fil aérien et le poste transmetteur; mais il était dû, en outre, en partie également, au changement de la position relative des deux fils. En effet ces derniers, au lieu d'être verticaux, prenaient une position un peu oblique ; c'est pourquoi, à l'aller, ils se rapprochaient du parallélisme plus que pendant le retour.

EXPÉRIENCES AVEC D'AUTRES SYSTÈMES

Expériences de MM. Lodge et Muirhead. — Alors que M. Marconi cherchait à perfectionner son appareil en se fondant sur des résultats expérimentaux, MM. Lodge et Muirhead éta-blissaient les principes scientifiques susceptibles de conduire à des perfectionnements ultérieurs et notamment, en premier lieu, à obtenir la syntonisation. On a vu que dans le premier sys-tème de radiotélégraphie qui porte leur nom, grâce à l'introduc-tion de self-inductions et de capacités convenables dans les circuits de l'oscillateur et du récepteur, et grâce aussi à l'éta-blissement d'une séparation entre le circuit du cohéreur et l'antenne réceptrice, MM. Lodge et Muirhead rendirent possible la syntonisation des deux appareils. Mais bien que, au point de vue théorique, les appareils Lodge-Muirhead du premier sys-tème présentent une grande importance, parce que l'on y ren-contre les principes des systèmes actuels les plus perfectionnés de radiotélégraphie, il ne semble pas que ces inventeurs se soient livrés, avec leurs appareils, à des expériences étendues.

Expériences de M. Slaby en Allemagne (septembre-octobre 1897). — Les expériences de télégraphie sans fil furent renouvelées en Allemagne par les soins de M. Slaby, aussitôt que ce dernier fut revenu d'Angleterre où il avait assisté à quelques-unes des expériences effectuées par M. Marconi sur le canal de Bristol.

Il utilisa des appareils semblables à ceux de M. Marconi.

Après quelques essais bien réussis de transmission entre Charlottenburg et quelques localités du voisinage, des expériences plus complètes furent entreprises dans les jardins

Fig. 237. — Installation Slaby à l'église de Sacrow.

impériaux de Potsdam. Le poste transmetteur fut installé sous le portail de l'église de Sacrow (*fig.* 237). Il était relié, au moyen d'un fil métallique, à une tige se détachant de l'extrémité de la plate-forme du clocher à la hauteur de 23 m. La station réceptrice fut placée à proximité du pont de Glienicke, sur la Havel, à 16 km de l'église de Sacrow ; elle était pourvue d'un fil aérien de 26 m soutenu par un poteau vertical. Comme le montre la figure 237, l'antenne employée dans cette dernière expérience ne possède pas les plaques terminales que M. Marconi avait utilisées jusqu'alors et qu'il a depuis, lui aussi, supprimées.

Les transmissions réussirent parfaitement, sauf quand le fil du transmetteur était placé en arrière ou à proximité des arbres, car, à ce que croyait alors M. Slaby, les fils des deux stations doivent être en vue l'un de l'autre, et la fumée d'un bateau à vapeur ou les voiles d'une barque, interposées entre les deux fils, suffisent pour intercepter les signaux.

En octobre 1897, M. Slaby exécuta des essais de transmission sur un terrain ne présentant aucun obstacle, entre le polygone de Schöneberg, près Berlin, et la station militaire de Raugsdorf, située à une distance de 21 km et installée comme poste récepteur. On obtint de bonnes communications par beau temps; mais les perturbations électriques rendaient les expériences dangereuses par mauvais temps. On constata alors que les dispositifs, employés dans la télégraphie ordinaire pour éviter les dangers des décharges atmosphériques, devaient également être employés dans la télégraphie sans fil.

Ces expériences démontrèrent pour la première fois la possibilité de télégraphier à de grandes distances au moyen des ondes électriques, même sur terre; en effet, sur un terrain plat et ne présentant aucun obstacle, on communiqua alors à une distance de 21 km, tandis que le « record » de la distance jusque-là atteint était celui des 16,3 km obtenu dans les expériences de la Spezzia au-dessus de la mer libre.

Il faut remarquer que l'intensité de l'action des ondes sur le cohéreur, au cours des expériences qui viennent d'être rapportées, atteignait une valeur telle que, au dire de M. Slaby, un fil de 100 m aurait été suffisant, au lieu d'un fil de 300 m.

EXPÉRIENCES DE 1898-1899

Expériences de M. Marconi en 1898. — Les expériences faites par M. Marconi en 1898 eurent pour objet principal de déterminer le caractère pratique du système pour un service prolongé, au milieu des conditions atmosphériques les plus variées et avec les autres conditions qui peuvent se rencontrer

dans une exploitation continue. Les appareils utilisés furent
ceux que l'on avait employés à la Spezzia ; toutefois, on renonça
aux plaques ou cylindres condensateurs qui terminaient la partie
supérieure des antennes. Ces dernières furent ainsi réduites à
de simples fils verticaux. De plus, on abandonna l'oscillateur
Righi à quatre sphères, en lui substituant un oscillateur à deux
sphères seulement. Ces sphères, de 2,5 cm de diamètre et
éloignées l'une de l'autre de 1 cm, étaient disposées à l'air libre.
La bobine pouvait donner des étincelles de 7,5 cm.

Au commencement de l'année, on installa deux stations,
l'une à Alun Bay, près Sainte-Catherine dans l'île de Wight,
et l'autre à Bournemont distant de 23 km environ. On porta
ensuite cette distance à 29 km en transférant à Poole (Ham-
shire) la station de Bournemont.

On commença les essais avec des fils aériens de 36 m de
hauteur ; puis, au fur et à mesure que l'on perfectionna les
appareils, on put réduire cette hauteur à 24 m.

Durant quatorze mois d'expériences continues, effectuées
entre les stations susdites, ainsi qu'entre l'une d'elles (celle
de Wight) et un bateau à vapeur portant un mât de 18 m, on
obtint des signaux jusqu'à des distances de 23 km ; on constata que le mauvais temps ou les conditions de l'électricité
atmosphérique, quelles qu'elles soient, ne pouvaient arrêter ou
entraver sérieusement le fonctionnement d'une pareille installation. On transmettait en moyenne 1 000 mots par jour
dans les deux sens.

Pendant le mois de juillet de la même année, la Wireless
Co assura un service d'un genre tout nouveau, que M. Marconi dirigea en personne et qui fut longuement signalé par les
journaux quotidiens. Cette Compagnie fut en effet chargée de
faire parvenir, du milieu de la haute mer à Dublin, le compte
rendu des incidents d'une intéressante course de yachts qui
eut lieu à Kingstown. Les messages sans fil étaient transmis
par le remorqueur *Flying Huntress*, qui suivait la course,
à une station terrestre munie d'antennes de 33 m de hauteur, puis de là acheminées par téléphone jusqu'à Dublin, pour

figurer dans les journaux du soir. A bord du remorqueur, les appareils transmetteurs, installés dans la cabine du capitaine, communiquaient avec une antenne haute de 22,5 m.

On signala de cette manière les positions relatives des différents yachts jusqu'à une distance de 16 km de la station terrestre, pendant que la course était engagée, et ces informations furent imprimées bien avant le retour des yachts dans le port.

Pendant les quelques jours que dura ce service, il fut transmis 700 télégrammes entre le remorqueur et la station terrestre.

En faisant des essais à des distances plus grandes, on constata que, avec une antenne de 24 m à bord et une autre de 36 m établie à terre, il était possible de communiquer jusqu'à 25 milles (environ 40 km), distance à laquelle la courbure de la terre fait sentir son influence dans une mesure sensible.

Parmi les services exécutés cette même année par la Wireless Co, il convient de signaler encore celui assuré entre le yacht royal *Osborne*, à bord duquel était embarqué le prince de Galles, et Osborne House, la résidence de la reine. Des communications furent échangées non seulement pendant que le yacht se trouvait à l'ancre à Cowes Bay, à environ 3 km d'Osborne House, point qui n'était pas visible par suite de l'interposition des collines d'East Cowes, mais aussi durant les fréquentes excursions entreprises au large par le prince.

Au cours de ces expériences, on obtint des communications parfaites jusqu'à une distance de 13,6 km malgré l'interposition de collines hautes de 50 m qui masquaient les deux postes correspondants, y compris les extrémités supérieures des antennes. L'antenne à bord du yacht s'élevait à 25 m au-dessus du pont ; celle élevée sur le château atteignait une hauteur de 31 m. La vitesse moyenne de transmission fut de 15 mots à la minute.

Perfectionnements apportés aux appareils. — Alors que, au cours de ces applications et d'autres encore, la Société

Marconi perfectionnait les détails de ses appareils radiotélégraphiques en s'appuyant sur les résultats pratiques obtenus,
le problème de la transmission des signaux à distance, au
moyen des ondes électriques, était étudié théoriquement par
divers savants, tels que MM. Lodge, Braun, Slaby, etc., qui se
fondèrent sur les principes de la théorie de la résonance, principes déjà connus par l'application qui en avait été faite
jusque-là, d'abord à la résonance acoustique et ensuite à la
résonance électrique.

M. Marconi s'était plus particulièrement attaché à perfectionner son récepteur. En effet, ce fut en juin 1898 qu'il demanda un brevet pour le récepteur représenté sur la figure 162
(voir p. 235) (sans la branche A'), dans lequel le fil de l'antenne
réceptrice est isolé de celui du cohéreur et agit sur ce dernier par
induction, en même temps que la période du circuit du cohéreur
est rendue réglable. Pendant ce temps on avait reconnu, grâce
surtout aux études de M. Braun, la nécessité de modifier
rationnellement le circuit du transmetteur, surtout afin de
diminuer le trop rapide amortissement des oscillations de ce
dernier. Aussi, durant l'été de 1898, M. Marconi effectua ses
premiers essais avec l'appareil transmetteur (qu'il fit breveter
dans le mois d'octobre de la même année), construit d'après
le schéma de la figure 164 (voir p. 237) et pourvu d'un oscillateur à circuit fermé qui agit, par induction, sur le fil de l'antenne accordée à la même période. Le principe de la résonance,
ainsi appliqué à l'appareil transmetteur, figura ensuite dans
les appareils Marconi brevetés en 1900.

Expériences de M. Marconi dans la Manche (mars-
juin 1899). — La Compagnie Marconi était désireuse d'établir
des communications entre la France et l'Angleterre, au travers
de la Manche, afin de faire connaître aux Français le caractère
pratique de son système.

Les stations choisies furent Wimereux, sur la côte française,
à 5 km au nord de Boulogne (*fig.* 238), et le bureau électrique
du phare de South Foreland (*fig.* 339), à 6 km à l'est de

Douvres, de l'autre côté du canal (voir la carte de la figure 240).
M. Marconi donna à ces deux stations la préférence sur

Fig. 238. — Station de Wimereux.

Calais et Douvres, car la distance les séparant était de 46 km,

Fig. 239. — Station du phare South-Foreland.

tandis que les villes de Calais et de Douvres ne sont éloignées
l'une de l'autre que de 32 km, ce qui n'est guère plus que la

distance entre les postes permanents de Poole et d'Alun Bay.

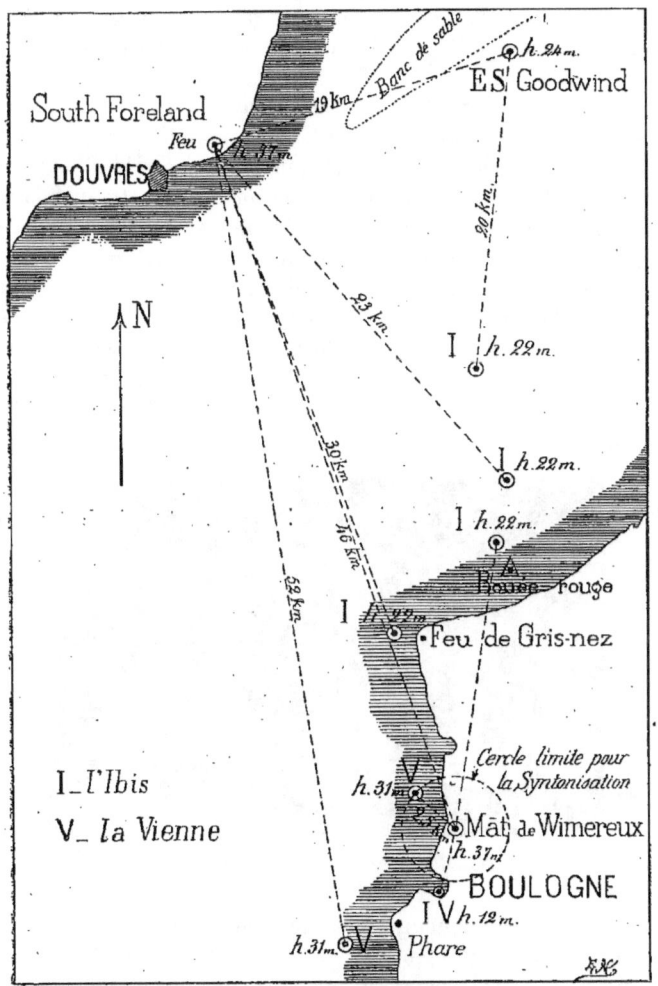

FIG. 240. — Carte du détroit du Pas-de-Calais.

La Société Marconi reçut l'autorisation de faire ses installations en février 1899, à la condition qu'une commission française suivrait toutes les expériences effectuées et que la station française serait démolie aussitôt après achèvement desdites expériences.

Les deux antennes étaient parfaitement visibles du poste correspondant et avaient d'abord une hauteur de 45 m ; mais elles furent ensuite réduites à 37 m, ce qui semblait être la limite la plus basse compatible avec un bon fonctionnement. Les fils des antennes avaient été doublés au moyen d'un second conducteur rattaché au premier en quantité.

En outre, il se trouvait, à l'est de South Foreland et à une distance de 19 km, une troisième station installée quelques mois auparavant à bord du phare flottant *E.-S. Goodwin* et assurant des communications régulières entre ce navire et la côte ; l'antenne du *Goodwin* mesurait 24 m de hauteur; la coque, la mâture et les haubans étaient complètement en fer.

Fig. 241. — Installation à bord de l'*Ibis*.

Les appareils récepteurs étaient construits comme le montrent les figures 159 et 160 (voir p. 232 et 233). Les appareils transmetteurs n'avaient pas subi de modifications essentielles depuis les expériences de la Spezzia : ils réalisaient donc le dispositif de la figure 157 (voir p. 230) avec les deux sphères de l'excitateur mises en communication directe, l'une avec l'antenne et l'autre avec le sol. Pendant les expériences, on aménagea des installations provisoires à bord de l'aviso *Ibis* (*fig.* 241) et du transport *Vienne*. Le premier de ces bâtiments portait une antenne de 22 m, et le second une antenne de 31 m. On obtint les résultats suivants :

Communications invariablement très satisfaisantes par tous les temps (neige, vent, pluie, tempête) entre South Foreland, Wimereux et le *Goodwin*, et en sens inverse ;

Communications également très bonnes entre les stations mobiles (l'*Ibis* et la *Vienne*) et les trois stations fixes, que les navires fussent à l'ancre ou en marche.

On atteignit les distances maxima suivantes :

Entre l'*Ibis* et South Foreland...........	25,3 km
Entre la *Vienne* et South Foreland.......	48 km
Entre South Foreland et la *Vienne*.......	52 km

Si, dans les deux derniers cas, on a pu communiquer dans un sens à une plus grande distance que dans le sens opposé, le fait est dû, d'après M. Marconi, à ce que le récepteur de la *Vienne* se trouvait réglé pour une distance très longue, alors que celui de South Foreland se trouvait uniquement réglé pour communiquer avec Wimereux à la distance de 46 km ; le récepteur de South Foreland était donc insuffisant pour des distances sensiblement supérieures.

Indépendamment de ces expériences de communication simple au-dessus de la mer libre, on en fit encore d'autres avec interposition d'obstacles. Par exemple, l'*Ibis* s'étant placé près de la bouée rouge, à l'est du cap Gris-Nez et à 19 km de Wimereux (*fig.* 240), il fut possible d'échanger des télégrammes entre les deux postes, malgré l'interposition du massif du cap Gris-Nez, d'une hauteur maximum de 100 m environ.

De même la *Vienne*, à l'ancre dans le port de Boulogne, put communiquer avec Wimereux, à une distance de 5 km, au moyen d'antennes hautes de 12 et de 37 m, et cela malgré l'interposition du massif de la Brèche qui mesure environ

75 m et malgré toutes les communications électriques du port de Boulogne.

On avait, en outre, projeté des expériences de communication multiple avec des récepteurs accordés à des tons différents ; mais, par suite d'une maladie dont fut atteint M. Marconi, des essais définitifs dans ce sens ne purent avoir lieu.

Au mois de septembre de la même année (1899), à l'occasion des Congrès de la British Association et de l'Association Française pour l'avancement des sciences, respectivement réunis à Douvres et à Boulogne, on échangea des dépêches entre Douvres et Wimereux, malgré la présence de grandes masses de rochers et d'écueils entre les deux points (distance de 50 km).

Le « record » de la distance, dans les expériences de ce genre, revient aux communications établies entre Wimereux et les stations d'Harwich et de Chelmsford, toutes deux situées dans la province d'Essex, de l'autre côté de la Manche, à une distance de 136 km de Wimereux. La première de ces deux stations est établie sur la côte, mais la seconde se trouve à 15 km à l'intérieur des terres, ce que l'on considère comme moins favorable pour les transmissions radiotélégraphiques.

Ces dernières expériences réussirent parfaitement, grâce à des antennes de 45 m de hauteur.

Expériences de M. Marconi entre des navires en marche (octobre 1899). — C'est là, comme on le reconnaîtra facilement, une des applications de la télégraphie sans fil la plus importante et la plus intéressante pour les opérations aussi bien commerciales que militaires. C'est pour cela que les autorités navales des États-Unis firent exécuter, en octobre 1899, des essais dirigés par M. Marconi lui-même, lequel avait installé des appareils sur le croiseur *New-York* et à bord du cuirassé *Massachusetts*. Le *New-York* put recevoir des messages du *Massachusetts* à la distance de 57 km ; mais les signaux transmis ne parvinrent que jusqu'à une distance de 27 km.

Durant les manœuvres navales anglaises de la même année,

on obtint de meilleurs résultats. Les deux navires, qui échangèrent des messages entre eux, avaient des antennes ayant
respectivement 45 m et 38 m de hauteur.

Les signaux parvinrent à des distances de 50 et de 80 km
et même, dans un cas, à une distance de 100 km. Il faut
remarquer que, dans ce dernier cas, eu égard à la courbure
de la terre, les deux antennes n'étaient pas visibles du poste
correspondant et que, pour demeurer en vue, elles auraient dû
recevoir chacune une hauteur de 200 m. Par suite, si l'on
n'admet pas que les ondes électriques aient traversé la masse
d'eau en ligne droite, il faut conclure qu'elles ont contourné par
diffraction la superficie de la mer.

L'année suivante (1900), pendant les manœuvres navales
anglaises, les deux navires *Juno* et *Europa* parvinrent à échanger des messages jusqu'à une distance de 106 km.

Expériences de M. Schaeffer (été de 1899). — MM. Schaeffer
et Bola, ingénieurs hongrois, effectuèrent à cette époque des
expériences de radiotélégraphie entre Trieste et le navire à
vapeur *Massimiliano*, qui faisait route pour Venise.

Les appareils employés étaient du type Marconi, avec addition du cohéreur imaginé par M. Schaeffer et qui a été déjà
décrit.

L'appareil transmetteur était placé sur le phare de Trieste et
le récepteur se trouvait installé à bord du navire, à l'intérieur
d'une cabine spéciale.

Du phare de Trieste on télégraphiait, de quart d'heure en
quart d'heure, au navire qui était parti de Trieste pour Venise
à minuit, dans la nuit du 19 au 20 juillet. Jusqu'à une distance
de 65 km, les télégrammes parvinrent nets et clairs; plus
loin, les signaux manquèrent totalement ou ils devinrent
indéchiffrables.

Pendant la traversée de retour du *Massimiliano* à Trieste,
les mêmes expériences furent renouvelées avec un succès
identique.

PREMIÈRES EXPÉRIENCES AVEC DES APPAREILS SYNTONISÉS

Expériences de M. Braun (été de 1899). — A cette époque, M. Braun avait déjà élaboré les grandes lignes de son système de télégraphie, système étudié en vue d'asseoir sur des bases scientifiques la télégraphie sans fil, qui s'était jusqu'alors développée en prenant comme point de départ des résultats presque exclusivement expérimentaux. Ce système, comme on l'a expliqué plus haut, reposait sur les deux principes suivants : emploi d'ondes de grande longueur et peu amorties dans le circuit de l'excitateur ; séparation de ce dernier circuit de celui de l'antenne, sur lequel agit le circuit de l'excitateur, avec syntonisation de ces deux circuits entre eux et avec les deux circuits correspondants du poste récepteur.

Dans ses premiers essais, M. Braun eut surtout en vue de démontrer que lesdis positifs qu'il avait adoptés étaient supérieurs à ceux jusque-là appliqués par M. Marconi. A cet effet, il exécuta des expériences comparatives, d'abord en 1898 à Strasbourg, puis en 1899 à Cuxhaven et, plus tard, jusqu'à l'automne de 1900, dans diverses localités situées à l'embouchure de l'Elbe et communiquant soit entre elles, soit avec l'île d'Helgoland.

Malgré les difficultés éprouvées dans l'établissement des installations, il fit, vers la fin de 1899, des expériences intéressantes de correspondance non seulement entre les stations du continent et Helgoland, mais encore entre les mêmes stations et des navires qui naviguaient dans la mer du Nord.

Durant l'hiver de 1899-1900, on échangea des télégrammes, et cela sans erreurs, jusqu'à une distance de 32 km, entre une station située à terre et pourvue d'une antenne de 29 m de hauteur et le vapeur *Silvana* qui portait une antenne de 15 m seulement ; à une distance de 50 km, on recevait encore des signaux.

Comparant ces résultats avec ceux obtenus par M. Marconi, au cours d'expériences exécutées pour le compte de la marine de guerre des États-Unis, expériences dans lesquelles les conditions étaient à peu près identiques quant à la hauteur des antennes, mais qui, pourtant, ne donnèrent des transmissions que jusqu'à une distance de 14 km. M. Braun conclut que les désavantages résultant des antennes de faible hauteur pouvaient être compensés par une plus grande émission d'énergie, obtenue grâce à l'emploi des condensateurs et aux effets de l'excitation par induction.

En septembre 1900, d'autres essais furent entrepris entre Helgoland et le continent. Il s'agissait, cette fois, de comparer les deux dispositifs : celui de M. Marconi (oscillateur à deux sphères excité par une bobine d'induction, avec une sphère reliée directement à l'antenne et l'autre mise à la terre) et celui de M. Braun. Les antennes avaient des hauteurs de 29 et de 31 m et les stations étaient séparées par une distance de 32 km. Les conditions se trouvaient être exactement identiques quant aux cohéreurs, aux hauteurs des antennes, aux bobines et au nombre des accumulateurs. Dans ce dernier cas, sur 450 signaux transmis par le dispositif Marconi, aucun ne fut observé par le poste récepteur, tandis que tous ceux émis par excitation inductive furent reçus et enregistrés.

A la suite de ces résultats et d'autres encore obtenus au cours d'expériences analogues, à la suite également d'une comparaison entre ses propres résultats et ceux réalisés, dans des circonstances semblables, par la Wireless Co, M. Braun conclut naturellement à la supériorité incontestable de son système sur celui de M. Marconi. Mais, pendant ce temps, M. Marconi perfectionnait peu à peu sa méthode, lui donnant des caractéristiques analogues à celles du système Braun.

Brevets Slaby. — Pour suivre, autant que possible, l'ordre chronologique, il faut noter qu'à la même époque (le 3 novembre 1899), M. Slaby fit breveter son système dont les dispositifs sont montrés sur les figures 204 et 205 (voir p. 277 et 278) ; mais ce fut seulement au cours de l'été de 1900 qu'il exécuta les expériences établissant le caractère pratique de son invention.

Il faut noter encore que c'est durant l'automne de l'année 1900, c'est-à-dire alors que la Wireless Co avait déjà sollicité ses nouveaux brevets, que l'Allgemeine Elektricitäts-Gesellschaft demanda les siens.

Installation Marconi et brevets du nouveau système (1900). — En 1900, la Wireless Co élargit considérablement le champ des applications du système Marconi. Il est inutile d'énumérer ici les diverses installations effectuées par cette entreprise tant sur terre que sur les navires ; il suffira de signaler, parmi ces installations, les suivantes, qui offrent une importance spéciale.

En 1900, la Wireless Co passa un contrat avec l'Amirauté anglaise pour l'installation de 32 stations de télégraphie sans fil à établir en partie sur des vaisseaux de guerre et en partie dans les ports. La condition essentielle imposée à la Compagnie était que les appareils fournis permettraient l'échange de dépêches entre deux navires éloignés de 105 km, dont l'un se tiendrait à proximité de Portland, et l'autre dans le port de Portsmouth. Entre ces deux points se trouvait interposée une bande de terre avec les hauteurs du Dorsetshire. L'épreuve imposée dans ces conditions fut réalisée d'une manière satisfaisante.

A la même époque (mai 1900), on inaugura un service permanent de télégraphie sans fil entre le phare de l'île de Borkum, près des bouches de l'Ems (*fig.* 242) et le phare flottant de Borkum Riff, qui devait signaler à Borkum l'arrivée des navires de la Société de navigation Norddeutscher Lloyd. A partir de Borkum, les radiotélégrammes étaient acheminés, par une ligne télégraphique spéciale, d'abord à Emden, puis à Brême. La distance entre le phare fixe et le phare flottant était d'environ 39 km ; les antennes mesuraient 38 m de hauteur sur le phare fixe et 30 m à bord du phare flottant; l'antenne du phare fixe était, en outre, pourvue d'un réseau métallique de 1 m de longueur sur 1 m de largeur. Nombreux sont les télégrammes échangés entre ces deux stations, ainsi qu'entre

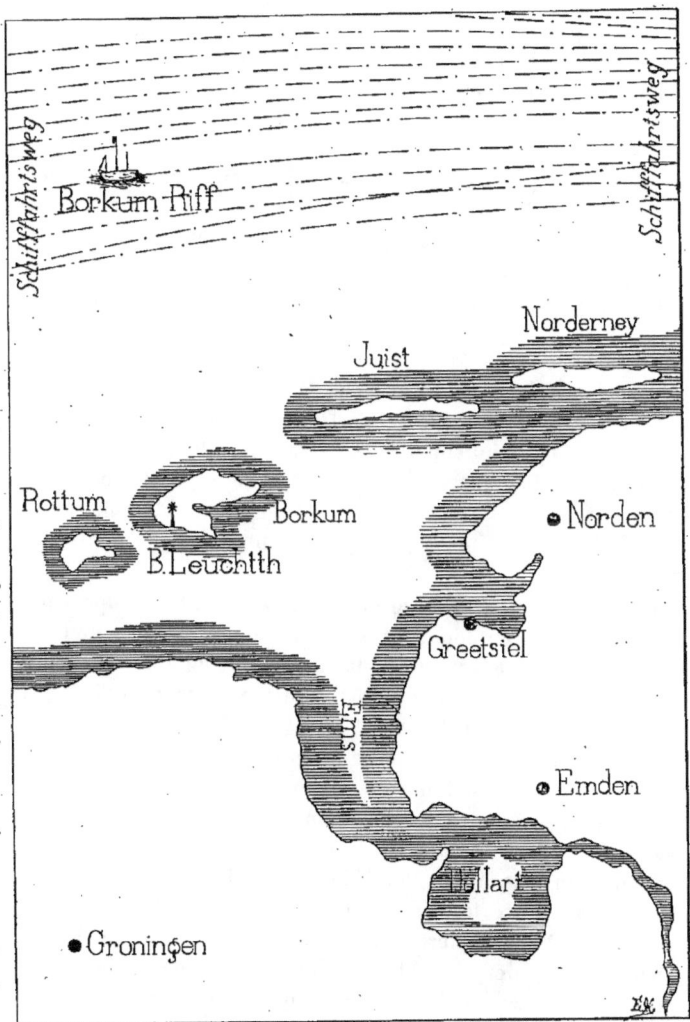

Fig. 242. — Carte de l'embouchure de l'Ems.

elles et les bâtiments tenant la mer. Le paquebot *Kaiser Wilhelm der Grosse* parvint à échanger des télégrammes, avec un de ces postes, à une distance de 74 km, et il réussit même à lui expédier des signaux intelligibles jusqu'à une distance de 93 km.

Cependant M. Marconi apportait des modifications importantes à son appareil transmetteur en le rendant susceptible de syntonisation avec le récepteur et en augmentant la persistance des vibrations de la manière qui a été déjà indiquée. Cet appareil modifié, que représentent les figures 164 et 165 (voir p. 237 et 239), constitue ce que l'on a appelé ici le « second système Marconi ».

Expériences de M. Slaby. — A cette époque, M. Slaby, en collaboration avec M. le comte Arco, avait déjà développé le système de télégraphie qui porte le nom de ces deux inventeurs. Il en fit publiquement l'essai à Berlin, le 22 décembre 1900, en présence de l'empereur Guillaume, et ce fut à cette occasion qu'eurent lieu les premières expériences de double communication, dont il a déjà été parlé précédemment.

Expériences en France et en Russie. — Il est impossible de rappeler ici en détail les nombreuses expériences de télégraphie sans fil effectuées, à la même époque, dans les différents pays. Il convient de noter, pourtant, que de nombreux essais eurent lieu alors à Brest sous la direction de M. Tissot, lieutenant de vaisseau et professeur à bord du vaisseau-école *Borda*. M. Tissot déduisit de ses expériences d'intéressantes conclusions qui ont été précédemment citées à différentes occasions. D'autres essais eurent lieu, par les soins d'une Commission placée sous la présidence de M. Gadaud, capitaine de vaisseau, entre les sémaphores d'Ouessant-Stiff et de Keramezec. Le 20 septembre, des communications furent échangées en haute mer, devant cette Commission, entre Ouessant-Stiff et le croiseur cuirassé *Bruix*, qui se rendait de Brest à Rochefort. Le *Bruix* ne cessa pas de correspondre pendant les trois heures que dura sa traversée.

Nombreuses, d'autre part, furent les expériences exécutées par M. Popoff, durant l'hiver 1899-1900, dans le golfe de Finlande, entre les îles Kotka et Kohland, distantes l'une de l'autre de 47 km. Ces îles étaient demeurées, jusque-là, privées de toute espèce de communication téléphonique ou télégraphique, en raison des grandes difficultés d'accès qu'elles offraient. En quatre-vingt-quatre jours, les stations installées dans ces deux îles échangèrent, avec une grande régularité, 440 télégrammes officiels.

Expériences de MM. Guarini et Poncelet (janvier-mars 1901). — Au commencement de 1901, MM. Guarini et Poncelet exécutèrent, entre Bruxelles, Malines et Anvers, des expériences de communication sur la terre ferme au moyen du système Guarini et du répétiteur construit par le même inventeur.

Les antennes furent établies, comme le montre la figure 243, sur la colonne du Congrès de Bruxelles et sur les tours des cathédrales d'Anvers et de Malines. On communiqua d'abord, en obtenant de bons résultats dans les deux sens, entre Bruxelles et Malines, soit à une distance de 21,9 km. Après avoir constaté que, eu égard à la sensibilité des appareils employés, il était impossible de correspondre directement entre Bruxelles et Anvers, soit à une distance de 42 km, on installa le répétiteur dans la ville de Malines, qui se trouve un peu en dehors de la ligne droite reliant Anvers à Bruxelles.

Fig. 243. — Installation sur la colonne du Congrès à Bruxelles.

M. Poncelet déclare, dans son rapport, que ces expériences eurent un plein succès; mais les termes mêmes de ce rapport

ont amené certaines personnes à croire que le système Guarini
laisserait quelque peu à désirer.

Une partie des signaux émis de Bruxelles fut sans doute
reçue à Malines, puis transmise automatiquement par le répétiteur et enregistrée à Anvers, mais une autre partie ne parvint ni à Malines, ni à plus forte raison à Anvers. Il faut, en
outre, noter que les signaux parvenus à Anvers ne coïncidaient
point parfaitement avec ceux ayant passé par Malines, signaux
qui avaient été enregistrés et répétés dans cette dernière ville.

Il ne semble pas que le système Guarini ait fait, depuis,
l'objet de nouvelles expériences, et il est à supposer que l'on a
abandonné, pour le moment, l'emploi des répétiteurs, en raison
des grandes distances que la communication directe a réussi
à franchir dans les expériences qui vont être décrites ci-après.

EXPÉRIENCES AVEC LE SECOND SYSTÈME MARCONI (1901)

Expériences entre Sainte-Catherine et Lizard. — Aussitôt après avoir modifié son système de télégraphie, M. Marconi
l'appliqua immédiatement à la conquête du « record » de la
distance dans les transmissions radiotélégraphiques. A cet
effet, il installa à Lizard (Cornouailles) une station qui fut
aussitôt mise en communication avec celle de l'île de Wight
(Sainte-Catherine), située à 300 km de la première. On employa alors un conducteur aérien formé de quatre fils verticaux
de 48 m de longueur et écartés l'un de l'autre de 1,50 m. A ce
conducteur on avait ajouté une bande de toile métallique de
même longueur.

Ce nouveau dispositif rendit possible la diminution, dans
une mesure sensible, de l'énergie nécessaire pour télégraphier
à une distance donnée.

En effet, 150 watts devinrent suffisants, pour communiquer
à une distance de 300 km. Dans une conférence qu'il fit,
le 12 février 1901, devant les membres de la Chambre de
Commerce de Liverpool, M. Fleeming, autorisé par M. Marconi,

à faire connaître le résultat des expériences effectuées entre
Lizard et Sainte-Catherine, annonça que la première dépêche
échangée sur ce trajet, avait été transmise le premier jour du
règne d'Édouard VII. A partir de ce jour, M. Marconi établit
des communications parfaites entre Lizard et Sainte-Catherine,
au point, toujours suivant M. Fleeming, d'arriver à recevoir
simultanément, dans chaque station, deux télégrammes ou
plus.

Expériences entre la France et la Corse. — D'autres
expériences intéressantes furent exécutées par la Vireless Co,
à partir d'avril 1901, à une distance sur mer de 175 km, entre
la station de Biot, près Antibes, sur la côte française (*fig.* 244)
et celle de Calvi (*fig.* 245) en Corse.

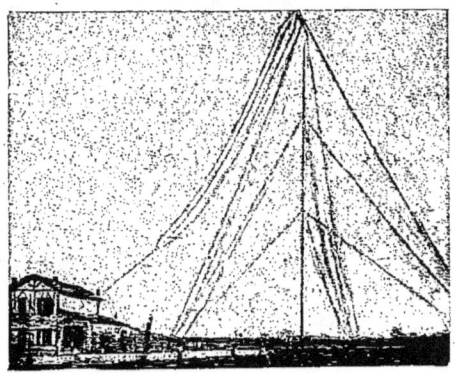

Fig. 244. — Installation de Biot.

Les appareils étaient ceux du second système Marconi
(*fig.* 168, 169, voir p. 243 et 244) : la bobine, pourvue d'un interrupteur à sec, donnait des étincelles de 25 cm ; elle était
alimentée par une batterie d'accumulateurs que chargeait une
batterie de 100 éléments de piles à liquide immobilisé.

Selon le nombre des bouteilles de Leyde employées dans le
condensateur *c* et le circuit oscillateur (*fig.* 164, p. 237), c'est-à-

dire suivant la longueur d'onde utilisée, on faisait varier la forme
et les dimensions du transformateur d, lequel était construit
d'après les indications précédemment données. Le transformateur le plus fréquemment utilisé (avec 13 bouteilles
de Leyde et une longueur d'onde de 300 m) avait un seul

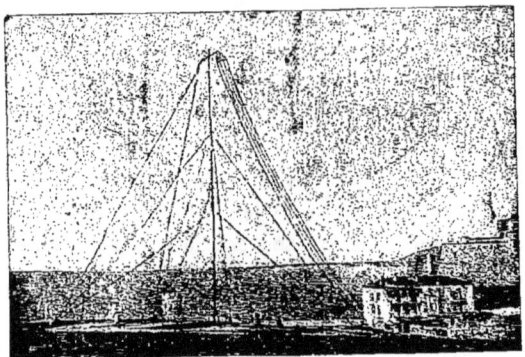

Fɪɢ. 245. — Installation de Calvi.

tour au primaire et six au secondaire. Les six tours du secondaire, placés à raison de trois de chaque côté du primaire,
formaient une spire plane au-dessus du cadre en bois sur lequel
se trouvait enroulé le primaire.

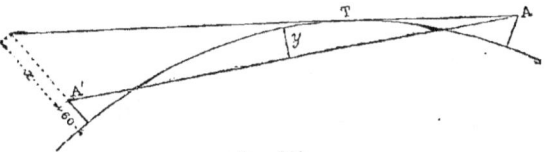

Fɪɢ. 246.

Les conducteurs aériens étaient ceux déjà décrits à quatre
fils réunis en quantité. Ces quatre fils, écartés les uns des
autres de 1,5 m, aboutissaient à un fil unique, isolé avec
soin, qui pénétrait dans la station. La hauteur de l'antenne
soutenant les fils aériens était, à Biot, de 52 m et à Calvi de
55 m au-dessus des appareils.

Si l'on tient compte des longueurs relatives des antennes et du rayon terrestre, on trouve que la position des deux antennes est celle représentée sur la figure 246. En étudiant cette figure, on voit que, si l'on tire de l'antenne A une tangente à l'arc de cercle maximum passant par les deux antennes, cette tangente va frapper le prolongement de l'antenne A' en un point fort élevé par rapport à l'extrémité supérieure de cette antenne.

Si on fait le calcul nécessaire, en tenant compte, en outre, de la réfraction, l'on constate qu'un rayon lumineux, partant de A dans la direction de cette tangente, passerait à 1350 m au-dessus de la pointe de l'antenne. Les deux antennes de Biot et de Calvi étaient donc parfaitement invisibles l'une à l'autre.

D'autre part, la droite reliant les extrémités supérieures AA' des antennes passait à 500 m environ au-dessous du niveau de la mer.

Dans les deux stations, l'on eut bien soin d'assurer une bonne prise de terre, présentant une grande surface et reliée aux appareils au moyen d'un fil aussi court que possible. A ce sujet, on peut se reporter à ce qui a été dit précédemment. On constata que la réception se trouvait arrêtée quand on intercalait plus de 40 m de fil entre la prise de terre et le récepteur ; mais ce fait provenait de l'interférence due à la présence d'un transformateur inséré entre l'antenne et la terre.

Le transformateur du récepteur (jigger) correspondant à celui ci-dessus décrit, c'est-à-dire pour une longueur d'onde de 300 m environ, était constitué comme le transformateur Marconi-Kennedy, déjà décrit.

La station de Biot se trouvait à une distance de 200 m de la mer, loin de tout accident de terrain ; on avait installé les appareils au rez-de-chaussée d'une maison isolée, et l'antenne avait été installée à une vingtaine de mètres de la maison. Entre l'antenne et la mer passait une voie ferrée, bordée de fils télégraphiques.

La station de Calvi avait été aménagée en dehors de l'enceinte fortifiée, à 50 m de la mer; là aussi se trouvaient de nombreuses lignes télégraphiques établies entre l'antenne et la mer. Les appareils étaient logés au premier étage d'une maison, éloignée de 30 m de l'antenne.

La figure 170 (voir p. 245) représente l'aménagement intérieur de la station de Biot.

On ne donnera ici que les résultats des expériences de communication simple entre les deux stations, car celles de communication double ont déjà été mentionnées.

Les communications simples furent établies entre les deux stations sur trois tons différents, et toujours d'une manière satisfaisante; mais elles atteignirent leur plus haut degré de perfection lorsqu'on fit usage des ondes les plus longues (13 bouteilles de Leyde, ondes de 300 m), ce qui peut s'attribuer à la plus grande perfection de l'accord entre l'antenne et l'oscillateur dans le poste transmetteur, ainsi qu'aux phénomènes de diffraction qui facilitent la transmission des ondes plus longues.

Toutes les heures de la journée n'étaient pas également propices aux transmissions; dans l'après-midi, les communications étaient plus difficiles; parfois même elles devinrent impossibles. Quel que fût le temps, durant une partie de la journée, entre onze heures du matin et six heures du soir, et particulièrement à deux heures, les récepteurs enregistraient des signaux parasites, d'origine atmosphérique et tellurique, qui ralentissaient les communications.

A ces troubles venaient s'ajouter parfois des signaux plus ou moins nets, provenant de l'échange de radiotélégrammes entre navires de guerre ou bâtiments de commerce passant au large. On constata que, malheureusement, l'enregistrement de tous ces signaux parasites s'opère avec une plus grande facilité durant la surexcitation éprouvée par le cohéreur, alors qu'il enregistre un télégramme.

On se livra enfin à des essais de transmission et de réception de longue durée afin de juger du degré de stabilité des appareils une fois réglés et l'on obtint des résultats satisfaisants. C'est ainsi que, par deux fois, il fut possible de communiquer pendant trois heures consécutives sans avoir à exécuter de trop fréquents réglages des appareils. Pourtant, il fallut régler de temps à autre l'interrupteur de la bobine, le frappeur et le relai, — ce qui exige l'intervention d'opérateurs expérimentés.

Pour ce qui est de la vitesse de transmission, on parvint à recevoir 14 fois le mot « Paris » en une minute ; une dépêche de 46 mots fut reçue en quatre minutes cinquante secondes et répétée dans le même laps de temps ; mais on a reconnu que, dans des conditions normales, surtout à cause de l'irrégularité du cohéreur, on ne pouvait compter que sur une vitesse moyenne de 6 à 8 mots par minute.

Ces expériences furent effectuées sous le contrôle d'une Commission officielle comprenant des délégués des Ministères des Postes, des Colonies, de la Guerre et de la Marine.

PREMIÈRES EXPÉRIENCES TRANSATLANTIQUES

(DÉCEMBRE 1901)

Encouragé par l'issue des expériences effectuées à 300 km entre Sainte-Catherine et le cap Lizard, M. Marconi fit tous ses efforts pour obtenir la solution du difficile problème consistant à établir des communications radiotélégraphiques au travers de l'Atlantique.

Des expériences répétées avaient démontré que les ondes longues, soit par réflexions successives, soit par diffraction, pouvaient contourner la courbure de la surface du globe ; — par suite, leur transmission à des distances très grandes devait seulement se réduire à une question de puissance pour les appareils transmetteurs et de sensibilité pour les appareils récepteurs. Toutefois, il fallait de grandes ressources financières ; mais ces ressources ne pouvaient faire défaut à un homme dont la perspicacité industrielle n'était pas moins surprenante que son habileté expérimentale.

Largement subventionné par la Marconi's Wireless Telegraph Company Limited de Londres, M. Marconi commença ses essais à l'insu de tous, dans les premiers jours de 1901, en établissant deux stations spéciales très puissantes : la première à Poldhu, près le cap Lizard (Cornouailles), et la seconde au cap Cod, dans le Massachusetts, sur l'autre rive de l'Atlantique. On ne connaît pas les résultats des premiers essais qui, à en juger par le silence observé à leur sujet, doivent avoir été négatifs. Ces deux stations, qui avaient coûté une somme de 378 000 francs, furent détruites par le mauvais temps au mois de septembre de la même année.

M. Marconi fit reconstruire la station de Poldhu, en la dotant de machines et de radiateurs puissants, et il décida de tenter la communication avec Saint-Jean de Terre-Neuve, c'est-à-dire à une distance moindre que celle précédemment choisie et atteignant environ 3 400 km.

A Saint-Jean de Terre-Neuve, où M. Marconi reçut du Gouvernement local toutes les facilités possibles pour ses essais, l'installation était fort simple, car il ne s'agissait que d'aménager une station uniquement réceptrice. Le fil aérien était porté à la hauteur de 135 m par un cerf-volant.

M. Marconi avait convenu d'avance, avec la station de Poldhu, que celle-ci enverrait tous les jours, à six heures du soir, une longue série de « S » en caractères Morse.

Le transmetteur de Poldhu était du même système que celui employé entre Biot et Calvi, mais de dimensions bien plus considérables ; le récepteur était un radiophone électrique combiné avec le jigger Marconi ou avec le cohéreur à décohésion spontanée Castelli ; la réception se faisait téléphoniquement.

M. Marconi annonça, le 12 décembre 1901, avoir reçu les différentes lettres convenues à des intervalles déterminés et égaux, en déclarant qu'il était pratiquement, physiquement et matériellement impossible que ces signaux fussent venus d'ailleurs que du cap Lizard.

Mais la grande autorité de M. Marconi ne suffit point pour faire accepter de tous, comme réel, ce résultat. Le fait que les signaux avaient été reçus téléphoniquement et, par suite,

24

non enregistrés, suscita de nombreux incrédules qui s'ingé-
nièrent à attribuer à des causes étrangères l'origine des
signaux reçus : l'un les attribua à l'électricité atmosphérique ;
un autre, à des coups de foudre lointains ; un troisième, au
courant de quelque station télégraphique de l'Europe continentale ; un quatrième, à l'intervention de navires munis d'appareils
de télégraphie sans fil et passant dans le voisinage ; d'autres,
enfin, au fait d'un mauvais plaisant.

Mais M. Marconi avait constaté ce qu'il désirait et il se
décida à retourner en Europe et à y préparer, en toute con-
fiance, les expériences qui devaient — comme on le verra plus
loin — lui donner la possibilité, un an plus tard (le 20 décembre 1902), d'envoyer aux rois d'Angleterre et d'Italie les
premiers radiotélégrammes qui aient traversé l'Atlantique.

Expériences à bord du *Philadelphia* **(février 1902).** —
En février 1902, M. Marconi se rendit de Southampton à New-
York à bord du transatlantique *Philadelphia* de la Compagnie American Line. Il mit à profit cette traversée pour exécuter de nouvelles expériences entre le poste transmetteur de
Poldhu, qui avait déjà assuré les transmissions dans les expériences au travers de l'Atlantique ci-dessus décrites et un poste
récepteur établi à bord du *Philadelphia*.

A Poldhu, on avait élevé le potentiel de charge de l'antenne
qui avait été, en outre, agrandie, de manière à se trouver
constituée par 15 fils conducteurs.

Le potentiel de la charge de ces conducteurs suffisait pour
reproduire des étincelles de 30 cm entre leur extrémité et un
fil mis à la terre.

A bord du paquebot, le poste récepteur avait son conducteur
aérien — un quadruple fil élevé de 60 m au-dessus du niveau
de la mer — relié au primaire du transformateur. Le secondaire de ce transformateur accordé avec le poste transmetteur
se trouvait relié au cohéreur.

Les collaborateurs de M. Marconi à Poldhu avaient reçu
l'ordre d'envoyer toutes les dix minutes, de minuit à une heure

du matin, de six à sept heures du matin, de midi à une heure du soir et de six à sept heures du soir (méridien de Greenwich), une série de « SS » et une petite dépêche. Les transmissions devaient se faire à une certaine vitesse, déterminée d'avance. Il avait été entendu que chaque transmission serait suivie d'un intervalle de repos de cinq minutes et que les mêmes opérations se renouvelleraient chaque jour, du 23 février au 1er mars inclusivement.

C'est au cours de ces expériences — il convient d'en faire la remarque — que M. Marconi s'aperçut, pour la première fois, que la lumière du jour rend les communications plus difficiles; il constata en effet, dans les réceptions, un affaiblissement qui semblait augmenter à mesure que l'intensité de la lumière du jour s'accroissait à Poldhu.

Dans une note qu'il présenta, le 12 juin 1902, à la *Royal Society*, M. Marconi déclara avoir ensuite fait, entre Poldhu et d'autres postes récepteurs, des expériences ultérieures identiques à tout point de vue à celles du *Philadelphia* et avoir reconnu, également, l'action nuisible de la lumière du jour sur les transmissions. Par exemple, à la station de North Haven, séparée de Poldhu par une distance de 152 milles environ (à peu près 243 km), dont 109 sur mer et 43 sur terre, on observa que les signaux de Poldhu parvenaient très exactement de nuit, grâce à l'emploi de quatre fils verticaux de 12 m de hauteur, tandis que, durant le jour, à égalité d'autres conditions, il fallait une longueur de fils de 18,5 m pour recevoir les mêmes signaux avec le même degré de netteté.

Il a été question, plus haut, des hypothèses mises en avant pour expliquer ce phénomène. M. Marconi se proposa alors d'étudier complètement le phénomène en question en cherchant à déterminer si l'on peut observer les mêmes effets quand on emploie des fils transmetteurs couverts d'une matière isolante qui est opaque à la lumière ordinaire.

Campagne du *Carlo Alberto* (été de 1902). — Cette campagne demeurera mémorable, dans l'histoire de la radiotélégraphie, pour avoir donné des résultats supérieurs même aux prévisions les plus optimistes. On parvint en effet à recevoir des signaux de Poldhu à Cagliari, c'est-à-dire à une distance de 1 580 km, dont les deux tiers traversant la France entière, ainsi que des télégrammes complets de Poldhu à Gibraltar, soit à une distance de 1 500 km dont une bonne moitié, située en terre ferme, traverse la partie la plus montagneuse de l'Espagne. On rappellera ici les phases principales des expériences effectuées au cours de cette campagne, d'après le rapport adressé par M. le lieutenant Solari au Ministère de la Marine italienne.

En juin 1902, le navire *Carlo Alberto*, de la Marine royale, devant effectuer un voyage dans la mer du Nord, avait pris à son bord des appareils Marconi de l'ancien modèle. Dès son arrivée dans les eaux anglaises, il se mit en communication radiotélégraphique avec la station du cap Lizard (Cornouailles) où se trouvait alors M. Marconi. Il s'entendit avec ce dernier pour substituer, à ses anciens appareils, les appareils plus puissants et plus sensibles du second système Marconi.

Le 26 juin, M. Marconi se rendait à bord du *Carlo Alberto*, y apportant le détecteur magnétique qui devait, pour la première fois, figurer à côté du cohéreur comme organe de réception.

Les premières expériences se firent durant le trajet du *Carlo Alberto* vers Cronstadt (*fig.* 247).

Comme antenne réceptrice, on employa d'abord celle que représente la figure 76 (voir p. 135). L'entrée du fil aérien dans le poste contenant les appareils se trouvait parfaitement protégée, contre les décharges latérales éventuelles, au moyen d'un tube en ébonite. On avait disposé la prise de terre de la manière la plus efficace possible, en différents points du navire et en différentes parties de la machine.

Dans le poste du *Carlo Alberto*, qui fonctionnait seulement comme récepteur, on avait installé deux cohéreurs Marconi à poudre métallique et trois détecteurs qui étaient respectivement accouplés à trois appareils téléphoniques montés pour la réception acoustique.

Le transformateur communiquant avec les cohéreurs avait

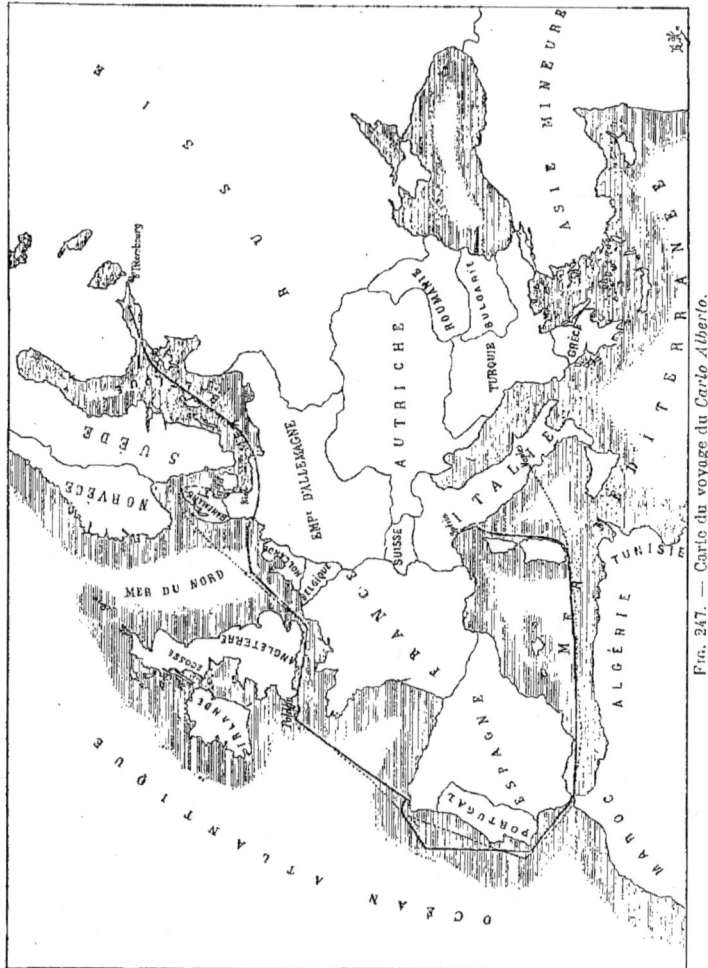

Fig. 247. — Carte du voyage du *Carlo Alberto*.

été réglé du mieux possible avec la période des oscillations
électriques émises par Poldhu. Ensuite, pour mieux accorder

l'appareil récepteur avec le transmetteur, on utilisa une antenne en éventail comme celle que montre la figure 77 (voir p. 135).

Les expériences à effectuer avaient été préalablement fixées par M. Marconi, de la manière suivante :

Chaque jour, de midi à une heure et de une heure du matin à trois heures (temps moyen de Greenwich), Poldhu devait lancer, durant les dix premières minutes de chaque quart d'heure, l'appellatif du *Carlo Alberto* (C. A.) avec une longue série de signaux S et une phrase concernant les plus intéressantes nouvelles publiques de la journée.

Le 7 juillet, M. Marconi s'embarqua à Douvres et l'on commença immédiatement les expériences en essayant de transmettre à une distance de 530 milles (848 km environ), dont environ les 6/10 traversaient un terrain accidenté. Dès qu'on eut obtenu la syntonisation, on perçut dans l'appareil téléphonique du détecteur les SS rythmiques provenant du Cornouailles. Mais ces signaux étaient faibles, en partie par suite du défaut de syntonisation, en partie par suite de la décharge due à la lumière du jour. Le lendemain, la réception s'améliora considérablement, au point qu'il devint possible d'enregistrer les radiogrammes au moyen de l'appareil Morse.

Avec l'augmentation de la distance, les réceptions durant le jour cessèrent; mais, durant la nuit, les communications avec Poldhu reprirent à une distance de 900 km au moyen du récepteur téléphonique relié au détecteur; on parvint même ensuite à les faire enregistrer par l'appareil Morse relié au cohéreur.

Le lendemain, à midi, on était à une distance de 1 000 km. Par suite de l'action perturbatrice de la lumière solaire, on n'obtint aucun signal enregistré sur l'appareil Morse et on perçut seulement, sur le détecteur, les sons rythmiques de quelques SS; mais, dans la nuit, les signaux devinrent plus intenses et purent se recevoir sur le cohéreur en même temps que le Morse les enregistra. Il en fut ainsi jusqu'au 12 juillet, jour où le *Carlo Alberto* mouilla dans le port de Cronstadt,

bien que les deux postes transmetteur et récepteur se trou-
vassent séparés par l'Angleterre, le Danemarck et les montagnes de la Scandinavie et bien que la distance fût d'environ
2 000 km. A Cronstadt, les signaux reçus au téléphone étaient
assez faibles, et on ne put d'abord les recueillir sur la bande
Morse; ce fut seulement après avoir ajouté des fils à l'antenne
réceptrice, afin de mieux égaliser sa période avec celle de la
station de Poldhu, que l'on parvint, durant la nuit, à percevoir
distinctement les séries de « SS » transmises.

On obtint des résultats satisfaisants durant toutes les nuits
suivantes, jusque dans la nuit du 22 au 23, où on leva l'ancre
pour reprendre la route de Kiel.

Dans la nuit du 24 juillet, le *Carlo Alberto* se trouvait dans
la partie la plus intérieure de la rade de Kiel : la réception,
en raison de la distance moindre, fut parfaite avec le détecteur aussi bien qu'avec le cohéreur et avec le Morse, bien que,
durant toute la traversée, des causes encore inconnues eussent
rendu cette même réception difficile.

Dans la nuit du 26, la réception eut lieu au milieu d'une
violente tempête, accompagnée de fortes décharges électriques;
on évita toutes les perturbations en introduisant, dans les
organes récepteurs, des inductances et des capacités convenables. On essaya, en outre, d'utiliser le cohéreur Castelli,
mais on dut y renoncer parce que chaque décharge atmosphérique troublait son réglage.

Au cours de la traversée de Kiel en Angleterre, bien que
la distance diminuât rapidement, on ne constata pas, durant
la nuit, des différences importantes dans le régime de la
réception.

On s'arrêta à Plymouth pendant vingt jours, jusqu'au 25 août,
et on y perfectionna l'antenne réceptrice en lui donnant
54 conducteurs placés à 50 mètres au-dessus du pont; après
quoi on se mit en route pour regagner l'Italie. Le 30 août,
alors que le navire se trouvait par le travers de Cadix, on
constata que la distance à laquelle la réception, durant le jour,
était perceptible et certaine, s'élevait à 1 000 km, avec la

puissance utilisée par le poste transmetteur et la sensibilité donnée à la station réceptrice.

Dans la nuit du 30 au 31, on observa l'effet produit par l'interposition du continent espagnol, en ligne droite, entre les deux stations. Cette interposition n'empêcha pas les télégrammes, contenant les nouvelles d'Europe alors intéressantes, de parvenir sur le récepteur du *Carlo Alberto*, alors que ce navire se trouvait à l'ancre au fond de la rade de Gibraltar, à une distance d'environ 1 500 km de Poldhu et séparé de cette dernière station par le massif le plus élevé de la péninsule ibérique. Les mêmes télégrammes parvinrent même lorsque le navire pénétra dans la Méditerranée, durant le trajet jusqu'à Cagliari et à la Spezzia, où prit fin cette mémorable campagne.

Voici les conclusions par lesquelles M. le lieutenant Solari termine son rapport et qui résument l'ensemble des observations effectuées, conclusions qui peuvent paraître, sur certains points, au moins prématurées :

1° Il n'y a pas de distance limitant la propagation des ondes électriques sur la croûte solide et liquide du globe, pourvu que l'énergie de transmission employée soit proportionnelle à la distance à franchir ;

2° Les terres qui se rencontrent entre un poste radiotélégraphique transmetteur et le poste récepteur correspondant n'interrompent pas la communication ;

3° La lumière solaire a pour effet de diminuer le champ d'irradiation des ondes électriques. Elle rend donc nécessaire l'emploi, durant le jour, d'une énergie électrique plus grande que pendant la nuit. L'influence des décharges électriques atmosphériques oblige de diminuer la sensibilité des appareils, afin de les rendre indépendants de ces décharges ; en outre, elle amène à augmenter l'énergie dans la transmission, si l'on veut obtenir des effets toujours identiques avec des appareils moins sensibles ;

4° L'efficacité du détecteur magnétique a paru, à la suite de cette expérience positive, supérieure à celle de tout autre cohéreur, tant à cause de la suppression de tout réglage

quelconque qu'en raison de l'absolue constance de fonctionnement, du caractère éminemment pratique et de la sensibilité
du système ;

5° La télégraphie sans fil du système Marconi est entrée,
grâce aux dernières innovations, dans le domaine des larges
applications pratiques, commerciales et militaires, sans limi-
tation de distance.

A propos de la mémorable campagne du *Carlo Alberto*, il
faut pourtant rappeler un fait qui démontre que, quelque
surprenants que soient les résultats obtenus et malgré qu'ils
fassent bien augurer de l'avenir de la radiotélégraphie, il y a
encore de graves difficultés à surmonter pour obtenir le degré
de secret et de sécurité qu'exigent les communications télégraphiques.

M. Maskelyne, directeur d'une station radiotélégraphique
établie à Porthcurnow, à 280 km de Poldhu, rapporte, dans le
numéro du 7 novembre 1902 du journal *The Electrician*, que
les signaux et les télégrammes, émis par Poldhu et destinés
au *Carlo Alberto*, furent enregistrés par les appareils de
Porthcurnow assez exactement pour mettre le personnel de
ce dernier poste en mesure de suivre pas à pas la marche des
expériences. A Porthcurnow, les dépêches destinées au *Carlo
Alberto* parvenaient d'abord mélangées avec d'autres signaux
produits par des ondes électriques moins intenses que Poldhu
émettait en même temps pour rendre ses dépêches moins intelligibles à une petite distance ; mais M. Maskelyne, en diminuant la sensibilité de son cohéreur, parvint à éliminer les
ondes nuisibles et à recevoir seulement celles plus intenses,
véritablement destinées au *Carlo Alberto*.

Le contrôle effectué par M. Maskelyne permet de se rendre
compte que les transmissions radiotélégraphiques ont encore à
lutter contre des difficultés résultant de causes jusqu'ici
inconnues ; en effet, une des dépêches envoyées de Poldhu ne
parvint au *Carlo Alberto* que dans la matinée du 9 septembre,
au cours de la traversée de Cagliari à la Spezzia, alors que
Poldhu l'avait transmise, à maintes reprises, depuis le 6 sep-

tembre au soir. Ainsi, l'organe récepteur du *Carlo Alberto*
aurait été, deux jours durant, soumis à des influences étrangères qui l'empêchaient de recueillir ce télégramme.

Les expériences exécutées à bord du *Carlo Alberto* démontrèrent donc la possibilité de transmettre des dépêches, avec
l'appareil Marconi, à des distances de plus de 1 500 km, malgré
l'interposition de vastes régions continentales et de hautes
montagnes ; mais elles permirent, en outre, de constater que le
système devait être encore perfectionné avant d'atteindre la
sécurité de transmission que l'on obtient avec les fils conducteurs.

Communications transatlantiques (décembre 1902).
— Après les expériences de Terre-Neuve, au cours desquelles
il était parvenu à recevoir par téléphone les « SS » que
lançait Poldhu, M. Marconi dut renoncer à exécuter des expériences plus complètes dans cette région, en présence des
droits revendiqués par la Compagnie Anglo-American Telegraph, laquelle posséderait, paraît-il, le monopole des communications télégraphiques transatlantiques non seulement
sur les câbles, mais aussi à travers l'air, la mer et la terre.

Mais le Gouvernement Canadien offrit à M. Marconi, en si-
gnant avec ce dernier une convention spéciale et en lui accor-
dant une subvention, de poursuivre ses expériences au Canada.
M. Marconi accepta et se mit en devoir de construire une
grande station à Table Head, dans l'île du cap Breton, en face
des péninsules de la Nouvelle-Écosse (*fig.* 248) et à deux
heures de Sydney. Cette localité, distante de Poldhu de
3 300 km, est située sur l'un des promontoires les plus orien-
taux de l'île, à l'embouchure de Glace Bay.

Le radiateur employé à Table Head est celui qui a été
déjà décrit. Il est identique à celui de Poldhu et formé de
quatre tours en bois, hautes de 71 m. Ces tours, placées aux
angles d'un quadrilatère de 70 m de côté, ont leurs sommets
reliés par quatre câbles, desquels partent les fils radiateurs qui
convergent en bas pour aboutir à la salle des appareils.

Le Gouvernement Italien accorda à M. Marconi le concours, pour l'établissement de la station de Table Head, du navire *Carlo Alberto* de la Marine royale. Le 30 septembre 1902, ce bâtiment, après avoir été mis en état d'affronter, avec sa haute mâture de 48 m, les tempêtes hivernales de l'Atlantique, partit de la Spezzia pour les côtes de Cornouailles, où il prit M. Marconi à bord le 20 octobre, puis il cingla de Plymouth vers Sydney, où il jeta l'ancre le 31 octobre.

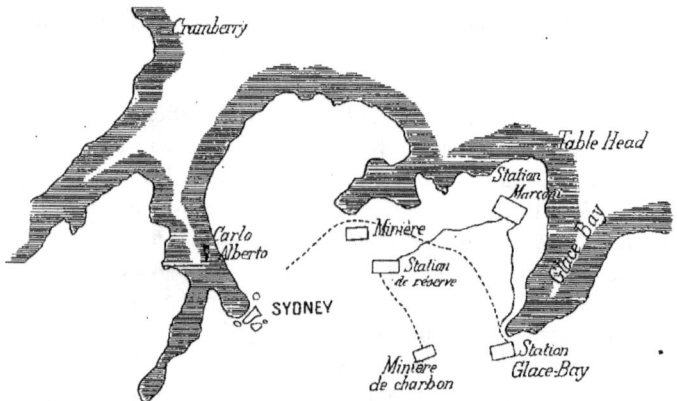

Fig. 248. — Carte de la Nouvelle-Écosse.

Durant sa traversée, le *Carlo Alberto* reçut régulièrement les signaux de Poldhu, même pendant les plus furieuses tempêtes, et il continua à les recevoir jusque dans le fond de la rade de Sydney.

Arrivé à terre, M. Marconi s'occupa aussitôt de rassembler et d'installer les appareils de la nouvelle station et, au bout d'un mois et demi consacré aux préparatifs et aux essais préliminaires, il se trouva en mesure, le 20 décembre, de transmettre de Table Head à Poldhu les premiers radiogrammes d'inauguration, qui furent adressés au roi d'Angleterre et au roi d'Italie et qui, en annonçant l'événement, apportèrent aux deux souverains l'expression des hommages de l'inventeur.

Le *Carlo Alberto*, ayant achevé sa tâche scientifique, partit
pour une autre mission dans les eaux du Vénézuéla. M. Marconi, lui, resta à Table Head en compagnie de M. le lieutenant
Solari, représentant du Gouvernement Italien, pour y suivre
les phases du service d'échange des radiogrammes, ainsi que
pour étudier le moyen d'améliorer la régularité des transmissions et des réceptions et d'accélérer la rapidité du fonctionnement.

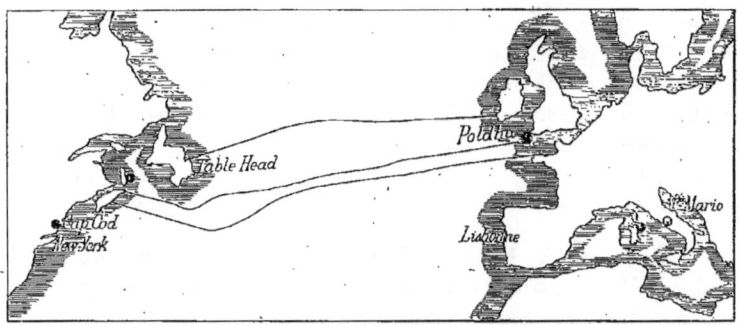

Fig. 249. — Carte de l'Océan Atlantique.

A la même époque on aménageait au cap Cod (États-Unis)
une station ultra-puissante analogue à celle de Table Head et
éloignée de Poldhu de 4 800 km seulement, c'est-à-dire plus
rapprochée que Table Head de 1.000 km.

La carte (*fig.* 249) représente les positions relatives des trois
stations ultra-puissantes ci-dessus, par rapport à celles des
câbles transatlantiques (indiqués par des lignes continues),
qui se rendent d'Angleterre dans l'Amérique du Nord.

Le 16 janvier 1903, la station du cap Cod fut inaugurée
par la transmission d'un radiogramme complet de M. le président Roosevelt à S. M. le roi d'Angleterre.

AUTRES CAMPAGNES RADIOTÉLÉGRAPHIQUES
DE M. MARCONI

Après sa grandiose expérience des communications transatlantiques, M. Marconi ne s'endormit pas sur ses lauriers : il
tourna sa merveilleuse activité vers l'étude des meilleures
conditions à réaliser pour donner au service radiotélégraphique
une vaste et sûre application industrielle. Il entreprit de nombreux voyages entre l'Europe et l'Amérique et entre les ports
européens, à bord de navires pourvus d'appareils plus ou
moins puissants de son système, lesquels communiquaient soit
avec les stations ultra-puissantes de Poldhu, de Table Head
et du cap Cod, soit avec les stations côtières ordinaires. De ces
campagnes, les plus fécondes en résultats pratiques furent
celles faites à bord du *Lucania*, du *Duncan* et du *Campania*.
Voici quelques détails sur chacune de ces trois campagnes.

Campagne à bord du *Lucania*. — Le *Lucania*, de la
Cunard Line, partit de Liverpool pour New-York, le 22 août 1893,
comptant parmi ses passagers M. Marconi et M. le lieutenant de vaisseau Solari. Indépendamment de la station ordinaire de petite portée destinée aux communications avec les
postes radiotélégraphiques de la côte et mise à la disposition
du commandant et des passagers, le *Lucania* portait une autre
station *réceptrice* pour grandes distances, destinée à recevoir
les communications de Poldhu et de Table Head (*fig.* 249) et
devant permettre d'apprécier les efficacités relatives des deux
radiateurs construits de manières différentes.

On arriva aux conclusions suivantes :

1° Que le service radiotélégraphique à grande distance, en
plein Océan, peut s'effectuer régulièrement sans entraver les
communications entre les navires et les stations côtières, installées avec des appareils de moindre puissance. En effet, tandis
que Poldhu transmettait des messages au *Lucania*, la station de
Lizard, située à 10 km de Poldhu, se maintenait en communication avec d'autres navires faisant route vers New-York ;

2° Que la disposition de l'antenne de Poldhu est préférable à celle de l'antenne de Table Head. En effet, la première station parvint à communiquer avec le *Lucania* jusqu'à une distance de 4000 km, tandis que la seconde donna des résultats fort inférieurs, bien qu'elle eût une antenne de même hauteur et qu'elle employât une étincelle trois fois plus longue ;

3° Que l'influence de la lumière solaire dépend des modes spéciaux de transmission, ce qui permet de supposer qu'il existe des moyens pour combattre cette influence perturbatrice ;

4° Que le système de syntonisation adopté n'influence pas une station réglée différemment, même si cette dernière se trouve à seulement 100 m de distance.

Pendant que ces expériences techniques s'exécutaient à bord du *Lucania*, les passagers, en utilisant l'appareil à petite portée, communiquèrent avec les côtes et avec d'autres bâtiments pendant toute la traversée ; ils reçurent, en outre, un bulletin quotidien imprimé à bord et contenant les nouvelles radiotélégraphiques des principaux événements du monde entier.

Débarqués en Amérique, MM. Marconi et Solari effectuèrent, sur le lac Michigan, près de Chicago, des expériences qui eurent pour résultat de démontrer que l'eau douce permet, tout autant que l'eau salée, les communications radiotélégraphiques.

Lors du voyage de retour en Europe, les faits constatés au voyage d'aller reçurent leur confirmation ; chaque soir, les passagers de première classe purent prendre connaissance du *Bulletin Cunard* qui, imprimé à bord, leur donnait de longues dépêches en provenance de New-York, de Londres et d'Ottawa.

Campagne à bord du *Duncan*. — Dès que M. Marconi fut rentré en Angleterre, l'Amirauté anglaise mit à sa disposition le *Duncan* pour y exécuter des expériences sous le contrôle des officiers de la Marine britannique. Au cours de la traversée de Portsmouth à Gibraltar, le *Duncan* reçut chaque jour des dépêches de Poldhu, ce qui confirma les résultats précédemment obtenus à bord du *Carlo Alberto*.

Dans la baie de Biscaye, un coup de vent violent rompit la vergue adaptée à un mât pour soutenir le conducteur ; ce dernier eut sa hauteur réduite à la suite de cet accident ; mais néanmoins la réception des dépêches ne se trouva pas interrompue.

Du 28 octobre au 3 novembre 1903, le *Duncan* demeura à l'ancre à Gibraltar, continuant à recevoir les dépêches de Poldhu.

Le commandant du *Duncan* suivit les expériences exécutées à son bord comme représentant de l'Amirauté anglaise, tandis qu'un lieutenant de vaisseau de la Marine assistait aux transmissions effectuées à partir de Poldhu.

En même temps eurent lieu d'autres expériences entre Poldhu et le rocher de Gibraltar, lesquelles confirmèrent la possibilité de télégraphier d'Angleterre à Gibraltar, malgré l'interposition du continent espagnol avec ses hautes chaînes de montagne.

Ces derniers essais démontrèrent également que les ondes électriques, provenant des stations ultra-puissantes, n'entravent point les communications entre les stations destinées aux services à petites distances.

Campagne à bord du *Campania*. — En juin 1904, M. Marconi, embarqué à bord du paquebot *Campania* de la *Cunard Line*, exécuta de nouvelles expériences de réception à partir des stations ultra-puissantes de Poldhu et de Table Head. Il essaya quatre systèmes différents de réception et choisit le meilleur, lequel permit de recevoir facilement des télégrammes à une distance d'environ 3 000 km. Ce succès lui permit de passer, avec la Compagnie de navigation Cunard, un contrat pour l'exécution d'un service quotidien de nouvelles à publier à bord des navires qui font la traversée de l'Atlantique. M. Marconi se serait engagé, par ce contrat, à fournir environ 200 mots par jour.

Au cours de ce dernier voyage, M. Marconi se tint en communication constante d'abord avec l'Angleterre et ensuite avec le Canada ; mais, trois jours durant, il se trouva en communi-

-cation simultanée avec les deux stations ultra-puissantes édifiées des deux côtés de l'Atlantique.

Projets de nouvelles expériences. — Jusqu'ici les communications à de très grandes distances (1 000-4 000 km), entre
stations terrestres et navires, furent toujours unilatérales, —
ce qui revient à dire que la station du bord recevait seulement des dépêches de la station terrestre, sans en transmettre
aucune. Ce fait résulte des grandes difficultés que l'on éprouve
à installer, sur les navires, les énormes antennes desquelles
dépend la grande portée des stations ultra-puissantes.

Ses récentes études semblent avoir conduit M. Marconi à
penser que, même avec des antennes bien moins élevées et
moins étendues que celles installées dans les stations ultra-
puissantes, on peut obtenir des transmissions à des distances
comparables à celles couvertes par ces stations.

On assure que M. Marconi va demander au Gouvernement
Italien de lui confier un navire disponible pouvant subir
les transformations nécessaires afin d'exécuter, à peu de frais,
une première expérience non encore tentée par une autre
nation, — la réception et la transmission radiotélégraphiques
à une très grande distance depuis le bord d'un navire.

Cette nouvelle application rendrait des services énormes
dans la transmission d'ordres et de nouvelles aux escadres
éloignées.

Les vaisseaux d'une escadre seraient d'ordinaire pourvus
d'appareils de petite portée (200 km environ); mais l'un
d'eux, si la nouvelle expérience réussit, recevrait un appareil
transmetteur de longue portée (5 000 et peut-être 6 000 km),
lequel recueillerait les nouvelles des autres vaisseaux pour les
transmettre à une station terrestre ultra-puissante, par exemple
à celle qui doit être construite, comme on le verra plus loin,
à Coltano près de Pise. Le même vaisseau pourrait recevoir
les ordres et les nouvelles émanant du commandement central
et destinées à être transmises aux autres navires, ce qui produirait une économie énorme de temps, de croiseurs et d'avisos.

Si cette dernière expérience réussit, on pourra étudier le type définitif du vaisseau de guerre qui correspondrait, en outre des exigences techniques de la radiotélégraphie, à toutes les exigences stratégiques d'une unité d'escadre de guerre.

Il est facile de comprendre comment, avec un petit nombre de vaisseaux pourvus d'appareils de trasnmission ultra-puissants et servant de stations intermédiaires, on pourrait transmettre à des distances toujours plus grandes les dépêches provenant des stations ultra-puissantes. Aussi on attribue à M. Marconi l'idée de faire faire ainsi à une dépêche le tour du monde et de la ramener à son point de départ.

NOUVELLES EXPÉRIENCES AVEC D'AUTRES SYSTÈMES

Les divers systèmes de radiotélégraphie qui se sont développés parallèlement avec celui de M. Marconi, ont, pour la plupart, limité leur champ d'application à des distances faibles ou médiocres (jusqu'à 500 km), c'est-à-dire à des distances où le nouveau moyen de communication peut être le plus utilement employé. Les expériences correspondantes ont spécialement tendu à rendre pratiques et sûres les communications dans ces limites, plutôt qu'à agrandir le rayon d'action des stations édifiées à cet effet. Ces expériences, malgré leur importance pratique, ne présentent pas le caractère intéressant de nouveauté qui s'attache aux expériences de M. Marconi, lequel, avec une persévérance audacieuse, s'est appliqué à affronter les plus ardus problèmes que l'on pouvait proposer à la radiotélégraphie.

Seul, le système Marconi possède jusqu'ici ces merveilleuses installations, dites stations ultra-puissantes, dont le rayon d'action se chiffre par des milliers de kilomètres. Bien loin de là, il semble que les autres inventeurs se soient employés, au lieu d'augmenter la puissance de leurs postes, à obtenir des communications en utilisant un minimum d'énergie.

Le système Fessenden, par exemple, a été employé en 1903

pour établir une communication sans fil entre New-York et Philadelphie (130 km), avec des antennes de 40 m ; la puissance nécessaire était seulement 1/4 de cheval. Durant les heures de service, on échangeait 40 télégrammes entre les deux stations, et cela malgré le voisinage de 135 autres postes radiotélégraphiques existant dans les deux villes, ce qui démontre l'efficacité de syntonisation adopté par M. Fessenden.

Pour les services de communication sur terre à grande distance, il faut signaler celui établi, d'après le système Slaby-Arco, entre Berlin et le port de Karlkrone (500 km).

On a installé d'après le même système, dans les îles Lofetena (Norwège), deux stations distantes l'une de l'autre de 50 km et séparées par de hautes masses rocheuses continues, lesquelles offrent des obstacles sérieux au passage des ondes électriques. La communication a pourtant pu être établie d'une manière satisfaisante, ne nécessitant qu'une puissance de 200 watts.

Le système Popoff, que l'on rencontre sur les gros vaisseaux et dans les forteresses russes, subit actuellement l'épreuve du feu en Extrême-Orient, mais on ne sait jusqu'ici que bien peu de choses sur les services qu'il rend effectivement. D'autre part, la flotte japonaise emploie un système spécial de télégraphie sans fil pour la transmission d'ordres depuis le vaisseau amiral jusqu'aux autres navires et peut-être aussi pour la communication avec les ports japonais. D'ailleurs, on aura certainement, à la fin de la guerre, des renseignements intéressants sur ce moyen de communication.

Un autre succès digne d'une mention est celui obtenu par le système de Forest, durant la présente guerre d'Extrême-Orient. Le correspondant du *Times*, embarqué sur le bateau à vapeur *Haimun*, qui porte des appareils du système de Forest, envoie depuis le commencement des hostilités, à la station anglaise de Wei-hai-Wei, de longues dépêches expédiées des différents points de la mer Jaune où se rend le *Haimun* pour recueillir des nouvelles.

La régularité avec laquelle ces dépêches figurent dans les colonnes du *Times* est une preuve que le système de Forest offre une grande sécurité de fonctionnement, même dans des circonstances difficiles.

LA TÉLÉGRAPHIE SANS FIL DANS LA MARINE DE GUERRE ITALIENNE

En observant l'ordre chronologique, on a suivi pas à pas les expériences qui, grâce à M. Marconi et à d'autres expérimentateurs, ont conduit la télégraphie sans fil à l'apogée de ses succès, à la réalisation des communications transatlantiques.

Dans l'exposé ci-dessus, en choisissant les expériences qui marquaient un progrès sur les résultats des travaux précédents, on a par deux fois rencontré les officiers de la Marine italienne, et on les a vus prêtant un concours effectif et intelligent pour la réalisation des progrès obtenus, d'abord dans les expériences de la Spezzia et ensuite dans celles du *Carlo Alberto*.

Il faut rappeler ici comment, de 1897 jusqu'à ce jour, la Marine italienne, appréciant les grands avantages que pouvait rendre la télégraphie sans fil mise au service de la flotte, a sans répit consacré aux expériences radiotélégraphiques l'activité et l'intelligence de ses officiers et de ses sous-officiers, ainsi que les ressources d'un budget que l'on peut qualifier d'opulent, comparé à celui d'autres Administrations du royaume.

Peu nombreux sont les documents dont on dispose sur ce long travail sans répit ; mais ceux de ces documents qui ont été livrés à la publicité permettent de donner un court résumé des recherches persévérantes exécutées par la Marine italienne en vue de rendre pratique le service radiotélégraphique, et cela en appliquant successivement à ce service les perfectionnements proposés par les expérimentateurs étrangers, ainsi qu'en y introduisant elle-même, à diverses reprises, des innovations originales.

Aussitôt après les expériences faites par M. Marconi à la Spezzia, c'est-à-dire en 1898, on installa une station de télégraphie sans fil sur les hauteurs de l'île de Palmaria (golfe de la Spezzia), à proximité du sémaphore et, en 1899, on construisit deux autres stations semblables, l'une sur le point le plus élevé de l'île de Gorgona, et l'autre à Livourne, dans l'enceinte des bâtiments de l'Académie navale.

Sous la direction de M. le professeur Pasqualini et de M. le lieutenant de vaisseau Simion, on organisa entre ces stations des séries d'expériences continues, avec l'intention de mettre à profit les résultats fournis par ces expériences pour établir ensuite des communications semblables entre tous les sémaphores du royaume.

La station de Palmaria s'élève sur la plate-forme située dans l'intérieur du fort, à une hauteur de 192 m au-dessus du niveau de la mer.

On rencontre, dans cette station, une construction en bois renfermant une petite dynamo de 1,5 kw, qui est actionnée par un moteur à pétrole Wintherthur et qui sert à charger les accumulateurs nécessaires pour le fonctionnement de la grande bobine Balzarini de 60 cm d'étincelle. L'antenne, divisée en deux parties, mesure 54 m de hauteur.

Le radiateur est formé de conducteurs en cuivre ayant une superficie totale de 12,47 m². Ces conducteurs se composent de 19 fils élémentaires, chacun de 0,914 mm, recouverts d'enveloppes isolantes. La prise de terre consiste en une lame en cuivre d'une grande surface, enfouie dans la terre et entourée de charbon de bois.

La station de Gorgona surmonte une colline à 255 m au-dessus du niveau de la mer et à proximité du sémaphore. L'antenne et les appareils transmetteur et récepteur sont identiques à ceux de Palmaria. La charge des accumulateurs est faite par une dynamo débitant un courant de 30 ampères sous 65 volts, qu'actionne un moteur à pétrole, système Otto, de la puissance de 3 chevaux.

La station de Livourne s'élève sur la plate-forme de l'Académie navale de cette ville; elle ne se trouve qu'à 4,5 m au-dessus du niveau de la mer. Les antennes et les appareils sont identiques à ceux des deux autres stations, à cette exception près que l'on a trouvé plus pratique de diviser le mât en trois parties et non en deux.

Durant ces années 1898-1899, ces stations ont effectué de nombreuses expériences en appliquant le premier système Marconi. Elles ont étudié les détails du fil aérien et de son installation, ainsi que l'influence que peuvent exercer, sur les communications, la grosseur et la structure de ce fil.

On a constaté que l'on obtient un avantage marqué dans la transmission en élevant le fil du récepteur, tandis que le relèvement du fil transmetteur donnait un avantage relativement moindre.

On a démontré que la distance entre les deux stations ne peut se considérer comme proportionnelle au produit des longueurs des deux fils aériens et que, dans certaines limites, la loi de M. Marconi sur la proportionnalité entre la longueur de l'antenne et la racine carrée de la distance se trouve être exacte.

On a pu également conclure que la section et la nature du conducteur n'exercent pas une influence sensible sur les communications et que rien ne justifie l'établissement d'une capacité à l'extrémité supérieure du fil.

Malgré les précautions adoptées et les perfectionnements introduits dans les appareils, on n'a cependant pas réussi, avant 1900, à obtenir une véritable correspondance télégraphique; parfois les transmissions se trouvaient arrêtées par le mauvais temps, d'autres fois elles ne pouvaient s'effectuer même par le beau temps.

En 1900, alors qu'elles avaient été confiées à la direction de M. le chevalier Bonomo, capitaine de corvette, les expériences ont donné de meilleurs résultats; on a, en effet, cherché alors à déterminer, grâce à des essais systématiques, le rôle joué par le réglage des divers appareils dans la régularité des transmissions.

M. le capitaine Bonomo a augmenté le potentiel des batteries d'accumulateurs ; il a étudié exactement l'isolement du fil aérien et des appareils ; il a employé des cohéreurs simples dont le vide était porté à un haut degré; au fil aérien simple il a substitué le fil aérien multiple; enfin, il a introduit d'autres modifications supprimant les incertitudes du réglage du relai et ainsi réalisé une transmission un peu plus stable.

Pourtant la distance de transmission demeurait encore limitée à 70 km et la vitesse maximum n'était que de 24 lettres par minute.

Le perfectionnement le plus important a été l'introduction du cohéreur à décohésion spontanée proposé par M. Paolo Castelli, employé de sémaphore, lequel a été décrit plus haut. Ce dernier cohéreur, en rendant possible la réception téléphonique, simplifiait grandement l'appareil récepteur. Cette nouvelle forme donnée au poste récepteur a complètement modifié l'état de choses ; on a ainsi assuré la régularité de la transmission et augmenté, dans de notables proportions, la distance et la vitesse.

On a pu organiser un service de signaux entre Palmaria et Livourne (69 km), en faisant agir sur le transmetteur une étincelle de 4 mm seulement ; en outre, le phare de Portoferraio a dès lors reçu des télégrammes expédiés, à la distance maximum de 143 km, de Livourne, de Gorgona et de Palmaria.

Grâce au cohéreur Castelli, on est parvenu, en septembre 1901 à effectuer une transmission nette et précise à grande distance (200 km) entre une station installée sur le mont Telajone (île de Caprera) et une autre établie dans le sémaphore de Monte Argentario. Après ces essais, les deux postes ont été supprimés.

La station de Telajone, trop exposée aux décharges atmosphériques, a été remplacée par une autre située à peu de distance, dans la même île de Caprera, sur la pointe Becco di Vela. Cette dernière station a été pourvue d'appareils Marconi du deuxième système ; depuis deux ans, elle communique avec le poste de Monte Mario, près de Rome, et avec celui de Livourne, soit à des distances respectives de 230 et 260 km de Becco di Vela.

L'antenne représentée (*fig.* 68, voir p. 130) est celle de Becco di Vela ; de cette antenne part un fil aérien formé de quatre conducteurs qui sont montés en quantité, comme dans la sta-

tion de Biot (voir *fig*. 244, p. 263). La hauteur utile du fil est de
55 m jusqu'au point où il pénètre dans le local des appareils.

Ce dernier se trouve dans une petite construction en maçon-
nerie formée de deux pièces. Dans la première, on trouve
un moteur à gaz et une dynamo pour la charge des accumulateurs (18 éléments) ; dans la seconde, une table portant les
appareils, lesquels ont une disposition presque identique à
celle montrée par la figure 170 (voir p. 245). A droite, sont deux
bobines, donnant des étincelles de 25 cm et reliées en quantité
et, tout à côté, le manipulateur ; ensuite vient une petite
batterie de quatre éléments que l'on emploie sur le circuit
transmetteur pour émettre des ondes longues de 90 m, une
autre batterie de six éléments plus grands, destinée à émettre
des ondes de 150 m de longueur.

A gauche des batteries est la caisse contenant le détecteur
magnétique ; le reste de la table, à gauche, est occupé par le
récepteur à cohéreur et le Morse.

Comme on le voit, la station de Becco di Vela est outillée
pour la syntonisation avec deux différentes longueurs d'onde
dénommées A et B ; selon que l'on désire employer l'un ou
l'autre de ces deux tons pour la réception, on relie l'appareil
récepteur à un « jigger » spécial, syntonisé avec le ton désiré.

En juin 1903, époque à laquelle l'auteur a été gracieuse-
ment autorisé à visiter la station de Becco di Vela que dirige
M. le lieutenant Amicigrossi, ce poste n'avait encore fonctionné
qu'avec la syntonisation A pour ondes longues. Le service
n'était affecté qu'à l'armée ; la vitesse moyenne de transmission, pour des distances de 250 km, était de 40 lettres par
minute; mais les signaux ne parvenaient pas toujours nets et
les appareils avaient constamment besoin de réglage.

La réception au téléphone, au moyen du détecteur, était
nette, mais assez faible.

On a ensuite appliqué le ton B, et le service, dès lors, s'est
trouvé fort amélioré.

D'autres expériences, effectuées par les officiers de la Marine
italienne, ont été mentionnées dans le chapitre ix.

Un des plus récents services radiotélégraphiques installés par la Marine italienne a été celui que M. le capitaine Bonomo a dirigé, à bord du croiseur *Marcantonio Colonna*, pour la détermination des rayons d'action respectifs des diverses stations radiotélégraphiques côtières du royaume. Durant cette campagne, M. le capitaine Bonomo a essayé la portée de la station de son navire avec des radiateurs de formes diverses ; il a ainsi constaté que l'on peut s'affranchir des fameuses antennes de 50 m, considérées comme nécessaires il y a peu de temps encore. Le *Marcantonio Colonna* a pu établir des communications sûres jusqu'à 300 km avec 14 m de fil vertical et un développement total de 50 m de fil horizontal.

Présentement, la Marine italienne se livre avec succès à des expériences au moyen du système Artom. Enfin, on est parvenu à envoyer de Monte Mario des radiogrammes destinés à Ponza et à la Maddelena (voir *fig*. 250), sans que l'une de ces dernières stations ait réussi à intercepter les messages destinés à l'autre.

SERVICE RADIOTÉLÉGRAPHIQUE ITALIEN

Le Ministère italien de la Marine a pris l'initiative de l'installation d'un service complet de radiotélégraphie, lequel comprend, dans son rayon d'action, toute l'Italie continentale et insulaire, avec la nappe d'eau environnante jusqu'à une distance de 300 km des côtes.

A ce service participent les quinze stations indiquées sur la figure 250, dont chacune a une puissance de transmission qui s'étend sur un rayon d'à peu près 300 km.

Ces stations sont les suivantes :

Capo Mele (Ligurie), — Palmaria (Spezzia), — Forte Spuria (phare de Messine), — CozzoSpadaro (Capo Passero), — Capo Sperone (Sardaigne), — Becco di Vela (Caprera), — Monte Mario (Rome), — Campo alle Serre (île d'Elbe), — Ponza, — S. Maria di Leuca, — Asinara (Sardaigne), — Gargano, —

Monte Cappuccini (Ancône), — Malamocco (Venise), — S. Giuliano (Trapani).

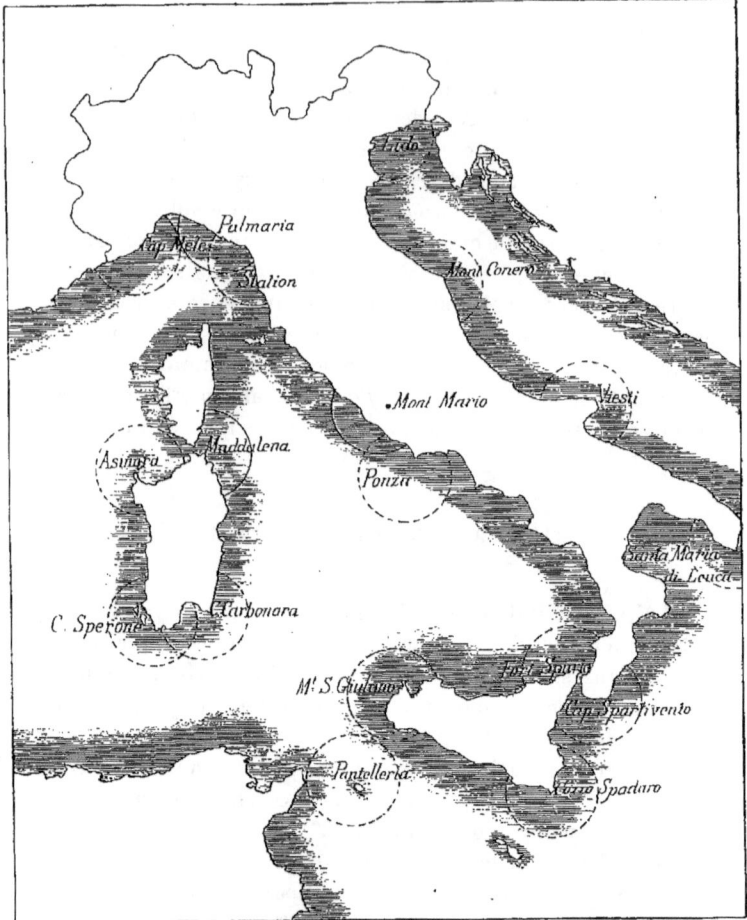

Fig. 250. — Cartes des stations radiotélégraphiques italiennes.

Ces stations ont été installées de manière qu'un navire navi-

guant dans les eaux italiennes se trouve toujours dans le
rayon d'action d'au moins l'une d'elles et que les rayons d'action des diverses stations s'interceptent, en sorte de constituer un réseau radiotélégraphique continu par toute l'Italie.

Les rayons d'action de ces stations et les cônes projetés par les différents obstacles ont fait l'objet des relevés
exécutés par M. le capitaine Bonomo, lors de sa croisière à bord
du *Marcantonio Colonna* dont il vient d'être parlé. Ces relevés
doivent être consignés sur une carte marine spéciale.

Toutes les stations précitées, sauf celle de S. Giuliano, sont
actuellement en service. On vient de faire paraître le règlement
concernant les conditions d'exploitation ; et ces stations sont
admises à participer au service privé, pour l'échange de télégrammes entre elles et les bâtiments pourvus d'appareils Marconi
qui se trouvent dans un rayon de 300 km de la côte.

La taxe fixe, pour les télégrammes échangés avec les
navires, est de 63 centimes par mot. Ce service n'admet pas les
communications multiples ; aussi de nombreuses dispositions
réglementaires fixent le tour suivant lequel les divers navires peuvent communiquer entre eux ou avec les stations côtières, selon
leur tonnage, l'heure du départ, la direction et la vitesse de
marche, de manière que, par exemple, la priorité soit accordée
au bâtiment qui, eu égard à sa direction, doit le premier sortir
de la sphère d'action radiotélégraphique.

Service Bari-Antivari. — Le 3 août dernier, a été inauguré
le service radiotélégraphique, affecté à la correspondance pri-
vée, entre la station italienne de Bari et la station monténégrine d'Antivari. Ces deux postes, installés aux frais de
M. Marconi, sont reliés aux lignes télégraphiques ordinaires ;
ils peuvent donc servir à l'échange international des télégrammes qui suivent cette voie.

On raconte que, dans les transmissions qui ont inauguré le
service, on a obtenu avec le détecteur magnétique une vitesse
de 37 mots par minute.

La station italienne se trouve dans la localité de San Cataldo à environ 3 km au nord-ouest du port de Bari.

A quelques mètres de la mer s'élèvent deux tours en bois, hautes d'environ 50 m et éloignées de 50 m l'une de l'autre. Entre les sommets de ces tours, mais isolé de ces sommets, se trouve tendu un câble d'acier soutenant les fils conducteurs qui constituent l'antenne ou radiateur aérien. Ces fils se réunissent ensemble, à 8 m au-dessus du sol, et forment un conducteur unique qui pénètre, toujours avec un excellent isolement, dans le bâtiment de la station. Ce dernier renferme les appareils récepteur et transmetteur, la station télégraphique proprement dite reliée au bureau télégraphique central de Bari et l'installation autonome qui doit fournir l'énergie électrique nécessaire pour le fonctionnement de la station et pour l'éclairage.

Cette installation consiste en un moteur « Campbell » à pétrole, d'environ 5 chevaux qui actionne, au moyen d'une courroie, un alternateur et une dynamo à courant continu, ainsi qu'une batterie d'accumulateurs de 100 éléments qui peut assurer le service durant environ trois heures.

On y trouve, en outre, un groupe électrogène de réserve constitué par un moteur à essence de 10 chevaux accouplé à une dynamo et à un second alternateur.

La station monténégrine est située près de la pointe de Volovotza, à proximité de Pristan ; elle est identique à celle de Bari et séparée de cette dernière par une distance de 200 km.

Le rayon d'action des deux stations dépasse 500 km. Les appareils radiotélégraphiques employés sont de trois tons différents. On rencontre en effet le ton A et le ton B qui fonctionnent déjà dans les stations de la Marine : le premier pour une distance de 100 km, et le deuxième pour une distance de 300 km ; quant au troisième ton C, spécial à la ligne Bari-Antivari, il s'emploie pour une distance de 500 km.

Les télégrammes d'Italie pour le Monténégro se payent à raison de 9 centimes par mot (dont 5 reviennent à M. Marconi pour la transmission radiotélégraphique), plus une taxe fondamentale fixe de 1 franc par télégramme. On réalise ainsi une économie d'à peu près moitié sur les tarifs précédemment appliqués.

La ligne en question, outre qu'elle assure le service entre l'Italie et le Monténégro, peut encore acheminer des communications internationales, et cela, dans de nombreux cas, à meilleur compte, ainsi que des messages avec les navires qui se trouvent entre le parallèle de Corfou et celui d'Ancône. Les communications de ces deux dernières catégories se taxent, d'après le tarif ordinaire, à raison de 63 centimes par mot.

Le capital engagé dans l'établissement des deux stations précitées s'élève, paraît-il, à environ 100 000 francs. On raconte que le Gouvernement Italien avait fait précédemment étudier la question de la pose d'un câble sous-marin entre les deux mêmes villes, et que ce câble serait revenu à 2 millions de francs, sans compter une dépense annuelle d'entretien d'environ 50 000 francs.

Station ultra-puissante de Coltano. — Jusqu'ici la station radiotélégraphique de Bari est la plus puissante qui existe en Italie ; mais M. Marconi, après les premiers succès obtenus avec les stations ultra-puissantes de Poldhu et de Table Head, a conçu l'idée hardie de relier l'Italie à la République Argentine au moyen de deux stations ultra-puissantes, capables de communiquer directement entre elles, bien que séparées par une distance de 10 000 km, soit environ le double de la distance existant entre Poldhu et Table Head.

Encourageant le projet de M. Marconi, le Gouvernement Italien a fait voter une loi qui accorde, pour la construction de la station italienne, un crédit de 800 000 francs, à la condition que cette station soit établie dans les trois ans et simultanément avec la station argentine correspondante.

M. Marconi a décidé d'édifier cette nouvelle station à Coltano, près de Pise. Les plans des bâtiments ont déjà été dressés, et l'on a déterminé la puissance à donner à l'installation électrique, laquelle devra être de deux fois à deux fois et demie plus grande que celle de Poldhu, afin de fournir une énergie de plusieurs centaines de chevaux.

Mais une grave difficulté .est venue empêcher l'exécution des travaux. C'est que le Gouvernement Argentin a décliné, comme trop onéreuses et trop chanceuses, les propositions faites par la Compagnie Marconi pour l'établissement d'une station extra-puissante sur son territoire.

On examine en ce.moment si la construction de la station de Coltano pourrait rendre des services, quand même aucune station ne serait établie dans la République Argentine et si l'on pourrait ainsi établir une communication directe avec les autres stations ultra-puissantes déjà édifiées en Europe et dans l'Amérique du Nord.

Mais il faudrait alors modifier la loi votée par les Chambres italiennes : aussi MM. les députés Crespi et Battelli ont pris l'initiative de proposer la modification utile dès l'ouverture du Parlement.

D'autre part, certains conseillent, avant d'aborder l'exécution d'une installation aussi grandiose, d'attendre les indications que pourra fournir une plus longue expérience des stations ultra-puissantes déjà installées.

CHAPITRE XI

TÉLÉPHONIE SANS FIL

La téléphonie diffère de la télégraphie en ce qu'elle assure la transmission de la voie articulée, tandis que la télégraphie se borne à émettre des signaux qui, d'après un alphabet conventionnel, reproduisent la correspondance.

Pour la télégraphie, la période des oscillations est indifférente; en téléphonie, par contre, il faut reproduire cette énorme quantité de petites oscillations de la superposition desquelles dépend l'articulation de la voix humaine.

De même qu'on a tenté de réaliser la télégraphie sans fil par divers moyens avant d'y appliquer les ondes électriques, de même on a essayé divers moyens pour téléphoner sans fil, avant que la découverte de M. Marconi soit venue indiquer les ondes électriques comme un nouvel agent permettant de solutionner le problème.

SYSTÈMES DIVERS

Expériences de MM. Gavey et Preece. — Les premières expériences heureuses de téléphonie sans fil semblent remonter à 1894 ; ce sont celles exécutées par M. Gavey, au travers du lac Ness, en Écosse. On installa, à une distance d'environ 2 km l'un de l'autre, deux fils parallèles, longs de 6,5 km et ayant leurs extrémités à la terre. Sur l'un de ces fils était inséré un microphone Deckert avec une batterie de piles à liquide immobilisé (14 volts) ; sur l'autre, se trouvait un téléphone qui reproduisait exactement les paroles prononcées devant le microphone.

M. Preece reprit, en 1899, ces expériences. Il constata une amélioration très grande dans la transmission, lorsque les extrémités des fils étaient placées en communication avec des plaques métalliques immergées dans la mer. On ne tarda pas à faire, en Angleterre, une application pratique de ce système en reliant téléphoniquement le phare des îlots Skerries avec la station garde-côtes de Cemlin, située à une distance de 4,5 km.

Sur les îlots on installa une ligne d'environ 700 m, et dans la station de Cemlin, une autre ligne de 5,6 km, parallèle à la première ; ces deux lignes se terminaient, d'un côté, par une plaque immergée dans l'eau et, de l'autre, par un poste téléphonique ordinaire.

On obtient ainsi, depuis plusieurs années, un service régulier et les communications sont aussi faciles et aussi sûres que si les deux points se trouvaient reliés par un fil.

Peu après, M. Gavey fit une installation analogue, mais à une plus grande distance (13 km), entre l'île Rathlin et l'Irlande. Une courte ligne de 2 km, développée dans l'île, permit au phare de Rathlin de communiquer téléphoniquement avec une autre ligne semblable, longue de 9 km et installée en terre ferme. Les deux postes correspondants avaient leurs lames extrêmes plongeant dans l'eau ; la transmission des lignes de force s'effectuait d'une manière analogue à celle indiquée à la figure 1 (voir p. 11).

Expérience de M. Ducretet et de M. Maîche. — Une disposition analogue a été adoptée, en 1902, par M. Ducretet, pour communiquer sur terre. Les lames terminales des deux postes correspondants étaient enfouies dans la terre. On a alors constaté que, plus est grande la distance séparant les postes, plus doivent être éloignées l'une de l'autre les lames enfoncées dans la terre, et que cette distance varie selon la qualité du terrain interposé. Avec une base de 60 m, M. Ducretet est parvenu à établir une communication entre des postes éloignés de 1 000 m l'un de l'autre et séparés par de petits bois interposés.

C'est sur un principe analogue que reposent les expériences exécutées par M. Maîche, en 1903, dans le château de Marchais qui appartient au prince de Monaco.

Pour transmettre à 400 m, il a suffi d'un fil mesurant 20 m de base; l'on est parvenu à communiquer au travers des distances s'élevant jusqu'à 7 000 m en allongeant successivement les fils de base jusqu'à 450 m.

A 7 000 m, les signaux téléphoniques perdaient leur netteté ; mais les signaux télégraphiques parvenaient avec une précision suffisante.

Expériences de M. Ruhmer. — Dans les expériences jusqu'ici décrites, sans doute le fil de communication fait défaut entre les deux stations; mais il faut employer des lignes parallèles dont la longueur totale ne diffère guère de la distance qui sépare les deux stations.

Quant aux véritables communications téléphoniques sans fil, ce sont celles décrites aux chapitres IV et V, avec lesquelles on a franchi des distances satisfaisantes.

Parmi les systèmes dont on a parlé dans ces chapitres, celui qui a réalisé les résultats pratiques les plus marquants est le système Simon et Reich perfectionné par M. Ruhmer.

Le principal perfectionnement introduit par M. Ruhmer consiste dans l'emploi de la pile à sélénium. Cet inventeur a trouvé le moyen de construire des piles à sélénium sensibles aux rayons les plus intenses de l'arc (bleus et violets), tandis que les piles ordinaires à sélénium manifestent leur sensibilité maximum pour les rayons rouges. Les expériences exécutées par M. Ruhmer, au commencement de 1902, sur le lac Wansee, près Berlin, au moyen d'un arc de 8-10 ampères et d'un projecteur de 35 cm de diamètre, ont permis de converser à une distance de 7 km, même par les jours de pluie et à travers le brouillard.

Plus tard, dans le cours de la même année 1902, d'autres expériences ont été effectuées à Kiel, en présence de l'empereur d'Allemagne, entre le navire stationnaire *Neptun* et le cuirassé *Kaiser Wilhelm*. Les paroles prononcées à bord du *Neptun* se sont entendues distinctement jusqu'à l'arrivée du cuirassé à Stollergrund, à une distance de 30 km.

SYSTÈMES EMPLOYANT DES ONDES ÉLECTRIQUES

Après la découverte de la télégraphie sans fil par ondes électriques, de nombreuses tentatives ont été faites en vue d'appliquer les mêmes principes à la téléphonie; mais, comme les appareils téléphoniques n'admettent pas l'emploi des puissantes décharges appliquées en radiotélégraphie, on a cherché un milieu se prêtant mieux que l'air à la transmission des vibrations de l'éther et, par analogie avec ce fait acoustique que les solides et les liquides conduisent le son mieux que ne le font les gaz, on a employé l'eau et le sol comme conducteurs des ondes électriques.

Récepteur Plécher. — Dans ce genre de communications, les cohéreurs à décohésion spontanée rendent des services précieux, car ils permettent la réception exacte, sur le récepteur, de la fréquence des ondes électriques émises par le transmetteur; on a donc construit des récepteurs spéciaux ayant le degré de sensibilité et de rapidité de fonctionnement nécessaires pour cet objet.

Parmi ces appareils, il faut citer le récepteur Plécher, lequel, de même que les récepteurs Walten et Armorl, est fondé sur les phénomènes électro-capillaires. Le tube, fonctionnant comme un électromètre capillaire, aboutit à un récipient divisé en deux parties par une membrane.

Les variations de niveau que les ondes électriques arrivant dans l'appareil font subir au liquide que contient le tube capillaire, amènent à entrer en vibration la membrane et, par

26

suite, l'air contenu dans la seconde partie du récipient. A cette dernière aboutissent deux tubes acoustiques que l'on s'applique à l'oreille pour entendre les sons émis par la membrane.

L'inventeur emploie, comme électrolyte, une solution de cyanure de potassium mélangée avec 1 0/0 de cyanure d'argent et 10 0/0 d'hydrate de potasse.

Système Leonardi. — Dès 1897, c'est-à-dire peu de temps après les premiers succès de M. Marconi, M. Rodolfo Leonardi a discuté la possibilité d'adopter les ondes électriques comme base d'un système de téléphonie sans fil.

A cet effet, il a proposé de faire osciller, au moyen des vibrations sonores à transmettre, les deux sphères de l'oscillateur Righi immergées dans l'huile, en maintenant à un chiffre constant la différence de potentiel aux bornes de la bobine ou de la machine électrique. Comme l'intensité des vibrations dépend de la distance qui sépare les sphères, on doit ainsi obtenir des radiations électriques vibrant à l'unisson avec le son qui fait vibrer les sphères de l'oscillateur.

M. Leonardi croit que, comme récepteur, on pourrait employer un cohéreur assez sensible pour que sa résistance variât synchroniquement avec les vibrations de l'onde électrique; il croit qu'un récepteur à sélénium, qui jouit de cette propriété à l'égard de la lumière, pourrait conserver la même propriété à l'égard des ondes électro-magnétiques et, par suite, s'employer à cet effet.

Un pareil récepteur devrait communiquer avec l'antenne et être protégé par un écran à la fois opaque à la lumière et transparent pour les ondes électriques; il faudrait insérer ce récepteur, avec une pile, dans le primaire d'une bobine dont le secondaire communiquerait avec le téléphone reproduisant les sons.

Il semble que M. Leonardi a laissé son système à l'état de projet.

Système Collins. — Les expériences les plus étendues en

matière de téléphonie sans fil, jusqu'ici effectuées, ont eu lieu en Amérique par les soins de M. A.-F. Collins.

Le dispositif employé consiste en un transmetteur et un récepteur qui peuvent être réunis en un seul appareil, de manière à fonctionner comme un double poste.

Voici la description, d'ailleurs très claire, qu'en donne l'auteur.

Le primaire de la bobine d'induction de l'appareil transmetteur est monté en série avec le transmetteur (qui semble être un microphone ordinaire) avec une pile, un variateur et un interrupteur. Les bornes du secondaire de la bobine communiquent avec une lame enfouie dans la terre et avec une capacité de compensation. En dérivation avec les bornes du fil secondaire se trouve placée une bouteille de Leyde. Le récepteur est constitué par un circuit fermé qui présente, montés en série, un récepteur téléphonique, une pile à liquide immobilisé et le secondaire d'un transformateur dont le primaire est mis à la terre, comme l'est le secondaire de la bobine au poste transmetteur.

D'après la théorie de l'inventeur, dans le secondaire de l'appareil transmetteur se trouvant en communication avec le sol, il se produirait des ondes électriques de grande longueur, c'est-à-dire de basse fréquence et de haut potentiel, et les décharges s'opéreraient entre la bobine et la terre au travers du fil et de la plaque au lieu d'avoir les décharges explosives qui, dans la télégraphie sans fil ordinaire, se produisent à l'air libre.

La propagation s'opérerait par la terre et, suivant l'inventeur, elle se trouverait facilitée par ce fait que les ondes sont longues et, conséquemment, moins aptes à être absorbées par les milieux pondérables, exactement de la même manière que les ondes lumineuses rouges pénètrent l'air et le brouillard beaucoup plus profondément que les ondes violettes, lesquelles sont plus courtes. La plus grande conductance de la terre pour les ondes qu'émet son appareil est attribuée, par l'inventeur, à la densité de l'éther qui serait, autour des atomes de la matière pondérable, plus grande que dans le vide.

Dans un milieu homogène tel que l'eau, l'éther en contact avec ce milieu transmettrait les ondes électriques longues sur une plus grande distance, mieux et avec moins de distorsion que dans un milieu hétérogène, comme la terre. Aussi l'inventeur estime que l'eau constitue le milieu le meilleur pour la téléphonie comme pour la télégraphie sans fil. M. Collins a commencé ses expériences à Philadelphie, vers la fin de 1899 et 1900 ; il a envoyé et reçu des communications à travers la terre, à une distance de 200 pieds (environ 60 m). Ensuite, il a choisi Narberth, Pa., comme poste d'expériences ; en 1901, il y a essayé un nouvel appareil, au travers du fleuve Delaware, à la distance de 1 mille (1 609 m) ; en 1902, il a étendu la distance à 3 milles. Les instruments ont été, dans ce dernier cas, placés sur deux collines séparées par le bassin du fleuve, ainsi que par une carrière de pierres, des voies ferrées et des lignes téléphoniques. La voix reproduite était faible, mais l'articulation parfaite.

En 1903, on a fait de nombreuses expériences sur le lac de Rockland (N. Y.), et, bien que l'on n'ait pas alors essayé d'augmenter la distance ci-dessus, on avait pourtant perfectionné beaucoup les appareils : aussi l'articulation a été nette et d'une intensité suffisante pour les besoins commerciaux, jusqu'à une distance de 5 km.

Pour rendre le système applicable, commercialement parlant, on a établi dans les deux postes des sonneries d'appel, fonctionnant sans fils de communication. L'inventeur ajoute que la valeur de la téléphonie sans fil réside dans la possibilité, que possède ce moyen de communication, de transmettre une conversation d'un navire à l'autre. En outre de ces cas typiques qui représentent la véritable sphère d'action du système, il en existe d'autres dans lesquels on peut l'appliquer, par exemple pour correspondre avec des îles lorsque l'installation d'un câble serait trop coûteuse ou encore pour correspondre avec des points entre lesquels on n'a pas la faculté ou le moyen d'installer une ligne avec poteaux ou de dérouler des fils.

Des informations de date plus récente décrivent des expériences faites, avec le système Collins, entre les ferry-boats en mouvement sur le fleuve de North, de Jersey à New-York. Avec une borne du téléphone plongée dans l'eau et l'autre borne reliée à la hampe du pavillon, on a pu échanger des communications téléphoniques entre les deux embarcations suivant des directions opposées, jusqu'à ce qu'elles fussent éloignées de 500 ou 600 pieds (150-180 m) l'une de l'autre.

Système Russo d'Asar. — Même avant les travaux de M. Marconi, M. le professeur Russo d'Asar avait exécuté, dans les golfes de Naples et de Gênes, des expériences de téléphonie sans fil destinées à annoncer à un navire l'approche d'un bâtiment à vapeur ou la direction prise par ce dernier.

Le système de transmission était mécanique ; il se basait sur la propriété, que présente l'eau, de transmettre à de grandes distances des ondes sonores perceptibles. L'appareil consistait en deux microphones recevant, de deux tubes appliqués sur les flancs du navire récepteur, le bruit de l'hélice du vapeur ; ce microphone transmettait renforcés, à un téléphone, les sons recueillis. Le téléphone en question indiquait ainsi de quel côté du navire se trouvait le vapeur, dont la présence était révélée même à une distance de 80 km et plus.

Les mêmes expériences furent ensuite répétées à bord de l'aviso *Rapido* de la flotte royale, que le Ministre de la Marine avait mis à la disposition de l'inventeur.

Il semble qu'ensuite M. d'Asar abandonna ce système pour en employer un autre fondé sur l'emploi des radiations électriques. En effet, en 1903, il fit à Nuremberg des expériences de téléphonie sans fil entre la tour de Furth et une colline éloignée de 4 km.

On ne sait rien du mécanisme qui était enfermé dans une petite boîte placée sur un chevalet et ressemblait à un appareil photographique. On croit pourtant que la transmission était fondée sur l'envoi de faisceaux parallèles de radiations électriques dirigeables à des distances considérables.

Système Capeder-Telesca. — Ce système consiste en un entonnoir dont le fond est fermé par une membrane et devant lequel on parle. A la membrane est rattaché un contact microphonique placé dans le circuit d'une forte batterie et constitué par deux ressorts d'acier qui entrent en contact à l'intérieur d'un récipient d'eau salée à raison de 1 0/0. Dans le circuit de la pile est également inséré le primaire en spirale d'une bobine, dont le secondaire communique avec deux boules éloignées l'une de l'autre de quelques millimètres et constituant l'excitateur; ces deux boules communiquent avec les armatures internes de deux condensateurs dont les armatures externes se trouvent être rattachées, l'une avec l'antenne, et l'autre avec le sol.

Quand on parle devant l'entonnoir, le contact microphonique produit des variations intenses dans le courant de la batterie : on a donc une série de courants de tension variable dans le circuit à haute tension de la bobine; par suite, des étincelles, d'une intensité variable et correspondant aux oscillations des lames du microphone, éclatent dans l'excitateur; les étincelles sont accompagnées d'oscillations électriques se produisant sur le fil aérien, lequel les rayonne dans l'espace.

Dans le poste récepteur, l'antenne porte les oscillations recueillies sur un cohéreur à électrodes d'argent ou d'étain, séparées par un intervalle rempli de graphite. Ce cohéreur tourne sous l'action d'un mouvement d'horlogerie et il est inséré dans le circuit d'une batterie. On rencontre en dérivation, sur le même circuit, un ou deux téléphones.

Le mécanisme de la reproduction du son est très simple. Les ondes d'intensité variable qui parviennent, déterminent des variations dans l'intensité du courant passant par le téléphone; ce dernier transforme ces variations en des sons correspondant à ceux émis devant la membrane du transmetteur. Les deux inventeurs ont réussi à obtenir la reproduction du son même avec des cohéreurs fixes en graphite; mais alors la reproduction était faible, imparfaite et parfois interrompue.

Système Pansa. — M. l'ingénieur Grégoire Pansa a appliqué à la solution du problème, indépendamment des lois accoutumées de la transmission à distance des ondes électriques, la propriété manifestée par quelques métaux, quand ils se trouvent soumis aux décharges ou aux ondulations électriques.

Le poste transmetteur comprend un générateur de 4 kilowatts, une bobine donnant une étincelle de 25 cm, un oscillateur Righi et un moteur électrique qui actionne un interrupteur tournant à mercure.

Les ondes électriques produites par l'oscillateur se rendent à une antenne ayant la forme d'une pyramide renversée et semblable à celle de Poldhu (*fig.* 78, voir p. 136), mais d'une hauteur moindre (25 m). La transmission de la voix se produit lorsque l'on parle devant un appareil spécial, sur lequel l'inventeur garde encore le secret et qui fonctionne comme interrupteur du courant

Le courant, ainsi interrompu par la voix, produit dans l'oscillateur des oscillations électriques, également interrompues. Recueillies par le poste récepteur, ces oscillations traversent le cohéreur, lequel ouvre et ferme un circuit dans lequel est insérée une batterie d'accumulateurs. Cette batterie aboutit à un oscillateur Righi, lequel reproduit les oscillations initiales.

Un appareil, sur lequel on garde également encore le secret, entre en vibration lorsqu'il est frappé par de telles ondes et il reproduit, à l'instar d'une membrane, les sons transmis.

Pour le moment, le téléphone Pansa fonctionnerait, dit-on, sur des distances de quelques kilomètres. Pour les grandes distances, les vibrations de l'appareil, de même que dans le phonographe, sont tracées sur des cylindres de cire durcie, puis reproduits.

Système Campos. — M. l'ingénieur Campos qui, comme il a déjà été dit précédemment, a étudié la condition à remplir pour appliquer l'arc Duddell à la télégraphie sans fil, a également recherché la possibilité de réaliser, avec le même arc, un système de téléphonie. Il exhume, à cet effet, une loi découverte par M. Mizuno, d'après laquelle une résistance ohmique placée en dérivation sur une inductance qui se trouve dans un circuit oscillatoire influence par ses variations la période propre du système, si bien que, entre des valeurs critiques déterminées de cette résistance, de petites variations produisent de forts changements dans la période oscillatoire du circuit.

M. Campos déduit de cette circonstance que l'introduction d'un microphone, placé en dérivation sur l'inductance du circuit Duddell, permettrait de produire lesdites variations de résistance ohmique, grâce à l'action d'ondulations sonores frappant le microphone. On a donc ainsi la possibilité d'étudier un système de téléphonie qui mettrait à profit les propriétés du circuit Duddell.

Système de Forest. — On annonce que M. de Forest, lui aussi, s'est attaché à la solution du problème de la téléphonie sans fil. Il espère obtenir un résultat en employant des courants continus d'une tension très élevée et en mettant à profit, de même que M. Campos, le phénomène de l'arc chantant.

Système Majorana. — Les études les plus récentes, en matière de téléphonie sans fil, sont celles faites par M. le professeur Q. Majorana à l'Institut physique de l'Université de Rome.

M. Majorana estime que la solution du problème n'est point favorisée par l'emploi d'ondes électromagnétiques persistantes, telles que celles obtenues, par exemple, sur le circuit Duddell, même si ce circuit est mis en vibration par une lampe Cooper-Hewitt, et cela en raison du peu d'importance de l'énergie disponible ; il a donc recours aux décharges des machines électrostatiques ou, mieux encore, à la décharge des bobines.

La méthode la plus efficace, parmi celles imaginées par l'inventeur, serait une réalisation du projet de M. Léonardi ; elle consiste à employer les vibrations sonores pour faire varier la distance explosive de l'éclateur dans l'appareil Marconi primitif.

L'éclateur, relié au secondaire d'une bobine alimentée par le courant alternatif d'un réseau municipal (40 périodes à la seconde), aurait une électrode fixe, et l'autre constituée par une masse de mercure insérée dans le secondaire d'un transformateur, tandis que le primaire de ce transformateur est parcouru par les courants du microphone devant lequel on parle.

Les courants microphoniques, transformés, font vibrer le mercure et lui impriment des déplacements parfois très considérables; il en résulte que les étincelles, qui éclatent d'une façon continue entre l'électrode fixe et le mercure, subissent des variations rythmiques, de longueurs correspondantes au son prononcé devant le microphone. Dans l'intervalle explosif, on fait passer un fort courant de gaz qui maintient la régularité nécessaire dans les explosions des étincelles.

En employant comme récepteur un détecteur magnétique, l'inventeur a réussi à obtenir, au moyen des pulsations électriques de l'antenne, une reproduction exacte et complètement compréhensible de la parole.

L'antenne rayonnante était placée en dehors de l'édifice; l'antenne réceptrice consistait en un fil d'environ 1 m de longueur, complètement enfermé dans le corps de l'édifice. M. Majorana estime qu'à l'air libre, avec une antenne à détecteur semblable à celle du poste transmetteur, la portée de la transmission téléphonique aurait été de plusieurs kilomètres.

L'inventeur a remarqué que, avec son dispositif actuel, le mercure se trouve être altéré par les décharges au point de ne pouvoir servir pour des expériences suivantes : il se propose donc de chercher à obtenir, d'après d'autres principes, des vibrations électriques pulsatoires. Il songe notamment à construire un microphone capable de fonctionner avec des courants à haut potentiel et de l'introduire dans l'une des communications établies entre l'exploseur et l'antenne ou le sol.

Comme c'est de la perfection de ces communications que
dépend l'intensité de l'énergie rayonnée, les variations de
résistance, sur un pareil microphone, produiraient des pulsations analogues dans les ondes électriques rayonnées, offrant
ainsi un nouveau moyen de transmission téléphonique sans fil.

CHAPITRE XII

APPLICATIONS DIVERSES ET CONCLUSIONS

Les applications de la télégraphie sans fil ne se limitent pas à l'échange de signaux à distance ; elles s'étendent encore à un grand nombre de services dont certains sont confiés à la télégraphie ordinaire elle-même et dont d'autres sont exclusivement du domaine de la télégraphie sans fil. Le nombre de ces services s'accroîtra naturellement avec le nombre et la portée des stations et avec l'augmentation de la sécurité des communications.

Communications sur mer. — C'est sur mer que la radiotélégraphie rend les services les plus signalés. On peut considérer la mer comme son véritable champ d'action, soit parce que la masse d'eau présente aux ondes électriques un meilleur véhicule que la terre, soit parce que l'on obtient facilement, sur mer, les communications entre stations mobiles que ne saurait donner la télégraphie ordinaire.

On a vu que, grâce à la télégraphie sans fil, l'isolement des navires traversant l'Atlantique a pris fin ; ces navires, même sans parler des communications qu'ils peuvent recevoir des stations ultra-puissantes, ont aujourd'hui la possibilité de correspondre avec les côtes, grâce au réseau des stations qui sont installées sur le littoral ou dans les îles et qui ne se trouvent éloignées que de quelques centaines de kilomètres de la route des transatlantiques.

La publication du journal quotidien *Cunard Bulletin*, qui paraît à bord des transatlantiques en marche et qui contient les nouvelles du monde entier, est une preuve manifeste que cet isolement a cessé.

Le moyen de donner et de recevoir des nouvelles presque' sans aucune interruption augmente, pour les navires en marche, la sécurité du trajet, car ces navires peuvent, en cas de danger ou d'avaries, réclamer des secours ou recevoir des informations sur le point de refuge le plus convenable.

Et ce ne sont pas seulement les navires, ce sont encore les phares flottants ou établis sur de petites îles, qui trouvent dans la radiotélégraphie un moyen facile de se soustraire à l'isolement que les intempéries rendent souvent très long.

Les expéditions lointaines dans les mers désertes — les expéditions polaires, par exemple — pourront, elles aussi, mettre largement à profit la radiotélégraphie pour donner des nouvelles ou demander des secours; déjà on annonce que M. le Dr Scholl, lequel organise en ce moment une expédition au pôle Nord, a engagé des négociations avec la Société Braun-Siemens en vue de l'établissement d'une station radiotélégraphique sur le Spitzberg, station avec laquelle son navire pourrait se tenir en communication d'une façon continue.

Un autre service important que peut rendre la télégraphie sans fil aux navires en voyage est l'indication de l'heure, ce qui est d'une haute importance pour déterminer la position exacte où l'on se trouve; l'indication de l'heure, indépendamment du renseignement fourni directement par la côte à la suite d'une demande, pourra peut-être se donner d'une manière analogue à ce qui se passe dans nombre de grandes villes, où on tire un coup de canon à des moments déterminés. En effet, au moment convenu, on pourra lancer, d'une station ultra-puissante, un signal qui se propagera presque instantanément dans toutes les directions et donnera l'heure à tous les navires prêts à le recevoir.

On a également pensé à utiliser la radiotélégraphie pour avertir automatiquement les navires de la présence de quelque péril, tel que des écueils, etc., et, en outre, pour signaler les phares et les sémaphores par les temps de brouillard. Des applications de ce genre ont été faites, en France, par M. le capitaine Moritz et en Angleterre par M. J. Gardener. Il suffit d'installer, dans le poste choisi, un transmetteur à manipulateur automatique, lequel consiste en une roue dont la périphérie est divisée en des traits et des points Morse correspondant au nom à signaler. Sur la périphérie de cette roue, tournant grâce à un mouvement d'horlogerie ou sous l'action d'un autre moteur, s'appuie un contact communiquant avec la batterie du transmetteur, lequel émet ainsi le signal voulu.

Applications au service météorologique. — Un service scientifique d'une haute importance, tel que celui de la météorologie, pourra certainement se perfectionner grâce aux informations radiotélégraphiques lancées par les navires.

On sait comment la prévision du temps se fait, dans les observatoires centraux, par l'établissement journalier de cartes météorologiques représentant l'état atmosphérique de la zone environnante que l'on fait aussi étendue que possible. La partie de la zone située sur terre abonde en données provenant des observatoires fixes qui sont reliés télégraphiquement à la station centrale; mais la partie située en mer ne contient presque aucune indication ; par suite, on en est réduit à compléter les cartes de ces dernières régions d'une manière très peu sûre, par voie d'induction. Les données qui aujourd'hui manquent pourront être désormais fournies par des radiogrammes provenant des navires en marche qui seront chargés d'effectuer les observations nécessaires ; les prévisions du temps se feront ainsi avec une sécurité bien plus grande.

On annonce que le *Daily Telegraph* a passé un traité avec la Compagnie Marconi pour recevoir, des bâtiments à vapeur se trouvant en contact avec les postes radiotélégraphiques terrestres d'Irlande, d'Écosse et d'Angleterre, les informations intéressantes sur la température, la direction du vent et l'état du ciel, afin de pouvoir ainsi perfectionner son bulletin météorologique quotidien.

Communications sur terre. — Sur terre également, bien que, comme on l'a dit, les communications y soient plus difficiles et d'une portée moindre que sur mer, la radiotélégraphie est capable de rendre des services dont certains pourraient difficilement être réclamés à la télégraphie ordinaire.

Un peu partout, on a fait des installations terrestres qui semblent prouver que la transmission s'effectue difficilement à une distance de plus de 60 km, distance variant beaucoup selon les conditions du terrain séparant les stations. Mais il semble, d'après des expériences faites par M. Marconi entre Froserburg (Écosse) et Poldhu, que la transmission le long des côtes, qui représenterait comme un cas intermédiaire entre les transmissions en pleine mer et celles en pleine terre, atteint des distances beaucoup plus grandes que les communications terrestres.

Communications entre trains en marche. — Ce problème avait déjà été étudié même avec d'autres systèmes de télégraphie sans fil; mais la radiotélégraphie a offert des solutions plus élégantes et efficaces.

Dans ce dernier sens on a fait, par exemple, des expériences couronnées de succès sur la ligne militaire Berlin-Zossen, ainsi que sur plusieurs lignes américaines, dont quelques-unes ont adopté ce moyen de communication d'une manière définitive.

On possède des détails sur les expériences exécutées par M. le professeur Biscan à la station de Tœplitz.

La voiture portant l'appareil fut attachée en queue du train, avec deux fils fixés sur la partie extérieure de cette voiture. Aussitôt que le train se fut éloigné de 7 km de la station de Tœplitz, d'où devaient être lancées des dépêches d'une façon continue, l'appareil télégraphique de la voiture commença à fonctionner tout comme un appareil télégraphique ordinaire.

A New-York, on a expérimenté le même système sur un train très rapide (96 km à l'heure), et on est parvenu à communiquer avec les stations du parcours jusqu'à 13 km en avant du train.

Communications en montagne, avec des ballons, etc. — On a également réussi à établir des communications télégraphiques entre les vallées et les cimes de hautes montagnes, ainsi qu'entre la terre et les aérostats. Entre Chamounix et le mont Blanc, on installe actuellement une communication radiotélégraphique permanente, afin de pouvoir correspondre avec l'observatoire Janssen, construit sur le sommet de la montagne.

Des informations de Londres signalent que, dans cette ville, on étudie l'application de la télégraphie sans fil au service d'extinction des incendies. M. Guarini a même proposé, en vue de cette application, un appareil qui aviserait automatiquement les postes de pompiers de l'endroit où s'est produit l'incendie. Les appareils se composent d'un thermomètre dont l'aiguille, en s'élevant sous l'influence de l'accroissement de la température, ferme un relai qui actionne un mouvement d'horlogerie. Ce mouvement commande une roue à contacts longs et courts qui ferme le circuit d'un excitateur d'ondes électriques, lequel télégraphie au poste de surveillance l'indication de l'endroit où a lieu l'incendie.

Radiotélégraphie militaire. — Le service sur terre a une très grande importance dans les opérations militaires, non seulement parce qu'il est difficile d'établir des communications télégraphiques ordinaires dans un court délai, mais encore parce qu'on a souvent à communiquer avec des villes ou des forteresses bloquées ou encore rendues inaccessibles par suite d'autres motifs. On a déjà décrit des systèmes de radiotélégraphie adaptés aux besoins militaires; chaque nation possède aujourd'hui un type à elle, et on étudie activement, partout, les moyens d'adapter la radiotélégraphie à ce service, pour

lequel une des conditions essentielles est la rapidité de pose
et de suppression des postes.

Parmi les expériences qui ont plus particulièrement donné
lieu à des comptes rendus détaillés, il faut noter celles effectuées en Tunisie, par MM. les lieutenants Ducretet et Melin,
au moyen du système Popoff-Ducretet, et cela dans des conditions se rapprochant le plus possible de celles de la guerre,
c'est-à-dire en utilisant la main-d'œuvre indigène, avec des
tentes ordinaires comme postes et des antennes portées par
des appuis déjà existants. On a eu soin d'établir les postes de
manière qu'ils fussent séparés par des accidents de terrain,
tels que des collines, etc., et on s'est appliqué à travailler dans
des conditions atmosphériques le plus souvent mauvaises. Les
communications ont été établies dans un laps de temps de
trois heures, et elles ont parfaitement réussi à la distance de
12 km.

Sans nul doute, des installations radiotélégraphiques ont été
essayées durant le siège actuel de Port-Arthur, mais des informations précises à ce sujet font encore défaut.

Applications mécaniques. — La radiotélégraphie est évidemment un exemple de transmission d'énergie à distance.
L'énergie reçue par le cohéreur est certainement très faible,
mais on a l'espoir de parvenir à transmettre à distance, au
moyen des ondes électriques, des quantités d'énergie suffisantes
pour fournir un travail mécanique utilisable.

C'est cette espérance qui a inspiré la création, par les soins
du Congrès international de navigation aérienne à la présente
Exposition internationale de Saint-Louis, d'un prix de
15 000 francs. Ce prix doit être attribué à l'inventeur qui
parviendra à transmettre sans fil l'énergie d'environ 1/10 de
cheval à une distance d'au moins 300 m de la source.

L'application que l'on voudrait faire d'une pareille invention à la propulsion des ballons dirigeables est possible.

Mais, indépendamment de la transmission directe à distance
de quantités considérables d'énergie, même les minimes quan-

tités d'énergie que les systèmes actuels réussissent à lancer au loin, peuvent servir pour commander à distance des appareils fonctionnant sous l'action de forces motrices locales.

On se rend en effet facilement compte que le relai qui, dans la méthode ordinaire, ferme le circuit local du « Morse », pourrait tout aussi bien fermer ou ouvrir le circuit d'un moteur et ainsi commander à distance la mise en marche, l'arrêt et le mouvement rétrograde de ce moteur, fermer ou ouvrir le circuit de lampes électriques en commandant ainsi à distance leur éclairement ou leur extinction ou encore fermer ou ouvrir le circuit d'un système d'électro-aimants agissant sur le gouvernail d'une embarcation, de manière que l'on puisse diriger, de la terre, les mouvements, etc., de cette embarcation.

Des expériences, dans ce dernier sens, ont été faites avec le relai électro-capillaire « Armorl ».

Applications physiologiques. — D'après les expériences de M. le professeur Gallerani, de l'Université de Camerino, le système nervo-musculaire serait sensible aux ondes électriques, tout comme un cohéreur ou un détecteur.

M. Gallerani emploie, comme transmetteur, un appareil à antennes semblable à celui de M. Marconi et, comme récepteur, une grenouille préparée d'après la méthode de Galvani. En utilisant un interrupteur à clé, il a réussi à produire, à distance, des secousses sur la grenouille, lesquelles étaient inscrites par un appareil enregistreur tournant, d'un modèle convenable.

Si l'on admet l'existence d'une action semblable sur le système nervo-musculaire humain également, on démontrerait ainsi explicitement la cause de l'influence des décharges électriques à distance que l'observation ordinaire a souvent constatées.

Conclusions. — Les progrès réalisés par la radiotélégraphie dans le petit nombre d'années écoulées depuis que M. Marconi l'a présentée comme un moyen pratique de communication, sont véritablement surprenants.

.27

Mais son champ d'action est si vaste, les exigences des services auxquels elle se prête sont si variées qu'en son état actuel la radiotélégraphie est encore bien éloignée, il faut le reconnaître, d'offrir un caractère que l'on pourrait considérer comme pleinement satisfaisant.

L'électricité atmosphérique, l'action perturbatrice de la lumière solaire, le volume et la sensibilité des appareils nécessaires, même pour les petites distances, la lenteur de la transmission et surtout l'extrême difficulté d'obtenir l'indépendance des postes, — tout cela sont autant d'ennemis formidables de la radiotélégraphie.

Mais, tel qu'il est, le système s'est imposé comme un moyen de communication indispensable, surtout dans certains cas importants où on ne peut lui substituer aucun autre moyen.

Cependant la télégraphie sans fil ne doit point se considérer comme remplaçant la télégraphie ordinaire, mais bien comme un simple complément de cette dernière dans les cas où, pour un motif quelconque, y compris les motifs financiers, il arrive que la télégraphie ordinaire n'est pas applicable.

Chaque fois que, entre deux postes voulant communiquer entre eux, on pourra établir un fil de communication, ce sera toujours à la télégraphie ordinaire que l'on aura recours, même si les frais d'exploitation doivent devenir un peu plus élevés, car la sécurité, le secret et la simplicité des communications ainsi obtenues sont supérieurs, sans conteste, à ceux réalisables avec la télégraphie sans fil.

Dans nombre de cas, ce sera l'examen de la question financière qui fera décider en faveur d'un système ou de l'autre.

Sans nul doute, dans la majeure partie des installations de quelque importance, surtout dans celles au travers des mers, les frais de premier établissement, voire même parfois les frais d'exploitation et d'entretien, sont supérieurs pour la télégraphie par fil, et cela au point de pouvoir atteindre un chiffre prohibitif, en raison de l'importance du trafic à écouler.

Dans ce cas, la télégraphie sans fil offre un élégant moyen de solutionner la question économique.

L'Irlande et le Spitzberg, par exemple, ne pourraient certainement pas espérer voir la pose d'un câble supprimer leur
isolement; mais la découverte de la télégraphie sans fil a déjà
fait songer au rattachement de ces pays à l'Europe continentale; le jour n'est pas éloigné où le voyageur, retenu à bord
de son navire au milieu des glaces des plus hautes latitudes,
pourra chaque jour envoyer des nouvelles de ses faits et gestes
dans son pays.

La question est tout autre, là où on se trouve en présence
d'un trafic suffisant pour rétribuer la pose d'un câble. En
immergeant un câble, sans doute on se livre à une opération
de beaucoup plus onéreuse qu'en établissant deux postes
radiotélégraphiques; mais alors ce n'est pas une seule ligne,
ce sont plusieurs lignes indépendantes que l'on immerge entre
les deux points, et l'installation ainsi créée aura une puissance
d'exploitation huit ou dix fois plus grande que la ligne radiotélégraphique.

La capacité commerciale de cette dernière pourrait être accrue
si les essais de communications multiples, que l'on représente
comme ayant réussi sur le terrain expérimental, donnaient
un résultat aussi satisfaisant dans le domaine pratique. En
effet, si une même station pouvait envoyer simultanément
par le même radiateur, dix dépêches différentes et si chacune
de ces dernières était recueillie par un récepteur spécial à la
station d'arrivée, la capacité de la ligne se trouverait décuplée;
mais la solution d'un pareil problème, que la théorie indique
comme réalisable au moyen de la syntonisation, a paru dans
la pratique comme étant d'une exécution si difficile que, malgré
les bonnes communications en duplex obtenues, on n'a encore
adopté, dans les installations pratiques, que le système de la
simple communication.

Les plus expérimentés en matière de radiotélégraphie
affirment que, pour le moment, l'efficacité de la syntonisation
se réduit à ce que, dans les limites extrêmes d'une transmission, un appareil réglé avec le transmetteur reçoit beaucoup
mieux qu'un autre appareil non accordé.

Cet état de choses correspond parfaitement à ce qui se produit en acoustique. Si on écoute de loin le son d'un instrument, tant que la distance est telle que l'on puisse entendre à l'oreille nue, toutes les notes seront perceptibles. Mais, si la distance augmente jusqu'à ce que l'on ne perçoive plus le son et si on arme l'oreille d'un résonateur capable de renforcer une note spéciale, on ne percevra facilement que cette seule note.

On voit que, pour bénéficier des effets de la syntonisation, il ne suffit pas d'égaliser les vibrations des deux stations, il faut encore — ce qui est plus difficile — mettre l'intensité des radiations en harmonie avec la distance à atteindre, de manière que cette intensité soit insuffisante pour exciter un récepteur non accordé, mais qu'elle permette d'en exciter un autre, celui-là accordé.

En se plaçant au point de vue pratique, on constate que, même dans les installations les plus récentes et les mieux étudiées, les différents tons s'emploient pour communiquer à des distances différentes plutôt que pour des communications multiples à des distances égales. C'est pourquoi le règlement du service radiotélégraphique italien, bien que prévu pour des stations ayant deux tons distincts disponibles, établit qu'il ne pourra y avoir à la fois qu'une seule communication des navires entre eux ou avec les stations côtières.

Ainsi donc, bien que les grandioses expériences de M. Marconi aient démontré la possibilité des communications transatlantiques, bien que les gigantesques ondes électriques lancées par les stations ultra-puissantes ne troublent point, on en a la preuve, le service des communications à petite distance, pas plus que le bruit du canon empêche d'écouter une mélodie musicale, pourtant il ne semble malheureusement pas probable que le système radiotélégraphique puisse, sur ce terrain, faire concurrence aux câbles et encore bien moins supplanter ces derniers. Je dis malheureusement, car le contraire serait désirable. En effet, la substitution ne pourrait avoir lieu que si le nouveau système présentait des avantages économiques et pratiques sur le système ancien, et ces avantages ne pourraient que servir les immenses intérêts dépendant des communications transatlantiques, intérêts vis-à-vis desquels devient négligeable le préjudice dont auraient à souffrir quelques capitalistes.

Jusqu'à ce jour, la seule Compagnie Marconi a affronté le problème des communications transatlantiques. Sans doute l'exemple de cette dernière semble devoir être suivi par la Compagnie de Forest, qui annonce la signature, entre elle et le Gouvernement des États-Unis, d'un contrat en vertu duquel elle doit relier radiotélégraphiquement New-York au Japon ; mais il ne faut voir dans ces faits que des preuves isolées d'un succès industriel encore douteux. D'autre part, presque toutes les installations faites par les entreprises précitées et par les autres ont pour objectif le champ plus modeste, mais probablement plus fertile, des communications à des distances petites ou moyennes (de 100 à 500 km).

Malheureusement, sur ce dernier terrain, sans parler de la lutte contre les difficultés techniques, qui sont à la fois grandes et nombreuses, on assiste au conflit entre les intérêts industriels des entreprises exploitantes, conflit d'autant plus aigu que les conditions spéciales de la radiotélégraphie semblent justement faites pour augmenter son acuité.

Il ne s'agit pas ici, comme dans d'autres entreprises industrielles, d'une simple concurrence qui pourra se traduire par une diminution des dividendes, mais bien d'une véritable lutte pour l'existence, car l'exploitation d'une compagnie rend presque complètement impossible l'activité d'une autre compagnie dans le même rayon. Quand même un poste ne voudrait pas, intentionnellement, rendre indéchiffrables les dépêches de l'autre poste, la transmission simultanée de deux messages, par deux postes voisins, rend très difficile et souvent impossible la réception de ces deux messages, à moins que n'interviennent des arrangements difficiles à établir entre sociétés rivales.

On pourrait obtenir la solution désirée au moyen d'accords internationaux réglementant le service radiotélégraphique

entre stations de sociétés et de systèmes différents ; mais les
tentatives faites dans la conférence qui, à cet effet, s'est réunie
à Berlin, en août 1903, ont été marquées par un insuccès. La
nouvelle conférence projetée pour octobre 1904 y réussira-
t-elle ?

Il est facile de comprendre, eu égard aux conditions spéciales
de la radiotélégraphie, comment les grandes compagnies, au
premier rang desquelles figure la « Marconi's Wireless », tentent
d'obtenir une solution plus radicale, celle du monopole en
leur faveur ; mais aujourd'hui, en présence de la puissance
grandissante des entreprises rivales et de l'appui que celles-ci
rencontrent auprès des divers États, il devient impossible de
créer un monopole général en faveur d'une seule société.

Cependant les monopoles partiels seront possibles. C'est
ainsi que, par exemple, en Italie où on confond souvent les
intérêts de la « Wireless » avec le tribut de gloire dû à
M. Marconi, un monopole a été établi en faveur de la « Wireless ». En effet, le règlement établi à propos du réseau radiotélégraphique italien prescrit que les stations côtières ne
doivent accepter que les messages des navires portant des appareils Marconi.

En Angleterre également, le système Marconi a pris racine
dans une mesure qui équivaut, de fait, à un monopole. On
serait en effet parvenu à obtenir que les concessions de nouvelles stations ne pourront être accordées que moyennant la
preuve, donnée par les concessionnaires, que le nouveau service n'entravera point celui des postes préexistants. Or c'est là
une démonstration qu'il n'est nullement facile de faire, en
l'état actuel de la radiotélégraphie.

Que feront les autres nations? Si des monopoles de ce genre
viennent à s'implanter, chaque navire devra renoncer aux
avantages de la radiotélégraphie ou se pourvoir des systèmes
radiotélégraphiques de toutes les nations côtières avec lesquelles il entrera en contact.

Si la lutte était circonscrite entre les intérêts industriels des
seules compagnies, l'une ou plusieurs d'entre elles ruineraient

les autres, en restant maîtresses du terrain ; mais les intérêts se rattachant au service radiotélégraphique sont trop essentiels et trop vastes pour permettre de croire que les divers États attendront, impassibles, le résultat de cette lutte, sans imposer, soit par la voie diplomatique, soit au moyen d'un accord scientifique, les moyens capables de soustraire au monopole privé un service d'une importance aussi capitale.

FIN

TABLE DES MATIÈRES

CHAPITRE IV

SYSTÈMES RADIOPHONIQUES

CHAPITRE V

SYSTÈMES FONDÉS SUR L'EMPLOI DES RADIATIONS ULTRA-VIOLETTES ET INFRA-ROUGES

CHAPITRE VI

TÉLÉGRAPHIE SANS FIL PAR ONDES ÉLECTRIQUES

CHAPITRE VII

APPAREILS DE RADIOTÉLÉGRAPHIE

CHAPITRE VIII

SYSTÈMES DIVERS DE RADIOTÉLÉGRAPHIE

CHAPITRE IX

SYNTONISATION ET COMMUNICATIONS MULTIPLES

CHAPITRE X

EXPÉRIENCES PRATIQUES ET APPLICATIONS

CHAPITRE XI

TÉLÉPHONIE SANS FIL

CHAPITRE XII

APPLICATIONS DIVERSES ET CONCLUSIONS

Tours. — Imprimerie DESLIS FRÈRES.

www.ingramcontent.com/pod-product-compliance
Lightning Source LLC
Chambersburg PA
CBHW070548030726
47505CB00001B/203